东施娘 著

长江出版社
CHANGJIANG PRESS

愿天上人间，占得欢娱，年年今夜。

我,林春笛,生于天历五年,死于天历二十三年,享年十八岁。

姜从羲 / 林春笛

"你认错人了,林春笛已经死了,你这辈子都不可能再见到。"

世上再也没有芝兰玉树的林重檀

林重檀

"杀了我吧,你不是恨我吗——九皇子。"

目录

- 第一章　初回林府　001
- 第二章　入京求学　012
- 第三章　太学风波　030
- 第四章　箍笼为困　048
- 第五章　行差踏错　063
- 第六章　泥足深陷　075
- 第七章　杨花谢桥　086
- 第八章　梦幻泡影　099
- 第九章　重逢檀生　119
- 第十章　月缺难圆　138

第十一章　施计诛心　158

第十二章　设计套话　172

第十三章　遇袭落水　189

第十四章　状元及第　203

第十五章　暗流涌动　219

第十六章　误撞不堪　230

第十七章　虚与委蛇　242

第十八章　情天恨海　259

第十九章　天牢受刑　270

第二十章　红尘客梦　281

林青笛死在天历二十三年，
林童檀死于天历二十三年。

他说："春悄悄，夜迢迢。碧云天共楚宫遥。梦魂惯得无拘检，又踏杨花过谢桥。"

他与我同年同月同日生，
就该与我同年同月同日死。

车施娘

第一章
初回林府

十三岁那年,我才知道我不是范五的儿子,我真正的父亲是姑苏林家的老爷。

姑苏林家富甲一方,祖上出过不少大官,官职最高者拜相入阁。可以说,林家无论是在姑苏,还是在全天下,都赫赫有名。

我之所以成为范五的儿子,是因为十三年前,我的母亲林夫人去城外的观音庙上香时,路遇劫匪,最终她孤身一人逃到了范五家。

当时林夫人身怀六甲,因为这一番波折动了胎气,在范五家中诞下麟儿,巧的是范五的妻子也在那天生下一子。

范五的妻子见林夫人穿戴富贵,一时起了歹念,趁着林夫人产后虚弱,将我和她的儿子互换了。

这一换,便是十三年。

上个月我的养母病重,终于将这狸猫换太子的事告诉林家。

这十三年里,我作为范五的儿子,一直遭受范五的虐待。

范五是个赌鬼,虽然他不知道我不是他的儿子,但他无论是对我的养母,还是对我都不好。不过,他在几年前便死了,剩下我和养母相依为命。

养母病逝后,姑苏林家派了位管家来接我,我才知道自己的身份。

得知自己是姑苏林家的儿子后,我一夜没睡。既兴奋又不安,兴奋的是我终于要脱离这个苦海,从此是有钱家的少爷了;不安的是,前路茫茫,该如何是好。

我的爹娘会喜欢我吗?

想到这里,我连忙爬起来,翻出家中残缺的铜镜。镜中的脸,瘦瘦黄黄的,一点儿都不好看。

我勉强挤出一抹笑容,心想:毕竟我是他们失而复得的亲儿子,他们应该会喜欢我的。

第二天,我坐上了林家来接我的马车。一路上惴惴不安,眼看林家越来越近,我的心跳也越发快了。

马车停下来时,我下意识地屏住了呼吸。

同样坐在马车里的管家对我微微一笑:"春少爷,我们到了。"

我吞了吞口水,点点头:"好。"

林府是典型的姑苏园林,碧瓦朱甍,层楼叠榭,无一处不雅致,无一处不风骨。来之前,我曾告诫自己不要露出大惊小怪的样子,但对于只有十三岁的我来说,林府无疑是天上仙阁。

我跟紧管家入府,视线不由自主地飘向四周。穿廊过亭时,四个少女迎面行来。少女容貌秀丽,衣袂飘飘,摇曳似水。

我没见识,见她们过来就停下脚步,讷讷地站在原地,问候道:"各位堂姐好。"

我记得管家说过,几位堂姐借住在林府。

可我这话一出,几个少女纷纷掩唇笑了,管家的话直接让我臊红了脸:"春少爷,她们并不是府里的堂小姐,是丫鬟。"

我认错人了。

没想到穿着那么好的衣裳、长得这么好看的少女竟然只是林家的丫鬟,我红着脸"嗯"了一声,在笑声里闷头跟着管家往前走。

管家带我去了偏厅,厅堂里坐着乌压压的一群人,我才认错人吃了教训,这会儿便闭着嘴。

这时,一位极美丽的夫人呜咽着冲过来将我抱住。

"是我的孩儿吗?"她身上的香气一下子侵袭而来,将我覆盖住。我从未闻过这么好闻的味道。在对方的哭声里,我意识到这应是我的母亲林夫人。

我想回抱住她,想唤她一声"娘",可是我伸出手,就看到我的双手黑得像乌鸡爪,与林夫人的衣裳不相配,便又垂下,只晕乎乎地任她抱着。

原来这就是我的母亲。

养母虽然养我长大,却极少抱我,身上的味道也不大好闻。

"阿馥。"低沉的中年男人声音响起。

抱着我的林夫人像意识到自己的失态,松开我,拿丝帕擦了擦泪珠,但视线并未离开我。

不知是不是我的错觉,我好像自母亲的眼底看到了失望。

"你叫春地对吗?来,过来,到我身边来。"中年男人再度说道。

我循声望去,说话的男人坐在正前方的太师椅上,他留着美髯,气宇轩昂,一派稳重。

这人是我的父亲吗?我一边猜测,一边慢慢地走过去。

一只大手伸过来,揉了揉我的头顶。

"回家了就好,我是你父亲。"

他给我一一介绍厅堂里的人,在介绍某个人时,父亲明显顿了一下。

"那是你二哥哥,林重檀。"

我不是白痴,管家来找我时,向我简略地介绍了一番林府的人。林重檀不是我的二哥哥,而是狸猫换太子里的狸猫。

见了林重檀,我发现我更像狸猫。

眼前的少年白衣惊鸿,面容清秀,眉眼疏离,气质高洁。他深深地看了我一眼,向我低头行礼:"春弟弟安好。"

我不自觉地攥紧了手指,不想在这人面前露怯,便学着他的动作回礼,却引来了嘲笑声。

发出笑声的是一对双生子。

那是我的两个弟弟,他们今年才五岁,是家中的混世魔王,因为年龄小,行事肆无忌惮。其中一个人一边拊掌大笑,一边说了一个成语:"沐猴而冠!这就是夫子说的'沐猴而冠'吧!"

呵斥声立刻响起。

我虽然不懂"沐猴而冠"是什么意思,但我想这应该不是什么好话,脸上再度烧起来,手足无措地站在原地。这时,一块丝帕出现在我眼前。

是林重檀。

我诧异地抬头,看到对方眼睛里的自己哭了。

众人都以为我是被双生子说哭的,只有我知道我不是。

范五貌丑,我的养母虽然长得齐整,但常年风吹日晒,自然不太好看。我来林家之前,曾抱有希冀——我可以把林重檀比下去。见到林重檀后,我就知道了,我比不过对方。

我本名叫春地,父亲嫌我的这个名字上不得台面,当日便给我改了名,把"地"改成了"笛"。从此林家奴仆便唤我一声"春少爷",而他们叫林重檀"二少爷"。

林家分给我的院子名叫山鸣阁,取自诗句"月出惊山鸟,时鸣春涧中"。十三岁的我不识字,只觉得牌匾上的三个字极好看。

"春少爷在看牌匾?府里的牌匾上的字都是二少爷题的。"旁边的小厮开口说。

他是分给我的小厮，名叫良吉，比我略长一岁，但比我高了许多，长得虎头虎脑的。

一听这牌匾上的字是林重檀题的，我便低下头，走进院中。

接下来的日子，我过得异常忙碌，比原先干农活时还要辛苦。我知道我与林家格格不入，铆足了劲儿想融进去。

父亲知道我尚未开蒙，便给我请了夫子。夫子颇有才华，但恃才傲物，不仅评价我蠢笨，说着说着话锋一转，就说起林重檀。

据说林重檀是个神童，三岁已识千字，五岁能作诗，年纪轻轻已成了秀才公。若不是父亲认为林重檀太早入世会沾染上俗气，恐怕现在已有资格参加殿试。

夫子对林重檀赞不绝口，仿佛林重檀是他的得意门生。我知道夫子没教过林重檀，林重檀自幼便跟在当代大儒道清先生身边学习。

良吉尽管口无遮拦，但是耳听八方，很多事情都是他告诉我的。

我起初不明白，为什么我这个真儿子回来了，林家却不把林重檀赶走。待的时间长了，我就明白了其中缘由——芝兰玉树的林重檀，是林家耗费心血养成的，林家自不会弃他如敝屣。

"春少爷。"良吉大咧咧地在窗外叫我。

我晨起便开始读书，读得脑袋发蒙，听见他叫我，便从窗户探出头："什么事？"

"大少爷回来了，带了好些礼物。"良吉冲着我笑，牙龈都露出来了。

大哥回来了？

大哥在金陵的寒山书院读书，三个月回家一次。我被认回林家时，他特意请了假回来，不过第二天便匆匆离开了。

此时的我还有些小孩心性，听见大哥回来，立刻高兴地笑了，又紧张地问良吉："我该穿什么好？"

良吉想道："不如就穿前几日新做的衣服。"

那件衣服是母亲特意请人进府给我量身定做的，雪青色缂边锦衣，衣摆绣着蔷薇宝相。我听良吉这样说，也觉得穿着这身衣裳去见大哥极好。我忙换上衣服，问良吉我这身打扮好不好看。

"好看！"良吉又笑出了牙龈，"我觉得春少爷长得比二少爷好看。"

良吉的话让我的心像是掉进蜜罐里一样。

我从来没被人夸奖过长得好看，现下良吉竟然说我长得比林重檀好看。开心之余，我又疑心良吉是不是在拿我开玩笑，但良吉愚笨，不像是会故意拿我作乐之辈。

不管如何，被良吉这样一夸奖，我便多了勇气，穿上新衣裳去向大哥要礼物。

良吉跟我说大哥每次回来都会给弟弟们带礼物，还会问弟弟们下次想要什么。我自然也会有礼物。

才走进大哥的院子，我就听到府里那两个小混世魔王的嬉笑声，还听到了大哥沉稳的声音。我低头再三理了理衣袍，才踏入大哥他们所在的地方——书房。

"大哥。"我唤了一声，才发现林重檀也在。更让我诧异的是，林重檀今日也穿了一件雪青色的衣裳。

我不禁定在原地，死死地盯着林重檀看。盯久了，我发现我身上的衣服料子跟他的不同，他的衣裳隐有金丝，我没读多少书，但也知道越稀少的越珍贵。

"春笛。"大哥的声音打断了我的思绪，我收回了看向林重檀的目光。

大哥长相肖父，已过弱冠之年的他身材高大、相貌堂堂，不笑时十分严肃。此时他的左右腿上正各坐着一个小混世魔王。

大哥唤我过去，问我这段时间在府里过得如何，又问我最近读了什么书。得知我正在学习《千字文》，大哥明显一愣，但没有说什么，只是让小厮把我的那份礼物给我。

我收了礼物，想学着弟弟们的样子娇憨地说一声谢谢大哥，可我嘴笨舌拙，接了礼物一句话都说不出口，傻愣愣地看着大哥同林重檀说话。

明明林重檀与我同岁，可他和大哥谈论的话题我竟一个都听不懂。好不容易听懂一两句，有心想插进他们的交谈中，只是我才开口，大哥就对我说："春笛，你带小镜和生生出去玩吧。"

小镜和生生是双生子的名字，他们一个叫林月镜，另一个叫林云生。

双生子听到要跟我出去玩，立刻闹了起来。在大哥的眼神镇压下，他们乖乖地任我牵着手带了出去。只是刚走到书房里的人看不到的地方，他们就不约而同地甩开了我的手，看向我的眼神里明显带着排斥。

年幼的孩子说的话却很是恶毒："土包子，谁允许你牵我们的手了！也不知道身上有没有脏病。"

我连忙辩解道："我没有脏病！"

"没有脏病，那你怎么这么黑？府里最黑的人也没你黑，你是不是都不沐浴的？"

"今天你还跟二哥哥穿着同色的衣服，真是可笑。别以为父亲接了你回来，你就可以当我们的哥哥了。我们没有你这么丑的哥哥，以后你不许碰我们。"

双生子你一句,我一句,把我贬得无地自容。

我想离开这里,他们却张开手拦住我:"把大哥给你的礼物交出来,那不是你应该拿的。"

我不应该拿,谁该拿?

大哥给我的礼物,我还没打开看上一眼,就被双生子抢走了。回到山鸣阁,我坐在窗下默默地掉眼泪,忽地听到一个声音。

"小笛。"

怎么又是林重檀?为什么我每次哭都会被他看到?

我胡乱地擦掉眼泪。此刻我已经换上了平时穿的便服,但林重檀还穿着先前的雪青色衣裳,和煦的日光打在他身上,给他的发丝镀上了一层淡淡的光晕。

他自窗户外递进来一个东西给我,道:"小镜和生生胡闹,你不要同他们生气,大哥的礼物我帮你拿回来了。"

我垂下眼皮,看了看他递进来的礼盒,慢慢地伸手接过。

礼物是金陵的彩灯,我让良吉帮我把彩灯挂在我读书时待的那扇窗下。夜里彩灯亮起,落下金黄的光。

我很喜欢这盏灯,总是趴在桌子上看它,次数多了,就发现了不对劲儿。

此时,我已经认识一些字了。将灯取下来,我仔细地往里一瞧,发现里面的灯芯柱子上居然刻着一行字——赠二弟檀生。

翌日,我拿着彩灯去了林重檀的院子——三晖堂。三晖堂是府里离山鸣阁最远的一处院落,这是我第一次来三晖堂。

林重檀正在吃药。

良吉说林重檀天生体弱,所以一直在吃药丸。可我觉得林重檀身体比我好得多,他与我同龄,已经比我高许多,哪里像是天生体弱的人?

他的小厮将我引了过去,我将彩灯往桌子一放,问道:"这是大哥送给你的,你为什么拿来给我?"

林重檀正往玉白的手心里放黑乎乎的药丸,听到我的问话,便抬起长长的睫毛,不缓不急地向我道歉:"小镜和生生很喜欢大哥给你的礼物,所以我才把我的礼物给你。小笛,我向你道歉,你别生气。"

我抿着唇,觉得林重檀在糊弄我,可是我实在嘴笨,不知道该说什么好。见我傻愣愣地站着,他分出一只手将我拉过去,让我坐他旁边,问我:"待会儿厨房会送莲子羹过来,一起吃点儿?"

"我……我不吃。"我不愿跟他那么亲近。

林重檀"嗯"了一声，好脾气地问我："那你想吃什么？"

目光一转，我盯上了他手心的药丸。我觉得那不是治病的药丸，而是让人变漂亮的药丸，要不然怎么解释林重檀生得这般漂亮？

林重檀注意到我的视线落点，有些惊讶地问："你想吃这个？"

我抿了抿唇，点头应道："嗯。"

林重檀的药丸真的好苦，我从未吃过这么苦的东西，当下哇的一声吐了。林重檀的小厮倒吸了一口气，我没注意到，胡乱地抓过一个茶杯，将里面的茶水一饮而尽，喝完才发现那个茶杯应是林重檀的。

我想把喝进去的茶水吐出来，可哪里吐得出来。我苦着脸瞪着林重檀，林重檀倒是一脸无辜地看着我。

我生着气，又无处可撒，只能不高兴地坐着。恰好厨房的人送来了莲子羹，见林重檀专心地与厨房的人交谈，我偷偷地伸出手，把弄脏的手在林重檀衣服上擦了一下，又一下。

手被抓住。

林重檀依旧跟厨房的人说着话，却抓着我的手。他比我高，手居然也比我的大，真奇怪。

等厨房的人离开，他才松开我的手："吃点儿莲子羹吧。"

我把手往背后一藏，闷声挤出两个字"不吃"，就跑了。

这次大哥会在家里多待些时间，他既是在家，姑苏各家的请帖便如雪花似的飞来。

母亲也时常受到邀请，但她并不曾带我去赴宴，只哄着我让我乖巧地待在家里，而后带林重檀和双生子出门赴宴。

"胡闹，怎么能不带春笛去？"父亲诸事忙碌，大哥得知此事，便如此质问母亲。

母亲的脸颊微红，她低声辩解道："春笛才刚回家，身体还没养好，以后我再带她去赴宴。"

大哥沉下脸，道："母亲，春笛如今已有十三岁，应该出门交际了，我林家的孩子都该是见过世面，知人情、懂事理的。"

因为大哥的话，我破天荒被允许去赴宴了。临赴宴前两天，府中安排了人给我上礼仪课。前一天下午，母亲过来看我。

因为母亲在场，我格外地紧张，想表现得好些，可越是这样想，做错的就越多。

我不慎落重了茶杯，发出了不小的声音。母亲明显有些失望，但她还是挤出一丝笑对我说："不急，春笛，你还小，我们慢慢学。"

我不小，我与林重檀同龄，为什么他无论做什么都做得那么好？

这次我们去的是王家，王家书香门第，家中小辈良多。良吉凑在我的耳边，告诉我这位是谁、那位是谁。

我不敢松懈，绷着身体认人，微笑。一天下来，我筋疲力尽。傍晚时分，想着离晚膳还要一会儿，我便钻进湖边的小林子里捶着酸软的腿。

不一会儿，附近传来了说话声。一群公子哥在湖边的凉亭里吟诗作画，林重檀也在其中。

林重檀今日穿了一件松花绿的衣袍，这个颜色极为挑人，但他穿起来不仅不奇怪，还格外夺人眼球。

一见到林重檀，我就想离开，不想在这时，我听见他们讨论起我来。

"檀生，今日你家带来的那个黑公子是谁？你弟弟吗？我们可没听说你家还有个弟弟？"

"黑公子？哈哈。"有人立刻笑道，"黑公子这个称呼可不好听，不如叫黑狸奴？我家养了一只黑猫，瞧着同那个小家伙有点儿像，都是眼睛圆溜溜的，皮肤黑黝黝的。"

"你们的嘴巴也太臭了，人家檀生还在这里。檀生，那个人是谁？我们可是听他叫你的大哥为大哥的。"

林重檀搁下作画的毛笔："你们不用猜了，他是林家的孩子，以后会经常出席这种宴会，你们见了他叫一声春弟弟便是。"他一顿，"不许说什么黑公子、黑狸奴的。"

"好好好，不叫。不过他真是你们林家的孩子？怎么瞧着长得和你们兄弟几个一点儿都不像。"

"当然不像，檀生的美貌岂能是黑……那什么春弟弟能比的，那个人估摸是林家旁系来打秋风的亲戚。也就是你们林家和善，还带他赴宴，若是我，给点儿碎银子打发了便是。"

给点儿碎银子打发我？我才是林家正经的少爷，凭什么打发我？

林重檀是赌鬼范五的儿子，范五死了，养母也病逝，他不回去吊唁守孝，不仅占着我的二少爷的身份，现在还让其他人说我是过来打秋风的——

愤怒直冲脑门，我也没仔细听他们后面的话，只想在众人面前揭穿林重檀虚伪的嘴脸，告诉他们——他是假的，我才是真的。

我冲过去，众人看到我，神情都有些尴尬，没想到说坏话被我这个正主听到。

"哎，这……"

"春弟弟,我们刚刚就是胡言乱语,是我们喝多了,向你赔罪。"

林重檀看到我有些惊讶,随后向我走来:"小笛,你怎么到这边来了?良吉没陪着你?"

话音刚落,我就重重地推了他一把。

我使出浑身的力气,边推边骂:"谁要你装好人?你这个不要脸的赌鬼儿子,你根本就不是林家的儿子!"

"春笛!"

身后传来怒斥声,我吓得连忙回头,就听到"扑通"一声。

众人的声音一下子响了起来。

"檀生!来人啊!檀生落水了!"

"快来人!救人啊!檀生他不会水!"

大哥压抑怒气走过来,一把将我扯过去交给他的小厮:"把他送回去,不用参加晚宴了。"

说完,大哥跳下水去救林重檀。

我的第一次赴宴就这样结束了。

父亲得知我闹出这样丢人的事,将我罚去跪祠堂。其间,母亲来过一次。虽然母亲给我送来了吃食,还安抚我,但她安抚的话更像刀子,一句一字都在割着我的心。

"你在那种地方长大,自然不如其他兄弟,你父亲和你大哥就是对你太严格。春笛,以后听母亲的话,乖乖地待在府里,哪儿都不要去。等你大了,母亲给你寻一门婚事,不用高门女子,选个可人、懂事、跟你有话说的就行。"

哪怕是闺阁女子,也是能出门游玩的,母亲这是要禁我的足吗?

隔日,母亲让我去给林重檀道歉。这一次还未进门,我就听到了大哥的声音。

大哥对林重檀说我心术不正。

我没有进去跟林重檀道歉,转身径直回了山鸣阁。在祠堂跪了两天,我的膝盖高高肿起。良吉给我敷膝盖时,我忍不住抽泣。

其实在养母家中,我是不爱哭的,不知为何,到了林家不过几个月时间,我就哭了三回。

良吉抬头,问:"春少爷,你饿了吗?我去厨房拿点儿吃的东西给你吃吧。"

"不用了。"我趴在榻上,吩咐良吉打开窗户。

雨丝从窗外飘进。

其实我不该那么难过才对,现在的日子明明比原先的好多了。原先我要下地干农活,桌上的饭菜少有荤腥,范五只要不高兴,就对我拳打脚踢。到了林家,我衣食无忧,父亲再生气也不会对我动手,只是罚我跪祠堂……我怎么就难受成这样?

无论我怎么开解自己,我对林重檀的感情依然从不喜转为厌恶。我甚至自私地想:如果林重檀能消失就好了。

经此一事,我再也不期待出门赴宴了。

这一天,大哥想带我去赴宴,我拒绝了。

"不去?你为何不去?你几位姐姐都会参加赏菊宴,你作为一个男子,怎么天天窝在庭院里?"大哥皱着眉看着我。

我对上他的目光,就低下头:"我的书还没读完,出去玩夫子会责骂我的。"

"回来再读也不迟。"大哥又说。

我不再说话。

大哥等了片刻,明白我是铁了心不愿意出门,双生子又在门外催促,他丢下两个字便转身离开了。

"罢了。"

我抬头看着大哥离开的背影,捏紧手指回到书房,继续读书。自从意识到自己跟林重檀的差别,我就开始刻苦学习,每日都学到深夜。也不知是不是我真的比较蠢,学过的东西忘得很快。

夫子一开始训斥我读书不用功,后面知道我用功极了,便对着我摇头叹气。夫子心情好时,会安慰我说各人都有各人的缘法,不是所有人都适合进学。

"左右你是林家的少爷,林家自然养得起你。"

他的话跟母亲的话极其相似,看似宽慰我,实则说我蠢到无可救药。

转眼间,我在林家过了三年,这三年间只发生了一件大事——大哥从寒山书院退学,转去从商了。自此,父亲便把绝大部分希望放在了林重檀的身上,他希望林重檀不但要高中,还要成为风光无两的状元郎。

因此,父亲决定把林重檀送去太学。其实林重檀早入太学的资格,他的夫子道清先生曾是太学最德高望重的先生,曾在朝中任太师一职。道清先生向太学举荐林重檀,只是那时候林重檀年岁尚小,父亲想多留重檀在膝下承欢两年。

得知林重檀要远上京城读书,临行前一天,已出嫁的大堂姐跑回来,眼泪汪汪地望着林重檀,一副颇放心不下自己这个堂弟的模样。

母亲更甚,把林重檀搂在怀里,心肝儿、宝儿地叫着,哭得伤心。

双生子也紧紧地抱着林重檀的手臂："二哥哥，我们不想让你走。"

厅堂里最冷静的人便是父亲，父亲等众人收拾好了情绪，才重重地咳了一声："只是上京读书，你们闹得像生离死别一样，荒唐。檀生一人上京我不大放心，春笛陪着一起去。"

这话如惊雷在林家厅堂里炸开。

大哥十分意外："春笛一起去？春笛他……"

父亲已做下决定，不容他人置喙："春笛如今已十六岁了，他并非闺阁女子，终究还是要担起林家的担子。"

听到父亲这样说，我很是惊讶，没想到父亲竟然对我期望不小。于是在父亲叫我去他书房时，我忍不住对着他笑。

"父亲。"我其实很想亲近父亲，只是父亲忙碌，每次归家都已是深夜，不好打扰。

父亲目光沉沉地看着我，并没有对我露出笑容。我知他向来严肃，便收敛了笑容，乖乖地站着，等着父亲训话。

"送你去太学，不为别的，只是因为我实在不愿意看到我林昆颉有你这样一个没用的儿子。我知你原先被耽误，但现已经过了三年，你的夫子依旧说你没有半分长进，不过是认识些字。君子六艺，你不仅不会作诗，其他五艺更是一窍不通。为了送你进太学，我费了不少心思，若你不能学出成绩，就不要回来了。"

我僵在原地，浑身发冷。父亲似乎不欲多言，只让我退下。

若是一炷香之前，我定会乖巧地离开，但这会儿我没走，忍不住问了一句："父亲是不是更希望二哥哥是您的孩儿？您是不是觉得要是没我这个废物儿子就好了？"

我很早就想问这句话了。

在林家三年，我的名字一直没有上族谱，除林家人知道我才是正儿八经的少爷外，外人都以为林重檀才是父亲的儿子，而我不过是远房亲戚家的孤子，暂托林家庇佑。

话音刚落，一巴掌就落在我的脸上。

这是父亲第一次打我。

他像是动了气："竖子，滚出去！"

那是父亲对我说的最后一句话。翌日，我便踏上了前往京城的路，后来，只有骨灰衣冠回到故土。

我，林春笛，生于天历五年，死于天历二十三年，享年十八岁。

第二章
入京求学

父亲叮嘱我们上京之时不可露财，以免被土匪强盗盯上，故而我和林重檀同坐一辆马车。

自三年前我推他下水，我们便鲜有两个人独处的时候。在林家的三年，他曾数次找我，但我不仅没有给过回应，甚至私下碰上，我都不会叫他一声"二哥哥"，只当没看见这个人。时间长了，林重檀也不再主动找我。

这一路上，我和林重檀相顾无言。我捧着书研读；他倒是有了闲情雅致，不是下棋就是品茶，从没见他看书。

我注意到，每逢停车休息时，林重檀会拿着一本册子下车，走远，过一会儿才回来。因为他从不在车上打开那本册子，我并不知道册子里的内容。

不过我怀疑那本册子里写的是太学入学考试的内容，虽然我们免试进了太学，但入学一个月后，就得参加第一次大考了。考得不好，不会被退学，但父亲定会变本加厉地认为我无用。

林重檀的夫子曾是太学的先生，说不定私下给林重檀泄题了，好让林重檀能如雏凤现世般一鸣惊人。

不过这些只是我的猜测。

离京城只有一百多里时，我像往常一样读着书。马车在大路上行驶，突然的颠簸让我抬起了头。这时马车停了下来，我正想问外面的人怎么停车了，旁边的林重檀突然拉住了我的手腕。

"待会儿跟着我跑。"他已经变声完毕，声音如古乐般悦耳。

我意识到周围气氛不对，慌乱地问他："是山匪？这都快到京城了。"

林重檀侧脸看向窗户，声音极低地回复我："京城最近换了十六卫大将军，历来新官上任，都需要功绩装点门面。先有意放任，只待山匪起势，他们再一举歼灭，如此便有了大功一件。"

"可是……可是被山匪杀的人又不能……"

林重檀回头看着我，向来美丽的双眸里没有太多情绪波动。我从他眼神里读懂了他的意思，便噤了声，只凝神注意着外面的动静。

外面刀剑声，人的尖叫声、喊痛声四起，我没有经历过这阵仗，吓得手心直冒冷汗。

忽地，马车不知被什么东西重重撞击了一下，车帘被一刀砍成两半，半裸上身、持着刀的大汉出现在我们面前。

他看到我们，凶神恶煞的脸上露出坏笑："哟，这里还藏着两个细皮嫩肉的小家伙。"

没等我呼救，林重檀抬起手对着大汉一扬，写字的金粉迅速地迷住了大汉的双眼，随即林重檀重重踢出一脚，将这人踹下了马车。他迅速拉着我往外跑。

我从未跑得那么快过，鞋子都跑掉了一只。

山匪不打算放过我们，骑着马追来。林重檀带着我往山林里钻，我没穿鞋的那只脚传来了钻心地疼，但我不敢吭声，我怕林重檀抛弃我。

追杀声持续不断地自身后传来，我越发慌乱。路过一片密林时，林重檀突然停了下来，我知自己是累赘，不敢随意开口，任他把我塞进一个土坑里。

土坑里有石头，被石头磕到后背时，我忍不住倒吸了一口凉气。这时，林重檀也躺了进来，一边拿草遮掩，一边伸手捂住我的嘴。

他捂住我的嘴的手，是那只扬了金粉的手，手心还有残余的金粉。我冷不丁吃了一嘴金粉，连忙闭紧嘴。

土坑不大，我们很是憋屈地窝在其中。也不知道他用了什么香，这一路如此狼狈，他的身上居然还是香的。

山匪的声音逐渐接近，因为害怕，我忍不住闭上了眼睛。万一山匪发现了我们……我和林重檀同年同月同日生，难不成也要同年同月同日死吗？

家人若是得知我们死了，定会为林重檀难过。

胡思乱想之际，我感觉脚边的草动了下，好像有人用刀在乱砍。我吓得浑身僵硬，睁开眼却对上了林重檀的眼睛。

林重檀好像完全不怕，长长的睫毛下的双眸冷冰冰的，察觉到我的视线，他眼波一转，看了我一眼。

他……长得真的挺好看的，我嫉妒地想，眼睛跟宝石似的。

山匪似乎没发现这个土坑，声音逐渐远去了。我慢慢地松了口气。林重檀将草掀开，坐起身后环顾四周："他们往前追了，没找到我们，一定会往回找。三十里外有个兵营，我们只要找到兵营，就得救了。"

听了这话，我便想坐起身，他突然把我摁了回去。

头被重重磕了一下，眼泪花都出来了，我想问他干吗，却看到他收回的手背上出现两个牙洞。

有蛇！

我转头，果然看到迅速游走的蛇。因为只看到尾巴，我不知道那蛇有毒无毒。

在乡下时我遇过蛇，知道一些处理的方法。我连忙坐起，取下发带，将其绑在林重檀的手腕处，又试图挤出林重檀伤口里的血。

林重檀把手抽了回去："没时间了，走！"

他抓着我一路往西北方向跑。可我脚疼得厉害，实在跑不动了，我甩开他的手蹲下身："我不行了，你自己走吧。"

林重檀回头看了我一眼，突然解开了手腕上的发带，蹲在我的身前："上来。"

蝼蚁尚且贪生，我自然也不想死，盯着林重檀的背看了几眼，还是爬上了他的背。

背一个人跑和自己跑，完全不同。林重檀的呼吸声越来越重，最后他让我把他腰间荷包里的药丸拿出来。

我将药丸取出，见林重檀并不准备停下休息，只能把药丸喂到他口中。他迫不及待地吞下药丸，还咬到了我的手指。

"啊！"我连忙把手抽出，手指上已有牙印。

我本能地含住手指，却后知后觉我的手指才被林重檀咬了，又连忙放下了。

好在林重檀不知我的这番蠢动作，我偷偷把手指上的口水擦在了他的衣服上。

天色彻底暗了下来，夜路难走，在看到前方的城隍庙时，林重檀停了下来。

这座城隍庙荒芜许久，门口牌匾上结了厚厚的蜘蛛网。林重檀把我放下，又吞服了一颗药丸，才走进庙中。片刻后，他走了出来，道："里面没人，今晚在这里休息。"

我自是无二话。

进了庙后，我勉强找了处还算干净的地方坐下，取掉罗袜。

我的脚果然受伤了，有几处出血口，我拿出手帕擦拭。这时，出去了的林重檀提着一桶水进来。

原来城隍庙后面曾住着人，有口井，还有废弃的水桶。林重檀把水桶提到我的面前，示意我将帕子沾了水再擦，他准备去收拾一处能睡觉的地方出来。

这一路我被林重檀照拂，不得不暂时放下对他的厌恶："你手背上的伤口……"

"没事，那蛇没毒。"林重檀淡淡地道。

我"哦"了一声，不知道还能说些什么，只好低头处理脚上的伤口。想不到一盏茶的工夫，外面突然下起了暴雨。我担心夜里寒冷，怕是难熬，却看到林重檀扬起了嘴角。

这人怎么还笑了？我们被山匪袭击，其他人生死未知，他如何笑得出来？良吉虽然话多，时常气我，但我不想良吉出事。

大雨倾盆，庙内寒气越发重了，我的夹袄落在了马车上，这会儿我只能抱着腿坐着。林重檀突然看向我，盯着我看了几眼，突然起身。

见他冷不丁地走近，我有些不安，抬头看着他："二哥哥，你……不能丢下我，父亲知道会责怪你的！"

林重檀的脸色比原先苍白许多，应是先前背我逃路所致。他蹲下身，无奈地笑道："怎么没把脸上的金粉擦掉，像只……"他顿了一下，"小花猫。"

他说我像花猫，让我立刻想起之前他的朋友说我像黑狸奴那件事。我咬了咬牙，不服气地想：至少这三年我变白了许多，再不是黑狸奴了。

花猫……花猫也不是，我才不是猫！

桶里的水被我用来擦了脚不能再用，这会儿外面下着暴雨，无法出去打水，林重檀便就着雨水打湿了手帕，将其递给我。

因为没有镜子，我擦了半天后，林重檀拧起眉毛，伸手夺过手帕帮我擦脸。

他衣袖里的香气随风钻入我的鼻中，明明都是逃难，他却依旧衣冠楚楚，而我披头散发，还丢了一只鞋子。

自卑之情又涌上心头。

入睡前，他邀请我跟他睡在一处，以便取暖，我一口回绝了。

春寒料峭，不知是这几年在林家待着把身体养得娇气了，还是脚心伤口太痛，我躺在地上迟迟无法入睡。地砖冰冷，我身上的春衫怎么也挡不住入侵的寒气。

旁观林重檀，他睡得香甜，一点儿动静也没有。我翻来覆去又强撑了小半个时辰，突然听到了林重檀的声音。

"过来睡吧。"他睁开眼看着我。

我没动。

他无奈地说道："明日还要赶路，若你冻坏了身体，走不动路，我可是会把你留在这里，自己去找兵营的。"

听到这里，我连忙从地上爬起。我不能一个人被留在这里。荒山野岭的，死了都没人知道。而且我要是死了，便是称了林重檀的心。他本就霸占了我的林家二少爷的位置，我一死他更加名正言顺了。

我一瘸一拐地走过去，纠结了一番才在他的身侧躺下。小时候我曾跟范五睡在一张床上，但稍长大了一些，我便单独睡在旁边的板床上，回了林家后，更是不曾跟人同床共枕过。

虽然不是睡在一张床上，但我的确跟自己的死敌睡在一块。他身上淡淡的香熏味又传了过来。我僵硬地躺着，林重檀语气随意地道："再不睡，天都要亮了。"

我还想挣扎，可林重檀实在是温暖得让我不忍远离。最后，伴着雨声我不知不觉地睡着了。我醒来时，天色大亮，暴雨停了。

林重檀还未醒，我刚想起身，忽地瞥见册子自他怀中露出一角。那是他平时下了马车走远了看的小册子，昨天那样危急的情况下，他居然还把它带上了。莫非真是太学入学一个月后的大考的考试题目？

我抬眼盯着林重檀的脸看了片刻后，伸手去拿册子。因为怕被他发现，我屏住了呼吸。终于把册子抽出来了，我小心翼翼地打开，里面的内容却令我大失所望——写在册子里的根本不是考题，而是这一路的风土人情。

我讪讪地将册子塞了回去，刚放回去，林重檀就睁开了眼，吓得我一动不动。我怕他发现我偷拿了册子看，但他好像完全没发现，坐起来，往庙外看去。

阳光从破烂的窗口照进来，他抿着唇静坐须臾，才低头看向我："去洗漱吧，我们该走了。"

我的脚还没好，今天又是林重檀背着我前行。昨夜暴雨，今日的山路比昨日更难行走，我生怕林重檀丢下我，双手紧紧地搂住他的脖颈儿不敢放。

林重檀似乎不喜，好几次偏头看我，才说："小笛，你抱得太紧了，能否松松？"

我垂下眼，微微松开些，但没多久又故态复萌。

行到下午，我们终于见到兵营。

兵营的人正在操练，林重檀将我放下，让我在原地待一会儿，便往兵营那边去。过了一盏茶的工夫，他拿着一件披风回来了。

与他一起来的还有几个兵爷，其中一个穿着盔甲，威风凛凛，似乎是个将军。

林重檀将披风披在我身上，才对身侧的人介绍说："宋将军，这就是我的弟弟。"

这个宋将军看起来年纪并不大，但眉宇间煞气很重，沉着目光扫了我一眼。

我从未见过如此煞气重的人，不禁往后退了一步，不想受伤的脚不慎踩到石头，疼得我立刻咬住唇。

而这一个小小的动作，引来了宋将军的嗤笑："你这个弟弟可真够娇弱的。"

初次见面，他就如此讽刺我。我听过许多贬低的话，却是第一次被人说娇弱。我想反驳，但看到对方的脸，又把话憋了回去。

这个将军若是打我一拳，我估摸着就要去见阎王了。

"他从未出过远门，突遭此劫，能有此刻模样，已是不易。"林重檀解释了一句。

宋将军更是讥讽道："哦，我记得你刚刚说你是头一次出远门，怎么你就能背着他行这么多里路？"

不知道我是哪里得罪了这个宋将军，才令他对我如此不客气。此外，他应该很赏识林重檀，对林重檀说话时态度明显温和许多。

在家里我便被林重檀压了一头，如今到了外面，竟还是这般。

我心情郁郁，低下头用手指抠衣服。

"说你两句你就要哭了？"宋将军问道。

我想说我没哭，林重檀抢先说道："让将军见笑了，我弟弟还受着伤，能否让我先带他进去处理下伤口？"

宋将军这才放过我。他将我们安置在兵营，带着人去剿匪。

原来这个宋将军早就看不惯烧杀抢掠的山匪，只是山匪作恶的地方归属十六卫管辖，他管不着，如今被山匪打劫的人都求到他跟前了，还是林家的人，他怎么能坐视不理，自然师出有名地出兵剿匪。

父亲长居姑苏，三叔则是在京城里做官。三叔与父亲并非同母所生，三叔的母亲是我奶奶的陪嫁丫鬟，因为奶奶有孕，三叔的母亲便被抬作妾室。

三叔十分争气，如今任工部尚书一职。我们到达兵营的时候不早，尽管宋将军已派人送信给三叔,但三叔的人要明日清晨才能赶到接我们回府,故而今晚我们要在兵营里歇息一晚。

兵营人多,我和林重檀被分到了一个帐子。入夜,士兵帮忙抬水入帐,让我们沐浴。我自从住进林家,生怕别人从我身上闻到不洁的味道,每日都要沐浴。

因为生得黑,母亲便给了我许多保养方子。尽管那些保养方子都是些女孩用的,但我想让自己看上去更像林家的少爷,便忍着羞耻日复一日地用那些方子,连每日沐浴用的水里都会加上牛奶。

"你先洗吧。"林重檀送走士兵后,对我说。

已经两日没沐浴了,我这会儿顾不上礼让,点点头就慢吞吞地走过去。帐子简陋,连个遮挡的屏风都没有,但兵营愿意收留我们已经是大幸,我不敢要求太多。

看了林重檀几回,发现他一直背对我坐在桌前,我稍微宽心,准备沐浴。军医简单地帮我处理了一下脚上的伤口后,嘱咐了一句伤口不能碰水。于是我没有进浴桶,把受伤的那只脚搭在长凳上,用木勺舀水冲洗身体。

热水冒着白气,我仔细地搓洗身体,把身体都搓红了,才穿上干净衣服。衣服不知是哪个士兵的,我穿上后发现大了不少,即使扎紧了裤子腰带,裤子依旧往下掉。我不得不用手紧紧抓着裤腰带,狼狈地回到床上。

"我洗好了。"我对林重檀说。

林重檀依旧背对着我,听到我的话后,起身往浴桶那边走去。我见他这就开始脱衣服了,不由得一惊:"你不叫人换水吗?"

"这里是兵营,这些士兵十日、八日都未必会洗一次澡,我们两个人暂留此处,若让人连烧两大桶水,恐遭埋怨。"林重檀说话间,就脱下了衣物。

我连忙转头。

因为林重檀的话,我看着身上松松垮垮的衣服,不好再张嘴说想换一身小点儿的。

夜里我和林重檀又睡在一块,不过我们一人盖一床被子,倒不用像昨日那般亲密。

帐子外静悄悄的,偶有传来巡逻的脚步声。我身心疲惫,没多久就睡熟了。也不知道睡了多久,被人吵醒了。

"接你们的人来了。"

那个声音格外洪亮,我迷迷糊糊睁开眼,有些反应不过来,被帐子外照进来的日光刺得眯了好一会儿眼。撩开我们帐帘的是那个宋将军,他一点儿不见外,连招呼都不打一声就冲进来了,这会儿正表情奇怪地看着我们。

我准备坐起来,却发现自己紧挨着林重檀,连忙往旁边一滚,这一滚我发现了一个更糟糕的事情——被子下的我没穿裤子——也不知道什么时候滑落了。

我看了林重檀一眼,发现他已经醒了,但没起身,恐怕他已经发现我的窘状,才未掀被子起身。

我浑身僵硬地躺着,一旁的林重檀平静地开口:"谢宋将军,还请宋将军帮忙唤林家的小厮过来。"

宋将军又奇怪地看了我们一眼,才说了声"好啊"。

宋将军离开后,帐中只剩我和林重檀。他不看我,侧身坐起,留个背影给我。我明白他的意思,赶忙去找自己不知遗失在哪儿的裤子。

也不知道我昨夜是怎么睡的,稀里糊涂地挤进了林重檀的被窝就算了,还把裤子留在原先的被窝里。

我刚穿上裤子,林家的小厮就过来了。林重檀让他拿两套衣服过来,顿了一下,特意说道:"其中一套要小些。"

我坐在床上,感觉脸颊发烫。既为睡觉的事,又为自己明明努力养身体却依旧比林重檀身形小上不少而羞愧。

换好衣服后,那个宋将军已不在兵营,我们没能与之谢别就坐上三叔派来的马车。

三叔是京官,京城地贵,府邸不到林家主宅一半大小。三叔膝下有一子两女,儿子比我们小了四五岁,如今还在家中读书;两个女儿与我们年龄相近,如今正在相看人家。

我朝民风开放,也没有堂兄弟姐妹必须避嫌的规矩,三叔让我们就住在他家。

住在别人家中,我总有些不自在,想多去向三叔请安问好,但我脚伤未好,林重檀让我不要随意走动,他自会跟三叔解释。

良吉是第三日被救回来的,山匪杀了几个护卫后,把剩下的人都抓到了山上。良吉被饿坏了,回来猛吃猛喝。过了两日,他看着坐在椅子上养伤的我,冷不丁地问:"春少爷,你都不出去玩吗?"

"我脚伤还没好,怎么出去玩?"我说。

良吉说:"可是……可是我刚刚看到二少爷跟两位堂小姐、堂少爷出了门,说是要去醉花楼吃东西,还要去什么……"他绞尽脑汁,终于想起来,"去城中最大的书院,说那里聚集了很多才子。"

我连忙坐直身体:"你说的可是真的?"

"是真的！我听得可清楚了，婉堂小姐还说三老爷明日休沐，明日可以一起去城外的千佛寺上香。"

良吉的话让我心生不悦，这几天我窝在房里养伤，只向三叔他们请安过两回。倒是林重檀，他这么快就与三叔一家亲密如斯了吗？

我让良吉去等着，见到林重檀就请他过来。

"这么晚了怎么还不睡？"入夜后，林重檀才掀开门帘进来。

我端坐在椅子上瞪着他，他看清我的神色，略微一顿，问："怎么又生气了？"

又？他为何要用"又"字？

"你跟堂妹、堂弟他们出去了？"我问他。

他承认了。

"你……你为何不通知我？怎么就你跟他们出去？"我气愤道，觉得林重檀是故意的。

林重檀在我左边的椅子坐下，他似乎有些疲倦，眉眼间略带倦意："你脚伤未愈，出去岂不是受罪？等你伤好了，再出去玩也不迟。"

"你们明日去千佛寺上香，我也要去。"我不能让林重檀一个人在三叔等人面前表现，我才是正经的林家少爷，林重檀只是外人，这些三叔他们也是知道的。

林重檀偏头看着我，我不闪不避地继续瞪着他，他的神情有些冷淡："随你。"说完，站起便走。

他的语气如此，我更觉得他是做贼心虚，有意让我在三叔一家面前表现得礼数不周。

翌日我起了个大早，三叔一家知道我也要去千佛寺，都有些惊讶。

三婶问我："春笛，昨日檀生还说你脚伤没好，今日真的能去千佛寺吗？"

果然，林重檀是故意的。

"我已经好多了。"我说。

三叔道："那便一起去吧。"

去千佛寺的路上，我、林重檀还有堂弟共乘一辆马车。一路上，堂弟只与林重檀攀谈，并不理我。我看着他们相谈甚欢的样子，只觉得林府的噩梦重现了。

于是我强硬地参与话题，想将堂弟的注意力引到我身上。不知为何，堂弟几次眼神对上我的，就迅速移开，明显不欲与我说话。我心中难过，神色越发颓靡。

到千佛寺时，精心打扮的我就像只斗败的鸡，垂头丧气。

拜佛时，我也不挨着堂弟他们，独自转了转。用斋饭时，林重檀和三叔一家和和睦睦的，我反而像个格格不入的外人。忽然，林重檀用公勺舀了一勺子豆腐给我："这个好吃，尝尝。"

突如其来的关心让我微怔，还未说话，就听见三婶说："哎哟，檀生真是个会疼弟弟的。"

明明在马车上时，林重檀一直不理我，现在又来装好哥哥了。我暗自生气，但碍于三叔他们在，只能乖顺地点头："谢谢二哥哥。"

当天回去，脚上愈合得差不多的伤口又裂开了，毕竟是住在别人家中，我不便让良吉请大夫，只能自己忍痛，可不知道是被感染了，还是白日吹了风，到了夜间，我浑身发烫，窝在床上动弹不得。

恍惚间，听到良吉在同什么人说话。

我的额头被一个微凉的东西碰了下，因为我身上太烫了，所以那个微凉的东西对我来说，简直是宝物。我伸手死死抓住不放，还拿脸颊去蹭它，希望能减少身上的难受。

"啊！春少爷这是……"

"无妨，你去找管家请大夫，他寒气入体，不请大夫来看是不行的。"

"劳烦二少爷坐在这里陪着春少爷，奴才马上就回。若是二少爷感觉手疼，可以把这个布娃娃拿给春少爷。"

"这是什么？"

"春少爷自己做的布娃娃，他很喜欢的，经常放在枕旁一起睡。"

耳旁的声音持续不断，我嫌吵，开口让他们不要说话。房里果然骤然安静，我用脸颊压着自己新得的宝物，稀里糊涂地睡了过去。

第二日，我一睁开眼，就对上良吉的大脸，吓得我往床里一缩。这一动，我才发现自己腰酸背痛，头也疼。

良吉见我醒来，明显松了口气："春少爷，你终于醒了，再不醒，我又要去叫大夫了。"

"我生病了？"一开口，我发现自己声音也是嘶哑的。

"对啊，春少爷可要赶紧好起来才是，再过几日太学就要开学了，可不能误了时间。"

良吉的话提醒了我，我收拾好心情不再去想其他的事，除了每日向三叔、三婶请安问好，平时都窝在房里看书。

十日后，我和林重檀以及其他新生一同入太学。

前朝就有太学，我朝在前朝太学的旧址上继续办学，几代帝王都曾在这里读书,如今的太学不仅风景秀丽,占地还很广。

每年能进入太学的学子仅百人有余,其中绝大部分都是京城里的贵族少年。

在太学里,世袭侯门爵位的公子哥遍地走。上京前,父亲虽然掌掴了我,但私下又让他的随侍叮嘱我:在太学务必小心行事,做到人不犯我我不犯人。三叔亲自送我和林重檀进太学前,语重心长地说京城里的少爷公子哥个个骄纵长大,恣意任性。三叔的未尽之言,不言而喻。

林重檀对此反应平淡,仿佛并不把这件事放在心上,但我很紧张。太学的学子除了像我们这种出身的,还有天家的孩子,比如太子。

据说太子稍长我们四岁,正在太学读书。

太学的学子平日都住在斋舍里,除了天家的几位皇子。太学一个月可休沐四日,允许学子在休沐时归家探亲,比大哥在寒山书院读书时的假期还多些。

报到的当天不需要上课,我的斋舍和林重檀的不在一处,学舍也是。太学分上舍、内舍、外舍,按理说,我和林重檀都是初来乍到,应该一起去外舍就读,没想到红榜上林重檀的名字写在了上舍的名单里。

红榜上的名单,名字的一旁还标注学子的年纪。上舍皆是及冠的青年,十六岁的林重檀在其中十分显眼。

光是看红榜的这么一会儿时间,我就听到好几个人在议论纷纷。

"林重檀?这是谁啊?从没听过这个名字。"

"不会是新生吧?哪里来的新生这么厉害?"

"原来你们还不知道林重檀,林重檀是道清先生的关门弟子,姑苏林家嫡系的二子,三岁已有神童之名,人称姑苏之骄。"

"姑苏之骄?我倒要看看这个神童是否名副其实。"

我不欲继续听,拉着良吉从人群中出来。良吉还傻乎乎地说:"春少爷,他们在讨论二少爷呢。"

林重檀一进太学,就被太学的博士请走了,并不和我在一处。我也庆幸不用跟他在一处。

又不是求偶的孔雀,不必要惹眼。

"闭嘴。"我对良吉说,"寻我们的斋舍去。"

良吉"哦"了一声,老老实实地跟着我走。

斋舍自然没有家里的院子舒适,不过环境还不错,窗前正对着一棵杏花树。如今杏花开得正好,花瓣雪中带粉,清幽的香味随风飘入屋内。

我看到这棵杏树,心情大好,和良吉一起把书桌搬到这扇窗户下,准备平日就坐在这里练字读书。

正收拾着,外面忽然传来喧闹声。

"该死的,老爹偏偏这么早把我送来读书,这个死太学,连小厮都不允许带,只准书童伴读,伴读的书童最多两个。平时我房里伺候的丫鬟都有八个,两个书童怎么伺候我?什么破屋子,都有霉味!气死小爷了!你,回去跟我爹说,我不要在这里读书,快派人接我回去。"

另外一个人的声音小心翼翼地,他说:"少爷,老爷说了……不能回去……"

话音还没落,就传来一声闷响。

"我要你去就去,废话那么多做什么!"

我忍不住趴在桌子往窗外探出头,冷不丁地看到一个锦衣少年拳打脚踢一个书童打扮的人。被打的那个人垂着头,直愣愣地站在原地挨打。

锦衣少年可能觉得累了,停了下来,环顾一圈,大步往杏花树这边行来。他折下一根枝条,一转身,就与未来得及缩回去的我对上。

其实我是被眼前一幕骇住,脑海里不由自主地浮现出几年前被范五虐打的场景,才僵在了原地,却被锦衣少年逮了个正着。

锦衣少年看到我,怔了会儿,才眯着眼问道:"瞧什么呢?"

我不敢回话,连忙缩回去,心想:运气也太差了,左边住了这么一个脾气差的邻居,不知道右边住的那个又是个什么性格,希望是个好相与的。

因着明日要上课,这日我早早地睡了,但左边的宿舍一直不消停,我听见有人尖叫哭喊的声音,撕心裂肺的,心想:那个锦衣少年又在惩罚他的书童吗?

但我不敢起身去看,只将被子蒙住头,囫囵睡下。

我在外舍读书,外舍的学子是最多的,大半都是初来乍到,教授功课的典学对我们不假辞色。

能来太学读书的人除了出身高门,个个皆是优秀之辈,因此典学教授功课的进度远比教我的夫子快,不仅一天要背完两篇长文,还要练字、作画、学琴等。

典学还说这样的学习强度,已经看在我们是外舍学子的份儿上了。像上舍,不仅是太学的博士授课,太傅还会亲临教导学子,他们对学子要求更高,譬如背诵这一方面,上舍的学子一日至少背完十篇长文。

我……我现在一篇都不能完全背下来,文章皆是聱牙诘屈、深文奥义的,没背几句我就磕磕巴巴的,背不出后面的内容。良吉想帮我,但他更读不懂。

因为不想落于人后,我不得不每日都熬夜学习。即使这样,典学对我也尽是批评。这一日,我因为长时间没好好睡觉,一时没扛住在课堂上睡着了。

"林春笛!"

一声呵斥惊醒我,我睁开眼,便对上了典学沉着的脸。我心知糟糕了,立刻坐直身体,但已经晚了,典学叫我站起将昨日学的文章背一遍。我勉力背了十几句,就背不出后文了。

昨夜我没忍住睡着了,今早来时还想着也许典学不会抽我背文章,哪知道屋漏偏逢连夜雨。

典学越发生气,吹胡子瞪眼地瞧着我。见他拿起了戒尺,我颤抖着将手伸出。

"啪、啪、啪……"一连抽了十下。

"你们这些人,莫要把太学当家中,偷懒耍滑者,我可不会惯着你们!林春笛,出去罚站!"

京城逐渐转暖,春风拂芬芳,如软软的羽毛拂过脸颊。蜷缩起的手心传来火辣辣的痛,脸上也是。不知过了多久,随着琅琅读书声,有人踏入廊中,徐徐而来。

余光瞥见如覆了熠熠一层光的白华绸衣,我连忙低下头,不想来者看到我在罚站。虽然我不知道来人是谁。

"小笛?"

这个声音让我怔住,来人怎么偏偏是林重檀?

"你怎么站在外面?"他又问道。

我不想让他看我笑话,只能抬起头:"不用你管,你走。"

其实我已经有好些日子没见到林重檀了,自入太学,他就读上舍,住的地方也不跟我在一块。他让他的书童给我送过几次东西,除了纸笔砚台等物,还有吃食糕点。

许久未见,林重檀似乎更高了。他站在我面前,露在衣襟外的脖颈儿修长如鹤,微微低头询问我时,长长的睫毛自然垂落,半遮半掩住眼底眸光。我一时有些恍神,以至于手被他抓了起来,都没反应过来。

林重檀展开我的手,看到手心明显的红肿尺印时,眉头微拧:"典学怎么罚这么重?稍晚些我让白螭送药给你。"

我不想哭的,可是不知为何,眼睛越来越酸。典学说我偷懒耍滑,可我真的已经很刻苦了,是我天资不如人,怎么都学不好。

林重檀抬眼看清我脸上的泪水时,露出一个安抚的笑容:"好了,不要哭,你跟我说说为什么典学罚你?"

他越让我不要哭,我越忍不住。怕里面的学子听到我的哭声,我只能咬牙忍着,小声说道:"我……我在课上睡着了,又背不出书,那些文章太……"

我顿住,说不下去了。

林重檀了然:"背不出来,可能是你没能理解文章的意思,这样吧,以后每日的亥时四刻,你来找我。"

这时,典学的声音从里面传来:"谁在外面说话?!"

听到匆匆的脚步声,我赶紧抽回手,用眼神示意林重檀快走,但典学已经看到了林重檀。

林重檀不慌不忙地向典学行了礼:"弟子林重檀见过李典学。"

李典学目光在林重檀身上转了几圈,一向阴沉的脸上竟然露出了笑容:"原来你就是林重檀啊,听说上舍的博士个个对你赞不绝口。来,你进来,我刚刚出了一个上联,没一个人能对上,你来试试。"

林重檀落落大方地随着李典学往里走,进门前,他停下步子,回首望着我,迟疑地说道:"李典学,他……"

李典学嫌弃地看了我一眼:"算了,你也进来,看看人家林重檀是怎么作答的。"

我在这廊下站了许久,李典学都不曾叫我进去,现在林重檀只说了四个字,他便松了口。

接下来课室里发生了什么,我浑然不记得了,不过,李典学接下来常常在课堂上提起林重檀,他让我们向林重檀学习。

我与林重檀,天壤之别。

这时尚且不服气的我仍然憋着一口气,不愿意主动去找林重檀,让他帮我。不过没多久,我就低下了头。

我又被罚站了。

林重檀看到我来找他,并没有露出惊讶的神情,搁下笔,问我今日学了哪篇文章。

他讲文章,竟比典学讲得更容易理解。在他的帮助下,我背诵文章速度明显变快,有一次还被李典学夸奖了。

"最近还算用功。"

李典学的夸奖让我喜不自禁,我早早沐浴完,拿着书卷提前去找林重檀,不想林重檀竟然不在。

"你们少爷去哪儿了?"我问林重檀的两个书童。

书童们对视一眼,白螭明显有话想说,但被旁边的青虬拦住了:"少爷他去散步了。"

撒谎,若是散步,怎么不在我来时就告知我。他们有事瞒着我。我走进林重檀的房间,准备等林重檀回来,直接问他。

离亥时四刻只剩一炷香时间时,林重檀终于回来了。他看到已经在他房里的我,一向平静的面容有了些许波动,但很快,他恢复成往日模样,让我再稍等片刻,他需要去换衣服。

我看他这样子,更觉得他做贼心虚,几步上前,忽地嗅到奇怪的气味。我用力嗅嗅,气味随着林重檀往净室走而变淡,我意识到那气味来自他的身上,不禁伸手抓住他的袖子,凑近了闻。

我没闻错,林重檀身上有酒味,不过不重。

"你居然喝酒!"我觉得抓住了他的把柄,毕竟太学不允许学子在非休沐之日饮酒。

林重檀垂眼看着被我抓住的衣袖,轻轻一抬手臂,光滑的衣料就从我手心里逃脱了:"嗯。"

他承认自己喝了酒,又道:"桌子上有《雁塔圣教序》的字帖,你去看看。"

我知道他不想和我说喝酒的事,但他越是这样,我越是不想放过他。于是我压根就没去看字帖,而是等着他从净室出来。

"如果你不说你为什么去喝酒,我就写信告诉父亲。"我警告他。

林重檀走到桌前坐下,完全不谈喝酒的事,而且拿起桌上的字帖放到我面前:"看了吗?"

我瞥了一眼,就移开视线:"看了。"

他老是让我看《雁塔圣教序》的字帖做什么?我早就练过了。

林重檀像洞察了我的心思:"原先你在家中,今夫子为了让父亲早日见到你学习的成效,并没有让你打稳根基。根基不稳,越是往后学,越是危险,你的字我仔细看过了,散而无形。还有,你没练好楷书,就开始练习行书,太过冒进。"

猛地被批评一顿,我愣了一下,林重檀这是准备转移话题,还是打算倒打一耙,向父亲状告我不认真学习?

"你……"我一生气就容易结巴,好半天才平复过来,"我们现在说的是你喝酒的事,谁让你提我的字的?"

春夜静谧,尚未有虫鸣声。林重檀的目光从字帖上移到我的脸上,他看出了我对这事的执着,总算不回避了。

"我今夜是喝了两杯,还望小笛不要说出去。"

我的视线与他的目光相触,想到这件事的关键,我说道:"太学不允许学子饮酒,更不许将酒带入太学,今晚肯定不是你一个人喝的,你跟谁一起喝酒的?"

无论我怎么威胁他,林重檀都不肯说,最后我和他不欢而散。回去的路上,我捏着《雁塔圣教序》的字帖,一边踢着路上石子,一边暗想着林重檀到底是跟谁去喝酒的。

虽然林重檀跟我都是新生,但他与我不同,他就是一只可恶的孔雀。

快到我自己的斋舍时,阴影处突然冲出来一个人,吓得我往后退好几步。待看清那人的脸,我更希望自己撞见的是鬼。

冲出来的人是住在我隔壁的锦衣少年。这个锦衣少年来头不小,是允王府的小世子,名叫越飞光。

越飞光跟我同舍,我自觉没有得罪过他,但他对我的态度很奇怪,不是阴阳怪气地说话,就是盯着我不眨眼。这次他上下打量了我一番,问:"你这是从哪儿来?"

我看了自己的斋舍一眼。良吉是不是又在偷偷看话本?怎么还不来寻我?

越飞光发现我没有第一时间回答他的话,表情蓦然阴沉了些,少顷,他凑到近前,问:"你怎么不说话?是哑巴?"

"我不是。"我反驳道。

"原来不是啊,我看你整天闭着个嘴巴,还以为你是哑巴呢。"越飞光又走近一步,我觉得他离得太近,忍不住往后退。不知道我退后的动作怎么惹到他了,他一把抓住了我的手臂:"躲什么呢?我还能吃了你不成?对了,林春笛,今日我让书童去拿牛奶,厨房的人居然说牛奶没了。"

自我回了林家,父亲每月划到我账上的月例银子不少,可以说,我的月例远超太学很多公子哥的。太学处处都要花钱,比如牛奶。我习惯在泡澡时加入牛奶,但每个学子每日只能免费领一壶牛奶,根本不够,于是我花了一大笔银子专门跟厨房订了牛奶。

厨房的人收了钱,便额外购买我需要的牛奶,每日夜间派人送到我的斋舍。因为我要的牛奶是额外订的,应该不会存在我买空牛奶,别人喝不上的情况。

"后来,我一问才知道,太学居然有人用牛奶沐浴。"听到越飞光这句话,我的脸色不由得变白,"乖乖,我家中姐妹都没人用牛奶沐浴,太学里怎么会有男人用牛奶来泡澡呢?最近京城有一出很出名的戏,叫《女将军》,林春笛,你听了吗?"

我僵硬着身体摇头,不明白他为什么话锋一转,突然提起什么戏。

越飞光见我摇头,露出一抹不怀好意的笑:"没关系,我跟你简单说说。《女将军》讲的是一名女子女扮男装,混入军营,与男人同吃同宿,抗敌杀贼,最后成为大将军的故事。你说会不会也有女子想当大官,所以女扮男装,偷偷混进太学?"

我觉得他的表情越来越奇怪,不欲再跟他多言,只道:"我不知道,天色已晚,我的文章还没背好。越世子,你也早些歇息吧。"

可我才走出一步,就被他拉住了。

"急什么,我的话还没说完。林春笛,你老实承认吧,我都知道了,拿牛奶沐浴的人就是你。你天天拿牛奶沐浴,是不是……"

他说最后一句话时声音低沉,像是故意压低的。

我又羞又气:"我……我不是!"

"不是什么?我看你就是。长成这样——"他意味深长地笑了一声,"听说你是姑苏林家旁系的孩子,林家却花了大心思把你送进太学,怎么看怎么奇怪,不过是一个旁系的孩子,用得着这样?我看你是林家的女儿,因羡慕你哥哥能入太学读书,便卸下黛眉红妆,也跟着过来了。因要隐藏女儿家身份,对外只说你是旁系的孩子。快说,你是不是女孩子。"

挣扎间,字帖掉在地上。我不懂他为什么要说这种荒唐的话,我是男是女不是一眼就看得出吗?

"我不是女子!"我扯开他的手,"我要回去背书了,你……你别再问这种奇怪的问题了。"

越飞光又抓住我的手臂:"像你这种笨蛋,再怎么背书都没有用的。还不如……"他顿住,不知想到了什么,表情变得十分奇怪。

我只觉得自己被羞辱得彻底,大脑一热,忘了父亲让我不要随便得罪这些京城贵族公子哥的叮嘱,一把抓住他横在我身前的手,狠狠咬了一口。等他吃痛退开,我连忙弯腰抓起地上的字帖,扭头就跑,一边跑,一边大喊"良吉"。

良吉从屋子里跑出来:"春少爷,你回来了?"

我慌乱极了,都不敢回头。看到良吉迎出来,我连忙抓住他的手臂,急忙地把他往屋里拉:"快,把门关上!"

良吉不明所以,但照着我的话做了:"春少爷,你见鬼了吗?怎么脸色这么白?"

我没回答他的话,慌张地跑到桌前,见到茶壶,便倒了一杯茶水。

"春少爷,茶水是冷的,你等我换了再……"

良吉的话没说完,我就仰头把冷茶灌进肚里。越飞光不是好人,经常私下欺负人,不仅欺负他的书童,还欺负同舍的学子。前几日,我就撞见了一个学子被越飞光掌掴的一幕。

那个学子被打了,反而向越飞光道歉。我咬了越飞光一口,他会不会报复我?

越想我越怕,根本沉不下心来背书。第二天,我一改往日早早去课室的习惯,典学快到的时候,才走进课室。

一进去,我就看到坐在我位子上的越飞光。他看到我,冷笑了一声,一副有话要说的样子。典学从外进来了,他看了一眼典学,不紧不慢地站起身。

我连忙换个方向,想在自己的位子上坐下,但旁边突然伸出一条腿,我躲避不及被绊了一下,结结实实地摔在了地上。

"林春笛,你怎么了?怎么走路都会摔?"上方传来典学的询问声。

我抱着手臂坐起,想说是有人故意伸腿绊我,却在开口前先看清了那个绊倒我的人的脸。

绊我的人叫聂文乐,父亲是正三品大官,他是越飞光的狗腿子,一向唯越飞光马首是瞻。我看清了聂文乐的表情,反应过来他是故意的。

父亲让我在太学好好读书,如果我跟这些人起了争执,父亲知道后肯定会生气。想到这里,我咬着牙忍痛从地上爬起来,走到自己的位子上坐下,心里安抚自己:再忍忍,等越飞光气消了,他就会放过我了。

可是越飞光的欺负日益过分,一开始是让人伸腿绊我,在我的茶杯里加墨汁,故意损毁我的画,这日他竟然在课间让人把我拖进假山。

"你们……你们想做什么?"我被逼得步步后退,想逃跑,但越飞光的人把假山出口挡得严严实实的。

越飞光不说话,只歪着头看我。我慢慢地攥紧藏在袖中的手,搬出典学警告他们:"待会儿就上课了,典学看不到我,肯定会问的。到时候你们……我会说出去的!"

也不知道那句话说错了,他们纷纷笑了起来。越飞光笑得最欢,还用看傻子的眼神看我:"你们看看,这个笨蛋还以为那些典学能救他。"

第三章
太学风波

越飞光说这话的时候,目光一直放在我身上。我见过很多不友善的眼神,但没有一个人像越飞光那样,眼神直勾勾的,很是奇怪。

我不想在他们面前露怯,努力挺直背脊。距离下节课只有一刻钟了,他们再过分最多只能欺负我一刻钟。

越飞光看到我这个样子,对身后的人使了个眼神。不过片刻,我便看到他们提了一个水桶进来。

越飞光弯腰拾起水桶上漂浮的莲花形木瓢,咧开嘴角笑。我意识到他想做什么,刚要张嘴喝止他,一瓢冷水就泼了过来。我躲闪不及,头脸被泼湿。

接下来,那些与越飞光在一起的贵族少年轮流拿着莲花木瓢向我泼水。这些人一边泼水,一边嘻嘻哈哈笑作一团。我躲又躲不开,想冲出去逃出生天,却被推进了更里面。我感觉自己至少被泼了二十几瓢冷水,身上的春衫湿透了,我才抱着双臂,把脸扭开,一动不动了。

直至水桶空了,他们才停了下来。我抬手抹掉脸上的水珠,因为寒冷,身体止不住地打战。不知为何,先前笑成一团的贵族少年此时变得鸦雀无声。我转动眸子瞥了他们一眼,发现他们都在盯着我看,不由得抿了抿唇。

快一刻钟了,马上就要上课了,但我肯定不能就这么回去课室,必须先回去换衣服。我抱着身体,试探着开口:"你们……你们够了吗?要是没有其他事,我就先走了。"

往外走时,我很怕他们又把我推回去。经过越飞光时,我怕得心跳得很快。奇怪的是,他们给我让开了位置,目送着我离开。

估摸着已经离开了他们的视线,挺直的背一下子泄了气,我想我现在肯定狼狈极了。他们这样羞辱我,我却连骂一句都不敢。

"春少爷!"良吉的声音在耳边炸开时,我才意识到自己游魂似的飘回了斋舍。我对良吉低声说:"帮我拿一套干净衣服,我要赶紧换了回去课室上课。"

良吉不傻,他一边帮我擦身上的水,一边问:"春少爷,是不是有人欺负你啊?我们去跟三老爷说。"

"不行!"我第一反应是反对。

三叔只是我的叔叔,我休沐时住在他家,已给他添了麻烦。

"那我们就写信告诉老爷!"良吉又道。

"更不可以告诉父亲。"我急急地打断良吉的话,又道,"你不要管那么多了,我……我有办法解决的。"我不能让父亲知道我被人欺负,父亲知道了,肯定会责怪我给他惹事。

良吉仍不死心:"和二少爷说说这事总可以吧?二少爷那么聪明,肯定能帮少爷的。"

找林重檀?

我想到上次和他的不欢而散。

如果林重檀遇到这种情况,他会怎么做?

我没有太多时间想这个,换完衣服我匆匆忙忙朝课室赶去,却还是误了上课的时辰。

恰巧这节课的授课教授是一直对我不假辞色的李典学。

他拿起戒尺就要惩罚我,之前帮越飞光欺负我欺负得最狠的聂文乐突然开口道:"李典学,方才林春笛是帮我回斋舍拿书了,才误了上课的时辰,你就饶了他这次吧,要不然我多自责啊。"

聂文乐的话让李典学顿了一下,他板着脸,问我:"你是帮聂文乐去拿书了?"

越飞光也开口道:"是啊,当时聂文乐叫他去的时候,我也在场。"

李典学的神色有了变化,变得迟疑起来。眼看他似要放下戒尺,我张嘴道:"我没有帮聂文乐拿东西。"

我虽然没用,但也不想接受这些人的帮忙。

明明害我被李典学责罚的人就是他们,现在还想来当好人?做梦。

李典学听到我这样说,用戒尺抽了我几下后道:"谅你诚实,少罚几下,自己出去站着。"

"是。"我转身往外走,余光瞥到越飞光的脸。他此时脸色极差,有乌云压城之势。

李典学的课一结束,越飞光就从课室里走了出来,向我走来。若是平时,我定会害怕地后退,但刚刚吹了一个时辰的风,被打的手心还在痛,我莫名其妙地有了勇气,直接迎上了越飞光的视线。

不过是仗着家世欺负人的纨绔子弟,我才不怕他!

越飞光见我如此,眼中露出几分嘲讽。他微微俯身靠近我,说道:"敢瞪我了啊,林春笛,我劝你早日识相,我生气起来,可不会顾后果的。"这一句,声音放得极低,"我到时候弄死你。"

我慌乱的眼神令他心情明显变好了,他直起身故意撞了一下我的肩膀,才哼笑着走开。

我只是咬了他一口而已,而且我咬他也是他欺负我在先,现在他却威胁说要弄死我。

这句恐吓,让我那点儿跟越飞光抗争的勇气如昙花一现。当夜,我窝在床上,阻止了良吉点亮烛火。

"为什么不点灯?春少爷,你今天不背书了吗?"良吉不解地问。

我让良吉声音小些,别被隔壁的越飞光听到。

"良吉,你说我明日去跟典学请假怎么样?"我怕得不行,怕越飞光说到做到。

不等良吉回答,我摇头道:"我不能请假,请假功课就跟不上了。"

我心里泛苦,又拿不定主意,夜很深了,才生出一丝睡意。翌日,我刚睡醒还稀里糊涂的,就听到良吉邀功似的跟我说:"春少爷,很快就没事了,二少爷让我们等几日!"

"什么?"我连忙从床上坐起身。

原来昨夜良吉待我睡着后就偷偷去找了林重檀,他把我和越飞光的事情和盘托出,还说我寝食难安,人都瘦了几圈。

"二少爷听了之后,就让我回来告诉你,这事他来解决,让你放心。"良吉说。

林重檀怎么解决?难道他想把此事告诉三叔或者父亲?

我想去找林重檀,但迈出两步又顿住。事到如今,似乎只有向父亲坦白这件事一条路能走了。

几日后,良吉跑来跟我说,允王府来人了,来接越飞光回家。越飞光不愿意走,是允王掀开了一点儿车帘露了一面,他才不得已脸色难看地爬上马车。

我没想到允王会亲自来接越飞光,看来应该是林重檀告诉了三叔,三叔又去找了允王。

过了两日,便到一个月的休沐假期了,我向三叔道谢。三叔却露出疑惑的表情:"春笛,你要谢我什么?"

"三叔不是……"我意识到不对劲儿，连忙住嘴，转而说，"我说谢谢三叔上次派人给我送衣服。"

"哦，那个啊，那是你三婶一手操办的，说现在天气渐渐暖和，可以给家里的孩子多置办几套衣裳。"三叔说。

我借口感谢三婶，从三叔的书房离开。正好林重檀从外进来，与我正面迎上。

自那日喝酒事件后，我再没有主动去林重檀那里，也没有跟他偶遇过。林重檀看到我，仿佛我们之间没有发生过龃龉，对我轻轻颔首后，走进了三叔的书房。

而后我去见了三婶，旁敲侧击一番后，发现三婶也不知道我在太学被越飞光等人欺负的事。

看来林重檀没有把这件事告诉三叔，三叔不知道，远在千里的父亲更不可能几日就能请动允王。

休沐结束，越飞光也回到太学继续读书，但这一次他和他的狗腿子都没有再欺负我，仿佛已经对我失去兴趣。

我在庆幸的同时，也思考要不要去跟林重檀道谢。

"春少爷，你都在屋里走了二十多圈了，你到底在烦什么啊？越世子吗？"

我摇头，道："不是，我是在想……"我闭了闭眼，总算把心里话说出来，"我想去向二哥哥说一声谢谢。"

"去说就好了。"良吉完全不懂我在烦什么，天真地开口。

我心绪复杂地又开始转圈，一直到入睡前，我才小声地对良吉说："跟人道谢，总不能空着手去，我该送什么给他？"

良吉一边放下床帐，一边道："二少爷什么都不缺，其实春少爷你什么都不送也没关系，一定要送的话，可以送点儿外面买不到的。"

"有什么是外面买不到的？"

良吉看着我："春少爷你自己做的就是外面买不到的啊。"

可是我没有一技之长，糕点做得不好吃，饭菜更不行，最后看不下去的良吉提醒我，说我可以给林重檀做个布娃娃。

"布娃娃？他会喜欢吗？"我看着放在床上的布娃娃。

良吉点点头："会啊，上次二少爷就看了那个布娃娃很久。"

这时，我才知道从千佛寺回来后，脚上伤口裂开，又感染风寒时，是林重檀让人请了大夫，还守在我的床边守了许久。

两事叠加，还有之前逃难时他也是帮我良多，我就算讨厌林重檀，也觉得该好好跟他道谢。于是我花了几日时间，紧赶慢赶地做出了一个跟我的布娃娃差不多的娃娃。

"送我的?"林重檀看到我递过来的布娃娃,似乎有些惊讶。

我没说话,只点了点头。

林重檀接过布娃娃,低头看了一会儿,才抬眼对我微微一笑:"我很喜欢,谢谢小笛。"

"你不用谢我,这是我给你的谢礼,谢你帮我摆脱越飞光。"天知道我为了把这句话说出口私下练习了多少遍。

我自己从未想过我还会有真心实意向林重檀道谢的一天。

林重檀却岔开了话题,问上次给我的字帖,我有没有在临。

字帖?

我愣了一下,才想起林重檀给了我一本《雁塔圣教序》的字帖,那日我拿着字帖离开回自己的斋舍,在路上被越飞光吓到后,就胡乱把字帖放在桌子上,没有再管了。

林重檀从我的反应猜到了结果,不过他并没有生气,又要我拿最近写的字帖给他看。

我只好坦承,最近在学业上有所松懈,光是罚站就领了好几回。

"以后还是每日亥时四刻来找我。"林重檀对我说。

我恢复了每日去找林重檀的日子,天气渐渐炎热,很快就到了随便动一动都能热出汗来的时候。这日,我依旧准时到林重檀的斋舍,可他过了好一会儿才回来,身上还带着很重的酒气。

我知道他又去喝酒了,因为他帮我摆脱了越飞光,我想我睁一眼闭一眼也没什么。

林重檀去净室简单地冲洗了一番,换了身衣服,又把一向束得整齐的长发用一根青色的发绳松松地拢在身后,才走了出来。

他走到书桌前,先问我今日学了什么文章,让我先说说我对文章的理解,然后他才开始讲解文章。

许是饮了酒的缘故,他说得极慢、极柔和,随后又让我把练的字给他看。

林重檀看完我练的字,拧起眉头。半晌后,他让我现写几个字给他看,我依言照做,正写着,感觉一团热气自背后涌来。

林重檀不知道何时站在了我的身后,自后方伸出手,握住我拿笔的手:"字不能这样练。"

他带着我,执笔在纸上游走。

我不禁僵住。

林重檀好似一点儿都没察觉到我的僵硬,他垂眸看着纸,一边带着我写字,一边跟我说练字时该注意什么。

我僵了半会儿,理智归了位,便想立刻挣开他。他却用手摁住我:"别动,要写歪了。"

含着酒意的声音变得更柔和了。

"你看,这样写是不是好多了?小笛。"

最后两个字好似在醇香的酒水里泡过,再从他口中说出。我越发不自在,又怕是自己过度敏感,可他的下一个动作,让我毅然转过身推开他。

毛笔甩出去一段墨点子,毁了刚写好的字,也弄脏了我和他的衣服。

林重檀似乎真的醉了,被我推开后,有一瞬间的愣怔。

"就算你在外面喝多了酒,也不能用……用这种态度对我。"说这话时,我不由得涌出几分羞耻,除此之外,还很生气。我瞪着他,看着他从愣怔的状态中回过神。

林重檀抬手抚了抚额,说话的语气比方才正经许多:"抱歉,我有些喝高了,小笛,你能帮我倒杯茶吗?"

茶壶在外面,我想了想,还是出去给他倒了。等我回来,他坐在书桌前的椅子上,用指腹揉着太阳穴,像是倦了。

见我放下茶盏,他道了一声"谢谢",不疾不徐饮了两口,又说:"今天时辰不早了,你回去休息吧。"

我没动,因为我实在想弄清楚一个问题。

"你到底跟谁一起喝的酒?"我本以为林重檀是在太学喝的酒,现在看来根本不是,在太学喝酒可不会沾染上脂粉香味。

我看他并不准备回答的样子,只好把闻到他身上脂粉味的事说了出来,又道:"你别想骗我,能沾到脂粉味道的地方是哪里,我清楚得很。"

林重檀顿了一下,好像没想到我会闻到他身上的脂粉香味。他不说话,我便站在一旁,一直盯着他看。

最后林重檀先败下阵来。

他竟然真的去了京城的烟花柳巷,还是跟上舍学子一起去的。

我瞠目结舌:"你……你不怕博士、典学知道,将你责出太学吗?"

林重檀说不会。

我正想问怎么就不会了,猛然想到了什么。林重檀平静地与我对视,他应该知道我猜到了什么。

林重檀不是第一次出去喝酒了,听他话里的意思,同行的人不少。这么多学子一起出去,又一起回来,太学不可能没有发现端倪。

太学不管,因为管不了。什么样的学子,太学管不了?

因为太过惊愕,我忍不住抓住了林重檀的手:"你……你……是跟天家的……"

我话都不敢说完。

"嗯。"林重檀说。

入太学这么久,我连几位皇子的脸都没见过,林重檀居然与他们熟稔到可以一起喝酒狎妓的地步。

嫉妒之心油然升起,我追问道:"是哪一位?"

林重檀不肯说。我打定主意要撬出他的话,用父亲威胁他已经没有用了,毕竟父亲要是知道叫林重檀喝酒的人是皇子,怕是不仅不会怪罪他,反而会夸奖他。

硬的不行,只能来软的。

我抿了抿唇,拉住林重檀的衣袖:"二哥哥,你就告诉我吧,我不会说出去的。"言罢,我轻轻地摇了一下他的衣袖。

林重檀似乎还是不愿意说,我心一横,又软和了几分:"二哥哥,你告诉我好不好?我真的不会说出去的。二哥哥,我……"

"是太子。"林重檀打断了我的话。

居然是太子,我本以为林重檀能攀上皇子就了不得了,没想到他攀上的那个人会是天家最尊贵的儿子。

我不记得我是怎么从林重檀那儿回到自己斋舍的了,良吉跟我说话,我却频频走神。

"春少爷!"良吉提高了音量,"可以熄灯睡觉了吗?"

我总算回过神:"好。"

良吉去外间睡了,我躺在床上却毫无睡意。

我怎么也没想到和林重檀喝酒的人是太子,太子,是我想都不敢想的人,我甚至,有些害怕把"太子"这两个字说出口。

我既觉得林重檀厉害,又觉得自身处境堪忧。如果父亲知道林重檀与太子亲近,那会不会更加喜欢林重檀了?

父亲送我来太学,是想让我学出成绩来,可我现在不仅没有成绩,连人脉也没有积累。

原先还有几个人愿意跟我说话,但经过越飞光的事情后,那些人都对我避而远之。现在的我形单影只,连个说话的人都没有。

照这样下去,我恐怕只能灰溜溜地回到姑苏。而那时,已经成为太子一党的林重檀说不定要拜相入阁。

想到这里,我把怀里的布娃娃抱得更紧。

不行，我不能坐以待毙，日后要更加勤勉读书才行。

几日后大考的成绩公布了。

今年入太学的学子百余人，大考只考核新入学的学子。我知道自己天资不高，故而看排名的时候，从下面开始看起，没想到末尾的第一个就是我的名字。

良吉从旁边挤了过来，他向来不会看人眼色，此时也是，他道："春少爷，我看到二少爷的名字了，在第一个。"

都是第一，林重檀是正数第一，我是倒数第一。

回到课室，众人皆在讨论这次大考的成绩，我听到聂文乐的声音："世子爷的成绩是第几？"

"第六。"有人答。

"果然是世子爷啊，我都没看到他读书，大考还能考第六，若是认真读书，那还了得。"

他们越说，我就越觉得丢人，恨不得把脸藏起来。事实上，我的确也这样做了——把脸藏进双臂间，试图屏蔽外面的声音。

可一上课，典学在课室又念了一遍大考的排名，念到我的名字时，不知是谁笑了一声。这笑声像是引子，引得其他人都笑了起来，只有我和典学笑不出来。

典学看着我，面色不佳。

可能他也没想到自己会有一个这么蠢笨的弟子。

我低下头，指尖在手心掐出一个又一个深红印子。

课间休息，我不敢再坐在课室里，想出去寻个没人的地方待着。不知为何，今日哪哪都有人，我总觉得别人看到我就会笑话我，干脆绕着人走，不想越走越偏。

等我发现自己走远了的时候，已经走到太学的月心湖旁。月心湖旁种了一圈的柳树，我见地上掉了不少柳条，便拾起一根，捏在手里，准备穿过月心湖的桥回去。

下了桥，桥附近有座假山。因为上次被越飞光带着人堵在假山中泼了一桶水，我从此养成避开假山走的习惯，这次我正要避开，却突然听到了聂文乐的声音。

他声音听上去跟之前很不一样："世子爷，这册子还有吗？"

"问这个做什么？"越飞光的声音随之响起。

聂文乐笑了一声。

"你说我是为什么啊？这册子画得……啧啧，那谁若是真能像册子上这样就好了。我说他也真是的,那笨脑袋读什么书,那么用功考试倒数第一名。都姓林,林重檀这么聪明,他呢……依我看,他是投胎生错了人家,若是生在秦楼楚馆,恐怕人人都要捧着他。"

我越听,越是止不住地战栗。愤怒让我没了理智,冲进了假山。假山里只有越飞光和聂文乐两个人,聂文乐看到我,有一瞬间的慌乱。

我见他们手里拿着一本册子,冲上去就夺了过来。不过看了几眼,我就把手中的册子狠狠地砸在地上。

聂文乐连忙把册子捡起来:"你怎么那么凶,别把册子毁了。"

他的话提醒了我,我想把册子夺过来撕碎。但越飞光抓住我的手臂,制住我:"你做什么?想毁了那东西?林春笛,那东西可是小爷我花了大价钱请人画的。"

"无耻!"我快气疯了。

听到我的话,他们只是一笑。

聂文乐把册子收进怀里,对我笑道:"别生气嘛,不过是画了你一点儿图。"

越飞光说:"你这话说得可晚了,他气性很大,待会儿估摸着又要去告状,说我们欺负他。"

"哎,谁让他走运有林重檀这个远房哥哥护着。"聂文乐摇摇头,见我怒视着他,又道,"不过也真是奇怪,林春笛,你和林重檀都姓林,他那么聪明,你怎么那么笨?日后若是他不管你,你该怎么办?"

我咬紧牙,恨不得我咬的不是牙,是他们的肉。

但他们的话无异在提醒我,难道每次被人欺辱,我都去找林重檀救我吗?我不能靠林重檀活着,更不想一辈子都活在他的阴影下。

他能与太子走得近,我也能。于是,我开始央求林重檀带我一起去赴宴。

若能得太子赏识,就算我学问不行,说不定也能谋个一官半职。

太子于去年年底举办了及冠大礼,其生母是一门出了六代皇后的荣家嫡女,现在的荣皇后。

据说皇后与皇上青梅竹马,相互扶着长大。皇上向来敬重这位年长自己五岁的皇后,每年避暑秋猎都会带上皇后。

皇后膝下有一子两女,长公主远嫁蒙国,小公主年纪尚幼。

我对太子的了解甚少,按理说,我不该那么唐突地要求林重檀带我赴宴,但我实在是讨厌现在的日子。我不想每次遇到事情,都要林重檀帮我。我也想让父亲高兴,哪怕只是为我的事情真心高兴一回。

就算因此……要去做太子的狗。

只要我能搭上太子,什么越飞光,什么聂文乐,他们绝对不敢再欺负我了。

"不行。"林重檀如我意料之中地拒绝我。

我张嘴欲再央求他,却见林重檀轻轻地摇了摇头,他说:"小笛,这件事我不能答应你。"

我闭上嘴,没了继续背书的心情。我哪里背得下去,羞辱我的画册子还历历在目。越飞光离开假山前,还嘲讽我:"回去跟你哥哥告状吧,没断奶的奶娃娃。"

被人画成那样已经够耻辱了,我若还说给林重檀听,我……我的脸皮就一点儿都没有了。

我一定要见到太子,让他愿意与我结交。

无论我怎么央求,林重檀都如瞎猫咬定死老鼠——就是不松口。那几日,我在课室上课,总觉得大家在看我。

他们也许都看过越飞光的那本画册,私下还不知道怎么编排我。

我越想越难受,竟难受得病倒了。

良吉发现我生病,没等我阻拦,就跑去找林重檀。林重檀带了大夫过来,大夫结束看诊,带着良吉去拿药,房里便只剩下我和林重檀。

这是林重檀第一次来我的斋舍。之前他都是让书童来送东西,自己并不来。

他抽了把椅子,坐在床边:"我已经帮你请假了,你这几日就好好休息。"

我被病痛折磨得难受,说话的声音有气无力:"我不想在这里待了,我想回家。"

在这里,我只会被人欺负。

"小笛,不要说糊涂话,父亲很辛苦才把我们送到太学来。你若是思念家中,可以多给父亲、母亲写信。对了,母亲上个月寄来的信,你回信没有?"

林重檀的话让我浑身僵住:"母亲上个月给你寄信了?"

林重檀意识到自己说错话了,不再开口,而我心下了然。母亲上一次给我寄信是两个半月前,信不长,只是问我在太学有没有结交到朋友,银钱记得花,不要省。

这是我第一次收到家书,我给母亲回了厚厚的几张纸,恨不得把我在太学每日吃了些什么都写上。信尾,我委婉地提醒母亲可多给我写信。

可是母亲没有再来信。

我以为是姑苏离京城太远,寄信不方便,原来不是的。

父亲曾对我说没学出成绩,就不要回姑苏,如今母亲也不想我,我回去又有什么意思。

林重檀试图找补:"母亲在信上让我多多照顾你,母亲是很挂心你的。小笛,你还记得吗?你临行前的小衣是母亲亲手做的。"

他的也是,他都不是母亲的亲生儿子。

我强撑着病体坐起身,说道:"既然母亲让你照顾我,那你就带我去赴宴。"

林重檀拧眉:"小笛,我跟你说过了,你不适合去。"

"为什么我不适合?你去得,其他学子也去得,我怎么去不得?不过是秦楼楚馆,我也能去的。"我知道我有些胡搅蛮缠,可我就是咽不下这口气。

我俯身靠向床边,伸手抓住林重檀的袖子:"二哥哥,你带我去吧,我不会惹祸的,父亲也让我多长见识,不是吗?我天天待在太学里,能长什么见识?"

林重檀慢慢松开眉头,不知是不是我的错觉,我自他眼中看到一丝嘲讽,待我打算仔细看时,他又与往日并无区别了。

"好吧,既然你想去,我就带你去。但是小笛,宴会上的人,都不是好相与的。"

我沉默了一会儿,说:"我知道,我不怕。"

那日夜空银光如水,我跟着林重檀坐上马车前去赴宴,这是我第一次在非休沐期离开太学。

我鲜少看过夜里的京城,听到车窗外的人声,我用手指轻轻挑起一小块车帘,虚着眼往外瞧。

林重檀的声音响起:"待会儿可能要喝酒,你不要全喝了,可以偷偷往酒杯里掺水。"

我放下车帘,侧头看向他。林重檀今日穿的是三层的纱衣,外罩绸袍,他穿得严实,丝毫不怕热的样子。我怕热,本只穿了一件纱衣,但在出门前,他逼着我再多穿了一件外袍。

其实我身上的纱衣是经过精挑细选的,穿出去并不失礼。不过是我有求于林重檀,我不得不听他的话。

马车里放了冰块,现在已经入夜,暑气略有下降,车厢内倒是不热。

我点头,又问:"二哥哥,你再跟我说说赴宴的人有哪些吧。"

每次赴宴的人并不固定,有时候太子会来,有时候不来,林重檀也并非每次都去,而且他们去的地方也不固定。

等他跟我说完,马车也快到目的地。

一进入烟柳之地,我仿佛闻出空气中的不寻常。这里的空气都是香的,熏得人发晕。我止不住地想:林重檀是不是常来,他来这里,有没有跟里面的姑娘……

母亲对我们管得很严,不仅我们房里连个丫鬟都没有,而且我长这么大,只跟几位堂姐、堂妹有过交流,次数都甚少,只希望自己待会儿别丢人。

胡思乱想之际,马车停了下来。

"下车。"林重檀起身往外走,我紧随他的脚步。

眼前的碧瓦朱甍上方牌匾龙飞凤舞写着三个大字——"醉膝楼"。

醉卧美人膝吗?

很快有人迎了出来,看到林重檀时,脸上都笑出了褶子:"公子来了啊,快里面请。"

"他们来了吗?"林重檀问。

"好几位爷都到了。"说话的人看到我,表情一时有些古怪。

这时,林重檀拉过我的手:"他是我弟弟。"

"原来是公子的弟弟啊,里面请,里面请。"那人露出恍然大悟的表情。

我没来过这种地方,一进醉膝楼,就被里面的场景吓到,这里的姑娘家怎么穿得这么少,小臂都露出来了。

我不想露怯,但忍不住挨着林重檀走,挨得太紧,不小心踩了林重檀一脚。

"抱歉,二哥哥。"我连忙说。

林重檀似乎叹了口气,摇头道:"没事,走吧。"

我们去到三楼的雅间,雅间极大,里间和外间用圆拱竹门相隔,月光从窗棂透进,房内四角的茶色冰坛里的白玉通透的冰块冒着丝丝寒气。

房中已有人,我才走进去,就听到有人说:"檀生,这就是你弟弟?"

"嗯。"林重檀把躲在他身后的我拉出来,"他叫林春笛。"

说话的人是个桃花眼的青年,拿着一把折扇:"林春笛?有点儿耳熟,这名字好似在哪儿听过。"

我一听这话,忍不住想自己考倒数第一的事是不是已经传遍太学了。没等我想明白,我就意外发现越飞光也在。

越飞光从里间走出来,看到我时,眼睛都瞪圆了,似乎没想到我会出现在这里。

我一见到他,心中就升起几分恨意,这恨意又化作勇气——今夜怎么都要让太子知道我,最好还能愿意与我亲近。

此时，里间传出声音："人到齐了吗？到齐了，就开宴吧。"

只这一句话，外间懒散地待着的众人都起身往里间走去，包括刚走出来的越飞光。我从没见过越飞光这么听话的样子，不由得对声音的主人有了几分揣测。

我偏头看向林重檀，用眼神询问。林重檀微微颔首。

真的是太子。

我深吸一口气，才往里间去。里间比外间藏着更多乾坤，七面屏风上的美人不知是如何绘制的，竟随着上方的琉璃灯灯光变幻动了起来。

一个少女跪坐凤首箜篌旁，低眉顺眼，玉手弹琴。

最吸引我的还是坐在正位上、身着玄金袍的青年。那个青年生了一张极漂亮的脸，若不是他眉眼阴鸷，我都会认错他的性别。

青年懒洋洋地坐在椅子上，正把玩着一串佛珠，见到林重檀，冷淡至极的脸上露出一抹笑："檀生，你坐我旁边。"

林重檀没有急着过去，而是向青年介绍我道："三爷，这是我弟弟林春笛。"

太子是皇帝的第三个儿子，在外面，他们便尊称一声"三爷"。

原来这个青年就是太子，跟我想象中的一点儿都不一样。我以为太子看上去应该是非常成熟稳重的模样。

因为林重檀这句话，太子勉强分了个眼神给我。不知为何，他一看到我，脸上的表情就明显有了变化。盯着我看了半晌，随着时间流逝，他渐渐蹙起眉心，像是不喜我。

我心下慌乱，也喊了他一声三爷。

太子没理我，倒是一旁的越飞光开口："三爷，这就是那个林春笛，新进学子里考倒数第一的那个。"

"哦？檀生，你考第一，你弟弟也考第一，不容易啊。"太子戏谑地说道。

林重檀只是笑笑，坐在了太子身边的位子上，那是个连越飞光都无法企及的位置。

尽管越飞光的父亲是允王，但若论地位，他恐怕不如在场的其他人。今日宴上的公子哥个个家世显赫，比如之前说话的那个桃花眼青年。

他是荣家嫡系，也是太子的表哥，新科状元郎，马上要封官。荣家已被封爵，他又是状元，以后前途不可限量。

再比如坐在荣家表哥旁边的这人，他是申王府的小侯爷，正儿八经的皇族，也就是姜氏子弟。

当然，若说与这里最不配的人，便是我。

我本以为林重檀跟这些贵人待在一起,林重檀定是一副做小伏低的模样,事实并非如此。他与太子坐在一块,竟然完全没被比下去,我甚至觉得林重檀比太子更加夺目。

开宴没多久,身着轻薄羽衣的少女们鱼贯而入,一一挨着客人落座。我从未与女子这般亲密,那个少女刚落座,我就浑身一僵。

"公子,奴家服侍你喝酒。"少女声音清脆。

我"嗯"了一声。

少女笑着给我斟酒,我不敢看她,只好看向其他地方,这一看,就发现林重檀明显比我从容许多,不过他对旁边的少女的态度并不热切,只偶尔偏头去听少女说话,不时地摇头、点头。

那个少女十分热忱,大胆地挽住了他的手臂。见林重檀并不将手臂抽走,少女不由得脸红,更加不放手了。

我看了林重檀的表现,又觉得自己丢人,可旁边的少女一把手伸过来,我就忍不住把自己的手往背后一藏。

不知是不是我的错觉,我一动,就听到有人发出笑声。

藏了几回,旁边的少女也明白了我的意思,只小心地给我斟酒、布菜。我来这里,不是来吃东西的,可是我不敢向太子攀谈。

时间一点一滴地流逝,有几个人去了外间玩耍,我看人变少,鼓起勇气,端着酒杯去向太子敬酒。

但还没走到太子身边,我就被人扣住手腕,一把拉了过去。

我始料不及,酒杯掉落在地,下一秒就被迫坐了下来。

拉我的人是越飞光。

我立刻就想起身,他死死地箍着我,轻浮地笑道:"你今夜来这里做什么?"

"你放开我!"我气得脸都红了,但不敢用力挣扎,怕太子觉得我失礼。

"我不放,你待如何?"越飞光好像喝醉了,口出狂言。他极其粗鲁地将旁边的少女推开,又对我说:"你来给我斟酒。"

疯子!我恨不得打他!

几番推拒却始终推不开越飞光,周围却越来越安静,我转动眸子一看,发现满桌的人都在看着我。

不对,也有人没看过来,那便是林重檀。

林重檀低头看着酒杯,不知在想什么。他旁边的太子仿佛觉得这一幕有趣,脸上带着浅笑。

越飞光也注意到了太子的注视,讨好道:"三爷,你这回就别同我爹说了……他这样子,怎么能怪我?"

太子没说话,只是嘴角弧度加深。

越飞光得了这个笑,逼我给他斟酒。荣家那个少爷点了个少女唱歌,箜篌声和少女的歌声响起,越飞光当众欺辱我的事已然被默许。

我没想到自己会经历这种事,越飞光一个劲儿地逼我给他斟酒,我只能委屈着照做。没想到越飞光喝了半杯酒,就向我凑过来。

躲避间,我看到太子对林重檀说了什么,紧接着,他们起身往外走。

林重檀竟然真的完全不管我了。

我再也忍不下去,用力推开越飞光的脸,又狠狠地将他推搡到地上,起身往外跑。

我冲出了雅间,但醉膝楼太大了,也不知道哪里才是出去的路,只得站在雅间附近的角落里。

大概过了半刻钟,林重檀出来了。他看了看四周,看到我后,缓步走过来。

"怎么站在这里?"他问我。

我不想说话。

林重檀微微俯身,他身上如上次那般沾着酒气和脂粉香,我现在已经明白他身上的脂粉香是怎么来的了。

"怎么了?不高兴?不是都让你来了吗?"

他的话无异在打我耳光,是我自己求着来的,也是我自己活该被这样欺负。

沉默一会儿后,林重檀抬手握住我的肩膀:"这都受不了,以后还是不要来了。好了,别哭了,我们回去了。"

在马车上,我还是没忍住眼泪。坐在我对面的林重檀默默给我倒茶、递手帕。我用手帕把脸上的泪擦掉,吸吸鼻子,抬头看向他:"你刚刚那话什么意思?"

"什么话?"

"就是你说……说我这就受不了了,难道他们……"我顿住。

林重檀靠在车壁上,对我的话,他没有否认,只是说道:"这里是京城,天子脚下。"

我沉默片刻:"你也会像我这样被欺负吗?"

林重檀听到我的话,竟笑了一声,我看多了他风光霁月的样子,还是第一次看到他带了几分凌厉的样子:"他们不敢。"

他们不敢欺负林重檀,却敢随意折辱我,众人如看戏般地看着我。

喝了两杯酒的我越想越气,他们不敢欺负林重檀,我敢!

我忽地起身,扑向林重檀。他措手不及,被我扑个正着。

林重檀是故意的,他故意看我丢人。为什么偏生是我被这样对待,林重檀长得这么好看,他们为什么不欺负林重檀?

不敢?为什么不敢?

我大概是真的醉了,脑子里一片混乱,一心想着要欺负林重檀。父亲重视林重檀,母亲疼爱林重檀,兄长为了林重檀说我心术不正,两个弟弟也更亲近林重檀……没人爱我,他们都爱林重檀。那些贵族公子哥也是,他们随意欺辱我,却敬着林重檀。

林重檀,总是林重檀,都是林重檀,我才会沦落到这个地步。

我要报复他。

"小笛。"林重檀的声音传入我耳中,他还说了什么,但我醉了,听不懂他在说什么,只觉得他吵。

不要喊我小笛,我跟你不熟,不许你对我好。

他还在说什么,我烦躁地皱眉,想堵住他的唇,手摁上去的瞬间,我对上了林重檀的双眸。

马车上方挂着镂空花球灯,其中徐徐洒下的光落进林重檀眼中。林重檀生了一双极漂亮的眼睛,宛如工笔细细绘制而成。那乌黑瞳孔里藏着一束光,我读不懂他的情绪,只知道他在看着我。

因为他的眼神,我一瞬间想退缩,最终却坚定了要欺负他的决心。

林重檀被我这样的人肆意欺凌,心中定是很生气的。气就对了,他就能尝到我遭受的痛苦。

像他这种要什么有什么的人,怎么会懂我的难受?

为什么我就那么没用?明明我才是林家的儿子。

林重檀加大了推开我的力气,我吃痛地皱眉,情绪涌上来,又忍不住眼眶泛酸。

在他的小时候母亲肯定经常抱他,不像我的养母,养母忙于生计,偶尔碰碰我的脸,我都会很高兴。

过了一会儿,我又闹了起来,说什么他们都欺负我,我也要欺负人。

林重檀本不想理我,但捺不住我发酒疯,又哭又闹,最后只得随我而去。

我一会儿闹,一会儿休息,反复闹腾了许久。

好累,想睡觉了。

不知不觉我睡着了,等再醒来,已经是翌日中午。我在床上发了会儿呆,昨夜的记忆却没有回笼。我记不清自己是怎么回来的,良吉给我打水洗漱,我问他:"良吉,我昨天怎么回来的?"

良吉小心翼翼地看了我一眼:"春少爷,你不记得了?"

我摇头。

良吉又说:"那我说了,春少爷别生气。"

"我什么时候跟你生气过,你快说吧。"然而话说出口没多久,我就后悔了。良吉说我是被林重檀背进来的,他把我放到床上时,我还拉着林重檀不肯松手,非让他给我唱小曲。

"春少爷,你昨儿是醉了,没看到二少爷那脸色,我都怕二少爷打你。"良吉缩了缩脖子,一脸后怕的样子。

我忍不住有些害怕:"那……他唱了吗?"

"没,但二少爷给你吹了笛子,还……"

"可以了!你不要再说了!"我连忙制止了良吉继续说下去,但良吉不说,我自己慢慢地也想起来大半。

虽然我记不清回到太学后发生了什么,但我想起了我在马车上干的那些糊涂事。

我居然……居然……

我又病倒了。

这次生病,林重檀没来看我,我也不许良吉去找林重檀。我请了假,躲在斋舍里闭门不出。

离那夜已经过去了几日,我还是没办法接受那天发生的事。

假期总有结束的一天,我身体好全了,没有理由再请假,只能去上课。

原先我很喜欢去上课,但现在的我恨不得永远不用去,越飞光跟我同舍,以他的性子,怕是把那夜在醉膝楼发生的事昭告天下了。

还有,我那夜把他推到地上去了,他肯定会因此报复我。

我越想,脚步放得越慢,最后踩着点到的课室。到了之后我却发现越飞光的座位是空的,典学来到典学走,他都没来。

正在我惊疑不定时,聂文乐突然走了过来,强行把我拖出课室。

他一直把我拖到长廊拐角的角落处,一路上都无人帮我拦一拦。

"你和越世子是怎么回事?"聂文乐上来就质问我。

我以为他是知道越飞光在醉膝楼对我做的事,不禁脸色一白。聂文乐看清我的表情,转头深吸一口气,像是在强忍情绪,再转过头来时语气缓和了些许,同我说:"我没想欺负你,只是允王突然把世子爷送去参军,我连最后一面都没见上,恰巧你就请了假,你和他是不是……"

不等他说完，我就打断了他的话："没有！"

聂文乐盯着我，问："你没和他见面吗？"

"没有！"我想把手从他手中抽出，"你……你松开我，我要回课室了。"

聂文乐还想问我话，但他看了我几眼后，慢慢地松开手。我得了自由，立刻就从他身边跑开了。

聂文乐的话让我很是惊讶，越飞光怎么会突然被允王送去参军？要知道，允王就这一个嫡子，战场上刀剑无眼，若是伤了死了，允王不会难过吗？

我觉得越飞光参军这件事定是别有内情，但我不敢去问林重檀，我不想见他。

转眼到了乞巧节，正值太学休沐，三叔让我、林重檀还有堂妹和堂弟一起上街玩。

夜市一片火树银花，苍穹被灯火照亮，灿烂星子如仙子玉帛熠熠生辉。街上人头攒动，小贩的吆喝声不绝于耳。

两位堂妹都已经相看好人家，这次是她们最后一次以闺阁女子的身份上街。三婶说，乞巧节过后，就不允许堂妹们再出来玩耍了，要她们好好在家里磨一磨女红。

故而两位堂妹兴致极高，还想去看杂耍。杂耍的市集是游人最多的，我觉得不大妥当，只是堂妹们可怜兮兮地望着我和林重檀，我瞬间没了主意，只能讷讷地站着。

林重檀似乎早就料到堂妹们会要求去看杂耍，竟然提前包下了离杂耍不远的酒楼，如此堂妹们可以在楼上观看，不必去挤人群，还安全。

"太好了，谢谢二堂哥！"堂妹们喜出望外。

三叔为京官，为证清廉，不仅不允许子女大手大脚地花钱，就连家中开支都十分精打细算，更不会做出包下酒楼这种阔举了。

见堂妹们高兴地跟林重檀说话，我在心里暗道：我怎么就想不到包下酒楼呢？我身上也有钱的。

人流如织，马车不能开进市集，我们在家丁、丫鬟和嬷嬷们的护送下往前行，不知不觉我和林重檀并肩了。

余光看到他的衣服，我忍不住撇开脸。

忽然，我的肩膀被轻轻碰了下，我却不敢回头。

肩膀又被碰了下。

没等我做出应对，旁边响起了良吉的声音："春少爷，我买了糖葫芦，你吃吗？"

我才发现身边的人不知何时变成了良吉，林重檀已走去了前面。

第四章
箱笼为困

林重檀包下的酒楼观赏位置极佳,我站在窗边,一边吃着良吉给我买的糖葫芦,一边观看楼下的杂耍。

在姑苏时,父亲会请杂耍班子进府,我每次都看得很认真,今夜不知为何,频频走神。目光虽放在下方的杂耍上,但心思止不住地跑到林重檀身上。

他记得那夜发生的事吗?他当时也喝了酒,也许忘了,不对,他都能将我送回斋舍,还给我吹笛子,应该是记得的。

我越想越烦躁,用力咬下糖葫芦,却不慎咬到舌头,疼得我吸了口气。

"春少爷,你怎么了?"旁边的良吉问。

我含着糖葫芦,声音有些含混不清:"咬到……舌头了。"

良吉凑近我:"我看看。"

我把糖葫芦抵进腮边,微微张开嘴。良吉就着灯火看了看:"好像咬得有点儿狠,春少爷,你等等,他们带药出来了。"

良吉走开,我还张着嘴,因为口里还有糖葫芦,不一会儿口中便满是津液。我皱眉,想去找良吉的身影,看他拿药回来没有,却意外撞上了林重檀的视线。

他正看着我。

我第一反应是别过脸,因为紧张下意识地闭上了嘴。等我意识到自己反应不对时,林重檀已经不再看我了。

他和堂弟站在一块,温声细语说着什么,堂弟看向林重檀的眼里全是崇拜。

"啊,那是不是侍芷和秋巧?"婉堂妹突然指着下方某处说道。一旁的琼堂妹仔细看了看:"是她们,她们也出来玩了。"

堂妹口中说的侍芷和秋巧是侍御史家的千金,她们家中无兄长,此时只有丫鬟、家丁相陪。底下人多,两位姑娘难免有些狼狈。

知道侍御史家的千金在下面看杂耍后,林重檀跟堂妹、堂弟说了几句,就让婉堂妹身边的大丫鬟去请她们上来。说完,他看着我,说道:"小笛,我们下去走走。"

堂弟尚小,见外女不必避讳,我和林重檀就不合适继续待在这里了。我再不想跟他单独相处,也只能跟着一起走。

出了酒楼,行人比方才来时还要多,其中不乏衣着华丽的少年、少女,他们沐浴在灯火下,好一副"窈窕淑女,君子好逑"的画面。

事实上,今夜我也特意打扮了一番。在斋舍我常穿着青白相间的弟子服,趁着节日,我换上了淡紫色软烟罗锦衫,平时腰间挂的香薰包也换了一个新的。

行出没多远,我就发现林重檀怀中多了好几个香囊。

乞巧节是女儿家的节日,很多女子都在这一日出门玩耍。在这一日,她们可以大胆地向男子表达喜欢,表达喜欢的方式便是送出自己的香囊。

林重檀把那些香囊都递给青虬,只是他才递出去,怀里又多了一个。

赠香囊的姑娘在丫鬟的护送下快速走开,一张脸羞得通红。

不一会儿,青虬就拿出一个袋子,把那些送给林重檀的香囊一一装了进去。我看了看良吉,良吉发现我看他,自觉聪明地跟我说:"春少爷,别怕,我也准备了袋子。"

他的嗓门大,旁边的人都听到了。

我听到白螭发出了闷笑声。

这个良吉,真是要气死我。

"春少爷,你别走那么快,等等我!"

我不想再跟良吉这个笨蛋待在一起,快步闷头往前走,只是没走几步,就被拉住了手腕。

拉我的人是林重檀。

"今夜人多,别乱走。"他对我说。

我看了他抓着我的手一眼,颇有些不自在:"我知道了。"

话音刚落,他就松开了我的手,转而对追上来的良吉说:"看好你家少爷。"

良吉连忙点头,又凑到我身边:"春少爷,你刚刚走那么快,我都要追不上了。"

我瞪了良吉一眼:"你今天少说点儿话。"

良吉不懂我为什么突然冲他发难，只是老实地点点头。

京城有一座雀桥，因麻雀喜欢驻留得名，在乞巧节，雀桥便成了"鹊桥"。不知不觉间，我们走到了雀桥附近。雀桥有个传说，据说有情人一起在雀桥上来回走七遍，便能许下来生。

此时桥上行人不少，我想着要不绕过雀桥，就看到林重檀踩上了雀桥的石阶。因为他走上去了，我不得不跟着。桥上的人比方才看杂耍的人还多，我和良吉被人群冲散。我大声喊良吉的名字时，一只手从斜前方伸过来，把我拉了过去。

是林重檀。

他先是拉住我的手臂，在将我拉到身边后，他没有松开手，而是放到我的肩膀上，我几乎是被他拥住了。

我立刻要挣开他，他却没像之前一样松手，反而加重了力道。

"小笛，你帮我一下。"他的声音在我耳边响起。

桥上人太多了，我被挤得越发靠近林重檀："帮你什么？"

"别动就行。"林重檀说。

我有些不明白，后来才发现——原来林重檀上桥没多久，就有姑娘家想一边撞进他怀里，一边往他手上、腰带里塞香囊。我知道京城民风开放，却没料到这些姑娘家竟然这么大胆，弄得一向冷静自持的林重檀都没了办法。

这可苦了我，我并不想与林重檀靠得那么近，尤其是那夜我喝醉了耍酒疯的场景还历历在目。眼下我与他靠得那么近，不经意间又闻到他身上香味，香味之下还有淡淡的药香味。

好不容易从雀桥上下来了，良吉和其他人却都不见了。

我和林重檀站在雀桥的不远处等待，行人如云穿梭而过，只有我和林重檀是静止的。他望着在月色下波光粼粼的湖水，清辉也倒映在他的眼底。我跟他很少有这样的时候，什么都不说，静静地待着。

不多时，良吉等人寻了过来。

我们又逛了一会儿，才回到酒楼。侍御史家的两位千金已经离开，桌子上留有她们和堂妹比赛的七孔针。

"檀哥哥，我们来比这个好不好？"堂弟一直想玩，但几位姑娘都不跟他比，他只好找林重檀比。

七孔针是女子在乞巧节玩的游戏，女子对着月亮，用五色丝线穿过七孔针，比谁穿得快，赢者可以拿走输者提前准备好的礼物。

林重檀好脾气地答应了，他明显给堂弟放水了。堂弟赢了后，高兴得不行,伸手找他讨要礼物。

"我没带礼物在身上,要不这块玉佩给你吧。"林重檀要取下玉佩,被堂弟拦住了。

"檀哥哥,我不要玉佩,你给我画幅画。"堂弟说,"我听父亲说檀哥哥的画作极好。"

听了堂弟的话,两个堂妹表示她们也要跟林重檀比。

果不其然,林重檀一口气输出去三幅画。

我看着他们和和睦睦的画面,慢慢撇开脸。

堂妹们似乎觉得有些冷落我了,主动开口问:"春堂哥,你要不要也试一下?"

我看了看在问堂弟想要什么画的林重檀,抿了抿唇,道:"不用了,我不会玩这个。"

我又不稀罕林重檀的画,跟他比这个做什么?

打道回府后,我才发现良吉把七孔针顺了回来。他对七孔针也有兴趣,坐在窗下费劲地穿着线。我看他弄半天也弄不好,忍不住说:"我来试试。"

良吉把七孔针递给我,嘀咕道:"我刚刚看他们穿得很快啊。"我没一会儿就穿好了,良吉惊讶地道:"哇,春少爷你穿得好快。"

"这个很简单的。"被良吉一夸,我不禁扬起嘴角。

良吉又说:"要是你跟二少爷比赛,肯定也能赢二少爷的礼物。"

他冷不丁地提起林重檀,我心里那点儿高兴瞬间如烟消雾散。我把七孔针还给良吉:"你玩吧,我沐浴去了。"

休沐的第三日,发生了一件事。

听说父亲派了艘船到京城,船上全是送给三叔一家的礼物。两个堂妹都相看好人家,出阁的时间也很接近。三叔清廉,三婶自己的体己钱也不丰厚,这一船礼物可以说很大程度上解决了两个堂妹的嫁妆问题。

我为什么要说"听说",因为我并不知道父亲派船运送礼物来的事情,是船到岸了,开始卸货,我才听说了。

林重檀亲自负责这事,将礼物送到三叔家中,又说这是送给两个堂妹的乞巧节礼物。

当然,除了两个堂妹,三婶、堂弟也收到了礼物,连三叔后院里的几个姨娘,都收到了林重檀派人送去的礼物。

不过三叔那里,林重檀只是跟三叔下了一盘棋。

这些事情都是良吉打听到的。良吉跟我形容"礼物多得院子都要放不下了",还跟我说"堂妹们收到礼物时,眼睛都红了"。

女儿家哪有不在意嫁妆的,嫁妆薄,怕被男方看轻,但她们的父亲两袖清风,又哪里拿得出丰厚的嫁妆,现在这一船的礼物彻底安了她们的心。

"二少爷看到我了,还叮嘱我不许把事情往外传。"良吉不解地问,"这事为什么不能说出去?"

我放下茶杯:"因为三叔要面子,你不是说了卸货都是晚上才卸的吗?这些事你说给我听就算了,不许出去嚼舌头。"

相比堂妹、堂弟院子里的热闹,我这边就静悄悄的。这两日没人往我这边来,一向喜欢凑热闹的良吉也不出去了,我问他为什么,他不肯说实话,只说外面没什么好玩的。

我知道他在想什么,他一直暗暗地在和林重檀的书童青虬、白螭比较。因为礼物一事,青虬、白螭在三叔府上的地位水涨船高,下人见了都叫一声青虬哥、白螭哥,良吉还是良吉,他便生气了。

我觉得有些对不起良吉,要是良吉跟的不是我,想来就不会过得这么憋屈了。

休沐结束,我回到斋舍。不过是沐浴的工夫,房里就多了个箱子。良吉守在箱子旁边,见我出来,连忙站起来:"春少爷,这是青虬、白螭送过来的,说是二少爷让他们送来的。"

我的眼睛一亮,原来父亲这次也给我准备了礼物吗?

上前打开箱子,里面的东西很杂,从吃到用全部都有,尽是些新鲜玩意儿,都是我从未见过的,最角落还插着一卷画。

我展开画卷,上面绘制的是丹楹刻桷、浮华锦绣的京城市集。溶溶月色下,如龙灯火仿佛有照亮九霄之力。青石街上华冠丽服的少年、少女被仆人翠围珠绕着往前行。不知是谁遗失了一条紫色丝帕,那丝帕被夏风吹起,萦绊在雀桥上的半空。

画卷背后写了几个小字——"夜游乞巧节"。

"哇,这画得也太好了。"良吉赞叹出声。

我也是这样想的,甚至忍不住伸手去触碰画。画里的人和景栩栩如生,仿佛就生活在画卷里。

画的主人自不待言,他居然也送了我一幅画。

虽然不喜欢林重檀,但他这幅画画得太好了,我忍不住看了好几次。

睡下时,我特意让良吉帮我把画收好。

翌日,第一节课便是学画。

教画的明典学给我们布置了功课,要求返校后交,我从书袋里拿出休沐期间画好的画绑上自己名字的丝带交上去。

片刻后，课室里响起明典学拊掌大笑的声音，他的语气里满是欣喜："好个夜游乞巧节，有词云'星桥火树，长安一夜，开遍红莲万蕊。绮罗能借月中春，风露细、天清似水。重城闭月，青楼夸乐，人在银潢影里……'林春笛，你这幅画，画得太好了。"

我抬起头，诧异地发现明典学拿着的画是林重檀给我的《夜游乞巧节》，而不是我自己画的《夏日夜昙》。

良吉拿错画了。

我张嘴想解释，可是明典学又开始夸这幅画，同舍的学子也围了上去。他们议论纷纷，眼里是惊艳，嘴上是夸赞。

这是我第一次被典学和其他人夸奖。

不知不觉，我闭上了想解释的嘴巴，在袖中攥紧的手心冒出虚汗。

"为什么会拿错？"

良吉抓了下头，手足无措地说："我也不知道，可能是我昨天太困了，所以……"

他的话还没有说完，就被我打断。

我第一次厉声训斥良吉："良吉，你还要跟我撒谎吗？你收拾画的时候，我还特意问了你带的是不是《夏日夜昙》，你当时回了什么？"

在我逼问下，良吉脸色发白，跪到地上："春少爷，对不起，我是偷偷换了画。"

"为什么？"我不敢置信地看着良吉。

良吉低下头，带着哭腔回答："我不想春少爷一直被骂，那些典学总是训你，我想……要是交的是那幅画，他们肯定会夸奖你的。春少爷，我再也不敢了，你原谅我这一次吧。"

他膝行上前，伸手抓住我的衣袖。

作为我的书童，良吉有时会跟我一起在课室里上课，我被典学呵斥时，他也会被训。

我久久没说话。

良吉的脸色越来越白，片刻后，他竟开始拿头磕地，吓得我连忙拦住他："你疯了？仔细把头磕坏。"

只磕了两下，良吉的额头就红了一片，他泪眼汪汪地望着我："春少爷，你原谅我这回，我真的再不会做这样的事情了。"他说罢，又要拿手打自己的脸。

我拉住他手："够了！"我的声音干涩，喉咙发紧，"下次不要这样做了。"

明典学没发现《夜游乞巧节》不是我画的，我也没有解释，我想让这件事就这样静悄悄地过去。

不过是一幅画而已，很快大家就都会忘记的。

没有料到的是，明典学太喜欢那幅《夜游乞巧节》了，他甚至因此亲手做了个印章送给我。

"春笛，来，这是我给你刻的章，你喜欢吗？"明典学很亢奋，眉飞色舞地，"我看你那幅画没印章，刻这个章的材料是我珍藏很久的，好章配好画。"

我接过明典学递过来的印章，手足无措地站着。明典学见我久久不动，不禁问："怎么了？不喜欢？"

"不是！"我想把印章还给明典学，这印章的材料一看就极其珍贵，"这太贵重了，我不能收。"

"都刻上你名字了，这个印章就是你的。你的名字还是我特意请了太傅执笔。你看看，喜不喜欢？"明典学给我展示印章上的字。

"林春笛"三字在印章上鸾翔凤翥。

"喜欢。"我无法撒谎。

明典学听见我说喜欢，笑容越发和蔼："喜欢就好，我还怕你不喜欢。要是你觉得我这个印章刻得还不错，就把它印在画上吧。"

我对上明典学期待的眼神，喉咙仿佛被一只无形的手掐住。我说不出话，鬼迷心窍地做出了连自己都无法理解的事——

在那一幅《夜游乞巧节》盖上了我的名字。

"春少爷，请喝茶。"白螭给我倒了一杯茶，"少爷还要晚些才回来，他被博士叫去帮忙了。"

"啊，好，那我在这里等一下。"我有些不自然地避开白螭的眼神。

两刻钟后，林重檀回来了。他已经从青虬处得知我来的事，看到我时，脸上并无讶色。

"你再等我一下，我换身衣服。"他同我说。

我还没想好如何说，只能点点头。

林重檀很快换好衣服出来，因为是夏夜，他穿着一件很是轻薄的、半旧不新的青色衣裳。他提起茶壶，给自己斟了杯冷茶，配着药丸吃了，才抬眼看向我："你今日没带书来，看来是有其他事找我，什么事？"

我不得不承认，这人真是过分聪慧。

不自觉地将放在腿上的手指扭在一块，我不开口，林重檀也不催促，只静静地等着。

"我来找你是为了那幅画。"不知过了多久，我终于鼓起勇气，"我……

我……对不起,我把你的画当作我的功课交了上去,明典学没发现那不是我画的,他还赠给我一个印章……"

我把自己做的事一股脑地说了出来,因为不敢看林重檀的表情,说话时我一直低着头。

而林重檀接下来的话让我迅速地抬起头。

"那幅《夜游乞巧节》吗?那幅画既然送给你了,便由你全权处理。"

他的语气淡淡的,仿佛这只是一件稀松平常的事,跟当初把大哥送给他的礼物转送给我无甚差别。

林重檀的反应在我意料之外,我以为他会很生气地骂我,可能会让我去跟明典学把事情说清楚。但是我不得不承认,他现在的反应让我把一直提着的心放下了。

我深吸了几口气:"谢谢你,檀生。"

林重檀听见我这样叫他,一瞬间愣住了:"为什么这样叫我?"

"他们不都是这样叫你的吗?"我以为我不可以这么叫他,连忙改口,"那我还是……"

"没事,你可以叫我檀生。"林重檀对我轻轻一笑。

离开林重檀的斋舍后,我感到前所未有的轻快。这件事总算过去了,我不必再为了那幅画辗转反侧,睁眼到天明。

然而这件事并没有就此过去。

明典学突然私下找到我,脸色不太好看地说:"春笛,你能再画一幅跟这幅差不多的吗?"

"什……么?"我不由得结巴了一下。

明典学烦躁道:"我将你的那幅画给上舍的元博士看了,他非说这画没个十几年功底画不出来,绝不可能是你这个小娃娃画的。春笛,你再画一幅跟这幅差不多的,认真画,好好画,好好治治那家伙捕风捉影的毛病。"

我愣在原地,好一会儿才说:"明典学,我可能没办法……"

明典学关切地看着我:"怎么?是没灵感,还是没有合适的材料?有什么问题,你尽管说。春笛,我其实一直想跟你道歉,我原来一直认为你不适合来太学读书,现在我的想法变了,你在绘画这方面是极具天赋的。"

如果明典学发现我撒谎,一定会很生气吧?他不会再叫我春笛,也会收回赠给我的印章,更不会在上课的时候,时常用鼓励关怀的眼神看着我。

我咬了咬牙:"不是,我只是需要多一点儿的时间。"

"没事,你慢慢画,不急。"明典学脸上的表情又变得很欢快,甚至哼起了小曲。

他爱画如命，却不知道站在他面前的人是"李鬼"而不是李逵。

我又去找了林重檀，这一次我更加难以启齿，但我还是说出了口。林重檀听到我的话，果然沉默了。

见状，我明白我是在为难林重檀，可如今我已是骑虎难下，不仅错过了最佳的向明典学解释清楚的时机，还在明典学要我重新画一幅画时，没有说实话，反而保证会再画一幅与《夜游乞巧节》差不多的画。

没有办法，我只能求林重檀帮我。

我拉住林重檀的衣袖："你就再帮我这回，就画一幅。"

他不说话，只是将衣袖从我的手中抽出。情急之下，我豁出去了，厚着脸皮抱住了他。

林重檀的身体明显一僵。

我管不了这么多，只想让林重檀再帮我一回。

"檀生。"我像别人一样，喊他的小名。怕他推开我，我用双手紧紧地缠绕住他的腰间，学着双生子向他撒娇的样子，用脸颊轻轻地蹭他的衣服。

我从未做过这样的事，即使在母亲面前，也没有这般撒娇过。因为羞耻，我的脸止不住地发烫，可我很害怕，怕林重檀拒绝我。

不知过了多久，我的脸被抬了起来。

林重檀的手指修长，指尖微凉。他低垂着眼，平静地审视我。我瞬间想扭开脸，但最终忍住了。

我不可以让明典学发现我在撒谎。

"檀生。"我放软了声音，轻声唤他。

他慢慢地松开手："明典学可有说限定画什么？"

听到他这句话，我不禁愣在原地。他竟然答应了。

林重檀用手指轻轻弹了一下我的眉心，问："还发什么呆，不是急着要吗？"

我连忙松开他："没有说一定要画什么。"

画一幅像《夜游乞巧节》的画要费上许多时间，现在不是休沐期，林重檀白日里要上课，入夜后要出去，只有亥时四刻后，他回来了才有空闲画画。

在他作画的那几天，我都守在一旁，给他斟茶倒水，研墨递帕，尽自己所能。

有一次他画到很晚，我洗了把脸，依旧控制不住上涌的睡意，不知不觉间趴在桌上睡着了，后来"轰隆"一声，宛如在我耳边炸开。

我慌乱坐起身，茫然失措地看了看四周，才发现外面下起了暴雨。

林重檀还在作画，白螭走进来："少爷，春少爷，外面下大雨了。"他一边说着，一边把窗户关上。随着风雨，我发现今夜转冷了。

"我没带伞来，白螭，你帮我准备一把伞吧。"我对白螭说。

白螭一口答应了。

雨越下越大，我等了许久，雨势都不见转小。眼看滴漏里的流沙渐多，我决定冒雨回去。

刚撑开伞，就见天际好像被一道白光生生撕开了，我甚至听到有什么东西被风吹落，刮倒在地上的声音。声音极响，我忍不住往后退两步，此时林重檀走了出来。

他皱着眉看了天空一眼，对我说："雨太大了，今夜你就歇在这儿。"

闻言我想婉拒，这时又一道雷落下来，与此同时，手中提着的莲花灯被风吹灭。

从林重檀的斋舍走到我那里最少要一刻钟，灯笼随时会被风吹灭，更何况大雨惊雷，夜路本就难行。

思虑再三，我还是留了下来，只是林重檀这里没有多余的空房间，如果不跟他住一间屋，就只能跟青虬、白螭宿在一间屋里了。

一对上我的目光，白螭就说："春少爷，我给你去准备被褥。"

他手脚麻利地在林重檀的床上铺上了另一床被子，青虬则进了净室服侍林重檀沐浴。我是沐浴完才过来的，此时没事做，只能站在床边。

白螭铺好床，又将房中的灯灭了大半，只留下窗边的灯。做好这些，他就退出了房间。不知过了多久，我听见林重檀从净室出来的动静。

他低声跟青虬说着什么，不过我没听清。没多久青虬就抱着林重檀换下的衣服走了，房里只剩下我和林重檀。

这段时间，我和林重檀也独处过，但那时候林重檀在作画，不似此刻这般情景。

我摇摇头，不许自己再想，逼自己快点儿入睡。只是外面雨声不停，风刮得窗户响个不停，又时不时响起雷声，我不仅毫无睡意，还因为外面的雷声止不住地战栗。

还在范五家时，范五在一个雷雨夜喝多了酒，先是打了我一顿，然后提着我的衣领，把我丢到牛圈里，不许我进屋。

家中的大黄牛认识我，不至于拿蹄子踩我，但我缩在角落里，被外面的雷声吓得崩溃哭泣，冒雨跑出牛圈去拍房门："爹爹，呜呜……我错了，放我进去吧，爹爹……"

拍了很久，范五都没有开门。那时养母不在家，隔壁村的一个婶子生产，她过去帮忙了。

后来，我才知道，范五把我丢进牛圈没多久就睡沉了，根本没听到我的拍门声。养母回来后，发现我在发着高烧。

养母待我不算苛刻，立刻抱起我去找大夫。那次也是我在养母怀里待得最久的一次，我哭得眼睫湿透，她脸上露出心疼，不停地抚摸我的脸："阿娘回去给你做你最喜欢吃的红豆馍馍吃，乖，不哭了。"

我曾经很爱我的养母，甚至在她说出真相后，依然爱她。

她死前，我陪在她身旁，她不看我，只死死地盯着门口。我那时候还是爱她的，拉着她的手，不住喊她的名字："阿娘，阿娘，你不要睡。"

她不理我，咽下最后一口气前，她喊出了"林重檀"三个字，以及长长的一声"我儿"——

之后，她便撒手人寰。她一点儿没有想过我，我也就不再爱她了。

"怕？"一旁的林重檀突然开口问道。

我尚未从往事中抽离，只愣愣地看着屋顶。他伸手过来，我本能地一把捉住，看着面前的手，一时无法控制心中情绪。

被范五虐待的人本该是林重檀。

养母临终前，他都不肯来见养母一面。

明明是我陪在养母身边十三年，她死前只有我陪在她的身旁，可她只剩最后一口气时，想的还是自己的亲儿子。

我抓着林重檀的手狠狠地咬了一口，听到林重檀闷哼的声音，我才反应过来自己做了什么蠢事。我僵着身体松开嘴，发现他的手背上赫然出现了一个深深的牙印。看着那个牙印，我又想起对方不久前还在帮我挑灯夜画，不由心虚至极。

我飞快地松开林重檀的手，也不敢看他，把自己的脸藏进被子里，当起了缩头乌龟。

在被子里藏了许久，我感觉到被子被轻轻扯了一下。

"别闷坏了。"林重檀的声音平静，仿佛一点儿都不在意我咬了他。

我不由想起上次醉酒在马车上耍酒疯，事后林重檀完全不提，如往常一样待我，好像什么事都没有发生。

想到这里，我从被子里钻出来，扭头看着他，想问他还记不记得那夜的事。对上他的目光后，我又不敢问了。

我只能转过头，脸朝里侧。这时雷声终于停了，我迷迷糊糊地睡了过去。再醒来，已是东方未晞。

"今日降温了，你等白螭把衣服送进来再起身。"林重檀道。

因为昨日咬的那一口，我有些不敢跟他说话，含糊地应了声，就缓慢爬起来了。昨夜盖的被子已被踢去了床脚，我把被子拉过来，重新盖在身上。

在我做这些事情时，林重檀就起床了。过了一会儿，床边响起了白螭的声音："春少爷，你的衣服我拿过来了。"

白螭在天还没亮的时候，去了一趟我的斋舍，把我的衣服取了过来。他不仅拿了衣服，还把我今日上课需要用的一并带了过来。

用完早膳，去上课的路上，我发现我忘记把早膳时拿出来问林重檀的书带出来了。待会儿上课要用到那本书，我只能折返回去。

我去的时候，青虬和白螭都不在，门上挂了把锁，只能等了。

过了一会儿，青虬和白螭抱着花回来。

他们没看到我，凑在一块说话。

"春少爷今天还会来吗？"白螭问。

"应该会的吧。"

白螭又说："我觉得少爷好辛苦啊……春少爷！"

他们看到我，脸上都流露出慌乱。明明青虬和白螭并没有说什么，但我还是羞得脸上火辣辣的，说话就结巴了起来："我的书……落在之前吃饭的桌子上，我来拿……书的。"

白螭立刻把手里的花塞给青虬，讨好地笑道："春少爷稍等片刻，我现在就开门拿给你。"

我拿了书，脚步匆匆地走了。

画在第五日完成了。

我站在桌前，有些出神地看着那幅画。这幅画的意境与《夜游乞巧节》完全不同。白茫茫的雪地，一眼望不到边的广袤天地，衣衫褴褛的行人踉跄着前行。他身后的脚印被雪覆盖，只余下新鲜踩上去的。

而在画的一角，有几块农田。农户围在一起，虽看不清他们的面容，但看他们的动作，能看得出是极快乐的，毕竟瑞雪兆丰年。

我将这幅画交给了明典学。明典学果然大喜，对我夸了又夸。上课时，他也时常夸我聪慧听话，以后必成大器。

我从未被人这样夸奖过，雀跃之余也有些担心事情的真相会不会被人揭穿，不知是不是我比较幸运，竟没人发现这两幅画都不是我画的。

一个月后，明典学因调动离开了太学。临走前，他特意叮嘱我要继续努力，把我的天赋发扬光大。

在那个瞬间，我很想向明典学坦白，最终还是忍住了。

明典学是唯一一个觉得我不差的人，哪怕这是我用谎言骗来的，但我需要这种肯定。

明典学离开后，我又回到原来的日子。没有典学愿意夸奖我，他们看到我总是先皱眉后沉下脸，我时常被训，被罚站。

每次被训、被罚站的时候，我都忍不住想起明典学。明典学会夸奖我，会亲切地叫我春笛，还送了特别珍贵的印章给我。

转眼间，中秋节即将到来。中秋节的前两日正是我和林重檀的生辰，在姑苏，这时父亲会办一场家宴，请戏班子到府里，燃放烟火。此外，他还会在城中大摆三天流水宴，宴请满城百姓。母亲会亲自下厨，给我和林重檀煮一碗长寿面。

今年在京城过生日，又不在休沐期，自然只能随便应付了。但当日从课室出来，我意外地看到了守在外面的青虬。

青虬看到我，立即迎上来，说道："春少爷，二少爷邀你今夜一起用晚膳。"

我沉默了一会儿，才说："今天的功课特别多，我可能去不了。"

青虬闻言，面露难色，又说："若是春少爷得空，一定要过来一趟。"

"再说吧。"我敷衍地说道，转身离去。

我很感激林重檀帮我画了那幅画，但青虬和白螭的对话也提醒了我，我和林重檀走得太近了。

只是我回到斋舍后，脑子里总是浮现青虬说的话。

今天也是林重檀的生日，他邀请我去用晚膳，我不去的话是不是不太好？上次他帮我画了画，我还没有专门感谢他，要不今晚还是去一趟？

我纠结半天，最终拿着我提前买好的玉山秋毫笔，往林重檀的斋舍走去。

林重檀的斋舍里却没有人，门扉仅仅是合着并未上锁。入夜后，蚊子变多，我在院子里等了半天，没看到人回来，又被蚊子咬得受不了，只好先进了屋。

大概又过了一刻钟，外面终于有了动静。

以为是林重檀他们回来了，我主动打开门迎上去，而入眼的却并非林重檀，而是我之前在醉膝楼见过的太子。

太子大步地朝这边走来，他也看到了我，上挑的凤眼微微一眯。我对上他的目光，心里一慌，立刻低下头行礼。

"草民给太子殿下请安，太子千岁千岁千千岁。"

在外面，我可以尊称他为"三爷"，但在太学，我不能这样称呼，还必须行大礼。

半晌后,眼角余光才瞥到一双锦靴。太子停了下来,我只听到折扇轻轻敲在手心里的声音。

"殿下,林重檀不在。"有人说。

太子不说话,房里便无人敢说话,跟着太子一起来的人呼吸都特别轻,我也跟着放轻了呼吸。

"抬起头来。"太子的声音忽地在静谧的房间响起。

我愣了一下,才反应过来他这话是对我说的。我连忙抬起头,只是一对上太子的眼神,眼睫就止不住地发抖。

不知为何,我觉得太子身上的煞气极重。

太子在我脸上巡视片刻,张开嘴,刻薄的话随之吐出:"孤最讨厌东施效颦、鸠占鹊巢之辈,绑了他,找个地方塞进去,免得碍眼。"

我脸色一白。

话音落下,立时就有人来抓我。我不敢挣扎,任他们将我关进角落的箱子里。一直等到外面的动静没有了,我才尝试着动了动。我的手脚都被捆得严严实实的,塞进嘴里的布几乎堵住了我的喉咙口,我怎么尝试都无法用舌头将布推出去。

箱子里很闷,又值夏日,不多时,我就挣扎出一身汗。无法依靠自己逃出来,我只能寄希望于林重檀或者白螭、青虬,希望他们能早点儿回来,发现我在箱子里。

可是我等了很久,都没有听见人回来的动静。箱子里越来越闷,我感觉自己的力气逐渐流失。我不明白太子为什么要这样对我,我只见了他两次。

东施效颦、鸠占鹊巢,指的是我效仿林重檀,占了林重檀的地方吗?

时间一点一滴地过去,一件更为羞耻的事开始占据我的脑海。我来时喝了一杯果茶,此刻,我想小解了。

为什么还没有人回来?

我努力蜷缩起身体,忍住尿意。汗越流越多,我眨了一下眼,都觉得有汗水落下。

就在我以为自己会死在箱子里时,外面传来了声响。我用尽全身力气,将脑袋狠狠砸向箱壁。

终于,箱子被打开了。我昏昏沉沉地抬起眼皮,看到了林重檀。林重檀看到我,眼里明显露出了惊讶之色,立刻吩咐身后的白螭和青虬:"白螭,你拿剪刀过来,青虬你去备水。"

我得了自由，第一时间想去小解，可是我被绑了太久，整个人都麻了，连爬出箱子都做不到。

见我挣扎，林重檀俯身欲来抱我，我无力地拉了他的袖子。

"我要小解……"因为羞耻，我的声音几乎是从牙缝里挤出来的。

片刻后，我终是控制不住地崩溃大哭。

为什么我总是那么丢人？为什么我每次丢人的时候，都是在林重檀面前？

因为是生辰，素来着淡色的林重檀今日破天荒地穿了一件绛紫色的衣裳，配上束发的玉白簪，少年姿秀，清贵俊美。他应该去参加了宴会，身上有酒味以及我没闻过的熏香味。

跟他同一日生辰的我，被关在箱子里数个时辰，现在狼狈至极。

我哭着哭着，感觉心在抽抽地疼后，才转大哭为小哭。

突然，我的脸被抬起。

林重檀的目光与我的目光对上，不知是不是因为他背对着烛火，他的目光看上去极其幽深。微凉的手指一点点地擦掉我脸上的泪，我尚未从先前的打击中恢复，凝着泪眼愣愣地看着林重檀。

第五章
行差踏错

感觉自己恢复了一点儿力气,手脚也不再发麻,我立刻换上衣服,步履匆匆地往外走。白螭和青虬看到了我,喊了我一声,我没有应声,头也不回地走了。

回到自己的斋舍后,我钻进了被子里。良吉看到我回来的样子,吓了一大跳,连忙跟进来,凑到床边:"春少爷,你的头发怎么湿了?没擦干就睡觉的话,会头疼的。"

他连忙去拿了手帕,为我擦头发。

我缩在被子里,瑟瑟发抖。

良吉碎碎念了有两刻钟,我才忍不住打断他:"良吉,我困了。"

"马上就好,春少爷,头发快擦干了。"良吉一边帮我擦头发,一边问我,"春少爷,你不是去二少爷那边用晚膳吗,怎么还洗了个澡?下课回来后不是已经洗过了吗?"

我不想回答。

没一会儿,良吉又说:"春少爷,你今晚吃长寿面了吗?"

"没吃。"

听到我的回答,良吉当即叫了起来:"这怎么行?生辰时一定要吃长寿面的。"

我实在疲倦不已,摁住他还在帮我擦头发的手:"良吉,我真的很困了,你让我睡吧,一次生辰不吃长寿面没关系的。"

"可是……"良吉还想说什么,但他看出了我的疲惫,"好吧,那春少爷你歇息吧。"

这件事情之后,我不敢再去找林重檀,我也不想去猜测他那晚为什么会那样。当然,太子对我所做之事,我也无法张扬出去。他为储君,若是他人知道他憎恶我,恐怕我在太学的日子会更不好过。

很快中秋节到了,中秋是阖家团圆之日,太学放假。放假那日,为了避免尴尬,我特意没跟林重檀一起回三叔家,到了晚上用晚膳时,我才知道林重檀根本就没回来。

三叔进宫参加宫宴,饭桌上只有我、三婶和堂弟堂妹们。堂弟问林重檀怎么没回,三婶笑吟吟地说:"这次由太子殿下主持宫宴诸事,檀生进宫帮忙去了。"

我一听,既觉得松了一口气,又莫名其妙地不是滋味。

休假回来,我一个月都没有去找林重檀,某日却意外撞上了他。

京城已入了秋,天气转凉,因为没能默写出文章,我被典学罚扫桂花园。我扫到一半,发现桂花园的凉亭处有人,正准备避开,突然听到了一声软绵绵的"檀生哥哥"。

我顿了一下,侧头看向凉亭。凉亭里,一个身量较矮的少年坐着,手指放在琴上,另外一个身形颀长的少年站着,好像在指点对方弹琴。

那个身形颀长的人便是林重檀。

数日未见他,他好像又长高了,如今真的是出落得龙章凤姿、颜如宋玉。

另外一个弹琴的少年我没有见过,他仰着头跟林重檀说话,声音断断续续地传来,明显在向林重檀撒娇:"檀生哥哥,我怎么都弹不好……你看,我的手指都红了。"

我听不清林重檀的声音,看样子他似乎在安慰那个少年。半响后,他弯下腰,给少年示范了一下。

我知道林重檀琴艺高超,却从未听过他弹琴。高山流水之音,自他指下倾泻而出,站在远处的我都为之动容,更别说离他近的那个少年。

那个少年一直歪头盯着林重檀,待林重檀曲毕,他仰着头,娇憨地说道:"檀生哥哥,你弹得好好听,我都听入迷了,你教教我呀。"

我想快步走开,下一刻,我看到林重檀抬起手摸了一下少年的头。

我没有再看,提着扫帚换了个地方继续扫地。林重檀跟谁在一起,做什么,不应该是我所关心的,我现在只在乎即将到来的第二次大考。

第二次大考公布了成绩,我依旧是最后一名。李典学把我叫去他的书房,他没有急着开口,盯着我瞧了许久,才说:"林春笛,实在不行,就回家吧。"

听到他这么说,我立刻抬起头:"李典学,我……"

李典学没让我把话说完:"我知道你想说什么,说自己在努力,以后还会更努力,对吗?你自己看看,你努力之后的结果是什么?林春笛,不行就是不行。"他似乎看出了我眼中的委屈、绝望,缓和了语气继续说道,"科举这一条道路,是千军万马过独木桥,没有过人的天分是上不了这座桥的。我记得你是姑苏林家的人,虽然只是旁系的孩子,但林家愿意送你来太学读书,说明他们对你不错。即使你书念得不好,回去姑苏,林家依旧养得起你,你何不找点儿自己喜欢的事做?不要知其不可为偏要为之。"

我不能这样回去,父亲会不要我的!

我顾不得脸面,哀求李典学:"李典学,我下次真的会进步的,我不会再考最后一名,你再给我一次机会。"

"我已经给过你很多次机会了,第一次大考有个跟你成绩差不多的孩子,人家这次就进步了很多。唉,你自己好好想清楚,你这样下去,注定是竹篮打水一场空。"说完,李典学就拂袖离去。

我在他的书房枯站了许久,而后去了张贴成绩单的地方。

第一次大考的红榜还在上面,我找到排在我前面的学子的名字——段心亭。我又在第二次大考的红榜上找段心亭的名字,他竟然进步了足足二十名。

我想去问问段心亭,问他是怎么学习的。可惜我在太学不认识几个人,更不认识段心亭。有一瞬间,我想找林重檀,问他知不知道段心亭是谁,最终还是忍住了。

就算见了面,说不定他没时间理我。我不能什么事都去找林重檀帮忙,他又不是我的谁。

我只能让良吉帮我去打听。没想到的是,在我让良吉去打听的第二天,段心亭就主动找了过来。更让我没有想到的是,段心亭是我那日在桂花园里见到的那个少年。

段心亭生了一双猫儿眼,眼睛圆溜溜的,带着几分脱离年龄的稚气可爱。他歪头打量了我一会儿,微微一笑:"听说你在找我?"

我抿了抿唇,那些想问他是如何学习的话突然就说不出口了。

段心亭见我迟迟不开口,把脸上的笑收起来:"上次就是你在旁边偷看,对吧?你又是偷看,又是打听我是谁,想做什么?"

段心亭那天居然看到我了吗?

"我……不是……故意要看的,我没想做什么,真的。"我急忙辩解,但毕竟是自己先做了不礼貌的事,说话时便结巴了一下。

而我的结巴落在他眼里,好似成了心虚。

"没想做什么,你结巴什么?说实话,像你这样的人,我在我父亲的后院里见多了。"段心亭即使在说恶毒的话,表情却依旧天真娇憨,"妄画蛇足,曲辞谄媚。"

突如其来的羞辱让我的大脑有一刹那发蒙,我不明白他为什么要说这种话。

"我没有!"因为被羞辱,我的脸不禁开始发烫,"那次真的是我不小心撞见的,我没有想要偷看。我打听你,是想问问你大考怎么进步的,我没有别的心思。如果你不方便告诉我,是我打扰了。"

段心亭笑出了声:"原来你想问这个啊,没关系,我可以告诉你,是檀生哥哥每日辅导我,我才进步的。我以为你知道呢,原来你不知道,看来你和檀生哥哥很久不联系了吧。也好,像你这种人就不该跟他有联系。"

他说我这样的人,我这种人,我是什么人?

不知我的眼神哪里惹到段心亭了,他的表情骤然变得凶恶:"谁允许你这样看我的!"

他向左边喊了一声,立刻出现了两个书童打扮的人。段心亭对他们吩咐道:"把他摁好了,我今日要好好地治治他这双不听话的眼。"

两个书童上前来捉我,我虽极力反抗,但输在对方人多势众。我被摁在地上,看着段心亭一步步向我走来。

段心亭从衣袖里抽出典学罚人的戒尺,看样子准备用它来抽我的眼睛。我不由得拼命挣扎,挣不开那两个书童的手,便扭头去咬。

"啊!"被咬的书童发出惨叫。另一个见状,立刻抓住了我的头发,想逼我松口。感受到头皮传来钻心的疼痛,我却没有松嘴,只想逼那个书童放手。

"还敢咬我的人!"

眼睛余光瞥到段心亭挥下了戒尺,我正要绝望地闭眼时,听到了一阵脚步声。

段心亭也听到了,立刻把戒尺藏进袖子里。下一息,我听到他慌张的声音:"檀……生哥哥,你……你怎么……"

林重檀来了?

我不禁松开嘴,头皮上传来的疼痛也随之消失。那个书童不敢再抓我的头发,但他们没有松开我,眼神不安地看着林重檀。

段心亭也非常不安,从他的视线在我和林重檀之间来回切换就可以得知。他支支吾吾了半天,最后委屈十足地说:"檀生哥哥,是他羞辱我在先,我气不过才让书童摁住他,想跟他说说理,哪承想他竟咬了我的书童。你看,书童的手都被咬出血了。"

我想说段心亭撒谎,但我没能把话说出来,因为林重檀看都没看我一眼,他只是对段心亭"嗯"了一声,就转身离开了。

段心亭根本顾不上继续找我的麻烦,赶紧追了过去。我看到他伸手去拉林重檀的袖子,说话的语气又是之前在林重檀面前时的娇弱可怜了:"檀生哥哥,你等等我。"

他的两个书童面面相觑一会儿,也松开我跑了。

我愣了好一会儿,才从地上爬起来。衣服脏了,我试图拍干净,但沾了泥土,怎么都拍不干净。我只能勉强把头发重新束起来,好让自己看起来没有那么狼狈。

好在回到斋舍的这一路都没遇见其他人,我刚进屋,就听见良吉说:"春少爷,府里来信了。"

听到这话,我几步便走到良吉面前:"真的吗?是母亲,还是父亲给我的信?或者是大哥?"

良吉笑话我:"春少爷,看你高兴的,是夫人的来信,信我放桌上了,你快去看吧。"

母亲终于又给我写信了。

身上的疲惫被一扫而空,我快步进房,拿起书桌上的信。这次的信封要比上次的厚了很多,我把信封贴在胸口好一会儿,才用拆信刀小心翼翼地将信拆开。

果然是母亲给我写的信,我认识她的字。

母亲问我在太学过得好不好,可有吃饱穿暖,又同我说了家中情况:父亲又开了一条街的铺子;大哥最近跟着商队出海了,此去大半年都回不了家;双生子上了私塾,很是调皮捣蛋,经常把夫子气得吹胡子瞪眼睛的。

母亲的家书如零珠片玉,随着她的描述,我和姑苏的距离仿佛也不再那么遥远了。

信的结尾,母亲说父亲让她问我在太学的成绩如何,最好将成绩单寄一份给家中。

我心里因为母亲来信的欢喜一点点消失,转而升起一片绝望,一时听到了李典学训斥我,一时又好像听到了段心亭的声音。

"林春笛,不行就不行。"

"你这样下去,只会是竹篮打水一场空。"

"像你这种人就不该跟他有联系。"

后来,我还听到了越飞光和聂文乐的声音,他们说我该去戏馆里挂牌子。

最后,出现在我脑海里的是林重檀。他没有说话,也不看我,他温柔地摸着段心亭的头顶。

我仿佛看到了段心亭如何向林重檀撒娇卖乖的,又好像看到了林重檀如何对段心亭的,就像他在生辰之日对我一样。

"春少爷,你怎么哭了?"良吉不知道何时跑了进来,他想拉起坐在地上的我,"地上凉,春少爷,你快起来。"

我愣愣地转头看向良吉,想跟他说我没事,可我一个字都说不出来。

"春少爷,你别吓我,你的脸色怎么那么白?刚刚不是还好好的吗?你不是一直盼着夫人来信吗?"

我不知道我怎么了,良吉竟露出害怕的表情。

我抬眼去看墙上,墙上挂着一幅《夜游乞巧节》,我将它挂在那儿,是希望自己能早日画出这等好画,好配得上明典学对我的夸赞。

寒冷从地砖上一丝丝冒上来,爬上了我的身体。除了寒冷,我体内还多了其他东西,它们像蛊虫,钻进我体内——贪嗔痴。

人生八苦,即:生苦、老苦、病苦、死苦、爱别离苦、怨憎会苦、求不得苦、五阴炽盛苦。

我堪不破,且深陷其中。此生,贪嗔痴与我如影随形。

在一个雨夜,我去找了林重檀。白螭和青虬看到我,眼里都现出惊讶之色,随后要拿干衣服给我换。我婉拒了,径直走进了林重檀的房间。

深秋的京城已是寒风侵肌,我未撑伞前来,虽然雨势不大,但衣服、头发皆被打湿了。

林重檀正在房中,他坐在案桌前,像是没有注意到我,直至我走到他跟前,他方侧了侧头。

烛火下,林重檀的脸被染上了一层暖黄色的光,他看起来没那么难以亲近了。他看到我,还露出了温和的笑容,仿佛我和他之间没有任何龃龉,他上次也没有对我被欺辱的事视若无睹。

"怎么这么晚过来了?衣服都湿了,先去换身衣服吧。"林重檀的语气也是,好似他又成了好哥哥。

他准备喊白螭,在他刚说出"白"这个字,我就伸手打断了他的话。

林重檀似乎被我这番动作惊到,眼神有瞬间的变化,不过我没有给他太多的思考时间,我往前走了一步,主动靠近了他。

即使我在来之前,已经给自己做了无数次的心理准备,可在这一刻,我还是……但我已经没有后路可退,我需要林重檀帮我。

林重檀在我坐到他旁边时,顿了一下,然后轻声问我:"小笛是有什么事吗?"

在此时此刻，他依旧摆出一副兄长的姿态，我只觉得荒唐。

家人让我叫他二哥哥，实际上他并非我的哥哥，无论是从血缘算还是从年龄算，他都不是。他与我同年同月同日出生，不过他出生的时辰比我早了一些。

我退开一点儿，不过依旧坐在他的旁边。余光瞥到林重檀先前写的东西，我定睛一看，发现他在做字帖。

这字帖是要供谁临摹？段心亭吗？

想到这里，我心里燃起一股无名火，抓起未完成的字帖狠狠往地上一掷。林重檀看在眼里，但并未阻止。

我恨他。如果没有他，段心亭不会欺辱我；如果没有他，我不会沦落到这种地步，如果没有他……

我故意挑衅地看着他。可他看着我的眼神，我读不懂，我也读不懂他这个人。

不知过了多久，林重檀有了动作。

他侧过身，直直地看着我。我一接触到他的目光，就想转过脸去，但他先一步拦下了我的动作，还不许我再动。

"哭什么？"他问我。

我抿住唇，极力想控制住情绪，可怎么都忍不住。我一时忘了学到的礼仪，用手背胡乱地擦脸上的泪，明明不想在林重檀面前表现得如此狼狈，偏偏每次都不如我愿。

我真的是太差劲了。

林重檀像是看不下去了，拉住我的手，拿过手帕给我擦眼泪。擦完了，他对我说："去泡个澡，你身上太冷了。"

我看了他一眼，又转开视线，闷闷说："我今夜要睡这里。"

林重檀沉默了半晌，答："好。"

掀开被子，我全身僵硬地躺了进去。

林重檀会做什么？把我赶出被窝？还是会……

林重檀重新换了身衣服。他像是没注意到我的表情，面色如常地熄灯，躺进被子里。

他无论是睡姿，还是站姿、坐姿，都仪态雅正。

我和他，像隔着楚河汉界。

我本来不想那么快入睡的，还想做些什么，比如问林重檀某些问题，但我沾枕没多久，睡意就缠上了我，不知不觉就睡着了。

翌日醒来，我发现林重檀是醒着的。他正看着床帐，不知在想什么，许是发现我醒了,很快就转眼看向我。

初醒的我失去昨日的孤勇,碰上他的目光,不禁想往后缩,但额头上却多出了一只手。

林重檀转身探出一只手碰了碰我的额头。我才发现他的手竟然凉丝丝的。不对,不是他的手凉,是我的额头太烫。

我后知后觉地发现自己头重脚轻。

"你再睡会儿,我让青虬去请大夫,再给你请个假。"林重檀低声说道。

他松开手,准备起床了。我犹豫了一瞬后,伸手抓住他的袖子。

"你……你能不能留下来……陪我?"一句话被我说得断断续续的。更糟糕的是,因为生病,我声音有些含混不清,还有鼻音。

在找林重檀之前,我找良吉借了几本专门写道歉的话本。

哪知道见到他本人,从书上学来的办法都忘得干干净净,现在还生了病。

想到这里,我自暴自弃松开手,把脸往被子里一藏。

丢人,实在丢人!

不多时,我听到林重檀起床的动静。我窝在被子里,又糊里糊涂地睡了过去。再次醒来,是被人拍醒的。

我因为生病晕乎乎的,睁开眼好一会儿,才发现坐在床边的人是林重檀。

我愣了一下,迅速朝窗户看去。外面已是天光大亮,明显过了上课的时辰。

林重檀端着药碗:"起来把药喝了。"

我没听他的话,说要先洗漱。他像是早有准备,把白螭喊了进来。白螭伺候我洗漱时,他一直站在旁边,看着我喝了药,又用了一碗白粥。

喝完药,我又躺了回去。浑身是汗地醒过来,我发现林重檀坐在书桌前,看样子还在做昨日的那份字帖。

我咬了咬牙,强撑着身体爬起来。

林重檀听到动静,回过身。

"我要沐浴。"我顿了一下,又说,"我没力气,你帮我一下好吗,檀生。"

后面两个字的语调,是我学了段心亭的。只是我不会叫他"檀生哥哥",他又不是我哥哥。

洗完澡,林重檀将我送回床上。

床褥已经被白螭和青虬换过了,我睡了快一天,这会儿没什么睡意,看着林重檀又要回去做字帖,便喊住他。

"檀生。"

林重檀顿住脚步。

"我不想待在床上了。"我说。

最后,我坐在了林重檀的旁边。他对我的态度,就好像我跟喜欢赖在他怀里的双生子无异,但又和之前的有所不同。

我心里觉得不安,想问,却不敢开口。

我真的不明白林重檀。

我曾听过一个盲人过河的故事——因为看不见,所以盲人只能摸着石头过河。现在我成了那个盲人,一点点地试探林重檀,却发现自己始终看不清那条河。

但林重檀在想什么,并不是我最关心的,他只要能帮我就行。

我休息片刻,提起了段心亭。

"我没有羞辱段心亭,是他先骂我的,还让他的书童抓住我,准备用戒尺打我,我才咬了他的书童。"

说这段话时,我看着林重檀,想知道他会有什么反应,结果让我很失望。他看上去特别平静,脸色没有丝毫变化。

有一瞬间我觉得自己找错人了。

可除了他,我能找谁?我无人可找。

还是说我的姿态不够低?

也是,我与段心亭,说不定对林重檀来说,段心亭的分量更重,他现在自然不会帮我。

没多久,段心亭来到我的斋舍,不再趾高气扬,相反眼圈泛红,弱如扶柳。

他红着眼望着我,又看了良吉一眼:"林春笛,不,林公子,我有些话想对你说,你能不能让你的书童暂时离开一下?"

我冷淡地说:"有事你就直接说吧。"

段心亭有些犹豫,见状我便让良吉送他出去。

段心亭忙道:"上次的事是我错了,我不该那样对你。我当时是对你有误会,所以才……对不起,我跟你道歉,你能不能帮我跟檀生哥哥说一声,让他不要不理我。"

"他理不理你,不是我能左右的。"

"你怎么不能左右了,檀生哥哥他……"

我打断了段心亭的话:"良吉,我昨日穿的衣服要浆洗,你现在去洗了吧。"

虽然我知道他是为了林重檀而来,但没想到他会如此直接,毫不避讳。我不想让良吉知道这些。

段心亭看到良吉走了,说话便越发没了顾忌,对我立刻就换了个称呼:"好春笛,你帮我去跟檀生哥哥说一声好不好?上次的事真的是我错了,我昏了头才会误会你。"

他说着话,又来拉扯我。我十分厌恶被他碰触,立刻往后退去,可他紧跟着上前。

拉扯间,不知怎么,他竟摔倒在地,这时我看到了林重檀。

林重檀不知什么时候到的,现下正站在门口。段心亭像是没发现林重檀来了,仰着脸可怜地对我说:"林公子,我知道你还在生气,你要是觉得气还没出够,多打我几下也行。"

我什么时候打他了?

我张嘴想说话,哪知道段心亭说完就抽抽噎噎地哭上了。我从未见过类似段心亭这样的人,一时不知该如何应对。我看向林重檀,发现他看戏般地站着,不说话,也不离开,便干脆地闭上了嘴。

段心亭哭了一阵,从地上爬起来的时候看到了林重檀,眼睛瞬间亮了起来,下一刻又浮现了凄楚。

"檀生哥哥。"他委屈地喊林重檀。

林重檀这会子像是看够了戏:"你怎么到这里来了?"

段心亭瞧了我一眼,才说:"我来找林公子,向他道歉,上次的事是我不对。"

他看我的眼神带着惧怕,仿佛我刚刚真的打了他。我意识到他今日来找我不是真的来道歉的,他只是想让林重檀厌弃我。

真是可笑,我竟然也遇到了这种事?若不是我在学业上要林重檀帮忙,我现在应该拿棍子把他们都赶出去!

"既然道完歉了,就回去吧。"

林重檀的话让段心亭变了脸色,他显然没想到这样的发展:"檀生哥哥,我……"

他对上了林重檀的目光,不知为何,竟噤声了。

片刻后,段心亭走了,但段心亭的离开并不让我开心。

想到段心亭曾用"像你这样的人,我在我父亲的后院里见多了"来羞辱我,我不由得咬住牙,觉得自己比那些人后院里的姨娘还不如。那些人是没办法,被拘在深宅后院,只能仰人鼻息过活。而我在外读书,理应靠自己本事修身齐家,光宗耀祖,却因天资愚钝,走邪门歪道换取利益。

"不要老咬牙。"林重檀突然说。

我现下正烦他,又不想让他看出我讨厌他,只能扭开脸。

房里只有我和林重檀,我不说话,林重檀也不作声。半晌后,我听到有什么东西被放在桌子上的声音,再然后,便是远去了的脚步声。

林重檀走了,把自己带来的东西留在了桌上。

我看了一眼桌子上的锦盒,没忍住走过去打开。锦盒里放了两样东西,在上面的是一根通透的玉笛,看得出成色极好。玉笛末端坠了穗子,中间织的花纹竟然是一个"笛"字。

玉笛下方是那本被我丢过的字帖。我原先没仔细看它,现在才发现字帖的第一页上面写着——赠吾弟小笛十七生辰贺礼。

我盯着那两样东西许久。

良吉洗完衣服回来,一眼就看到我拿在手里的玉笛,对此物赞不绝口,还想让我吹一曲。

但我的气息不够,一首曲子被我吹得断断续续的。

良吉说过,我醉酒那次曾闹着让林重檀给我唱小曲,他最后吹的笛子。

此后,我和林重檀的关系不能说亲近,也不能说不亲近,弄得我不知道该怎么开口让他帮我。家中让我寄成绩单,我拖不了多久,最迟只能拖延到明年开春。

而第三次大考也在年前。

我心中焦急,尝试过让他主动开口说帮我,但结果是我又气又羞地放弃了。

转眼间,便到了冬至。

京城的冬天十分难熬,可谓是折胶堕指、寒风刺骨。每次我到林重檀斋舍,喝完一碗甜汤,还要抱着汤婆子烤许久的火才能缓过来。

入冬后,林重檀出去的次数减少了。但冬至这一日,他比往常还要晚回来。

青虹说:"少爷,你肩膀上怎么落了那么多雪?我一直备着热水,少爷先去泡澡吧。"

白螭说:"少爷,春少爷来了。"

林重檀的声音低低的:"嗯。"

等林重檀泡完澡出来,夜已经极深了。他一进来,我就发现他喝了酒,还喝了不少,不仅脸颊微红,脚步还有些虚浮。

这段时间我来得多,常宿在林重檀这里,青虹和白螭对我的到来已是见怪不怪。

林重檀像是没看到我，径直走到书桌前，开始整理着什么。这段时间我一直在想怎么跟林重檀提第三次大考的事情，也许今晚是个机会。

话本上说，男人喝了酒以后，通常会变得好说话些。

想到这里，我穿上软底鞋，慢慢地走到林重檀的身边。林重檀看到我，往我这边侧了侧头，但很快转了回去。

见他翻看案上的古籍，我深吸一口气，伸手轻轻拉住林重檀的手："檀生，夜很深了，该歇着了。"

林重檀说："你困了的话，自己先睡。"

"我……我一个人睡不着。"天知道我说这话时有多不好意思。

林重檀的动作顿了一下，见状我顾不得其他，继续说："亮着烛火，我睡不着。"

林重檀看了我几眼，最终将手中古籍放下，熄灯准备入睡。

我斟酌着提起大考的事。

"马上就要第三次大考了。"我佯装无意的样子说道。

林重檀微垂着眼，像是已经困了："嗯。"

我习惯性地咬了咬牙，又松开："我……我不想再考倒数第一。"我撑起身子看着他，"檀生，你帮帮我好不好？"

林重檀抬起眼："你每日午休时也来找我吧，我给你补课。"

短时间的补课根本不可能让我很快进步，林重檀能让段心亭一下子进步那么多名，一定有特殊的办法。

"除了补课，还有没有别的办法？"说完，我发现林重檀静静地看着我，若不是他的眼神比往日迷离，我都要以为他没喝酒。

我心下一横，下了决定。

"你说什么？"林重檀声音依旧温温和和，不像是生气的样子。

我声音比蚊子振翅的声音大不了多少，重复说了那两个字。

林重檀听清了，他重复了一遍我说的话，随后，发出一声轻笑。

第六章
泥足深陷

寒风吹得窗棂轻轻作响,冬至是个雪夜,雪花落下簌簌的声音被掩于风中。

我敏锐地察觉到林重檀的态度有了变化,抬起手抓住他的衣服的一角,小声地"嗯"了一声。

林重檀眸色忽地转深。

而后,林重檀松开我,似乎准备下床。

我有些慌了,连忙拉住他的袖子:"你去哪儿?"

林重檀下床,走到了书桌前,我赶紧也跟了过去。

"你真要我帮你吗?"他问我。

我拢着衣服的手攥紧。

"要。"我艰难地吐出这个字。那瞬间,林重檀的眼神变得很复杂。我依旧读不懂他眼中的情绪,只能空出一只手拉住他:"檀生。"

他终于不再看我,而是拿出一张宣纸铺在桌上。

"大考的题目其实很容易就能猜到,只要猜对了题,你把我写的背得七七八八,自然不会再考倒数第一。"

他一边说,一边在宣纸上写字。

我一直知道林重檀聪慧,只是在今夜我才真正意识到他与我的差别。他明明喝了很多酒,握笔的手都有些抖,可写起文章来仍旧一气呵成,更可怕的是,他在短短时间内就写了三篇长文。

写完第三篇,林重檀停了停。

"不行,太难。"他低声说着,把刚写满字的宣纸揉成团丢在地上,重新又开始写。

我被他的行为惊到,直愣愣地看着他。不知不觉,时间到了后半夜,林重檀终于停下笔,这时的我已经极其疲倦,怠懒地靠着他。

他搁下笔的动作,让我骤然清醒了,但没多久,又困倦地垂下眼。

第三次大考结束后,我整个人都有些恍惚。虽然林重檀跟我说猜题很容易,但我只是将信将疑,直到我看到考卷。

出了课室,我立刻去找林重檀。

他早就考完了,正在让青虬和白螭收拾行李。太学放假了,接下来我们有十几日的假期。

林重檀看到我,似乎猜到我想说什么:"我最近新得了一幅《寒梅图》,你进房看看。"

我进房间没多久,他也走了进来。

"题目猜对了,我把你写的默写在了上面,典学们会不会发现那不是我能写得出来的?"我急忙问他。

林重檀微微摇头,道:"这次阅外舍文才卷的人是内舍的许典学、赵典学,他们没教授过你,不会发现问题,况且你背的那篇文章算不上珠玉之论。"

他这样说,我安心不少。

正如林重檀所说,第三次大考成绩出来后,没人怀疑我的成绩有问题。我进步了十名。虽然只是十名,但典学看我的眼神终于不再是失望。

他们以为我是靠自己努力进步的,殊不知我是用别的换来的。

这时的我还不知道一切浮华不过是虚妄,我尝到了所谓的进步的甜头,开始想得到更多的甜头。

为此,我花了更多的时间与林重檀腻在一起,连向来迟钝的良吉都发现了问题。

"春少爷,你好久都不回来睡了。"

良吉的话让我惊了一下,但很快,我稳住心神说:"你知道的啊,檀生在给我补课。"

良吉还想说什么,我先一步堵住了他的话头:"行了,我今晚不去补课还不行吗?你是不是一个人睡太无聊,那我们说会儿话再睡吧。"

原先在林家睡不着的时候,我便会拉着良吉跟我说话。此时此刻,我后知后觉地发现我们已经很久没有夜谈过了。

良吉搬了个杌子坐在我的床边,盯着我看了好一会儿,才说:"春少爷,我觉得你好像有点儿不一样了。"

"人长大了,肯定会不一样了,我马上就十八岁了。"我打了个马虎眼。

"我说的不是这个。"良吉想说什么,又找不到准确的措辞,急得手舞足蹈，脸都挤成一团。

我不想继续聊这个，直接转移话题道："良吉，你再跟我说说你小时候的事吧。"

跟我不同，良吉有极其幸福的童年，每次有机会讲他小时候的故事，他都很高兴。我看他露出欢畅的表情，也觉得开心。

只是今夜，我频频走神，满脑子都是其他事情。

我已经将成绩单寄往家中，母亲回信说父亲不是很满意我的成绩，希望我能再努力些。

我知道父亲要的是什么，他想要一个才情、名声俱佳的儿子，林重檀便是。

入京不到两年，林重檀的名字已经响彻京城。而在今年的祭礼上，林重檀被太子请去弹琴。一首《文王颂》，令他名动天下。

文王是我朝开国皇帝，不知道多少文人给文王写了颂歌，但那些颂歌都被认为是靡靡之乐，彰显不了开国皇帝的气势。

唯独林重檀这一曲，仅仅是琴音就令人仿佛看到牙璋辞凤阙，铁骑绕龙城，又令人好似见到威严清正的文王本尊。

今年的中秋之宴，林重檀已经确定在参宴的名单上，他是唯一一个无官职在身却可赴宫宴的人，届时他刚年满十八。

与他相比，我的进步显得微不足道。

"春少爷？"良吉的话把我拉回现实。

我怔了会儿才说："抱歉，良吉，我刚刚走神了。"

"没关系，春少爷，你是不是困了？你睡吧，我给你烧一壶热水再去睡。"良吉说。

我顿觉愧疚，拉住良吉的手："良吉，等我忙完这一阵，休沐了我们就去城郊游玩好不好？"

良吉连忙点头。

白驹过隙，我十八岁的生辰到了。

这一次，林重檀亲自来找我。他带我出了太学，乘夜船游碧瑶湖。

船上除了船夫，便只有我和他两个人。

这会儿已经冷了，我坐在船上，不太敢从菱花窗看外面的倒映清辉的湖水。我怕水，小时候掉过水坑，若不是同村的爷爷一把将我提了起来，我恐怕因此丧命了。

林重檀坐在我的对面。

用完晚膳后，他便从船舱里拿出一盏孔明灯。

"写点儿什么在上面吧。"林重檀把孔明灯递给我。

我还从未在孔明灯上题过字,一时不知道该写些什么。林重檀并不催促我,静静地等在一旁。斟酌许久,我在孔明灯上写下一行字——愿父母长寿、兄弟安康,吾亦是。

林重檀拿过我写好的孔明灯,在另外一面题字。与我的祝愿不同,他写了两句诗——霓裳曳广带,飘拂升天行。邀我登云台,高揖卫叔卿。

见到林重檀写的诗,我愣了一下,还未多想,就被他拉了起来。他说要去船头放孔明灯。船夫是个穿着蓑衣的中年男子,不会说话,只会用手势表达自己的意思。见我们出来,他露出腼腆的笑。

我和林重檀一起放飞了孔明灯。回到船舱后,远方隐隐传来了丝竹声。我凝神听了一会儿,将林重檀去年送我的玉笛拿了出来。

"檀生,你吹首曲子给我听吧。"我是故意这样说的,因为我要讨好林重檀。

跟林重檀相处了一年,我隐隐察觉到他喜欢我依赖他的样子。准确地说,我表现得越依赖他,他对我就越好。

林重檀看了我手中的玉笛一眼,没直接答应,而是让我把最新学的曲子吹给他听。

我有些不愿意,在林重檀面前吹笛子,跟丢人现眼有什么区别?但是林重檀一直盯着我看,我只能把玉笛放到唇边,试着开始吹奏新学的曲子。

我不擅长玉笛,吹笛者要气息绵长,而我气息不足,没吹多久,笛声就变得断断续续的。林重檀还在看着我,因为觉得丢人,我的脸开始发烫。又吹了一小会儿,笛声变得更为断断续续后,我便尴尬地把玉笛放下了。

一只修长玉白的手从旁伸了过来,拿走了我放在桌上的玉笛。

一息后,笛声响起。我听了一会儿,才发现林重檀吹的是一首姑苏的小调。

这首小调我曾听过母亲唱过,那时候她坐在床边,哄双生子午睡,唱的就是这支小调。

再次听到这首小调,我仿佛回到了姑苏,回到了林府。我已经有两年没有见到父母、兄弟了,陪在我身边的除了良吉,就只有林重檀。

一曲结束,我忽地听到"扑通"的落水声,转头望向窗外,发现有人在湖里游动,当即惊呼起来。

"有人落水了!"我想冲出去,却被林重檀拉住了。

"无碍,是刚才的船夫,他从小在水里泡到大,你不用担心。现下他把我们送到地方,便回家吃饭去了。"林重檀说。

我愣了一下："那……那我们待会儿怎么回去？我不会划船。"

"我会。"

林重檀拉着我往船舱外走去，我才发现我们乘坐的船旁不知何时停着一艘大船。那船看着朴实无华，船檐挂着一盏小灯。

林重檀带着我登上大船，船舱里竟然别有洞天，比我太学的房间还要宽敞，屋内芳香沁人，摆件奢靡华丽。当然，最吸引我的，是船舱的中间挂着的一块演皮影戏的白色幕布。

林重檀走到白色幕布后面，不一会儿，他从后面探出头，清俊的脸上露出了一个很淡的笑："小笛，你请入座。"

我意识到他要表演皮影戏，不敢置信地坐到白色幕布前的椅子上。

皮影戏都是下三流的东西，林重檀怎么还会这个？

我初回林家，父亲请表演皮影戏的师傅到府上演出，我一下子就被皮影戏迷住了，还曾委婉地向父亲提出自己想学皮影戏，结果被父亲好一顿训斥。

父亲说那是下三流的人才会学的东西，像我们这种人坐在台前看个乐子就行，绝不能去学、去碰。

林重檀给我演了一出《嫦娥奔月》，只是他这个《嫦娥奔月》跟我见过的不大一样。他演的嫦娥是个凶婆娘，总是抓着后羿一顿训，后羿在外威武，在内却厌得不行，每次被训，就大呼"娘子，我错了"。

我还没见过这么逗的《嫦娥奔月》，笑得停不下来。演到后羿得仙丹，逢蒙得知，趁后羿不在府上，提剑威胁嫦娥时，我的心都提了起来。明明知道接下来会发生什么，可我还是急得不行。

看到嫦娥吞下仙丹，飞上月宫时，我不由得叹了口气。

接下来就该演那一幕——后羿认为嫦娥私吞仙丹，心生嫌隙，一对佳偶从此相隔。不承想后面的剧情出乎我的意料，后羿得知自己的娘子吃了仙丹，却道"娘子一定是有苦衷"，随后便出门去寻西王母。西王母怜惜后羿的爱妻之心，允后羿上天宫寻嫦娥，自此夫妻团圆，鸾凤和鸣。

皮影戏结束了，我仍有些回不过神。林重檀再次从幕布后探出头，见我还愣愣地望着白色幕布，便叫我过去。

"来，你来试试。"林重檀要我拿着皮影戏的小人。

我伸出手，又缩了回来，因为父亲说过这是下三流的人才会学的。

林重檀以为我是怕弄坏皮影小人才不敢碰，便亲手把提线小人的签子塞我手里："没关系，不会弄坏的。"

我本来想着缩回手的，但不知怎么的，我反而握紧了手中的签子，开始操纵小人。林重檀帮我配音,没多久,我就不许他继续配音了:"我要自己来。"

"好。"林重檀失笑道。

林重檀讲了《嫦娥奔月》的故事,那我便讲《吴刚砍树》。故事里的吴刚到了晚上眼睛就看不见了,因为看不见,晚上出门如厕,总会撞到院子里的树,于是白天他就很生气地砍树,可那树怎么砍都砍不完。

嫦娥和后羿走了,隔壁只住着一只兔子。兔子见吴刚天天砍树,就嘲笑吴刚,说他天天做无用功。

吴刚很生气,去追杀兔子,追着追着到了晚上,他就看不见了,反而被兔子欺负得够呛。

我被自己编造的故事逗乐了,都不知道自己什么时候离林重檀越来越近了。

"小笛。"林重檀的声音跟先前的有些不同,我熟悉他这个声音。

我不自在地别开脸,不吭声。

林重檀凑近我的耳旁:"皮影戏结束了,我们是继续留在这儿,还是回刚刚的那艘船?"

我没怎么思考就选择了留在这里,之前那艘船是小船。坐船过来时,船身晃晃悠悠的,我生怕船翻了。哪知道林重檀听到我选了大船,却还是拉着我回了那艘小船。

风乍起,小船便晃悠了起来。

窗户不知何时被撞开了,我一见,吓得几乎立刻要弹起来。

湖水声更近了,船外波澜阵阵,隐有一下比一下急促之意。城外的千佛寺悠悠的钟声随风送入湖上,我无暇去分辨钟声。只因林重檀在钟声传来时,跟我说了一句"生辰快乐,小笛"。

与此同时,他还说要送我一份礼物。我愣了半天,才反应过来他说的礼物是什么,当即气哭了。

谁要这样的礼物!

我气成这样,小船却又被湖水带动得晃悠起来。我顾不上生气了,怕自己会掉水里,只能暂时不跟林重檀计较礼物的事情。

林重檀又把我带回了大船上,大船的炉子上温着热水,此时我的头发散着,束发的发绳最后出现是在林重檀的手腕上,现在已不知所终。

我快睡着时,外面倏地传来了声响。

下一刻,有人进来了。

"果然在这儿。"

这个声音有些耳熟,好像在哪里听过。

我被吓到,一动都不敢动。我现在这副样子,是绝不能见人的。就在我惶恐不安时,林重檀声音慵懒地说道:"三爷怎么来了?"

三爷?是太子!

我更加害怕,不禁用手指抓紧了林重檀的衣服。

"找你来了,见你不在斋舍,便到外面寻一寻,没想到撞到这样的一幕。"太子发出一声低笑,"我说你怎么……"

林重檀没否认,轻轻抚着我的背安抚:"让三爷见笑了。"

太子又笑了一声:"见笑不至于,见你有这一面,我才觉得你有点儿活人气。不过我有些好奇,这……"

林重檀也轻笑了一声:"我道三爷为什么一直站在这里,连让我整理衣冠的机会都不给。三爷若是好奇,不妨试试?"

我如惊弓之鸟一般想把自己藏起来。可林重檀却扯下我的手,还同太子说:"三爷要……"

林重檀的话让我僵住,随之逼近的脚步声更是让我如坠冰窟。我仿佛感觉到有一双眼睛在我身上盘旋。

恐惧将我死死钉在原地,这时,太子意兴阑珊地说:"林檀生,我在外面等你,快些出来。"

林重檀应了。

等太子出去,林重檀将我抱到榻上,我尚未从方才的惊吓中抽身,浑身发着抖。

林重檀拿过被子盖住我,说道:"我要离开一会儿,不知什么时候能回来,我待会儿让青虬来接你。你警醒些,别睡着了,干净衣服在角落的衣柜里。"

听了这话,我渐渐回过神,咬着牙不说话。

林重檀似是想说什么,但张了张嘴又闭上了,最后他低下头似乎想来安抚我。我扭头避开,满脑子只有他先前说的话。

林重檀见我躲避,沉默了一瞬间,起身走了。

听到关门的声音,明白船舱里只剩下我一个人,我强撑着身体爬起来穿衣服,想回斋舍。可我不会划船,只能被困在船上,哪儿都去不了。

今晚的生辰让我以为自己是被珍视的,现在看来只是我的黄粱一梦。林重檀待我的好,在利益权势面前不堪一击。

我蜷缩起身体,把脸埋进锦被里。

"春少爷。"外面传来了青虬的声音。

我连忙把脸上的泪水擦干净,应了一声。青虬给我带了一件披风,还带了一些吃食,都是些松软易克化的。我没什么胃口,匆匆戴上披风,就让青虬送我回斋舍。

回到斋舍时,天都快亮了。

我实在不舒服,本准备请假,回去补眠,可青虬拦住我:"春少爷,二少爷说了你今天不能请假,必须去课室上课。"

我有些生气地说:"他还管我请不请假吗?我非要请假,他能拿我怎么办?"

青虬跟白螭的性子不同,白螭若是见我发火,会讨好地对我笑哄着我,而青虬往地上一跪:"春少爷,这是二少爷吩咐的,还请春少爷前去课室。"

"你!"我气得瞪他。

他又说:"白螭已经帮春少爷拿好书了,春少爷去少爷那里梳洗一番,便可以直接去课室了。"

到了林重檀的斋舍,白螭一看到我,就拿出一个熟鸡蛋,过来帮我敷眼睛。我本来憋着一肚子气,但不知为何,那口气又泄了。

我生气恼火,又关青虬和白螭什么事呢。

今日的课程对我来说,无疑是上刑。我浑身不适。在李典学授课时,我因为太困,忍不住趴了下去。李典学一向严厉,立即罚了我十下戒尺,又罚我站在廊下。

最近半年,我已经很少被李典学惩罚。

李典学罚我时,冷声道:"故态复萌,冥顽不灵,你这样的学习态度,不说你哥哥林重檀,就是太学随便哪一个学子,也不会像你这样惫懒到在课堂上睡觉。"

我辩解不了,只能默默挨训。

好不容易撑到下课,聂文乐突然冲出来将我拖到角落无人处。

"聂文乐,你松手!"我被他拽得手腕生疼,"你要做什么?"

聂文乐转头看向我,他的脸色极其不好看,不住地打量我:"你昨夜去哪儿了?"

我心里一惊,但面上装出迷惑的样子反问道:"什么我去哪儿了?我在斋舍。"

"你在斋舍?"聂文乐忽然伸手来扯我的衣领。

我被他吓到,连连后退,可是我腿脚虚软,退的时候不慎摔到地上,这一下疼得我眼睛瞬间红了。

聂文乐虽然住手了,但一副怒气未消的样子,一双眼死死地盯着我。

我抬头看了他一眼，又低下头，思索该怎么脱身。

聂文乐猛地骂了一句，我被他的话惊到，迅速抬起头，可他看上去比我还生气，咬牙切齿地瞪着我，还说些我听不懂的话，"早知道……我当初就……你对得起越飞光吗？"

越飞光？那个在醉膝楼在众目睽睽之下欺辱我的人吗？我哪里对不起他，若说对不起，不该是他对不起我吗？

我以手撑地爬起来："你骂够了吗？"

聂文乐吼我："没有！我……"他深吸一口气，转头看向别处，才对我说，"身体不舒服就回去好好躺着，出来上什么课。"

"不用你管。"他频频口出恶言，我也不想再好声好气跟他说话。

"不用我管？好，那你就继续在课室里待着，让那些人……"他停住了，握紧拳，像是怒得说不出话来。

明明是聂文乐羞辱我，他却表现得比我更生气。

聂文乐骂完我就走了，我在原地站了会儿，待眼睛的酸意退去，才整理好衣服，回到课室里。

下节课是射箭课，我没练习多久，就偷溜回课室小憩。可能是我窝在长凳上睡，后面进来的学子才没有注意到我在课室里。

他们一起进来了好些人，一开始讨论的是方才谁的箭法更准，不知是谁突然提到我。

那些人沉默了片刻，然后七嘴八舌地说道。"你们都看到了吧？刚刚李典学罚他的时候，那小脸白得，可怜死了。"

"看到了，不仅小脸白，还一副弱柳扶风的样子，我都怕他走几步路就倒在地上。若是再抽噎几声，恐怕李典学都要好生安慰他一番。"

他们哄笑起来，又继续说。

"他都这样了为什么还来上课？"

"这你就不懂了，像林春笛这种攀上亲戚才能来太学读书的，自然是想在京城这里抱上大腿，站稳脚跟。当初他与越世子为邻时，就整日向越世子示好。后来越世子走了，他便想着去抱其他学子的大腿，好些人都说看到他天天跑去吉舍的斋舍。今日嘛，也是手段，说不定就……"

他们又是一阵大笑。

"走，离下节课还有些时间，去茶室喝口茶休息休息。"

那些人嬉笑着离开后，我才从长凳上起来。因死死咬着嘴唇才勉强克制住自己，这会儿我尝到了血腥味。

这一日的课程结束了，我坐上回三叔府上的马车。强撑了一天，一上了马车，我就晕了过去，等再醒来，已经是第二天早上。

良吉、白螭守在我的身侧，看到我醒来，他们端水的端水，拧帕子的拧帕子。我浑身无力，被他们扶着坐了起来。

良吉说我邪风入体，才病倒了。三叔给我请了大夫，大夫来看过了，也开了药。三叔还让良吉告诉我，今日虽是中秋佳节，是阖家团圆的日子，考虑到我的身体，为了家宴来回奔波，万一加重病情反倒不美了，便安排厨子一会儿将饭菜送到房里来。

我迟迟不语，等良吉出去，我才问白螭："你家少爷呢？"

白螭露出一个难看的笑："少爷这会子在宫里。"

"他昨日也没回吗？"我问。

白螭点头。

闻言，我翻过身面朝里侧："我知道了，你下去吧。"

休沐有三日假，我在假期的最后一天深夜里才看到林重檀。

他进来的动静吵醒了睡在外间的良吉，这时，我还没有睡下，正在抄写。李典学不仅罚了站，还罚了我抄写。掌心被打得肿了好几日，又生了病，之前我虚弱得连握笔都握不住，今日才勉强能动笔。

良吉睡意蒙眬的声音里透着讶异："二少爷？你怎么来了？"

"小笛呢？"

"春少爷在里面。"

"良吉，你去隔壁房间睡吧，我有些事要跟小笛说，怕是会吵到你。"

良吉不愧是个傻的，一听林重檀这样说，就老老实实地走了，走前还问林重檀要不要喝茶。

脚步声越来越近，但我没抬头，低着头继续抄写。

"小笛。"

我不理会。

"小笛。"

喊我的人伸手握住了我的肩膀，我挣扎了一下发现挣不开后，生气地扭头对着他的手臂咬了下去。他没躲，任我咬。我咬了一会儿，觉得没趣，松了嘴巴，扭头转向另一边。

"你走！"我怕隔壁的良吉听到，说话的声音不敢太大。

"对不起，小笛，我这几天实在有事走不开，你身体好些了吗？"

我飞快地眨了眨眼，还是没有忍住眼泪。

林重檀见我哭了，默默地帮我擦眼泪，又低声同我道歉，说他回来晚了。我不想理他，只扭头看向别处。

忽然，他发现了我还红肿着的手心。

"李典学打的吗？"林重檀语气冷了些。

我依旧不答话，林重檀没有再开口，而是拿出药膏帮我上药。我僵了半天，最终还是没忍住问他："你那天说的话是什么意思？"

林重檀这么聪明，应该知道我在问什么。

他顿了一下，把我落在脸颊处的碎发别到耳后，若无其事地说："李典学罚你抄写多少遍？"

我的呼吸变得急促："你回答我刚刚问的问题，林重檀，那夜你说的……是认真的吗？"

我想他会说当然不是，他应该会说这不过是逼太子走的权宜之计，可事实上林重檀什么都没说，他只是沉默。

第七章
杨花谢桥

在无声的对峙中,我觉得我该看开了,是我在这一年的相处里逐渐迷失,心生了妄想,也忘记了,我和林重檀之间有的就只有一场交易。

我不想再看到林重檀的脸,用尽全力挣开他,想去个没人的地方静静。可这里是三叔的府邸,若我深夜出门,这事恐怕不多时就会传到三叔的耳朵里。

我无处可去,只能缩在床上。因不想看到林重檀,我将床帐放下来,彻底将他与我隔开。

"小笛。"林重檀的声音在近处响起,我没有理会,紧紧地闭上眼。可他竟掀开了床帐坐在了床边。

时间一点一滴地流逝,我与他一直僵持着。不知过了多久,我突然感觉到脖子处传来一阵凉意。

林重檀给我戴上了一样东西,那是一只由红绳穿起来的小金羊。那只羊长得胖胖的,腿却有些短,着实可爱。

我的生肖就是羊。

回过神来,我就想扯下红绳。林重檀见状摁住我的手,道:"这是由千佛寺的大师开过光的,你再生我的气,也不要取下这个,好吗?夜很深了,你睡吧。"说完,他又拿出一物放到我的枕头旁,便起身似要离开。

"你站住。"我一边喊住他,一边拿起枕头旁的东西。

那是一块印章。

我曾在林重檀的抽屉里见过刻这块印章的玉料,当时我一见这块玉料,便觉得它浑身通透,不由多看了几眼。林重檀当时就注意到了,问我是不是喜欢。我知道这块玉料比明典学送我的那块印章的底料更加珍贵,哪里好意思说喜欢。

我问林重檀:"这是我的生辰礼物吗?"

林重檀回过头,不知为何,我竟觉得这个时候的他十分脆弱。不过,这也许只是我的错觉。

林重檀什么时候脆弱过?他不是永远无所不能,永远被人赞誉,有着惊世才华的林重檀吗?

他微微颔首。

我看了他片刻,突然伸手指向他来时随意放在我桌上的东西:"那是什么?"

林重檀循着我目光看去,顿了一下才说:"是个望远镜。"

"望远镜?那是什么东西?"

林重檀又沉默了一会儿,才打开锦盒将里面的东西拿了过来。

这东西看着很是精巧,入手冰凉,铜黄色外壳上面有着我看不懂的、像蝌蚪一样的纹路。我没见过望远镜,拿在手里一时不知道怎么用,还是林重檀教我,将眼睛对准长筒的这一端,就可以了。他还告诉我可以转动某处,将看的东西放大放小。

我这才知道为什么这东西叫望远镜,我随意用它一瞧,屏风山景图上黑点大的小鸟都看得清清楚楚。

我把望远镜轻轻抓在手里,半晌道:"我要这个做生辰礼物,你把这个送给我。"

林重檀却拒绝了:"这个不行,小笛,你要其他的都可以,这个不能给你,这是……太子赏的。"

"我就要这个!"我盯着他看。

林重檀拧起眉看着我,不知是不是觉得我在无理取闹。我的确是在无理取闹,我知道这是太子赏赐他的,用来装望远镜的锦盒上有东宫的标志。

"你把这个给我,我就不跟你生气了。"我握紧手里的望远镜。

林重檀还是摇头。

我觉得自己丢人极了,胡乱把望远镜塞回给他后,狠狠地别开脸去。

"小笛。"林重檀又唤了我一声。

我用力咬着牙,心想:有什么了不起的,不过是太子赏赐的一件新鲜的玩意儿,我以后也能有这些东西……我不能,在他们这些人眼里,我也只是个玩意儿。

越想越难过,我一把扯下脖子上的串着金羊的红绳,将它摔在地上:"我不要你送的这个,你若不想我生气,就把你前几日写的词给我。"

林重檀写了一首词,除了我,就没有其他人知道了,饶是我,也一眼就看出来这首词是一首能名动天下的词。

林重檀看了被丢在地上的红绳金羊一眼,几乎将唇抿成一条线。他弯腰拾起金羊,用手指仔细地将上面的灰尘擦净,才转头跟我说话。但他刚说了两个字,我就粗暴地打断了他。

林重檀的目光一点点地往下沉,他似乎也动了怒,向来温和的他竟怒视着我,好似要打我。

此时我完全不觉得害怕,像是不认输的斗鸡一样瞪着他。

在生辰的那夜,我们坐在静谧狭小的船舱里聆听远远传过来的丝竹声、吹玉笛。今日,我们却像仇人一般怒视着对方,都恨不得撕开对方的皮囊,看看那颗心是怎么长的。

最终,是林重檀退了一步,可我并没有觉得我赢了。

他说好。

翌日,我从床上醒来,发了会儿愣后,才扬声问良吉是什么时候了。良吉听到我的声音,从外面走进来:"春少爷,你怎么醒得那么早?还有半个时辰再起也来得及。"

我匆忙穿鞋:"我昨夜没有完成抄写,这个点起已经来不及了,良吉,你快帮我研墨。"

走到书桌前,只看了一眼我就僵在原地。

良吉凑到我旁边,看到桌子上已完成的抄写作业:"春少爷,你都睡糊涂了,这不都写完了吗?不过春少爷,你怎么抄了这么多?"

书桌上厚厚的一沓宣纸少说有上百张,李典学令我抄写五十遍文章,我昨日不过写了二十张。

后面那些纸上的字迹与我的一模一样,若不是我清楚地记得我没有写完,恐怕都要认为这就是我写的了。

我半晌没说话。昨夜和林重檀闹翻后,我便躺下睡觉了,完全忘了抄写这件事。

良吉伺候我晨起沐浴时,我一直心不在焉,这时良吉好奇地问我:"春少爷,你脖子上的红绳是二少爷送的吗?"

我伸手摸了摸脖子,才发现昨夜被我狠狠丢掷在地上的红绳金羊又回到了我的脖子上。我想把红绳金羊取下,却忽然想起了林重檀以手擦金羊的样子。

取的动作变成了握,我将金羊收进掌心,点了点头。

良吉知道这是林重檀送我的礼物后,很是高兴。他总是这样,看到我和林重檀亲近就高兴。

良吉一直说林重檀以后肯定会当大官，我和林重檀打好关系，总不会错的。

我想跟良吉说哪有这么容易的事，可不知不觉，我也陷了进去，误以为我和林重檀关系好，有些事情就会被改变。

李典学果然没有发现我交上去的抄写作业不是我一个人完成的，他检查完，板着脸又训了我几句，方让我回去。

十九日后，太学出了一件不算小的事——李典学被人发现私收学子束脩。不仅如此，经太学严查，李典学私收束脩已持续了一段时间，他家中还被搜出不少珍稀古玩。

此事一出，太学学子联合上书，说李典学这等品德败坏之人不配留在太学为师。

李典学灰溜溜地离开了太学。

这段时间，我和林重檀一直别扭着冷战。这中间还发生了另一件事。上舍学子结伴秋游，一个少女落水，她得救后点名说是林重檀救了她。

这事传得响，连堂弟都知晓了。

堂弟问三婶："母亲，檀哥哥要定亲了吗？"

三婶还没说话，三叔先开了口。

"乱说什么，你二堂哥还未考取功名，以何定亲？至于外面的风言风语，皆是些无稽之谈。那日许多人都看到了，你二堂哥连衣摆都没湿过。"

两位堂妹既已出嫁，桌上只有我们，三婶便把话说得直白："肯定是檀生太优秀了，引得那些小姑娘动了心，闹出这等糊涂事来，真是连名声都不要了。"

堂弟的年龄不大，听得一愣一愣的。

三婶又叮嘱我，让我千万不要去救落水的姑娘家，若情况实在紧急，没看到姑娘家的随从，就让良吉去救。

我尴尬地点头，心想：哪有姑娘家会讹上我，若对方讹上了我，我还要谢谢她。

林重檀越发忙碌，不仅休沐期不回三叔家，有时候甚至都不在太学。数日见不到他后，我将他给我的那首词递给了新来的教文才课的许典学。

第二日，林重檀出现在我的斋舍。

冷不丁地看到他，我不禁愣住了。京城的深秋很是寒冷，他穿了件深缥色皮轻裘，领口一圈是质地极好的绒毛，它们簇拥着那张玉白俊美的脸。

兴许是听到我回来的动静，他侧过头抬眼看了过来。在看到我身旁的许典学时，林重檀的神色明显比之前冷淡了些。

许典学没见过林重檀,他愣了会儿,然后用眼神询问我。我放低了声音说:"这是林重檀。"

我无需再说其他,许典学就完全清楚了林重檀是谁:"原来你就是林重檀,我还没到太学,就听说你的名字了。"

林重檀在最初的冷淡过后,就恢复如常了,温和有礼地与许典学交谈,不过三两句话,就自许典学处得知他为什么到我这里来。

许典学喜欢收集印章,知道我这里有一块上好的印章,连明日都等不及便要过来看。可他一看到林重檀,就把印章抛之脑后了。

许典学慕名林重檀的《文王颂》许久,非常想听林重檀现场弹奏一番。

林重檀拒绝了:"抱歉,我这两日身体有些不适,无法奏琴。"

许典学讪讪一笑,有些尴尬地说:"这样啊。"他看到一旁的我,突然问,"春笛,你的印章在哪儿?"

在他们交谈的时候,我一直被无视,现在许典学终于想起自己是来看印章的了。

本来我准备拿其他的印章给许典学看的,不知为何,我的手伸向了林重檀送我的那块印章。

我把印章取出放到外面的桌上时,并不敢往林重檀那边看。

许典学看到印章,眼睛一亮。他拿起印章,对着光仔细品玩了好一番后,赞叹道:"和田玉本就稀少,这般玲珑剔透的和田玉更是难得。我上次见到和田玉印章只是一块碎玉,边角还有划痕,不像这块,一点儿瑕疵都没有。"他目光灼灼地看向我,"春笛,你可否将这块印章借我几日?我保证不会损坏。"

听到他这种要求,我不禁看向坐在桌子另外一边的林重檀。

林重檀似乎并不在意,眼角眉梢未有丁点儿变化。许典学见我迟迟不语,不由尴尬地问:"是不是不大方便?"

"没有。"我挪开视线,若无其事地道,"既然许典学喜欢这个印章,多借几日也无妨。"

许典学拿着印章,不知怎么的,注意到了墙上挂的《夜游乞巧节》图。他在画卷前驻足了好一会儿,看到画卷上的落款时,赞赏道:"没想到你的画作也这么好,那首词我仔细读了好几遍。假以时日,京城人定会知道你们姑苏林家除了林重檀,还有一个很不错的林春笛。"

画不是我作的,词也不是我写的,甚至许典学赞不绝口的印章也是林重檀送我的。

若是以前,我定会羞愧难当,可今时今日,我只是低头虚伪地笑了笑。

许典学心满意足地告辞了，房里只剩下我和林重檀。良吉去买银丝炭了，天气越发冷了，我较之常人更为畏寒，屋里总是早早就烧起了炭。

我坐在桌子旁，垂着眼用双手捧着热茶喝，心想：良吉什么时候回来？还有今日学的一篇文章最后一句是什么？我怎么好像记不起来了。

这时，旁边的凳子上多了一人。我第一反应是放下茶盏，站起身就要走，但对方飞快地拉住了我。

"小笛，我刚从洛邑回来，给你带了些礼物。"林重檀说。

他指的是放在堂屋中间的那个大箱子，其实我一进来就发现了，但我没主动问。

箱子里是洛邑时兴的衣服香料、珍宝奇玩。相比通身火红无杂毛的狐裘，一个不到巴掌大的陶瓷娃娃反倒先吸引了我的注意力。

林重檀注意到我在看什么，将陶瓷娃娃拿了出来，问："喜欢吗？这是我在街上偶然看到的，想着你可能会喜欢，就买回来了。"

自上次我和他吵架，我们已经一个月余未曾见面了。我知道林重檀送我礼物的意思，他在低头求和。这一个多月，林重檀都没有出现，连良吉都担忧地说不知二少爷会不会就此跟我疏远了。

良吉担忧得没有错，林重檀若是同我疏远了，我该怎么办？

在太学，我没有朋友，师长也不器重我，而且没有林重檀帮我猜题，我只会考倒数第一。家中若是得知我考了倒数第一，父亲不会让我回姑苏，就算最终在母亲的帮助下，我回了姑苏，多半以后就只能待在府里，哪儿都不能去了。

我不能没有林重檀。

那些人也没有说错，我是在抱大腿，只是他们不知道我抱的是那个被他们所有人都敬之、慕之、羡之的林重檀。

沉默良久后，我伸手拿过林重檀手里的陶瓷娃娃，低声问："你今晚要在这里用膳吗？"

林重檀陪我用完膳，就匆匆离开了，他还要去赴宴。他虽然回了太学，但依旧很忙碌。那首词渐渐地传开了。只是，我受到的不是称赞，而是怀疑。

有人当众怀疑那首词是否真是我写的。

我其实很紧张，只能装作镇定的样子："是我写的。"

那人还想说什么，却被聂文乐打断了。自从上次他把我拽出课室，又说了莫名其妙的一番话后，他看我的眼神总透着几分阴鸷，也不知是不是我的错觉。

"他都说了是他自己写的，这首词，你之前听过吗？见过吗？难不成是你写的,你就在这里怀疑?"

那人被聂文乐夹枪带棍一顿训斥,瞬间噤声了。虽然躲过了这次危机,但我心里很不安。以我的本事,我确实写不出那首词,他们会怀疑我很正常。

不行,我不能被怀疑,我要让他们相信那首词是我写的,我不想……跟林重檀差那么远。即使这一切都是假的,我也想要。

我主动去找了林重檀。

林重檀回来的时间更晚了,他今夜饮了酒,看到我,先愣了会儿,才露出一个淡淡的笑:"小笛。"

林重檀眼睛紧闭,像是累极了。

"你到底是真醉还是假醉?"我抱怨地问。

过分孩子气的行为让我愣了一下,然后想到林重檀一直被誉为天骄,可他实际与我同岁。他们说林重檀三岁已有神童之名,识千字,五岁会作诗,七岁便写得一手好文章了。

林重檀小时候有没有好好玩过?会像寻常小孩一样爬树、挖蚯蚓吗?也会哭吗?

应该不会吧,像林重檀这样的人说不定从小就老成,肯定从小就老气横秋的。想到这里,我忍不住笑出了声。

林重檀被我笑得睁开了眼,静静地看着我,不说话也不动。我莫名被他看得脸颊发烫,慌张别开脸后,想起今夜我过来的目的。

我是来让林重檀再给我写些什么的。

"檀生。"我把头又偏回去,林重檀还在盯着我看,"我想让你帮我写……"实在难以启齿,我僵住了。

林重檀极缓慢地眨了一下眼,我不知道他有没有懂我的意思。下一刻他抓起我的手,在我手心上写了一首诗。

"梦魂惯得无拘检,又踏杨花过谢桥。"我喃喃地将他写的最后一句念出,不觉间,湿了眼睫。

这首诗一出,怀疑我的人就少了很多。很快,这首诗被传入青楼乐坊,被里面的女子传唱。

这事传到我的耳朵里时,林重檀也来找我了。

跟上次醉酒的他很不一样,此刻他的表情很不好看,良吉都看出来了,害怕地找了个借口溜了。我也有些发怵,强作镇定地问他:"怎么了?"

林重檀闭了闭眼:"那首诗你为什么要传出去?"

"我……那不是你写给我的吗?"

"是写给你的,但不代表你可以……"林重檀没有把话说完,就把脸转向一旁。

其实我不明白他为什么那么生气，那晚他不是都答应了吗？还有，之前那首词比这首诗写得更好，若是生气，他上一次就应该生气了。

我知道自己没理，只是被他这样质问，脸上有些挂不住："你不愿意，我去跟那些人说清楚，告诉他们词和诗都是你写的。"

没等我走出房门，他就拉住了我。

"算了。"林重檀好像恢复了平静，语气也变得温和。

翌日，白螭过来送东西，食盒的最后一层装的是药膏和一张枫叶信笺，林重檀用簪花小楷在枫叶信笺写了一首新诗。

白螭走前一脸欲言又止，我此时无心理会任何人，只当没看见，将脸藏于锦被中，哑着嗓子让良吉送客。

几日后，许典学过来还印章，发现了我抄写后放在书桌上的林重檀新作的诗。没等我阻拦，他就拿起那纸张将诗句念了出来。

"屏却相思，近来知道都无益。不成抛掷，梦里终相觅……春笛，你这首新诗也写得很好啊。现实中相思而不得，只能在梦里实现，可大梦方醒，只有窗前的丁香花，并无佳人。最近我与几位友人正在筹备出版一本诗集，把你这首诗也刊登上去吧。"

"不。"我本能地想拒绝，可对上许典学奇怪的眼神后，我又止住话头。

"春笛，你是有什么顾虑吗？你放心，这首诗收入诗集后，一定把你的名字排版得大大的。届时若书畅销到大江南北，自不会少了你的润笔费。"

畅销到大江南北？那远在姑苏的父亲也会看到吗？

我试图把自己花费很多心思写的新诗给许典学看，可许典学只匆匆扫了几眼，就又拿起了林重檀写的那首诗。拒绝的话就再也说不出口，最后我只能看着许典学把林重檀写的那首诗拿走了。

许典学的友人都很喜欢林重檀写的那首诗，他们拜托许典学来找我，希望我能再作几首诗，好收录到他们的诗集中。

我推辞说自己最近无甚灵感。

许典学有些遗憾，很快又安慰我说不用着急。

三叔在一次宴会中听到了乐姬吟唱林重檀的那首诗，觉得唱词不俗，便询问了词作的作者。

"春笛，你开蒙晚，入学短短几年就能写出这样的作品，可见你在功课上用心之深。我看大哥也不必担心你，你必然会出人头地，考取功名，为林家争光。"

在我休沐归府时，三叔夸了我好几句，还对堂弟说："你要多向两个堂哥学习，知道吗？"

堂弟乖巧地点头，过去快两年了，他总算愿意理我了，只是还是喜欢突然从我面前跑走。

三叔让堂弟向我学习，当日他就拿着书来找我了。我虽愚笨，但对他的课业问题还是能解答一二的。堂弟一边听我讲解，一边时不时似小仓鼠般点头。见他如此可爱，我一时没忍住捏了他的脸颊一下。

这一捏，堂弟的脸一下子变得绯红。他瞪圆了眼睛看我，我以为是手重把他捏疼了，忙用手指碰了碰我刚捏的地方："疼吗？"

堂弟的脸更红了，他拼命摇头，盯我看了半晌，冷不丁地说道："春堂哥，我可以摸一下你的脸吗？"他一边说，一边脸红，说到后面声音也变小了。

我愣住了。摸我的脸？这是什么奇怪的要求？

堂弟看了我一眼，又别过脸去，声如蚊蚋："我们私塾的夫子说……说要学习画人物，我……我老是画不好。"

原来是这样。

我尝过被夫子训斥的滋味，不想堂弟也被夫子训，便往前一倾："你摸吧。"

堂弟闭紧嘴巴，不知是不是怕我生气，还屏住了呼吸。他小心翼翼地伸出手指轻轻地触碰我的脸。这时，窗外骤然响起人声："蕴休，你在做什么？"

堂弟立刻缩回手，站起身对着窗外的人挤出一抹笑，乖巧地喊道："檀哥哥。"

我循着堂弟看的方向看去，发现了站在窗外的玉兰花树下的林重檀。玉兰花早已凋谢，只剩枯枝。他一袭华服，冷冷地瞧着我们。堂弟见状，忙收起自己的书卷，跑了出去。

不一会儿，我就听到了林重檀压低了声音。

"……不许再……以后若是有不懂的，问我即可……"

他是觉得我不配教堂弟吗？

我顿时感觉既狼狈又尴尬，心想：若不是林重檀写的诗，三叔的确不会让堂弟向我学习。

那日后，堂弟再没找过我辅导学业，偶尔遇到我，又恢复成一见到我就躲的样子。

结束休沐回到太学，青虬请我去见林重檀。我本不想去，但我又想问问是不是他让堂弟不要理我的。

去了之后，我却见到一个喝醉酒的林重檀。

林重檀又喝醉了，表现得比上次还孩子气，而我在这种混乱不堪的情形中，竟觉得一丝丝被需要。想来生辰那夜他对太子说的话，应是为了逼走对方。

　　这夜，我留宿在林重檀这里。翌日，我比宿醉的林重檀先醒来。

　　周围骤然静了下来，我发现林重檀不说话，也没动静，慢慢地睁开眼。发现他正低头看着我，我又紧张地闭上眼。

　　"昨夜和今日算我欠你的。"林重檀轻声说，"最近我有些忙，过几日再写新的词给你。"

　　我心里的紧张如潮水一般退去，终于意识到那一丝丝被需要不过是妄想。

　　我忍着泪意，"嗯"了一声。

　　此后，每次只要我和林重檀相处，他都会给我写诗作词，有时候会是文章。

　　许典学和友人一起编纂的诗集开始售卖，反响不错。许典学送了一部分润笔费给我，我没收，让他当香油钱捐了。

　　许典学说："我今日来还有件事，我们准备再出第二本诗集，不知道你最近有没有好的作品？"

　　我沉默良久，说："有。"

　　又过了一年冬，初春的京城依旧寒冷。我穿着夹衣坐在案桌后背书，良吉脚不沾地地从外走进来。

　　"春少爷，府里来信了！"

　　我忙搁下笔，发现良吉今日格外高兴的样子，不由问道："怎么那么高兴？"

　　"春少爷，你自己看吧。"他将信递给我。

　　我看到信封上的笔迹，才明白良吉为何这般高兴——这是父亲的来信。入京城读书两年多了，这是父亲给我的第一封家书。

　　"春少爷，你发什么呆？"良吉伸出手在我的面前晃了晃。我回过神，从抽屉里拿出拆信刀。

　　我慎之又慎地拆信，极怕一个不慎就损坏了信封里面的信纸。信封里的信纸不厚，不过两张。我一字一句地看完了纸上的内容，怕自己看错，又从头看了一遍，才敢相信父亲寄来这封信不是训斥我，而是夸我的。

　　"良吉。"我抬头看向良吉，"父亲他……夸我了，他还说……说今年大哥会上京一趟，他让大哥来看我。"

　　良吉闻言眼睛一亮："太好了，春少爷，我就知道你一定能行。大少爷来了，肯定能带少爷好好逛一逛京城。春少爷你来京城两年，都没怎么出去玩。"

听到良吉这样说，我心中的雀跃被迎面一盆冷水浇灭。转身把信纸放好，我低声说："良吉，我有点儿想吃春饼了。"

"我现在去厨房看看有没有春饼，春少爷，你等会儿。"

良吉离开后，我又看了两遍信，才将其放进存放母亲写来的家书的红漆匣子里。

许典学与友人一起编纂出版的第二本诗集据说极为畅销，署了我的名字的几首诗词无一例外被谱曲，被人传唱。

不过短短几个月时间，"林春笛"这三个字在京城的市集坊间略有了些名气。

而在太学，众人终于不再用看"格格不入的灰麻雀"的眼神看我了，开始有人主动与我交谈，问我他新作的诗写得如何。

不过每次我都说不了两句，聂文乐就会冒出来，凶神恶煞地将那些人赶走。

而后，他也不说话，而是奇怪地盯着我看。我被他看得心里发毛，只能转身离开。

其实我都想好了，我不能靠林重檀写的东西撑一辈子，我也不可以一直将他的作品据为己有。

等今年考上内舍，我就不会再拿林重檀的东西了，我一定可以凭自己的本事让父亲满意的。

几日后，太子身边伺候的束公公来到我的斋舍，说太子欲在月底办一场私宴，问我是否有时间赴宴。

我被塞进箱子的那日，他也在旁，也是他指点那二人将我塞进箱中的。相比上次的趾高气扬，他此刻的表情可以用慈眉善目来形容。

"林公子，殿下听闻了你写的诗，非常想见你一面。"束公公笑着对我说。

太子竟然邀我赴宴了，我被这个消息震住，许久说不出话。束公公唤了我好几声，我才呆愣地点头："我……我知道了，我……"

"看来林公子是应下了。"束公公递了一封请帖给我，上面有私宴的时间和地点。

私宴的地点在太子的母家荣府，不是醉膝楼，看来这个宴会非同小可。如果父亲知道我受太子邀约去了荣府，肯定又会夸我。

我开始飘飘然，完全忘了太子之所以邀约，是因为看了我写的诗，而那些诗真正的作者不是我,而是林重檀。

为了赴约,我特意请假出了太学去制办新衣裳。差不多把京城的制衣坊都走遍了,我才挑中了合意的。

"公子放心,我们定会在七日内将衣服做好,送到府上。"制衣坊的老板说。

我用指尖轻轻触碰选中的那匹布料,这是从江南传来的用鲛丝编织的浮光珠锦,因为刚到货,价格十分昂贵,目前京城仅有几人穿着这种布料制的衣裳。

"那就麻烦老板了。"我收回手,对制衣坊老板笑了笑。

回来后,我就去了林重檀那里。他近来忙着编纂乐谱,常常一只手持笔,一只手抚琴。今夜也是,我在旁等了一会儿,才把手里的茶端过去。

"休息会儿吧。"我将茶盏放在他的手边。

林重檀"嗯"了一声,将笔放下。在他喝茶的时候,我提起太子邀我赴宴的事情。林重檀端着茶盏的手顿在半空,一息后,他放下茶盏,问:"你准备去?"

"太子邀约,我自然不能拒绝。"我看着他,放轻声音,"檀生,你应该也是要去的吧?"

林重檀垂下眼皮,突然又拿起毛笔:"去,你礼物备好了吗?"

我心道:糟糕,今天出去我光顾着看衣服料子了,完全忘了还需要备礼这件事了。

"你去找白螭,让他带你去挑。"林重檀已然看出我的疏忽。

我闻言松了一口气,林重檀的小库房里有很多好东西,随便拿一件送礼都是十分妥帖的,我虽然有钱,但买的东西不一定能入他人的眼。

不过我还是有些不安:"太子有讨厌的东西吗?我怕我送的东西他不喜欢。"

"放心,送太子的礼物一般会在登记在册后,直接送入东宫库房的,太子并不会看。这次在荣府办的是私宴,这些礼物不会入东宫的库房,只会存在荣家。你首次赴宴,送礼要讲究中庸,不可打眼,也不可差人太多。"林重檀语气淡淡地道。

我受教地点头,看林重檀又开始谱写乐谱,不敢再打扰他,端起他喝过的茶盏,走出去找白螭。

白螭办事妥当,陪我挑完礼物,又给我找了个极好的锦盒把礼物装好。做完这些,我无事可做了,便坐在廊下的美人靠上,看着外面的杏花树。

我的斋舍窗户前有一棵杏花树,林重檀这里也有。尚未到杏花开花的日子，枝头只有青芽。

不知不觉间，我在美人靠上睡着了。林重檀把我叫醒，我勉强挣扎出一点儿精神。

"你忙完了？"我揉了揉眼睛，太困了，导致我的反应有些迟钝，起身靠坐在榻上，才清醒了一点儿。

我还没问林重檀这是怎么回事，就看到白螭一脸害怕地端着热水进来。白螭放下热水，低低地喊了一声"少爷"。

林重檀皱眉："出去吧。"

"是。"白螭立刻退出房间。

见林重檀突然对白螭那么凶，我一时也不敢跟他说话。

真奇怪，林重檀今夜怎么这么凶？

泡着热水，先前在外吹出的寒气消散不少，我又开始犯困了，扭身把枕头拉过来枕着。

我做了一个梦，梦里的我回到姑苏林家。父亲、母亲、大哥和长大不少的双生子在气派富丽的府邸门口等我。他们看到我，都迎过来，双生子一左一右地抱住我的手臂，撒着娇喊我三哥哥。

大哥拍了拍我的肩膀，语重心长地说："春笛长大了。"

母亲用绣着白百合花枝的手帕轻拭着眼角的泪珠，对我说："快进屋，阿娘给你煮了长寿面。"

长寿面？原来这日是我的生辰吗？

父亲虽然没说话，但看我的眼神隐隐带着赞赏。我从没享受过这样的待遇，不知所措地看向马车："檀生，你怎么还不下来？"

马车里静悄悄的，没人回我话。

马车上挂的古铜风铃倒是轻轻地摇晃起来，丁零作响。

我从梦中惊醒，才知道先前是在做梦。我回想着梦里的场景，盘算是不是该回家看看了，如果我想在今年的生辰前回去一趟，不知道父亲会不会同意。

林重檀会回去吗？

胡思乱想了一番，我重新闭上眼。

第八章
梦幻泡影

赴宴的那日是个阴天,我掀起车帘一角,仔细端详着天色,怕待会儿下雨,地砖上溅起的水珠弄脏衣服。

良吉坐在旁边,眼睛一眨不眨地盯着我的衣服看:"春少爷,你这身衣服真好看。"

我赞同地点点头。的确好看,制衣坊的老板送来这套衣服时,我都愣住了,没想到对方的手艺如此高超。这件衣裳的下摆在夜色下暗光浮动,如微星萤火。

林重檀今日不在太学,我便没有跟他一起出门,自己坐马车去往荣府。因为是第一次参加太子私宴,我的心跳得很快,总有些担心自己会在宴会上丢人。

到了荣府门口,我发现赴宴的宾客不能带小厮,都是独身进去,只能给良吉一锭银子,让他找个地方去吃饭,等宴会散了再过来。

荣府远比三叔的府邸大,进门的影壁足有两个人高。我提着礼物在荣府下人的引导下往里走,一路穿廊过院。廊下的灯笼已经亮起,遥遥望去,灯火蜿蜒如仙子玉臂袖缎。

"公子,当心脚下。"荣府下人提醒道。

我跨过门槛,终于到达今日设宴的地点。这是荣府的一处别院,院子里灯火通明,将昏暗的天空就映亮了。

今夜赴宴的人不少,案桌一直排到门口,靠着外面的院子。我以为我应该是坐在门口的,哪知道那个下人却一路引着我到了厅堂的前面。

我数了数,我这个位子离主位不过四个座位。

"是不是弄错了?我应该不是坐在这里的。"我喊住准备离开的荣府下人。

荣府下人问道:"阁下是林春笛林公子吗?"

"是。"

"小的没有弄错,林公子的位子的确在这里。"

荣府下人离开后,我仍然有些不敢相信自己可以坐这么前面。我左右看看,这会儿还早,厅内并没有多少人,我站在这里有些突兀,便想着先坐下。

坐下没多久,客人们三三两两地到了,不多时,荣府的大少爷,也就是太子的表哥荣琛到了。

他进来后开始招呼宾客,看到我时,脚步顿住,脸上的表情仿佛在想我是谁。我连忙站起来拱手行礼,道:"草民林春笛见过太常寺少卿大人。"

去年开春,荣琛受封太常寺少卿,掌礼乐、郊庙等事。

荣琛对我笑了笑:"原来是你,一年多未见,你变化不少。"

身边没有良吉,也没有林重檀,我有些不知道该怎么办,只能抿着唇回了他一笑。

荣琛的眼神似乎瞬间变了,又好似没有。

他让我不必拘束,好生坐下。

荣琛到了后,宾客也到得七七八八了,不过太子和林重檀都还没有来。到场的宾客有些我认识,但仅仅知道对方的名字、家世,平日里并未说过话,有些则是我见都没见过的。

我想林重檀快些来,最好能坐我的旁边,但我知道这是不可能的,荣琛对面的那个位子是空的,想来就是留给林重檀的。

又过了一刻钟,太子到了。大家皆从位子上起身,向太子行礼。

太子今日穿了一件正红色的五爪蟒袍,似乎刚从宫里出来。脚步生风地进来后,他一把扯下身上披风丢给身后的随从。

"荣琛,人到齐了吗?"他直呼荣琛的名字,而荣琛表情平静地走过去迎他。

"只差你和檀生,姨母这会子才肯放你出宫?"荣琛说。

"是啊,宫中乏味,母后无聊,应该抓紧时间与父皇再生一个,整日寻孤做甚?"

我的位子靠前,这番话听得一清二楚。我连忙低下头,心想:太子果然性子乖张,这种话都敢当众说出口。

太子落座后,全场鸦雀无声。太子巡视一番,轻轻拍了两下手掌:"诸位皆是孤请来的客人,还望各位宾至如归,尽情享乐。"

"谢殿下。"众人异口同声道。

我随大流地坐下，只见荣琛轻拍手掌，衣香鬓影的荣府丫鬟鱼贯而入，将饭菜茶点妥善放好。美食当前，我有些饿了。丝竹声响起，周围人都开始动筷，我也拿起了筷子。

吃了点儿东西垫了垫肚子后，我忽地听到喧哗声。闻声望去，发现原来是林重檀到了。他刚走进来，众人的视线就落到了他身上，连弹琴的乐姬也因为看林重檀而弹错了一个音。

因为这个错误，林重檀脚下一顿。乐姬秀丽的脸上瞬间泛起薄红，连忙低头，却接二连三地弹错了几个音节。

坐在上首的太子挑起眉毛，轻笑道："好你个林檀生，你这是一进来就准备上演'曲有误，檀郎顾？'"

林重檀向太子行礼道："殿下说笑了，我哪有这个本事。"

他在太子旁边入座，我几次偷偷看他，他都没有往我这边看一眼，像是根本没注意到我。酒过三巡，我开始觉得无聊，觉得太子私宴也不过如此。

突然，有人凑近。

"你是哪个府的？怎么从来没见过你？"那人锦衣羽冠，端着酒杯。我连忙回他，说我三叔是工部尚书，我叫林春笛。

"林春笛？就是那个写了《金钗客》的林春笛？"他听到我名字，眼睛更亮了，伸手来拉我，"好弟弟，我一直想认识你，没想到在这里碰到你。"

我不习惯他的自来熟，想躲开他，可没有躲过去，反被他拉着不放，他非要与我共饮一杯。我推辞不掉，只能勉强喝了一杯。

正在我头疼如何甩开那人时，聂文乐不知从哪里冒了出来，原来他今晚也被邀约了。他一把扣住那人的手臂："原少爷怎么在这里躲着，快跟我去喝酒。"

"我这不是在喝酒吗？"原少爷不肯走，还问我最近有没有写新词。

我们三个人挤在一块，也许动静过大，被坐在上首的太子注意到了。

"那是林春笛？"

我听见太子的询问声，当即转头，见太子看着这边，便放下酒杯，起身行礼："草民林春笛见过太子。"

太子说："林春笛，孤前段日子偶然听了你写的一首诗，写得不错。孤记得很早之前的考试你考了太学的倒数第一，怎么进步这么大？"

我低头回答："谢殿下夸赞，草民……草民愚笨，深知笨鸟先飞的道理，日夜学习，不敢怠慢，才略有长进，与太学诸位优秀学子相比，草民还是相差甚远。"

"你跟檀生一样，都太谦虚。来，你坐到孤身边来。"

太子的话音落下，所有人都看向我。我不习惯被众人注视，不禁将袖中的手指蜷缩起。

"怎么？不想到孤身边来？"太子又道。

我连忙摇头："不……不是。"

坐在荣琛身侧的申王府小侯爷冷不丁开口问："他就是檀生的那个旁系弟弟？怎么跟檀生长得一点儿都不像？"

"你都说是旁系的，怎么会像？"荣琛回道。

小侯爷单手托腮，盯着我看："这位弟弟看上去很怕皇堂兄，身体一直在抖呢。"

我越发紧张，几近屏住呼吸走到太子面前。他用眼神示意我坐下，我第一次离太子这么近，甚至能闻到他身上传来的龙涎香。也是离得近了，我才发现原来太子的眼珠并不是纯正的黑色，隐隐泛着茶色。

太子盯着我看，仿佛觉得有趣。明明是初春乍暖还寒之际，我的手心却被汗水浸湿了。

待太子移开视线与旁人说话，我偷偷拿出手帕擦汗，又看了林重檀一眼。

林重檀居然也在看着我，不过他接触到我的目光后，就转开了脸。

"今夜单有曲乐歌酒，单调俗气了些。林春笛，你的诗写得好，不如就现场吟诗一首？"太子忽地对我说。

我哑然片刻，才小声问道："现在吗？"

"对啊，就以宴会为题，作一首。"太子含笑看我。

我的手指不自觉地缠在了一起，心里飞快地闪过自己曾经写的诗句，好像没有能拿得出手的。

宴会……以宴会为题，林重檀前几日写了一首以宴会为题的诗，我还没有把那首诗给别人看。

片刻后，我把林重檀写的那首诗念出来。随着我的声音，宴会上的丝竹声渐小，舞姬在大鼓上跳胡旋舞，旋转越来越快，最后如濒死之鸟一般软倒在鼓面上。

"好！"太子鼓起掌来，其余人也跟着鼓掌。我从未被人这样追捧，恍惚间，真以为是自己写的诗受到众人喜欢，不禁露出一抹笑。

刚笑了一下，太子的下一句话便让我的脸色转白："檀生，为何你写的诗会从你弟弟口中念出？"

林檀生还没说话，一旁的小侯爷也开了口："是啊，这不是檀生写的《春夜宴》吗？"

原来这首诗已经被人知道了吗？

我咬了咬舌尖，想找补一二时，聂文乐的声音插了进来："这诗怎么会是林重檀写的？我早先就看到林春笛将这首诗写在纸上了。"

聂文乐在说什么？他什么时候看到我把这首诗写在纸上了？

"哦？"太子说话时，尾音上扬，"难不成是檀生拿了林春笛的诗说自己写的？林春笛，是不是檀生拿了你写的诗？"

"草民……草民……"我不知道该说什么。

太子垂眼，扯了一下嘴唇："好吧，就算檀生厚颜拿了你写的诗，孤让你现场作诗，你怎么能把之前写好的拿出来呢？这可是在欺骗孤，你可知道欺骗孤的代价是什么？"

我立刻跪下："草民不敢，求殿下宽恕。"

"那孤给你一个将功补过的机会，你再作一首以宴会为题的诗，一炷香时间为限。来人，拿笔墨纸砚过来。"

太子一声吩咐，小几、笔墨纸砚迅速地被摆在了我面前。我拿起毛笔，大脑却一片空白，写下一个字，又将那个字涂掉。

慌乱之际，我只能将自己曾写过的诗誊写在宣纸上。太子本来还笑着的脸慢慢变得阴沉，他嫌弃地看着纸上的诗句，道："什么东西。"

这句话一出，满堂寂静。

所有人都知道我惹太子生气了。

我再次跪到地上，结结巴巴地请求太子宽恕，说自己无能愚笨。我说了一堆，太子迟迟没有说话。一片死寂中，不知怎的，我竟然抬起头偷偷去看太子。

这一看，才发现太子居然是笑着的，但这个笑，是讥讽的笑、嘲讽的笑、觉得我不自量力的笑。

"孤实在没想到你的胆子这么大，在孤面前一而再再而三地撒谎。你仔细说说，你那些广为传颂的诗词有一个字是你自己写的吗？"他抬手捏住我的下巴，他的声音极轻，只有我和他两个人能听到，"好端端一个太学被你弄得乌烟瘴气的，啧。"

说完，太子松开手，极尽嫌弃地拿过丝帕擦拭着碰过我的手指。

"林春笛，你先前那些诗词真的是你写的吗？"荣琛走过来，看到宣纸上的诗后也问我。

我张开嘴，却发不出声音，仿佛有人掐住了我的喉咙。

"不要问了，他不会承认的。檀生也太可怜了，养了个家贼，怕是但凡檀生写了点儿什么东西，都被他偷走了。檀生顾及情面，不往外声张。

这厮倒好，变本加厉，在殿下面前都敢把檀生写的诗词说成自己写的。太学竟然容得下这种欺世盗名之辈？"

小侯爷站起来，冷冷地指责我。

众人看向我的目光骤然变了。先前与我搭话的原少爷立即说道："什么？竟然是偷拿别人写的东西吗？亏我先前还想与他结交一二。"

我的脸完全失去了血色，那些人看着我，好像是在看混入宴会的老鼠、癞蛤蟆。

"居然是这种人吗？看外表看不出来啊。"

"林重檀也太可怜了，怎么会碰上这样一个亲戚。"

"他的脸皮也太厚了，竟然还敢来参加殿下的宴会，还当着殿下的面撒谎。"

"太学应该把他赶出去。"

"不仅要赶出去，还要禁止他参加科举，不然也不知道他会不会窃取别人的心血。"

"读圣贤书，行龌龊事，卑矣。"

....

无数声音挤入我的耳中，我不敢看那些人，茫然失措下，我将求救的目光投向林重檀。

林重檀跟众人一样也在看着我，那双美丽的双眸此刻冷漠疏离得很，明明前夜他还与我兄友弟恭的。

为什么他现在这么冷漠地看着我？他也……也像那些人一样觉得我很无耻吗？

不对，他这样是正常的，我本来就不该把他的作品当成自己的作品。

"把他丢出去，脏眼。"太子像是不愿意再多看我一眼，厌恶地吩咐道。

束公公立刻带人捉住我，我试图自行离开，可他们硬是拉扯着我往外走。他们走得飞快，我一时没踩稳，摔倒在地上。

正前方站着一个人，被束公公等人拉起来后，我才发现那个人是聂文乐。

聂文乐面无表情地看着我，无声地说了两字——

"活该。"

我被丢出了荣府，像被扫把赶出去的老鼠。看到我被丢出来，不少人驻足打量。我从地上爬起来，抱住双臂，低头快速往外跑。

不要看我！不要看我了！求求你们，不要再看着我了！

我被当众丢出荣府的事情，明日一定会传遍太学，也许还会传遍京城，三叔会知道，远在姑苏的父亲也会知道。

怎么办？我该怎么办？

我脑子里乱糟糟的，都不知道自己走到了什么地方。春雷震天，雨水纷飞，我踩着湿漉漉的青石砖，不知寒冷，不知避雨，眼前一下是林重檀冷漠的眼神，一下是众人嫌恶的目光。

恍惚间，我听到有人在喊我的名字。

谁？谁在喊我？

"林春笛。"

突然有人拦住了我的去路，我不敢抬头，只想绕过对方，可原来不是一个人拦住我，是好几个人。那几个人捉住我，逼我把头抬起来。

我才看清眼前的人是许久没见的段心亭。

段心亭撑着竹伞，姣好的面容上挂着关心，问道："林春笛，你怎么这么狼狈？"

我的睫毛被雨水打湿，眨一下，便有水珠滚下来。眼睛好疼，我想擦擦眼睛，可是他们抓着我的手。

"在我面前还能露出这般楚楚可怜的样子，真是了不起，不过林春笛，你再这副模样也没用了，一切都该结束了。檀生哥哥说了——"段心亭凑近我，明明雨声很大，我偏偏听清了他的后半句话，"只有你身败名裂地死了，林家二少爷这个位置才真正属于他。"

"推他下去。"

"是。"

"等等，那座桥是雀桥？算了，赶紧动手，免得被人看见。"

"是。"

原来碧瑶湖的水这么冷，我不会凫水，挣扎了几下，却更快地往水底沉去。此时此刻，我的脑海中再度闪过了林重檀的脸。

他说："春悄悄，夜迢迢。碧云天共楚宫遥。梦魂惯得无拘检，又踏杨花过谢桥。"

他说："昨夜和今日算我先欠你的。"

他说："只有我身败名裂地死了，林家二少爷这个位置才真正属于他。"

水不断地往我口鼻里灌，我难受得想哭，可没人会可怜我，会救我。胡乱挣扎间，我把腰间的荷包扯烂了，里面的印章掉了出来。

那是林重檀给我刻的印章。

我看着印章往下落，本能地伸手去捞，终究捞了个空。愣了一瞬后，我缓缓地合上眼，任身体慢慢沉底。

良吉，对不起，我食言了，我不能陪你去京城郊外玩了。若你回到姑苏，每年中秋前两日，帮我点一炷香。若……父亲、母亲他们不同意，便算了。

"我儿！从羲……"

是谁在我耳边说话？

我的身体沉重得很，完全不能动，只能听着周遭传来的动静。

"国师，你不是说从羲会醒吗？"

"请贵妃娘娘少安毋躁。臣观天象，太阴星已经归位，九皇子不久将醒。"

"会醒就好，会醒就好！本宫不能没有从羲……国师，你当初说从羲出生时一魂两体，所以从羲才会天生痴傻，这次他醒来后会开口叫本宫母妃吗？"

"臣不能保证，若占卜不曾出错，九皇子星宿归位，多半将与常人无异。"

"是吗？那太好了，从羲会叫本宫母妃，会跟其他孩子一样了。"说话的女声带着哭腔。

"贵妃娘娘，九皇子尚未醒来，诸事繁杂，还望娘娘多多保重身体。"

"对了，国师，还有一事——从羲的事本宫不想太多人知道，劳烦国师了。"

…………

我再度失去意识，再也听不到任何。

我睁开眼，一刹那有些迷惑——

我不是死了吗？这里是阴曹地府吗？

我抬眼徐徐看向周围，此处贝阙珠宫，熏香萦鼻，雪纱帐软软地垂在我的手腕上。我想将雪纱帐掀开，才发现自己的身体异常沉重，努力抬手的结果不过是手指略动了动。

原来阴曹地府和书里写得不一样，书里写的阴曹地府是炼狱，淋漓血池，万鬼啼哭。

这时，有脚步声接近。

"娘娘是不是因为九皇子的事情受到的刺激太大了？九皇子明明都……"

"闭嘴，你知道你在说什么吗？"

"我说得没错，昨夜我和你都亲眼看到九皇子咽气了。"

一只素净的手挑开了雪纱帐。

我冷不丁地与一个陌生的少女对上眼，对方看到我，惊愕地张大嘴，随后表情慌乱地要往外跑。

另一位年龄稍长些的少女一把抓住她的手臂："跑什么？因为九皇子高烧不退，娘娘担忧整夜，才回去休息。要是娘娘知道九皇子醒了，一定会很高兴。"

被拉住手臂的少女惨白着脸点点头，不敢往我这边看。我从未私下与女子单独见面、相处过，发现自己还是躺着的，仅着单衣，便想请她们给我拿件外袍，但转念一想，做鬼也要遵循人世间的礼吗？

"从羲。"又有人走了过来。我连来人的脸都没看清，就被搂进了一个温暖的怀抱中。我闻到馨香味，这是一个十分柔软的怀抱，才后知后觉抱我的人是一个女子。

就算当鬼，也不可这般唐突佳人。

我涨红了脸，想从对方怀中出来。毕竟对方是女子，我既不敢动手去推开她——当然，其实我也推不了，又想张嘴让她松开我，可一张嘴，却吐出一物。

那是一颗玉珠。

我竟一直含着一颗玉珠？

不知是谁倒吸了一口气，抱着我的女子立刻扭头。四周迅速恢复了安静，女子轻声说："安嬷嬷，这里人太多了，会吵到从羲。"

"喏。"

房间里只剩下我和抱我的女子。

我更觉得不好意思，想请她放开我，不过我张嘴却发不出声音。

女子发现了我想说话的意图，带着香气的柔荑轻轻地抚摸我的脸："不要急着说话，国师说过你刚醒来，要好生调养才行。"

她垂眼看着我，我也因此看清了她的脸。

云鬓秀颈、丹唇皓齿，一双凤眸盈着泪，其中似有万千情绪——是喜、是惊、是关心、是心疼。

我被她眼中的情绪震住，整个人都变得稀里糊涂的。

回过神时，我已经靠坐在床上喝着女子喂过来的粥。我喝一口，就看她一眼。她由着我看，时不时地伸手触碰我的脸，见我躲，又佯装生气地说："怎么？当娘的都不能摸一下自己儿子的脸吗？"

娘？可是我的母亲与她长得不像。

"缈儿。"一个雄厚的中年男子的声音随着脚步声一起传了进来，"从羲醒了吗？"

接下来我看到一场变脸。方才还在我面前一副慈母样子的女子转眼变得羸弱哀艳,她扑进男人的怀里,神态动作与少女无异:"陛下,你怎么才来?臣妾昨夜到现在眼睛都不敢眯一下,就怕从羲出事。好在从羲他有陛下保佑,才能平平安安地,但这孩子现在还发着烧,连话都说不出。"

"朕一下早朝就连忙赶过来了,从羲昨夜发了高烧,你怎么不早点儿跟朕说?秦院首昨夜来了吗?现在人呢?太医院在干吗?"

眼见男人要发火,女子收了眼泪,说道:"秦院首来过了,给从羲开了药。"

我注视着他们,不知为何,他们同时看向我。男人身材高大,相貌虽只是普通,但不怒自威,贵气十足。

他伸来一只大手探向我的额头,我见状想躲,但没躲成功,头还被揉了几下。

"陛下!"女子声音带怒意,"从羲还病着呢。"

"这……朕一下子没忍住。"男人弯下腰问我,"从羲被父皇摸疼了吗?"

父皇?

他们怎么尽说些我听不懂的话。我忽地又觉得身体沉重了起来,控制不住地闭上了眼睛,恍惚间似乎听到有人大声疾呼。

接下来的几日,我感觉自己就像个旁观者,偷偷观察着周围的人。有时候我会控制不住地睡着,醒来时总能对上一双泪眼。

那个自称"母妃"的女子总是守在我的床边,自称"父皇"的男人也经常出现。渐渐地,我的身体有了些力气,可以自己走路了,但我依旧不能说话。

看我的人来了一批又一批,让我吃药,给我扎针。就在我以为阴曹地府的日子就是这样的时候,我见到了一个人。

"混账东西!你弟弟生病了,你现在才来?"我那位"父皇"又在训人了。我坐在小几前,无聊地抓桌子上的蜜饯吃,连吃了好几个蜜饯,就见到一人进入内殿。

"儿臣给庄贵妃娘娘请安。"

"无须多礼,太子快坐。"

听到"太子"二字,我吃蜜饯的动作一顿,忍不住抬起头。来者身材高挑,姿容美好,只是眉眼戾气极重,让人望了生寒。

我糊涂了几日的神志在此刻突然回笼了,不自觉松开蜜饯,自喉咙里发出了连自己听到都骇然的尖叫声。

"从羲!从羲,你怎么了?来人,快去请太医!还有,把国师也请来,从羲最听他的话!"

我抱住头,不让那些人碰我。

别碰我!离我远点儿!

"弟弟这是怎么了?"青年的声音明明并不大,我却精准地捕捉到了。我躲进角落里,谁碰我我都挣扎着躲开,甚至开始哭。在我近乎崩溃之际,一只温热的手探过来点住我的眉心,念了一段我听不懂的经书。眼皮渐重,最后我昏了过去。

这一次昏迷,我终于知道自己不是在阴曹地府了,现在的"我"是当朝九皇子,其母妃是盛宠在外的庄贵妃。

这具身体不是我的,我抢了别人的身体,我要还给他。

我茫然地看向四周,在铜镜前看到一匣子的金珠,便抓起一把金珠往口里塞。只是我才塞进去,就有人扑了过来。

"从羲!快吐出来!"来人着急地撬开我的嘴,美眸里全是泪,"乖,快吐出来,不要吃这个,这个不能吃!快吐出来,宝宝,你不要吓母妃!"

这是九皇子的母妃,不是我的。

我对她摇头,不想她也抓起一把金珠:"从羲,你要是走了,娘也不活了,咱们娘俩黄泉下见。"

见她也要吞下金珠,我只能把金珠吐出来,去拦她。

庄贵妃见状一把丢开金珠,把我搂进她的怀里,眼泪直流,过了一会儿又拿手捶打我:"你是要吓死母妃才甘心吗?宝宝,娘不能再失去你一回了。"

她捶打了我几下,又泪眼婆娑地问我疼不疼。

疼倒是不疼,只是她好生会哭,我胸前的衣服都被她哭湿了。我想拿丝帕给她,身上没有,便看向旁边的梳妆台,一抬眼,忽地看到了镜中人的脸。

为何……镜中人的脸跟我长得一模一样?

我伸出手,镜中人也伸出手。

这是九皇子的脸吗?

我怔怔地看着,旁边的庄贵妃以为我又发病了,连忙喊人叫太医来。

这一段时间,我时常分不清梦境与现实,但周围人对我这副模样都是一副习以为常的样子。他们总是围在我身边喊九皇子,我什么都不用做,连吃饭都有人喂我。

我不喜欢这样,拿过碗筷想自己吃。

庄贵妃的声音就响了起来:"从羲真棒,都会自己用膳了。"

她又要哭了。

我顿了一下，把一早准备好的丝帕放到她面前。

"娘娘，太子殿下来了。"有人蹑手蹑脚地走进来说道。

我听到这话，吃饭的动作不禁慢了下来。

庄贵妃说："是吗？那就请他进来吧。"

"孤来得不巧，没想到弟弟和庄贵妃娘娘正在用膳。"身着玄金色衣袍、戴玉冠的青年从外踏入，因为腿长，没多久就走到了近前。

"哪里不巧，正是巧着。"庄贵妃温柔一笑，"太子可用膳了？不妨在本宫这里再吃点儿。"

太子扬起嘴角，轻轻一笑："不叨扰庄贵妃娘娘了，孤过来是给弟弟送一件东西。来人，带上来。"

两个宫人提着一个笼子上来，笼子里关的一只小狐狸，它缩在笼子的一角一动不动的。

庄贵妃用手帕捂住鼻子，问："太子怎么送了只狐狸过来？"

"弟弟之前不是想养宠物吗？我见这只幼狐生得可爱，便想着给弟弟送来。"太子嘴角的笑意加深，"弟弟要是不喜欢，孤便把这只杂毛狐狸宰了，给弟弟做顶狐帽。"

他说要把狐狸送给我，却盯着庄贵妃看。

"狗狗。"

太子和庄贵妃同时看向我。

庄贵妃目露惊讶："从羲你刚刚说什么？"

我盯着太子，轻声说："狗狗。"

太子神色转冷，语气不悦："你叫孤什么？"

"狗狗。"我又重复了一遍，转头对庄贵妃说，"我要狗狗，不要狐狸。"

前些日子我一直在想为什么上天会让我重新活过来，现在我知道了。凭什么我死了，他们都好好的？太子一而再再而三地欺辱我，视我如蝼蚁；段心亭推我入湖，夺我性命；林重檀……

林重檀。

我在心里念了这个名字数遍，曾经的依赖烟消雾散，只剩下恨。

我恨林重檀，我恨不得断其筋，剔其骨，生啖其肉。

他要姑苏林家二少爷的身份，我给他，但他也要给我一样东西，我要他的命。他与我同年同月同日生，就该与我同年同月同日死。

我拿起盘子里的青提，递给太子，小声说："狗狗吃。"

太子的目光一点点地变寒，他溢出了一声冷笑。

这时，庄贵妃拉过我的手，嗔怪道："从羲，太子不是狗狗，你认错了。"又对太子说，"太子不要跟从羲生气，你也知道这孩子自幼比常人笨一点儿。"

"笨一点儿？"太子捉摸不透地笑了笑，他不再盯着庄贵妃看，而是盯着我，发现我一直在吃东西，似乎觉得无趣，便说，"看样子弟弟不喜欢孤送的杂毛狐狸，改日孤将这小畜生做成狐帽，再让人送过来。"

他起身准备离开，我抬头看着他背影："狗狗再见。"

太子立刻停住脚步。

"从羲！"庄贵妃轻轻地捏了一下我的脸，"跟你说了，那是你太子哥哥，不是什么狗狗，看来还真得给你养只听话的狗才行。"

太子没说话，拂袖走了。

又过了几日，我陆陆续续地见到了其他皇子。

我在太学时，从未听说过九皇子的事。九皇子应该是不聪明的，甚至可以用"痴傻"来形容，因为周围所有人跟我说话时的语气都像是在跟几岁小孩说话。

譬如这几位皇子，他们许是觉得我"痴傻"，对他们没有威胁，对我的态度都还不错，但我真的不喜欢玩小孩的玩具。

"从羲，来，看这里，喜不喜欢四皇兄手里的拨浪鼓？你看，这里可以发出声音，转得越快，声音越大。"

四皇子生得虎背熊腰，还留了一圈美髯，明明跟太子同龄，看起来却比太子大了十岁。

他蹲在我的前面，把拨浪鼓往我的方向递。我忍不住往后仰了一下。这一下，四皇子被挤开了。

二皇子轻声细语地对我说："从羲，你看二皇兄这里有什么？"他从背后拿出一大把糖人，开始给我介绍，"这是铁拐李，他是个瘸子；这个是何仙姑，她手里拿的是桃子。从羲想吃桃子吗？"

"二皇兄，糖人多无趣。从羲，你看我手里的风筝，想不想跟六皇兄去放风筝？"

"放风筝多危险，万一从羲摔了怎么办？从羲，我们玩小老虎。你看，这个布老虎多威武！"五皇子说。

我拧起眉，他们说的那些，我一个都不喜欢，我又不是小孩儿。眼看他们争执不休，非要排一个"谁带来的玩具更好"，我自椅子上站起身。

几个皇子顿时安静，一起看向我。

我想了想，说："我想睡觉。"

他们都有些惊讶，我寻思着是不是说错话了时，四皇子率先打破了沉默："太子没说错，从羲真的比以前聪明了。从羲，你还会说什么？喊声四皇兄来听听。"

其他皇子一听，又让我先喊他们。

他们并非我的皇兄，我不是真正的九皇子，所以我谁都没喊，直接转身进了内殿。

几个皇子来时，庄贵妃与皇上在一起。等她回来时，那几个皇子已经离开。她换了身衣服就进了我寝宫的内殿。

按理说皇子长到十四岁，就该另外择殿而住，不再与母妃住在一块儿。待及冠后，应受封赐府，只有太子可以一直住在宫中，但九皇子今年已满十八，仍然跟庄贵妃住在一起。

"从羲今天跟几个皇兄玩得开心吗？"庄贵妃坐在我的床边，语气温柔地跟我说话。她卸掉珠钗，素面旧衣，仿佛不是玉叶金柯的贵妃娘娘，只是寻常的一个母亲。

最开始我很是不习惯，如今逐渐适应了她坐在床边与我说话。

"还好。"我说。

"你若喜欢跟他们玩，就一起玩；若不喜欢，不搭理也没关系。"庄贵妃温柔地对我笑，"我的从羲什么都不用想，什么都不用做，父皇和母妃都是疼你的。"

我怔住了。原来可以什么都不做，就能获得双亲的喜爱吗？

"从羲，你怎么哭了？是母妃说错话了吗？"

我听着她的声音，只想把脸藏起来。我不是她的儿子，我抢走她儿子该享受的一切。

"胡说什么？你就是我的孩子，以前是，现在也是。"一双透着香气的手把我的脸从锦被中挖出，庄贵妃眼里竟然也含上了泪光，"宝宝，你知不知道母妃等了你多久，我总盼着你长大后，能叫我一声娘、一声母妃。若这辈子都不会叫也没关系，能平平安安地长大就好。"

原来方才我把心里的话说了出来。

我咬着牙摇头，不自觉地变得结巴了起来："不……不是，我不是……"

"你是！"庄贵妃语气骤然加重了些许，眼中满是心疼和委屈，"我不会认错我的孩子，从羲，叫我一声母妃好吗？"

我动了动嘴唇，什么都说不出。

她眼里闪过一丝失望，但还是对我笑道："没关系，我们慢慢来，今天不早了，从羲睡吧。"

庄贵妃每次这么说完后，她都不走，而是守在一旁等着我睡着。有时候皇上来了，他们便一起坐在我的床边。前些日子我的脑子里一片混沌，也不想事，就稀里糊涂地睡着了。

但如今我怎么能让她守着我。我想让她回去，不用守着我，但还没开口，她就哼起了小曲。不是姑苏口音的吴侬软语，是西北风味的小调。按理说，我应该是不习惯的，但听着听着我就睡着了。

翌日，我还没睁开眼，就先听到了对话声。

"从羲睡得真香，睡得脸都红扑扑的。"

"陛下，孩子在睡觉，你不要伸手去捏他的脸，会吵醒他的。"

"不会醒的，他向来睡得沉。好了好了，不捏他的脸，那朕捏捏绺儿的脸。"

"陛下！"女人先凶了一句，随后语调软了下去。

听到奇怪的声音，我自然不敢睁开眼，好在没多久他们就一起离开了。暗自松了一口气后，我决定在床上多赖一会儿再起。

在庄贵妃身边伺候的安嬷嬷进来，准备伺候我洗漱。我有些惊讶，一问之下，才知道皇上今日早朝结束，带上庄贵妃去了宫外的园子，要住上一天，明日才回。

庄贵妃特意留下安嬷嬷照顾我。

午膳后，我无聊得很，正想让人给我拿本书时，外面传来通报声。

"太子殿下到。"

安嬷嬷听到太子来了，神色一凛。

"弟弟，来看看孤给你带了什么好东西。"太子还未到，声音先到。不多时，他牵着一只狗走了进来，那只狗通身黑色，四肢细长，看起来不像是宫里养的宠物犬。

"太子殿下怎么牵了只这么大的狗过来？九皇子的病才刚好，万一被狗吓出个好歹，陛下和娘娘都要担心难受的。"安嬷嬷一边给太子行礼，一边不疾不徐地说道。

太子扬起嘴角："不会，弟弟上次自己说了他喜欢狗狗。"他走到近前问我，"喜不喜欢？"

他牵的那只狗立刻凑近来嗅我。安嬷嬷当即想起身过来阻拦，但太子丢一个眼神过去："孤还没免安嬷嬷的礼，嬷嬷怎么就自己起身了？说起来，孤有点儿饿了，孤记得安嬷嬷做的玫瑰酥味道极佳，不如嬷嬷现在去给孤做上一份呈来。"

安嬷嬷只能退下去做玫瑰酥，离开前，她朝一旁伺候的宫人使眼色，得了肯定的回复,才放心离开。没想到她一离开,太子就让剩下的人全部退下了。

殿里只剩下我、太子和那只狗。

太子弯下腰看着我:"弟弟,玩狗吗?"

我看了他片刻,伸手拉住他的衣袖:"玩,骑狗狗。"

太子略挑起眉毛:"骑狗狗?你要骑它?"他拉了一下那只黑狗,下一刻他就发现我盯着的始终是他,反应过来后,脸色顿时变得极臭。

"想骑孤?做你春秋大梦去。想骑狗,来,骑它。"太子强行让我坐上狗背。狗不配合,我也拼命挣扎。挣扎间,我一把推开了太子,但双膝却重重地磕在了地砖上。

这一磕,让皇上和庄贵妃提前回了宫。太医院秦院首说我膝盖处的伤不重,但我被狗吓着了,才战栗不止,时哭时停。

皇上当即看向太子。

庄贵妃轻声道:"你们都下去吧。"

待太医、宫人们鱼贯而出,殿门关上,皇上便开口训斥太子:"身为兄长,不好好照顾弟弟,你带狗来吓他做什么?"

太子低着头:"儿臣并非故意吓唬弟弟,是他之前说想要狗,儿臣才特意寻了脾气温顺的,想让弟弟开心。哪知道弟弟见了狗后说要骑狗……父皇,儿臣知错,还望父皇饶了儿臣这回。"

"你不要跟朕说这些,你去跟从羲说,从羲什么时候不怕、不哭了,你再回你的东宫。"皇上怒道。

我从纱幔缝隙里往外看,不巧正对上太子看过来的目光。他看到我,上挑的凤眼微微一眯,寒光外露,但转瞬,他又敛去凶狠,朝我走了过来,摆出好兄长姿态。

"弟弟,这次是皇兄不对,不该带狗……"

他的话突然顿住,因为我拉住了他的衣服。

我依旧带着哭腔:"我要……要骑狗狗。"

太子脸色立变,显然没有想到我在皇上面前也敢这样说,正欲发火,一旁的庄贵妃道:"你要你太子哥哥背着你走几圈吗?不行,从羲,你太子哥哥身份尊贵,怎么能随便背你?你要人背,母妃背你好不好?不哭了啊,你看你眼睛都哭肿了,母妃背你走一走就不哭了啊。"

庄贵妃伸手来扶我,我却抓着太子衣服不放手:"不……我要骑狗狗……"

"从羲,太子不能背你,你乖。"

皇上似乎看不下去了，冷飕飕地说："他怎么背不得？今日从羲弄成这样，还不是因为他。太子。"

我看到太子的手握成拳，又松开，脸上露出虚伪的笑："那儿臣就背弟弟走几圈。"

我成功地趴上了太子的背，他显然很不情愿，故意把背挺得很直。我垂着眼，把下巴压在他的肩膀处，用只有我和他能听见的声音说："乖狗狗。"

他的身体一僵，呼吸都变重了，显然气极，碍于皇上在场，他不能把我丢下，只能加快步子，想尽快完成这件丢人的差事。

原来这就是仗势欺人的感觉吗？只要有权势，就可以逼人做他不愿意做的事，甚至是辱没自尊的事。

太子身上的龙涎香唤起了一些回忆。

我跪在地上，太子居高临下地看着我，叫人将我关在箱子里。他捏着我的下巴，脸上满是轻蔑。

"弟弟。"太子忽地偏过头，低声问，"你在抖什么？"

我盯着他的侧脸，不自觉地捏紧了他肩膀处的衣服。

太子略微扬起嘴角，好似不再觉得背我是一种屈辱了，语气里透着兴味："你在害怕。"

我咬住牙又松开："狗狗再快点儿。"

太子低低地笑了一声，看着不远处的皇上和庄贵妃，将我往上提了提。随后，他走路的速度竟然慢了下来，仿佛在信步漫游，还问我桌子上的鲜花、植物是否好看。

庄贵妃看出来不对，温柔地说道："太子累了吧，把从羲放下来吧，他该睡觉了。"

太子看向庄贵妃，摇头说道："孤不累，孤原先总是忙，也没怎么陪弟弟，觉得亏欠弟弟良多，今日弟弟受伤，全赖孤，孤不好。孤多陪陪他，希望能弥补一二。"他顿了一下，"他很轻，孤背着不觉得累。"

皇上微微颔首，目露赞赏，像是很喜欢这出兄友弟恭的戏码。

"看到你们兄弟关系好，本宫心里真是高兴，只是时辰的确不早了。"庄贵妃的语气柔和，"陛下，太子明日还要去太学，还是让太子早点儿回去歇着吧，从羲小孩子脾气，不能太惯着他。"

"不许再拿狗吓唬弟弟，知道了吗？"皇上对太子说。

太子低下头："都是儿臣不好，儿臣定会谨记。"

皇上"嗯"了一声，沉吟道："知道错了，就回去吧。"

"是。"

太子离开前，深深地看了我一眼，见我盯着他看，还对我笑了一下。

翌日，向来扎堆来的几个皇子这次只有四皇子来了，他小心翼翼地看着我，待无人时，偷偷地问："从羲，你还想骑狗狗吗？"

四皇子虽和太子同龄，但他的母妃出身一般，如今不过是一个正四品的淑仪，一年都难得见皇上一次。

我理解他为什么要这样问我，不过我不想欺负他。

我摇摇头。

四皇子面露遗憾，过一会儿又问我："骑熊呢？要不要试试？"

我看着他，仿佛看到了原先的我，想了想，拿起桌子上的橘子塞给他。他以为是我想吃，麻溜地剥好了喂到我的唇边。

我顿了一下，只能开口说："我是想给你吃。"

四皇子愣了一下，在我旁边的位子上坐下，闷头吃着橘子。我忽然想起来，四皇子应该也在太学读书。皇子一入太学即可就读上舍，由太学博士、太傅教授课业。

既然四皇子在上舍念书，他肯定认识林重檀。

那一瞬间，我很想问四皇子林重檀的情况，但我忍住了。我不再是"林春笛"了，不应该认识林重檀。

随着时间推移，皇上发现我不再像之前那般"痴傻"，很是惊喜，不仅叫来了太医院所有的太医为我诊治，还把国师请了过来。

国师是一位年事已高的长者。他和皇上去了外间说话，我没有听到他们说了什么，不过皇上再进来，竟做出了将庄贵妃拦腰抱起来的举动："缈儿，我们的从羲终于可以像其他孩子一样了。"

看到这一幕，我连忙低下头。

庄贵妃语带嗔怒："陛下，从羲还在。"

"朕忘了，朕还以为……哎……朕的错，朕以后会注意。"皇上说。

"陛下，臣妾有件事想跟陛下商量，从羲因祸得福恢复正常，是否让他像其他皇子一样去太学读书？"

听到这话，我又抬起头。

皇上显然不想我去太学，不赞同地说："太学并不适合从羲，你想让从羲读书识字的心，朕理解，朕会请上官大儒进宫来教授从羲。"

庄贵妃摇头："陛下，太学里皆是与从羲一般年纪的学子，在宫里呢，天天围在从羲身边的都是宫人。臣妾想，从羲需要朋友。他自幼体弱，被臣妾带在身边养着，陛下也是看着从羲长大的。他原来瘦瘦小小的，猫崽儿似的跟在陛下身后。陛下去上朝，他便坐在门槛上等陛下。其他皇子都能选伴读,就他没得选。陛下,从羲长大了,我们让他出去看一看,好不好?"

皇上沉默片刻,终是同意了。

夜里,庄贵妃坐在我的床边,温柔地说:"从羲,以后你有什么想要的,尽管跟母妃说,不用藏在心里。"

听到她的这句话,我忽地意识到前夜我用茶水在桌子写的"太学"二字,应是被她知道了,所以她才费尽心思劝说皇上,让我入太学。

我张了张嘴,最后小声地说了句"谢谢"。

她"扑哧"一声笑了出来:"做儿子的跟当娘的客气什么,以后不许说这种话,再说这种话,母妃要生气了。"

见她佯装生气的模样,我忍不住笑了。

庄贵妃看到我笑了,眼里却迅速起了泪。我以为我真的惹她生气了,刚想开口,就听到她说:"从羲会对我笑了,呜呜,真好。"

我顿时哑然。

几个皇子去太学都是单独坐马车去,因为皇上不放心我,特意让太子带着我一起。

太子车驾为五驾马车,天子六驾。太子懒洋洋地靠坐在车厢上,把玩着一串佛珠,见我上来,嘴角扬起,说:"来了啊,坐到孤的身边来。"

皇上还是器重信任太子的,连庄贵妃昨日劝说皇上让我跟其他皇子同行都未能成功。我倒不怕太子做出什么事来,反正我若出了事,这笔债就算在他头上。

我现在已经不是林春笛了。

我忍着厌恶坐了下来,拿出一早就准备好的东西。

太子看到我递过来的锦盒,挑起眉毛:"送孤的?"

我点头。

他扫视了我一眼,才伸手拿过锦盒打开。看清里面的东西后,那张骄横恣肆的脸上迅速积起乌云。

"狗狗,喜欢吗?"我问他。

我送了他一根牛骨头。

太子气急败坏地笑出声,定定地看我,就在我以为他会动手打我时,他忽地扬起嘴角,说:"喜欢,汪。"

见我怔住,他哈哈大笑起来,将锦盒从车窗处狠狠地丢了出去。马车外顿时安静了,他在这种诡异的沉默中冷声道:"还不走,是想等着阎王来收你们的命吗?"

离我死的那日已过去快三个月,重新回到太学,我没有感到熟悉,反而觉得这里陌生得厉害。无论是景，还是人。

我跟在太子后面下车，第一次看到那些学子还未看到我，就跪在地上的场景。

他们如温顺的羊羔，齐呼道："草民给太子请安，给九皇子请安。"

我要到太学读书的事，早已传遍京城。众人在之前只知道有个九皇子，但从未见到九皇子本人。

我的目光在一个个跪着的人身上扫过，一直到上舍，都没有看到林重檀。

太子在的课室只有八张桌子，皇子占了四张，剩下几张分别坐着申王府的小侯爷、阴平郡王府的嫡子驹信鸿和荣府的嫡次子荣轩。

还有一张桌子是空着的，无人落座，但案几上摆着几本书。

我一进课室，除了驹信鸿，另外两个人的脸色皆是一变，又以小侯爷表现得最为明显。他看到鬼似的，张大嘴，紧接着几步冲到我面前："林春笛，你没死？不可能啊，檀生他……"

"看清楚，这是孤的九皇弟姜从羲，不是什么阿猫阿狗。"太子漫不经心地打断了小侯爷的话。

小侯爷呆住，打量了我半天："可长得一模一样啊。"

他伸手想要抓住我的手，仿佛想看看我是不是活人。

若是原来，我只能任他捉住我的手，现在不一样了，他还没碰到我的手，身边的太监已经将他拦下。

"小侯爷，九皇子病体初愈，头回出宫，陛下吩咐过任何人都不能惊了九皇子。"

这个太监叫钮喜，是个练家子，先前在皇上身边伺候，现在被派给了我。

小侯爷彻底呆了，难以置信地看着我。太子踹了他一脚："看够了吗？"

他动了动嘴唇，想说些什么，最终什么都没说，一步三回头地坐了下来。

因我来读书，仅容纳八人的课室里多添了一张桌子。

我在案桌前坐下，不动声色地往靠窗的空桌子看去。

那是林重檀的位子吗？他待会儿看到我会是什么反应？会像小侯爷一样跟看到鬼似的，还是如往日般聪慧地叫我九皇子呢？

两种反应我都没有等到，因为林重檀根本就没有出现。从我来，到我离开太学，他的位子始终空着。

我很是失望，也没了继续气太子的心情。在我往马车走去时，忽然有人急冲过来。那人被随行的御林军拦住，依旧不管不顾地扑向马车，撕心裂肺地喊着："林春笛！"

我顿住脚步，慢慢地回头望向被御林军摁在地上狼狈不堪的人。

第九章
重逢檀生

那人明明一身华服，却被数位铁甲兵胄的御林军暴力制伏在脏兮兮的地上。

他看到我回头，充斥着疯狂的眼眸立刻烧起了一把火，脸上更是泛起一团不正常的红："你……你还活着，太好了！林春笛，你到我这儿来，我会保护……你的，真的！"

保护我？聂文乐为什么要说这种奇怪的话？那时候我被太子的人扯得摔在他的跟前，那时候的他说了什么？他说我活该。

我意兴阑珊地转头，身后的嘶吼声更凄厉了："林春笛，你别走！林春笛，我那次不是……不是真想那样对你，你原谅我……"

有人训斥聂文乐道："大胆，那是九皇子，你再在此处纠缠不休，休怪我等不客气。"

我钻进马车，太子比我早一步登上马车，他仿佛对车外发生的事情完全不感兴趣，只似笑非笑地看着我。

我挑了个离他较远的位置坐下。

马车开始启动，离开太学前，我依稀听到了闷棍打在身上的声音，那声音和聂文乐喊我的声音混在了一起。

一声又一声的"林春笛"，可林春笛已经死了。

"弟弟，你不好奇那个林春笛是谁吗？"太子冷不丁地问。

我歪头看向他。

太子看我一会儿，自顾自地答道："一个跟你长得很像的死人。"他像是觉得无趣，喷了一声，"这些人真是——死人有什么好的，当然是活人才好，能玩。"

我的表情不变，指尖却掐进了肉里。

聂文乐后悔，应该也是这个理由吧。我死了，对他们这些人来说，最大的遗憾是少了一个能玩的乐子。

我重回太学已经有半个月，却从未见过林重檀，也没看到段心亭。

原先我期待父母认可、师长夸奖，为此夙兴夜寐，不敢有丝毫懈怠，但现在我是九皇子了，就算我做得再差，我周围的人都能睁着眼睛夸我真棒。

"九皇子拉弓的姿势比上次更好了。"

听着教骑射课博士的话，我默默看了一眼落在脚前方的箭。

我的身体很弱，上骑射课，不仅上不去马，而且还拉不开弓箭。为此，太学紧急为我赶制了一把精巧的小弓。我勉强能拉开，成绩却依旧惨不忍睹。

"你这样的就算上了战场，都不用敌人出手，你自己就先射中自己了。"坐在高大玄马上的太子嘲笑我，他穿着一袭绛红色的骑装，张扬恣睢。

闻言我从身后抽出一支箭，对着太子拉开弓。我这个动作把周围人都吓了一跳，唯独太子本人，不偏不倚地抬着下巴看着我，根本不怕。

的确不用怕，即使我对着他拉开弓，箭矢也只会落在脚前方的不远处。

当然，我也不能光明正大地拿箭射他。

我慢吞吞地将对准他的脸的弓箭移向旁边的靶子，松开了手，那支箭果然再度落在了脚前方的不远处。

"嗤。"太子发出嘲笑声，一拉缰绳纵马跑到了骑射场的另外一边。

旁边的马博士一副谨小慎微的样子，说："九皇子，射箭最好不要对着人，除非是上阵杀敌。"

我点点头，之后把弓箭递给一旁伺候的宫人，转身时我瞥到一抹熟悉的身影。

又是聂文乐。

他站在白果树下，狐疑地盯着我看。其实不止他，小侯爷和荣轩也时常古怪地盯着我。

自从五日前聂文乐贸然接近我，钮喜一把将他的肩膀弄脱臼后，他就学聪明了，躲在远处偷偷看。

我看到他，心里便觉得烦躁，叫来钮喜："我想一个人随便走走，那边一直有人盯着我。"

钮喜循着我的目光往白果树下看去，严肃地点头："奴才会让他离开的。"

钮喜与良吉完全不同，良吉傻乎乎的，看到我就笑，而钮喜不苟言笑。

也不知道良吉现在怎么样了,他回姑苏有没有被责骂?

我一边想,一边走,也不知道走到了哪儿,听到前方传来脚步声,我才抬起头。

竟然是林重檀。

林重檀穿了一袭素衣,似乎清减不少,脸色极其苍白,整张脸只剩下一双眸子还有色彩。

他看到我,立刻停住了脚步,目光如钉子般定在我身上。

我见到他,就起了杀心,但我在心里提醒自己还不能露出端倪,故而当作没看见他,继续往前走。

待会儿他要是不行礼,我就可以理直气壮地治他个大不敬。

他看到我,一定觉得很害怕吧?他会做什么?会想再杀我一次吗?

"啊!"

我下意识地叫出声,只因林重檀忽然伸手将我拉进他的怀里。

他身上的药香味让我回过神,立刻开始挣扎,同时装出害怕的样子:"你是什么人?放……放肆!"

林重檀微微松开我,但手还放在我的腰上。他拧着眉看着我,目光在我脸上巡视。

我扭头喊人:"来人!钮喜……"

下一瞬,我就被捂住了嘴。

林重檀竟然……把我拖进了旁边的假山里,他真准备再杀我一回吗?我再顾不得其他,拼命地挣扎,想呼救,可林重檀的力气比我大许多,我根本挣不脱。

他把我控制在假山壁上,用目光一寸寸地看我。他似乎嫌看得不够清楚,还用手将我身前的碎长发拂到肩后。

被他指尖碰过的地方竖起寒毛。

我气得浑身发抖,明明我已经再活过来了,怎么我与他第一次见面的场景,还是如此不堪?

就在我愤愤不平时,林重檀长长的睫毛一颤,凝视着我的眼眸中竟有水光闪过,抓住我肩头的手更是开始发抖。

无论是在我面前,还是在他人面前,林重檀从未失态过,他居然会哭吗?应是我看错了。

我想再看仔细些,但他却闭上了眼,再睁开眼时,眼中一片清明。

林重檀松开我,退后两步,对我说:"抱歉。"

我终于恢复自由,情不自禁地抬起手掌掴向林重檀。他被我打偏了脸,紧抿的唇微微分开，语气比先前的更疏离："抱歉，是我唐突了。"

我咬住牙，想再打他一巴掌，忽地外面传来些许动静。我现在这个样子还不能见人，只能先低下头快速地整理衣服。

林重檀准备离开假山，我不禁压低声音怒道："你站住。"

他像是没听到，脚步未有半分停顿。

待我整理好衣服，从假山里出来，才发现林重檀并没有走远。他站在假山附近，听到我出来了，转过身对我行礼。

"林重檀见过九皇子。"

他何其聪明，竟已经猜出我的身份。

我冷眼看着他，见到他之前，我恨不得将他大卸八块；见到他之后，我的想法变了。我不想那么简单地放过他，曾遭受过的一切，我要一笔笔地还给他。我曾经有多痛苦，他就必须有多痛苦。

"你怎么知道我是九皇子？"我问。

林重檀不曾因我的身份而露出半点儿讨好谄媚之色，不卑不亢地回道："回到太学前，我已听说了九皇子入读太学之事。今日之事是我无意冒犯，求九皇子宽恕。"

宽恕？我才不会宽恕他。

我心念一转，故意试探地问道："你……为什么要做刚才那种事？难不成你也把我认作那个什么春笛了？听说那个什么春笛长得跟我很像，好些人都将我和他认错了。"

我提到"春笛"二字，就见他的神情变了。我又问他："你也觉得我俩像吗？"

他抬起眼，目光在我的脸上停了一瞬，似有怀念之色，又似没有。他低下头去，冷淡道："像。"

"他是你什么人？"

林重檀没有回答这个问题，而是拱手行了个礼："若是九皇子已宽恕我方才的冒犯，我还有其他事，就先退下了。"

"等等，你这样欺负我，我若放过你，那不是以后人人都能欺负我？"我不悦地说道。

林重檀垂眼，表情毫无波动："但请九皇子责罚。"

我正要开口，却见钮喜带着人从另外一边行来。钮喜步履匆匆地走过来，压低声音说："九皇子，陛下来了，现下正在骑射场。"

我只好暂且先放过林重檀，赶往骑射场。哪承想我到骑射场没多久，林重檀也到了。

少年白衣胜雪，卷着红色披风滚滚而来。马蹄声近了，只见他抽出一支箭，瞄准了百步外山坡上的靶子。

只听得一道凌厉的破空之声，陪练的马倌跑上山坡，遥遥举起红色旗帜。

这是箭中靶心的意思。

林重檀翻身下了枣红色大马，几步走到皇上面前，跪下："重檀给皇上请安，皇上万岁万岁万万岁。"

一向威严的皇上看到林重檀，露出了和气笑容："平身，你年纪轻轻箭术已是不凡，不错。"

"父皇，儿臣没找错人吧？半个月后北国使臣就要来了，届时他们肯定又会提出跟我们比试马术、箭术。我们就派出林重檀，让他们知道，我们泱泱大国，不必将士出场，一个读书的少年人就能挫一挫他们的锐气。"太子说道。

庄贵妃说过一些关于北国的事，北国每三年会派出使臣带着奇珍异宝来访，只是近年来，北国并不安分，屡屡进犯，异动之心可昭天下。

太子竟然准备让林重檀和北国使臣比试？那么短时间内，我岂不是不能动林重檀了，而且我要处置林重檀，恐怕还要先找一个合适的理由才行。

皇上"嗯"了一声，没说好与不好，转头问我："从羲，你最近骑射练得如何？"

我诚实地回道："儿臣还没办法上马。"

皇上并不生气，伸手摸了摸我的脑袋："没关系，慢慢来。"他突然看向林重檀，"林重檀，你过来。这是朕的九皇子，他身体不好，原先一直被朕娇养在宫里，对骑马射箭一窍不通。朕交给你一个任务，半个月之内教会他骑马射箭，不求百步穿杨，但要达到寻常人的水平，你能否做到？"

饶是我也听出来这是皇上对林重檀的考验了。

仅仅是刚刚露的那一手，并不能让皇上信重林重檀，于是他把我抛了出去。林重檀要是能在短短半个月教会我这个新手骑马射箭，就能证明他的本事。

但林重檀似乎觉得这个任务艰难，没有第一时间应承，还是太子咳了一声，他才低头答道："重檀愿意一试。"

"好，朕就把朕的九皇子交给你了，你可不要辜负朕。"皇上语带深意地说道。

林重檀说："重檀不敢辜负。"

皇上又让我射箭给他看看。我本来不想当众丢人，可要看射箭的人是皇上,便只能让钮喜把我的御用小弓箭拿了过来。

皇上看到我的小弓箭,嘴角明显抽了一下。等我射出一箭,他没忍住笑出了声。

"从羲,你这本事下次表演给母妃看看,她定会很开心。"皇上笑了好一会儿,便摆驾离开。太子也笑着看了我一眼,随御驾离去。

林重檀过了一会儿才走到近前,他并没有看着我,目光始终往下:"九皇子,请跟我来。"

他将我领到马厩,为我挑选了三匹马,问我最喜欢其中哪一匹。我扫了那三匹马一眼,随手指向其中一匹。

林重檀将我选中的那一匹马牵了出来:"九皇子能否给我示范一下之前是如何上马的,上不去也无妨,我想看看九皇子上马的姿势,好进行针对性的教学。"

"可以啊,只是我真的上不去,这马对我来说太高了。你叫林重檀对吧,林重檀,要不你让我踩着你的背,试试能不能上马?"我慢悠悠地说道。

侮辱他,欺凌他,让他也露出屈辱的神情。

林重檀终于抬头正眼看着我,但只是看了我一眼,就冷淡地转开目光:"如果这样可以给九皇子赔罪,我自是愿意。"

我顿时冷笑出声,他以为被我踩着上马,刚才的事情就可以一笔勾销了?就算刚才的事情一笔勾销了,我和他之前的事情也没完。

"方才什么事?林重檀,你不是要教我如何上马吗?我们不要浪费时间了。"

林重檀沉默了片刻,终是弯下了腰。我在钮喜的搀扶下,踩上了林重檀的背,从我的角度,只能看到他露出衣领的一截修长脖颈儿。即使是这个时候,这种场景,他还极力维持着体面。

我本就上不去马,现下带着折辱林重檀的目的,反复地踩上他的背,却仍旧上不去马。后来我将双足一起踩在他的背上,瞬间感受到他踉跄了一下。

我还未发话,钮喜已经开口:"林公子,勿要摔着九皇子。"

林重檀的呼吸比原先粗重,在我又一次上马失败,先落地休息时,我看到他的脸色比之前的更加苍白。

林重檀总是一副高高在上的样子,却原来在权势面前,他也不过是一条低贱的狗。

"林重檀,怎么办?我上不去。"我问他。

林重檀直起身,道:"九皇子可以先试着踩着铁梯上马。"说完,他叫马倌把铁梯拿过来。

他先给我示范了一番如何用铁梯上马,脚该踩在哪儿,手该抓住哪儿,见我明白了,才让我去做尝试。

我确实想学会上马,便认真地试了试。哪承想在我即将成功的时候,马突然动了下,我重心不稳,往旁边一摔。离我最近的林重檀迅速地伸出手,一只手扶了我的腰,一只手揽住我的后背,将我抱下了马。

钮喜和马倌立刻稳住了马。

待双脚落地,我才发现自己是被林重檀抱下来的。一刹那,我觉得他是故意的,既愤怒,又惊恐,握着马鞭的手直接一扬、一落。

回宫的路上,我没什么精神地靠着马车壁。钮喜递茶盏给我,我摇摇头:"不想喝。"他将茶盏放了回去,我犹豫地问:"钮喜,你说我刚才是不是……有些过分?"

钮喜转头,面无表情地看着我:"九皇子是主子,主子做什么都是对的。"

他这话并没宽慰到我,相反我只觉得毛骨悚然。

所以太子当初欺辱我也是对的吗?在这里,只要有权势,就是对的,就什么都可以做。

脑海里闪过林重檀刚才的样子,因为他及时躲了一下,鞭子没有抽到他的脸,但抽到了他的脖子,长长红痕自耳后蔓延到喉结下方。

林重檀微微蹙眉,又松开,问我是否有受伤。他说话时半垂着眼,仿佛极其不想看到我的脸。

为什么不想看?是害怕做噩梦吗?他可能也没想到,在这世上居然还有人与被他害了的人长得一样。

他让段心亭杀我,午夜可有梦到我,梦到我他会害怕吗?

自从林重檀开始教我骑射,我和他相处的时间难免变多。我总是故意羞辱他,次数多了,竟然引起了太子注意。

"孤发现你最近说话越来越流利了,弟弟,看来你神志一开,就进步飞速。不过你为什么那么针对林重檀?他得罪你了?"

我心里一惊,但面上不露痕迹,只疑惑地看着太子。

他也看着我,茶色的眼里含着兴味:"嗯?"

"狗狗,你饿吗?"我决定继续装傻。

太子现在听到我叫他狗狗,不仅不生气,反而笑了。他起身坐在我的旁边,语气漫不经心,表情慵懒地说道:"饿了的话,弟弟有什么吃的给孤吗?"

我没带骨头在身上,略微思考了一番,把今早从宫里带出来的糖渍梅子拿了出来:"吃吗?"

我用喂狗的姿势逗他,以为他会生气,哪知道他下一刻低头就含住我手心的梅子。

我吓得直接松了手,梅子洒了一地。太子轻轻一笑,故意慢动作地将梅子含进嘴里。他吃着梅子,眼睛却一直盯着我:"想吃骨头了。"

"我现在没有。"我莫名其妙地紧张。

太子伸手捏住我的手臂:"怎么没有?弟弟的手骨给孤吃吧。"

他的语气认真,还将我衣袖卷了上去,一副在思考要从哪里下口的样子。我越发紧张,猛地抽回手,还从座位上站了起来。

学骑射学得有些累了,我便到了这处树下阴影休息。哪知道太子过来后,将周围伺候的宫人都赶走了。

太子坐在座位上,仰头看着我。日光下,他的眼眸呈现出一种透明的感觉。

"蠢。"他嗤笑了一声,不再理我,起身走了。

虽然太子离开了,但我还是想换个地方,刚转过身,就看到了不远处的林重檀。林重檀穿着骑装,显得腰窄腿长的,他见我看他,目光淡漠地走了。

不知为何,我总觉得死而复生后,再见到的林重檀,跟原来不一样了。原来的林重檀像春日溪水、清溪映月,现在的林重檀像一口古井,还是那种落下石子都起不了波澜的古井。

结束了休息,我照例踩着林重檀的膝盖上马。经过这些天的学习,我会上马了,甚至可以单独上马了,但我不愿意那么轻松地放过林重檀,故而每每他在的时候,我都要他蹲下身,踩着他的膝盖上马。

林重檀等我坐稳了,便如燕子翻身,轻松地上了另外一匹马。今日他要教我在马上射箭。

一边骑马,一边射箭,对我来说难度都不小,更别说还要射中靶子。林重檀跟我细细地讲解马上射箭的注意事项,给我示范好几遍,才让我开始尝试。

我试了一下,差点儿把箭扎在了马身上。

"不对。"林重檀纵马过来,让我把手里的弓箭给他。

他拿着我的弓箭做示范,从我的每根手指该放哪个地方,该怎么用力,眼神该看哪儿,以及怎么用腿部力量去控制马匹等方面做了详细的说明。

我试着按他说的那样去做,刚拉开弓,他又说不对。

好几回合下来,我都有些恼了,心想:他是不是故意折腾我?这时,他跟我说可以试着瞄准了。我将信将疑地拉开弓射，结果大大超出我的想象，虽未射中靶子，箭落地也不远，但我可以骑着马射箭了。

我一时有些兴奋，本能地去看不远处的林重檀。林重檀没有看我，他看着远方，落日给他镀了一层暖光，狭长的眸子微眯，不知在想什么。

我拉了一下缰绳，突然不想再跟林重檀待在一起了，因为我觉得恶心，便纵马向前跑去。随侍在侧的宫人纷纷叫道："九皇子！九皇子，慢些！"

"你们都不许跟来！"我回头对他们喊道。

我独自跑了一圈，再跑回起点时，天已经彻底黑了，林重檀也走了。钮喜告诉我说是因为林重檀有事。

"他胆子还真大，没我的允许就私自离开。"我皱皱眉，"回宫吧，等等，我有个东西落在课室了。"

闲着无事，我准备折返回去拿。

不料路过荷花园时，我竟撞见了林重檀，他身边还有一个人，是我私下一直在找的段心亭。

我立刻抬手让身后的人停下来，随后躲在了暗处。

段心亭与林重檀在说什么，因为隔得远，我听不清他们谈话的内容。

忽然，我看到段心亭抱住了林重檀，而林重檀没有推开段心亭。

"钮喜。"我轻声问身后的人，"我是九皇子对吗？"

"是。"

"我需要委屈自己吗？"

"主子不需要委屈自己，主子若是委屈自己，是奴才等的失职。"

我闭上眼，深吸一口气。片刻后，我从暗处走出。

抱着林重檀的段心亭被动静惊动而回头，他一看到我，立刻露出了惊愕、惶恐的表情，连林重檀都顾不上了，连退几步："鬼……有鬼！林春笛！你怎么会……还活着！不可能……"

"钮喜，好吵。"我轻声说。

都这个时候了，林重檀的目光还放在段心亭身上。

钮喜立刻带着人上前，捉住了段心亭，用布塞上了他的嘴。

段心亭挣扎不开，被摁着跪在地上，眼里满是惊恐。

前世如履薄冰，任人欺辱，如今我不再是林春笛，而是九皇子，我为何不能有仇报仇，有怨报怨？

我慢慢地走到段心亭面前，近距离地欣赏了会儿他眼中的害怕。荷花池里的荷花已经盛开了，红的白的，在蒙眬清辉下摇曳身姿。

"把他丢下去。"我说。

段心亭那双猫儿眼瞪到最大,他拼命地摇头,脸上再无柔弱娇憨之色。虽然他拼命挣扎,但抵不过几个宫人的力气。

听着荷花池的动静,我看向始终沉默着的林重檀。他此时倒没有再看被丢下荷花池的段心亭,而是死死地盯着我看。

他伸出手,似乎想碰我,但未碰到,就被钮喜拦住。

"林重檀,你真恶心。"我面露嫌恶。

月光正好落在林重檀的脸上,雪的脸,铅的眉,他的睫毛极长,一抬一垂,便落了一团阴影,此时这双落了阴影的眼睛怔怔地望着我。我想他应是被我的话刺激到了,我一鼓作气准备再做些什么,这时身后传来了一个声音。

"弟弟,你怎么还不回宫?"太子嘴角带笑地走了过来,睨了眼荷花池,又看着林重檀,"檀生,该走了。"

林重檀仍在看着我,以前我看不懂他的眼神,现在我懒得看懂。太子又催促了他一声,他才慢慢地移开了视线,走到太子身后,预备随太子离开。

太子离开前,同我说了一句话。

"弟弟,这个人有点儿眼熟,是不是段家的?最近段家的人在治理水患。"

我停在原地许久,才出声道:"让他上来。"

段心亭会凫水,数次爬上来,都被我的人摁了下去,这会儿终于自水中脱困,一副狼狈不堪的样子,看到我走过来,立刻跪在地上。

钮喜将塞住他嘴巴的布扯掉,他不是蠢人,当即说:"我错了,今夜的事我……我保证一个字都不会说!"

"希望如此。"我说。

宫人松了手,段心亭就跟跄地从地上爬起,头也不回地跑了。我看着他离开的背影,想到方才随太子离开的林重檀。太子白日跟我说的话,话里还有一层意思——他在警告我不要随便动林重檀。

我想杀林重檀,要么先除掉太子,要么先离间他们。

皇上现在宠我,更多的是因为庄贵妃,他是爱屋及乌。太子不同,他的母亲是皇后,母家鼎盛,朝中支持太子者众多。我小打小闹地让皇上同意太子背我,不过是因为我装疯卖傻,又私下无人罢了,若要动真格的,除非太子犯了不可挽回的大错。

"谁在那里?"钮喜忽地看向某处。

我循着他的目光看过去,发现了躲在不远处树下的聂文乐。他见我发现他了,慢慢地自树下走出。

"九皇子。"他轻声问道,"你还好吗?"

我有什么不好的?这话问得真是奇怪。

我没回答他的问题,反问:"你刚刚看到什么了?"

聂文乐还在朝我靠近,我不由得皱眉,往后退了一步。钮喜见状,立即挡在身前:"站住!"

聂文乐停下脚步,视线掠过钮喜,讨好地说道:"你不要难过了,我可以保护你,真的,我能保护你的。"

他为什么总是跟我说这么奇怪的话?

我下意识地想喝退他,忽地想起另一件事:"你知道段心亭吗?"

聂文乐点头。

"你的家世和他的相比,应是你的更好吧?"

聂文乐再度点头。

我不语思索时,聂文乐再次抬步向我靠近。钮喜扣住他的肩膀,冷声警告:"休得无礼!"

我隔着钮喜看着他,道:"我不需要保护我的人,我只要能护主的狗。你想好了,便来找我,届时我允你侍奉我左右。"

"从羲,今晚为迎北国使臣设了宴,母妃特意让制衣局给你做了一套衣服,你穿上看看。"

我换好衣服站在落地铜镜前,但懒得看向镜中。原先我注重容貌,现下无所谓了,只是庄贵妃很喜欢打扮我。

还有件事说来奇怪,这宫里沐浴竟也用牛奶。我已经习惯了用牛奶沐浴,便从善如流了。

庄贵妃亲自为我梳发:"今夜我儿定是宴会上最夺目的那个。"

我想说我不想穿那么华丽,但对上庄贵妃的目光,这话便说不出口了。九皇子定是从未参加过这种需要见外客的宴会,所以庄贵妃才格外重视这次的宴会。

想了想,我拉过她的手腕:"束发让宫人做就行,你歇会儿。"

"母妃不累,从羲,你坐下。"庄贵妃摁着我的肩膀坐下,"时辰不早了,母妃要赶紧把你打扮好。"

我有些无奈,我又不是女子。

嫔妃不可见外客,今夜我得一个人去赴宴。宴会举办地点在风华正殿,我的位子被安排在六皇子的旁边,但皇上看到我,就让福公公把我的案桌挪到他的旁边,这样一来,我正对着的就是太子。

我对这种宴会没什么兴趣,都懒得抬眼看,只低头吃东西。

"贵朝果然不仅地广民众,风水也好,养出来的人一个个都是水灵灵、娇滴滴的,敢问陛下身边的那位公主年方几何,可有婚配?"

听到殿内响起了古怪的吸气声,我抬起眼,却发现大大咧咧站起来的北国使臣看的居然是我。这次北国使臣一共来了四位,一个长者,两个中年男人,剩下一个便是这个站着的年轻人。

他的皮肤黝黑,穿着北国服饰,露着半个肩膀。见我看他,他咧嘴一笑,露出一口白牙。

我拧眉,就听到有人斥道:"阁下年纪轻轻,就如此眼花了吗?这位不是公主,是我朝的九皇子。"

年轻人嗓门很大:"不是公主吗?那这位九皇子长得也……"坐在他身旁的长者拉了他一把,打断了他的话。

"察泰,坐下。"长者起身鞠躬,替察泰告罪,"察泰自幼在草原长大,不懂礼数,还请陛下原谅,我国愿额外送上两千头牛、三千头羊给九皇子赔礼道歉。"

"从羲。"皇上喊我,"过来。"

我尚未从方才的冒犯中回神,起身时脸颊还有些发烫。走到皇上身边,他伸手拍了拍我的肩膀,道:"你自己决定要不要原谅他们。"

长者闻言对我行了个跪拜大礼,虽然我现在已是九皇子,但仍然接受不了比我年长许多的人向我行如此大的礼。那个长者鸡皮鹤发,以额贴地,言辞恳切:"请九皇子宽恕察泰的失礼。"

我看向皇上,低声说:"他应该只是一时看走眼了。"

毕竟今夜灯影幢幢,我又坐在离察泰稍远的位子。

"父皇就替你宽恕他们这回。"皇上扬声对长者说,"公羊律,你起身吧,下次可不许再犯下这等错误。"

"是是是。"公羊律连连道谢。那个叫察泰的年轻人弯腰去扶他,却被他推开。他狠狠剜了察泰一眼,察泰尴尬地用手摸了摸鼻子,接下来一直保持沉默。

我不禁有些好奇,这个察泰冒冒失失的,北国怎么会让他做使臣出使我朝的?第二日,我便知道这个问题的答案了。

察泰天生蛮力,不仅举得起三百石的弓,射出的箭无一不正中靶心。昨日宴会上唯唯诺诺的公羊律此时单手抚须,满是皱纹的脸上表情得意。

"察泰是我国年轻的勇士,还未上过战场,今日他想跟贵国的勇士切磋一二。"

公羊律特意加重了"年轻"二字,又说察泰没上过战场,暗指我朝若派出上过战场的将士便是胜之不武。

我看着察泰拎着的三百石的弓，不禁思索起林重檀赢的局面有多大了。若是林重檀输给察泰，就是有辱我朝颜面。

皇上近来十分忙碌，并没有亲自验收林重檀教我的成果，只让太子禀告了一声，所以今日林重檀也来了。

他站在太子身后，因未及冠，便不像太子那般将长发尽数用玉冠束好，而是将半数鸦羽似的长发散在后背，另一半则用了金镶玉的发带束起。

即使我看不顺眼林重檀，也不得不承认今日的林重檀配得上"琼秀璀璨，金相玉质"八字。

他生着一张俊脸，在他的衬托下，太子越发显得阴柔。今日来了不少贵女，她们用团扇半遮住脸，悄悄将视线投向林重檀。

林重檀不知道是不是知道今日有很多贵女关注他，先前还像一口古井、扔石子都不起波澜的他，不仅眉眼如水，还时不时地笑。

他一笑，坐在旁边的十二公主就重重地吸一口气。

十二公主今年十四岁，眼睛都快钉在林重檀身上了。

如此还不够，她凑近来问我："九皇兄，你说这在场的哪个儿郎最好看？"

我不愿意回答是林重檀，含糊地说："不知道。"

可十二公主听了很不满意，噘起嘴："九皇兄敷衍我，你连看都没看就说不知道。九皇兄，你仔细看看，你说在场哪个儿郎最好看？"

我不说，她便纠缠不休，我在姑苏家中可从未与堂姐堂妹如此亲近，只能投降："我说。"

我往下方扫视了一圈，可恨地发现竟找不出比林重檀容貌更甚者。

我实在不愿意说出林重檀的名字："没有哪个特别好看的。"

十二公主气得脸都红了，瞪着我，下一刻她起身跑去了二皇子那边，但没多久，她又像只猫一样无声地坐了回来。

"好吧，我原谅九皇兄了。"她看了看四周，猛地伸手抱住我的手臂。我当即僵在原地，想将手抽出，可她这么小，这么软，我怕我弄疼她。

"也就因为是九皇兄你说的这话，我才原谅你，若太子哥哥这样说，我决不会理他。"十二公主挨着我，声音娇滴滴的，"九皇兄，你知道我那些小姐妹都说了什么吗？她们都羡慕我有好几个长得好看的哥哥。"

好看的哥哥？

太子算一个，虽然我不喜欢他的长相，除此之外，二皇子、五皇子和六皇子也生得好。

我压低声音对十二公主说:"十二公主,你能不能松开我的手?"

"你叫我什么?"十二公主将眼睛瞪得圆溜溜的,像是我的回答不如她意,她就会翻脸咬我。

我想了想:"十二皇妹?"

"我也不喜欢这个称呼,显得我们很生疏。九皇兄,你叫我颂颂吧,太子哥哥就叫我颂颂。"

那是因为她和太子是一母同胞。

我有些无奈,不知为何这位小公主就是黏上我了。见她迟迟不松手,我只能低声唤她的小名。十二公主这才心满意足地松开我,捻起桌上的点心塞进嘴里。我看她一口吃掉一块点心,把脸颊塞得鼓鼓的,心里想她果然还是个小孩子。

这会子工夫,下面已经开始比赛了。

察泰不愧是北国特意带来的勇士,他不仅骑术了得,功夫也十分不错。我朝派出三人迎战,比赛开始没多久,察泰就将我朝参赛的一个贵族儿郎踢下了马。

十二公主见状,生气地扯着手上翠珠羽毛扇上的羽毛:"这不是犯规吗?"

的确是犯规,而且这样将人从马上踢下,坠马之人很有可能重伤,甚至被马踩死,可其他人都没有提出异议,恐怕北国在比赛时干这种事不是第一回了。

察泰踢下一人,气焰更盛,双腿重重一夹马,还朝着观礼台吹了好大一声口哨。

十二公主连忙用扇子遮住脸:"丑八怪不许看我!"过了片刻,她又将翠珠羽毛扇挡在我面前,"九皇兄,不要让他看。"

我哭笑不得:"他看我一个男子做什么?你自己好好遮住你的脸就行了。"

"不行,九皇兄的脸也不能让那个丑八怪看。"十二公主说着,突然叫了起来,"檀生他射中了!"

我轻轻将翠珠羽毛扇挪开,却发现白衣红绳边的林重檀正看着我。面色一沉,我干脆拿过翠珠羽毛扇将脸挡得严严实实。

十二公主被我拿走了扇子,也没什么反应,身体前倾,聚精会神地看着下方的比赛。没多久,她又一拍桌:"啊啊啊!那个丑八怪,居然把檀生的箭射断了。"

她气急败坏,当场吃了两块点心。

我听了她的转播，忍不住挪开了扇子，往外看去。场上现在只剩下察泰和林重檀，其余人皆因坠马，被迫离场。察泰单手拉着缰绳，语气十足挑衅："要不然贵朝直接派你们的将军上场？我瞧着这比赛没意思得紧，还有多久时间？"

场上的香快燃完了，此时靶上仅有察泰的箭，我们要输了。

我不由得捏紧了手里的翠珠羽毛扇，即使我恨林重檀，也不愿他在这种比赛中丢了我朝颜面。

面对挑衅，林重檀不紧不慢地抽出了三支箭。三箭齐发，同时射向靶心。只见第一支箭将察泰射在靶的箭射穿，第二、三支箭紧随其后，一箭破一箭。

察泰脸色微变，立即提起弓箭，但在箭快射中靶子之前，就被凌空一箭击中，两箭断在半空，一起跌落在地。

"邺朝胜！"

"邺朝胜！"

"邺朝胜！"

一时之间，欢呼声四起。

林重檀的视线掠过向他冲来的人，他再度看向观礼台。

十二公主吸了一口气："檀生他……他笑了！"她抓住身边侍候的宫女，"你看，檀生他是不是在对我笑？"

察泰的眼神骤然变得阴冷，他对准林重檀拉开弓。

林重檀已经没有箭了，箭筒里最后一支箭就是刚刚击中察泰的箭的那支。

他注意到了向他张开的弓箭，只不动如山地注视着察泰。场上气氛剑拔弩张，场外的公羊律皱着眉喊道："察泰。"

察泰盯着林重檀看了好一会儿，才咧开嘴一笑，"你们中原人不错，我察泰输得心服口服。"

"不过是运气好。"林重檀态度温和地拱手行礼，而后纵马行至观礼台。他翻身下马，从宫人手里接过今日比赛的奖品，跪下："陛下圣明，天佑邺朝。"

我看着他挺着背跪下的样子，恍惚间想起了我与他的第一次见面。那时候他站在堂上，同样的一袭白衣，彼时他尚年幼，气质高洁，此时他将及冠，已然脱去一身稚气，如天子冠上珠熠熠生辉。我不禁握紧了手里的翠珠羽毛扇。

林重檀所求为何？求的是泼天的富贵，还是后世的称赞？

"好！"观礼台正位上的皇上拊掌大笑，又对北国使臣说，"今日朕看了一场很精彩的比赛。"

北国使臣的脸色并不好看，只能勉强挤出笑容。

十二公主突然站起来，指着察泰脆生生地说："你先前大言不惭说要我朝将军与你比，还说若是我朝儿郎输了，要叫你一声爷爷，现在是你输了，你当如何？"

她动作太快，我没能拦住，见察泰盯着十二公主看，心里莫名其妙地有些不安。

"颂颂。"我让她坐下。

十二公主回头对我眨了一下眼："九皇兄，你等等，我先好好修理那个家伙一顿。"说完，她再次扬起下巴，瞪着察泰。

察泰挂在脸上的笑渐渐退去，阴着脸下马，对着观礼台的方向行了一个北国的大礼。

北国使臣一共逗留了七日，第七日的夜里，宫里为北国使臣举办送别宴。

十二公主自从在观礼台跟我挨着坐了一次，尽管这次送别宴她的位子并不跟我的在一块，但她屡次跑到我这边。太子因此数次把目光投了过来，后来，太子直接开口让十二公主坐到他的身边。

十二公主对着太子做了个鬼脸："我不！我要跟九皇兄坐一块儿。"

我见太子吃瘪，也不想着如何赶十二公主离开了。

晚宴进行了一半，十二公主说她想近距离看看北国这次送的贡品。

北国进献的贡品中有一个巨大的犀牛角，比人还高，此时就放在崇芳园，由御林军把守。

十二公主去了两刻钟都没有回来，我觉得有些不对，毕竟她走前还说待会儿要回来继续喝果子酒。

"钮喜，你陪我去崇芳园转转。"我对钮喜说。

崇芳园很大，树木拥着亭台楼阁。我和钮喜还没有走到放置犀牛角的地方，就看到几个黑黢黢的人影自不远处的墙根处闪过。

在宫中，无论是巡逻的御林军，还是宫人，都会手持宫灯。钮喜当即要追，但没追出两步，又回到我身边："九皇子，奴才先送你回去。"

"等等，我好像看到他们抬着个麻袋。"我暗道不好，"不会是颂颂吧？你去追，我回去通知其他人。"

钮喜犹豫不决。

我推了他一把："快去，万一真有歹人将颂颂绑走了怎么办？我现在回去叫人，不会有事的。"

钮喜只得朝那几个人影消失的地方追去,我则立刻提着宫灯往回跑。

突然,树下蹿出一个人影。那人从后面捂住我的口鼻,我刚想挣扎,就被一记手刀打昏了。

我一醒来,就发现自己浑身无力。还未弄清楚自己在哪里,就听到有人在吵架。

"胡闹,谁让你绑他的?"

"绑都绑了,现在能怎么办?难不成再把他送回去?没绑走那个小公主,算她走运。不过,公羊爷爷,他应该也挺值钱的,邯朝的皇帝看起来很宠他,我们把他绑去我们那儿,以此逼迫邯朝的皇帝老儿跟我们通商。"

"你以为仅仅一个皇子就能让邯朝皇帝同意通商?未免太天真,此事万万不可,你现在找个地方把他丢下去。"这人的话音未落,又响起了第三个人的声音。

"公羊大人,邯朝官兵开始四处搜查了。"

"察泰啊察泰,你让我说你什么好,整日里捅娄子。等回去,我定会一五一十地禀告,让陛下好好说说你!"

"你想向我父王告状就告吧。"

父王?

我摇了摇头,想让大脑更清醒些。原来察泰不是普通的北国使臣,而是北国王的儿子。

而后我察觉到置身之处是在一辆马车里。突然车厢门被打开。我连忙闭上眼睛,想装作自己并未醒的样子,可来者直接拆穿了我:"别装了,你的呼吸不对。"

如此,我只能睁开眼睛。察泰跳上了马车,先前都是远远地看他,现在他离得近,我赫然发现他身形极其高大,原本还略显宽敞的马车因为他的到来顿时变得狭窄逼仄。

我依然浑身无力,见他上车后径直逼近俯下身,不由得攥紧手:"你……你现在放走我,我不会说是你绑的我。你们要离开邯朝,需要闯过层层关卡,带着我,你们就像带了个拖油瓶,总会被人发现。"

察泰转了转眼珠子,像是在考虑我说的话。我连忙又道:"现在官兵已经开始搜查,想必很快就会搜到这辆马车,你现在把我放下去,还来得及。"

察泰又盯着我的脸看了一会儿,才说:"的确来得及。"他开始翻马车角落的箱子,不一会儿,捧着一套衣服放到我的面前,"你自己换上,若我待会儿进来,你还没换好,我就只能杀了你了,毕竟只有死人才能真正地保守秘密。"

那是一套北国的女子服饰，北国的民风极其开放，不仅男子的衣服布料少，女子的也是。这件水红色长裙不仅没有遮住小臂，连腰都没有遮住。裤子奇奇怪怪的，裤脚在脚踝处收紧，布料是纱质的，仔细看隐约可以看到里面的肌肤。

我咬着牙把衣服换上了，刚换好，察泰就又打开了车厢门走了进来。他看到我，愣了一下，又从箱子里翻出些东西。

箱子里竟然还有胭脂水粉，我不愿意，但我本就浑身无力，面对一身蛮力的察泰我更是毫无招架之力。他掐着我的脸，分别给我眼角、唇上涂上了胭脂。他还取下了我束发的发带，改用红色的绣了金丝花的纱巾包住我的头发，掩住大半张脸。

末了，他脱去了我的鞋袜。

我气得浑身发抖。此时我为鱼肉，他为刀俎，只得任他施为。

不知为何，察泰做完这一切后，盯着我看了好一会儿，才抱着我的衣鞋出去。

马车一直在走，车厢里只剩下我。我想看看附近是哪里，还没打开窗户，窗户就被人重重敲了一下。

我不敢妄动，慢慢地缩回原处，开始搜寻车厢里有没有能让我防身的东西。

还没找到，察泰就第三次走进车厢。这次他径直走向我，坐下后将我抱到了他的腿上，我感受到他的手在轻抚着我的背。

寒毛立时竖起，我想推开他，反被他擒住双手。

"别乱动。"察泰警告我，"不然我现在就杀了你。"

他语气里的杀意明显，并非在吓唬我。

此时外面传来声音："车里的人请下来配合检查。"

察泰回了些我听不懂的语言，又低下头用手指抬起我的脸。他叽里咕噜说了一通，我是一个字都没听懂，只感觉他探入纱巾里擦着我的脸的手粗糙得很，刮得我脸颊生疼。

车门从外被打开，我背对着车门，并不知道外面有什么人，具体是什么情况。察泰搂着我，还将头埋在我的脖颈儿处。这个姿势，让我忍不住吸了口气。

察泰悄然扣住我的手腕，警告意味十足。接下来，他偏过头懒洋洋地问："谁啊？打扰爷爷我的兴致？"

"请阁下和阁下身边的女子下来配合检查。"

"不行啊，我正在——"察泰停顿了一下，"办事，不方便。"

这话不仅让我无地自容，外面的人也沉默了，恐怕都没想到察泰的脸皮如此厚。

最终外面的人退了一步："劳烦阁下将那位女子的脸转过来。"

"我的宝贝也是你们能看的？唉，算了，你们看了赶紧走。"察泰将我的脸扭向车门的方向。马车外站着的几人，是我朝的十六卫将士。按理说，他们应该仔细地检查，但不知为何，他们只是匆匆看了一眼，就让开了位置，给马车放行。

我心中绝望，眼睁睁地看着车门重新关上。

不多时，察泰松开我，坐到一旁。他将车窗推开一条细缝，凝神往外看。不知过了多久，马车停了下来。察泰打开车门，将我抱起下马车。我听到水声，抬头一看，才发现到了一处码头。

宽敞的码头上并排停着好几艘船，船身在月色下泛着冷冰冰的光。此时码头还有不少人，我因自己这一身打扮不敢去看其他人，当起缩头乌龟任察泰抱着，悄悄地将先前藏起来的碎布丢在地上。

碎布是我从先前的衣服撕下来的，只要宫里的人来查，一定能认出这是皇子的衣服，就能知道我被绑走后走的是水路。

察泰抱着我上了其中一艘船，进了船舱，里面满是货箱。他一身蛮力，竟能单手抱着我，空出另外一只手打开了一个箱子。

我看到被打开的空货箱，恐怖的回忆瞬间充斥整个脑海："不……不要！我不要待在箱子里！"

察泰看了我一眼："忍一忍，水路快，等过了君泰山，我就放你出来。"

他不顾我的挣扎，强行将我塞进箱子里，又拿出两条布，一条布将我的手反绑在背后，另外一块布塞进我的嘴里，阻止我发声。

做完这一切，察泰拿出随身的小刀在箱子侧面扎了好几个洞。

箱子被合上后，我控制不住牙齿上下打战。临走前，察泰还用其他箱子压住了关着我的这个箱子。若无外人协助，我绝不可能从箱子里逃出去。

第十章
月缺难圆

察泰似乎准备将我带去北国。北国路远且险,据说北国不仅民风开放,北国人还会饮热血、食生肉。北国想以我做人质,来谈通商事宜,我虽不懂朝政,但也知道这等大事不是我一个皇子能左右的。

如若商谈不成,北国一定会杀了我吧。我还没有报仇成功,就又要死了吗?

林重檀要是知道我死而复生,又死了,定是眉开眼笑,更加心安理得地占据林家二少爷的位置了。

我极力让自己去想其他事情,好忘记自己被关在箱子里的现实,但寂静逼仄的空间还是让我的恐惧逐步累加。仿佛又回到了十七岁生辰那一夜,我被关在箱子里,无论我怎么挣扎,怎么尝试,都逃不开那个黑漆漆、闷热的箱子。

是林重檀将我从箱子里救出来的。那一夜对我来说,是所有噩梦的开端,而我现在又陷入了新的噩梦中。

被关在箱子里,我不知道时间的流逝,只觉得呼吸越发困难。昏昏沉沉地蜷缩在箱子里,我连箱子被打开了都不知道。光线倾泻而入,来者解开了绑住我的布条,从箱子里抱了出来,我的意识才逐渐回笼。

"没事了,别怕。"那人一边轻声对我说,一边解下身上外袍罩在我身上。

我独自被关了许久,骤然察觉到另外一个人的体温,本能地靠近搂紧对方,恨不得将自己嵌进对方的怀里,亦控制不住泪水,呜咽地哭出声。这时,那人温和地唤我"小笛"。

我浑身僵住,在闻到熟悉的药香味后,立即挣扎起来:"放开我!"

林重檀不仅不松手,还继续哄道:"小笛,别怕,北国人已经被抓起来了,我们现在就回去。"

"我不是小笛，你别这样喊我！"我近乎崩溃，为什么总是林重檀，为什么总是他？

我猛然挣脱了他，却跌落在地。他还想过来扶我，我不知道自己现在是何种狼狈的样子，只想他不要靠近我。

"你别过来！别碰我！"

林重檀脚步一停，过了一息还是朝我走近。我抗拒地往后退，又听到他喊我小笛，一下子就控制不住情绪了："我不是林春笛，你要我跟你说多少遍？林春笛他死了，他早就死了！你以为人死可以复生吗？多荒谬，如果人死了可以复生，你为什么不去死？"

他彻底停住了，长睫微抖，看我的眼神较之前的也有所不同。我像是发现他的弱点，撑起身体从地上爬起来。

"林重檀，你后悔了是不是？可世上没有后悔药，你们这些人对着我叫林春笛的名字，可是你叫一千遍、一万遍，林春笛也死了。我听说他死在水里，被湖水泡过的尸体一定很丑吧，你亲眼见到了吗？"

林重檀的脸色瞬间变得惨白，我眼睁睁看着他眼里的光一点点退去，就如一幅色彩华丽的山景图褪色成了黑白的水墨画。

可过了一会儿，他竟继续向我靠近，道："九皇子，我们先下船。"

我不想让他碰我，挣扎间我扯到他脖颈儿上的一根绳子，下意识扯了一下，竟然就扯了下来。我忽然发现那根绳子、绳子上的吊坠都十分眼熟——是我曾经戴过的红绳金羊。

因为我摔过金羊，金羊的角落了一处小小的瑕疵。

林重檀戴这个做什么？我被推下水时还戴着红绳金羊，他把这个从我的脖子上取下来了？

刹那间，恶心感充斥我的全身，我不由得握紧了手里的红绳金羊，奔到船舱的窗户旁。

"小笛！"

我从来没听过林重檀这么失态的声音，仿佛极怕即将发生的事情。我回首看向他，见他过来，厉声道："你站住！"

他登时停下脚步，我第一次读懂了他眼里的情绪，那是小心翼翼、害怕以及痛苦。

痛苦？他这种人还会痛苦吗？想必又是在骗我。

"我不靠近，你……你别离窗户那么近，过来好不好？我不碰你。"林重檀轻声对我说。

我看了手里的红绳金羊一眼,昔日过往如走马灯在眼前闪过。他给我吹笛子,为我演皮影戏,一水儿的礼物送到我的屋里来,这一切的一切,不过是为了掩盖他想置我于死地的幌子。

我讽刺地笑出了声,当着林重檀的面将红绳金羊从窗户丢了出去:"你认错人了,林春笛已经死了,就像这个,丢进河里,你这辈子都不可能再见到。"

说完,我拖着虚软的身体朝船舱外走,但没走几步,身后传来"扑通"的落水声。

我愣了一下,转身看去。窗户大开,林重檀不见人影。我走到窗户前,只看到尚未平静的水花。

"弟弟。"太子的声音自船舱口处传来。

我立即想去捡被我丢在地上的外袍,可太子先一步拦住了我。他的目光放肆,甚至伸手挑开了我垂在身前的长发。我退后一步,他逼近一步。

"你做什么?"我努力让自己声音里的颤抖不那么明显。

太子终于把视线移到我的脸上:"没做什么,只想看看孤的好弟弟有没有受伤。"他取下挂在臂弯间的披风,披在我的身上,"回宫吧,父皇和庄贵妃都很担心你。"

我看着太子,一些被我忽略的细枝末节一点点浮现:"你是不是一早就料到今晚上会有事发生?"

许久都不曾开动的船,检查异常敷衍的守卫,还有,他提前就备好了披风,这一切都指向这个问题的答案——是。

太子露出一抹笑:"看来你还没蠢到家,北国人虽骁勇善战,但个个都是莽夫,没有一点儿脑子,父皇一直想将邶北两国边境再往北国那边推过去一点儿,现在他有合适的理由了。"他伸手扯下我头上的纱巾,"待会儿见到父皇,记得哭得凄惨一点儿。"

原来如此,我不过是圈套里的诱饵,难怪那些守卫如此敷衍,也许他们早就认出来是我,只是秘而不宣。

我虽气苦,也知道这个时候向太子发脾气不过是白搭,只能咬住牙,随着他下船。太子将我送到马车上,就走开了,我想他应该是去处理那些北国人了。

迟迟等不到人来驾车,我伸手打开车窗。

车窗对着河面,水面上浮起一道白影,白影没在水面上待多久,就又潜入了水里。反反复复地不知多少次,我看着都累了,白影终于从水里钻了出来。

浑身湿透的林重檀，步履跟跄地走上岸，没走几步，就猛地吐了一口血。

有人上前扶他，却被林重檀推开。他低头定定地看着手里的东西，像是极其珍重此物，许久才伸出另一只手慢慢地擦掉了嘴角嫣红的血渍。忽地，他注意到了我的目光，抬头看向马车这边，我俩的视线猝不及防地碰到了一起。

他此时的脸色比月色还白，因吐了血，唇色十分鲜艳。

我淡漠地转开脸，关上了车窗。

马车行至宫门，就被人叫停了。

车外传来庄贵妃的声音："车上的可是从羲？"我抢在太子回答之前将车门打开了。庄贵妃看到我，眼睛立刻就红了，对我伸出手："从羲，下来。"

我听话地从车上下来，她看到我的赤足，眼睛越发红了。到了重华宫，庄贵妃立即叫人拿鞋袜来，继而想要检查我有没有受伤。我不想让她看到我披风下的打扮，可我一露出抗拒之意，她就哭。

当然，她看到后，眼泪更是簌簌如雨落下。

从来没有人因为我而哭，明明被绑架的人是我，庄贵妃看上去却比我还难受。我顿了一下，笨拙地想给她擦眼泪。她发现我的意图后，对我挤出一丝笑："母妃没事，从羲，你先去沐浴，待会儿你父皇会来，你不要出来，好好休息。"

没多久，皇上就来了，虽然我听从庄贵妃的没有出去，但听到了他们吵架的声音。

"陛下是忘了臣妾当初怎么生下从羲的？臣妾疼了一天一夜，晕过去好几次，好不容易才生下了从羲。因为他笨，别说宫里的其他主子，就连奴才都暗地里嘲笑从羲。现在从羲终于变好了，陛下竟然让从羲去当诱饵？若是从羲有个万一呢？陛下有没有想过？"

"缈儿，你不要那么生气，朕并没有安排从羲，是北国人……"

皇上的话还未说完，就被庄贵妃打断了。

"陛下真的一点儿都不知吗？宫中戒备森严，从羲怎么这么容易就被带出去了？为了将北国人在京城的探子、暗线一网打尽，陛下就可以拿从羲去冒险，臣妾看这日子没法过了，陛下不如现在就将我们母子打入冷宫，不，罚去恩慈寺，吃斋念佛了此残生。臣妾这个贵妃太没用了，连跟陛下的孩子都护不住，陛下也不心疼我们的孩子！"

"缈儿，你不要冲动，你冷静些。"

"臣妾冷静不了，陛下知道从羲回来时是什么样子吗？他吓坏了，好不容易睡着，还在梦里喊父皇救我。"说着，庄贵妃哭得越发大声，男子低声哄她。

"这次是朕考虑不周,以后再不会出现这种事情了。绡儿,你别生气了,我现在去看看从羲。"

皇上竟自称"我"……

庄贵妃的声音比之前柔和许多:"不许去,从羲已睡着了,你不要去打扰他,我还没有原谅你。"

"好好好,你以后再原谅我。我明日就调一队私兵给从羲,让那队私兵从此只听从羲的,其他人的命令都不听,总可以了吧。"

过了许久,庄贵妃走进内殿,见我还坐着,便一副想哄我睡觉的样子,但我先开口道:"母妃,我可以自己睡,你去休息吧。"

她听见"母妃"二字,方才软硬兼施让皇上既认错又许诺许多好处的她傻了一样愣在原地。

我见状,又唤了她一声:"母妃。"

庄贵妃终于回过神,扑到我的身上号啕大哭,完全失态了。

我顿了一下,方伸手去回抱住她。我先前在母亲那里感受不到宠爱,更没有被母亲像庄贵妃这般豁出一切地爱过,我既承了这份恩,也该尽这份孝。

我不想一直让庄贵妃保护我,我也想保护她。

不知道皇上是怎么处理北国那群使臣的,这日我从宫人那里得知林重檀被召进宫,正在皇上那里领赏,就匆匆赶去了御书房。

御书房里除了皇上、林重檀,还有太子。皇上看到我,立刻招手让我到他身边去:"从羲,你怎么过来了?身体可好些了?"

距离被绑架那日已过去了七日,我略过跪在地上的林重檀,走到皇上跟前行礼:"回父皇,儿臣已大好了。"

"那就好。"皇上拍了拍我的肩膀,才对林重檀说,"林重檀,你这次连立两功,不仅赢了北国使臣,还帮朕救回了从羲,朕要赏你。朕听太子说你是姑苏林家的人,你祖父是不是林祖文?"

"是。"林重檀答。

"朕记得你的祖父,朕还小的时候,你的祖父在京任职,后来年事渐高,多次请辞,举家搬迁到姑苏。"皇上像是陷入了往事中,许久才沉吟道,"你虽无功名在身,但已知为国、为朕分忧,听说今年你要下场科举……这样吧,朕就不赏赐你,而是赏赐你们林家。林家历代忠良,朕就封你父亲一个江阴侯,虽不世袭,但允你父亲一世荣誉。"

这时,太子笑了:"林重檀,还不快谢主隆恩?"

林重檀低头行礼:"重檀谢主隆恩,陛下宽宥爱民,重檀感激涕零,重檀誓死效忠陛下,为邶朝尽犬马之劳。"

一般是由御前太监远去当地,给受封的人颁旨,但我看着跪地谢恩的林重檀,突然生出了一个想法。

"父皇,这次多亏了林重檀,儿臣才能平安归来,不如颁旨的事就交给儿臣吧。儿臣还没有离过京,很想去看看姑苏的风景。"

姑苏离京城甚远,又已入夏,尽管马车上放着降暑气的冰块,我依旧热得不行。前方传来哒哒的马蹄声,马蹄声停下,男子的低沉声音随之响起:"主子,姑苏就在十里开外,不久将至。"

我顿了一下,隔着车窗对那人说:"我知道了。"

这人是皇上给我的私兵的头领,说来也巧,我认识这个头领。我和林重檀进京之时,路遇山匪,最终林重檀带着我去兵营求救,便遇上了这个宋将军——宋楠。据说他武艺了得,但脾气极臭,还不服管教,因此一路被贬,现在成了我的护卫军首领。

宋楠觐见我时,愣了一下,但没有说什么,很快跪下来恭敬地唤我九皇子。

离姑苏越近,我的情绪就越复杂。这几日,我总梦到以前的事。一时梦到我坐在山鸣阁廊下看书,一时又梦到我看着双生子缠着父兄母亲的场景。

莫非是近乡情怯?察觉到这个念头,我不免有些好笑。

马车速度变缓时,我听到外面传来了"恭迎钦差大臣拨冗莅临"的唱喏声。马车没有停顿,直接驶进了姑苏城。

我将车窗推开一条缝,慢慢地看着这个生我养我的城市。姑苏的建筑与京城的不同,这里的更秀气,雕梁绣户,粉墙黛瓦飞檐翘,房屋多数依水而建,香樟亭亭如盖,广玉兰秀丽多姿。

又行了数里路,马车终于停下。钮喜伺候着我戴上帏帽,扶着我下了马车。映入眼帘的正是林家正门。我第一次入林府时,因身份不能张扬,走的是后门,如今我倒是能光明正大地从正门进去了。

此时林家老小等在门口,见我下车,登时跪在地上,说了好长一段奉承话。

算算时间,我已有近三年没见过他们了。双生子长高许多,再也不是原先小豆丁的模样。我第一次见他们时,他们娇憨地坐在府里奶娘的怀中,长得粉雕玉琢的,如年画娃娃。

我微侧过身避开不正面受他们的礼:"无须多礼,我此次前来是给林老爷颁旨的,诸位请起。"

父亲的表情平静,而一向稳重的大哥在起身时露出了欣喜之色。虽不世袭,但毕竟是被封侯了,这么一件荣耀的事情,非寻常人家能有。

再入林府,曾对我而言如天上仙阁的林府此刻像一幅失去颜色的画,我已见识过更为奢靡华丽的宫殿,自不会再为林府而惊讶。

行到正厅,我从钮喜手里拿过圣旨:"林昆颉接旨。"

"草民林昆颉恭迎圣恩。"父亲跪下了,他身后的林家人也乌压压地一同跪下了。

我如先前那般侧过身去,方道:"奉天承运,皇帝敕曰:林氏一族公忠体国,林昆颉忠孝节义,济弱扶倾,博施济众,教子有方,特授以册印,封尔为江阴侯,钦赐!"我顿一下,才道,"恭喜江阴侯。"

父亲高举双手,从我手中接过圣旨,又恭敬将额头紧贴地面:"臣自当日夜体悟圣意,不敢违圣恩。"

我看着父亲,忽然明白了父亲,不,应是全家上下为何更重视林重檀了。林重檀能为林家谋得荣誉,而我做什么都不行。

父亲平身后,对我展颜一笑:"钦差大臣,里面请,我已备好酒菜,正好给大人接风洗尘。"

我看了钮喜一眼,钮喜说:"多谢江阴侯的一番心意,只是这一路行来,舟车劳顿……"

"是我思虑不周,住处已收拾妥当,请随我来。"

这次父亲为我准备的住处自然不再是之前的那处偏僻的院落,这处院子明显刚翻新过,丹漆金线,游鲤醉花。一连三日,我闭门不出,林府人也不敢前来打扰,唯独有个人不识趣。

"九皇子,林重檀求见。"

我捧着书坐在窗下,翻过一页:"不见。"

林重檀这次随行,数次求见,都被我拒绝了。在我下马车休息时,他总是隔着人群直勾勾地望过来,还想靠近我,但被钮喜、宋楠等人拦下来了。

他还给我写信,不过那些信被送过来后,我转手就丢进了火炉里。

到林府的第四日,我让人去告知父亲说,这次我来还有个目的,就是替皇上给林家祖父上一炷香。父亲闻言,立刻着手安排。第五日,我便坐上马车前往林家祖坟。

林家祖坟修葺得十分奢华,我给祖父上香完毕,溜达着一个个牌位地看过去。

没有看到"林春笛"的名字。

我不死心，最后在角落处看到一个无牌无名的坟堆。父亲见我驻足，立刻过来："九皇子……"

我不等他把话说完，就开口问道："父皇命我拜见林家各位先人，不知这是哪一位，为何连名字都没有？"

父亲沉默了会儿才说："我夫人曾在多年前生下一个死胎，因是死胎，已是不祥，便未取名。"

我隐在袖中的手不禁颤了下："原是这样，抱歉。"

我再也待不下去，匆匆转身准备离开，却意外地撞上了林重檀的目光。他站在不远处，目光复杂，我不想细看，说了一番烈日难忍的推辞，尽快上了马车。

到了马车里，车上只有我一人时，我才放弃忍住眼泪。原来我死后，都没有留下一个名字。再过几十年，怕是无人记得世上曾有过一个林春笛，林家后代也不会祭拜一个无名的死胎。

也许连几十年都不用，几年后林春笛活过的痕迹就会消失得一干二净了。就算有人记得，说不定只记得林春笛卑劣不堪，窃取了他人作品。

两日后，我头戴帷帽在林府随意地散步。入夜后的姑苏，暑气消退不少。行至林府的那棵百年老樟树前，我停了下来，忽地一阵风吹来，将帷帽前方的白纱吹起，紧接着一个声音响起——

"春笛？"

我没有动。

喊我的人几步冲了过来，不顾钮喜的阻拦，抓住我的手："春笛，你回来了？"

母亲伸手欲掀开我的帷帽，我后退一步避开："夫人，你认错人了。"

"不可能，我自己的儿子我怎么会认错，你是春笛。春笛，你什么时候回的家，怎么回来都不同母亲说一声？"她哭得十分伤心，我一时间僵住了。钮喜见我如此，便没有再拦着母亲。

母亲抱着我哭的事情很快在林府传开了，父亲和大哥匆匆赶来，要带走母亲。母亲泪水涟涟，不愿离开："那是春笛，夫君，春笛回来了。"

"糊涂，什么春笛，宗庭，还不快带你母亲回房。"父亲厉声训斥，可母亲依旧止不住地流泪，不肯离去。

"你怎么那么狠心！春笛自小不在我们身边，好不容易接了回来，你非要送他去太学读书。如果你不送他去，他怎么会做出那种事？也怪我，我对他不甚上心，他给我写来信，希望我多多回信给他，我也没回几封信。我怎么这么偏心，别的孩子穿的小衣都是我亲手做的，唯独春笛的不是，他死前都没有穿过我亲手做的衣服。"

"宗庭！"父亲彻底怒了，大声喊大哥的名字，又放缓了语气对我说，"九皇子，内子近来病了，胡言乱语，恳请九皇子宽恕一二。"

那厢，大哥表情严肃地和几个仆人一起将母亲带走了。

我看了母亲离开的方向一眼，摇了摇头："无妨。"

父亲再三告罪，翌日还亲自登门送礼并邀我赴宴。赴宴前，我取下了帷帽。

众人看到我，表情各异，连一向冷静的父亲都愣了一下，但很快反应过来，立即朝我行礼："九皇子。"

"江阴侯无须多礼。"我被引到上位坐下，我的左边是父亲，右边是大哥，大哥旁边的位子上坐着的是林重檀。

坐在父亲另一侧的母亲已恢复了往日温婉模样，不再失态地唤我春笛，而是专心地照顾着双生子。双生子已满十岁，他们偷看了我数次，有一次被我逮了个正着，我对他们微微笑了笑。

许是被这个笑鼓励了，翌日他们就跑到了我住的院子附近。我让宋楠放他们进来。

双生子向我行礼，又怯生生地叫我九皇子。我抬手摸了摸他们的脑袋："找我有事吗？"

双生子里的哥哥月镜把藏在身后的东西拿出来："我们来是想送九皇子我们自己做的小木船的。"

弟弟云生比月镜更自来熟，不仅偷偷地跑到我身边，还紧紧地挨着我："九皇子哥哥，你喜不喜欢？"

我接过小木船，看到月镜和云生的手上都有伤口，心下了然："喜欢，你们可是因为这个受了伤？"

此话一出，双生子都将手藏到身后去了："没……没有。"

我故意沉下脸："我可不喜欢撒谎的人。"

"我们说实话！是……是做小木船受的伤。"

"既然受伤，证明此物珍贵，你们为何把这么珍贵的东西送给我？"我问双生子。

月镜见我并不排斥云生挨着我，也蹭了过来，与云生异口同声道："我们喜欢九皇子哥哥，特意做了小木船，还望九皇子哥哥不要嫌弃。"

我低头看着他们："可是我们才见面，你们就喜欢我？"

双生子见我语气温和，更是伸手抱住我的手臂，撒娇道："'丹顶宜承日，霜翎不染泥'，九皇子哥哥就像天上的仙鹤，因此我们一见到九皇子哥哥，便忍不住亲近、喜欢。"

那一刻，我真想大笑出声。

经年不见，我竟然从"沐猴而冠里的猴子"变成了"仙鹤"。

虽未大笑，但到底还是没忍住笑，双生子误以为我喜欢他们这样说，接下来更是花样百出地奉承我。我让钮喜上点心，明明只是他们早就吃惯的食物，他们却表现得十分喜欢、惊喜。

我与他们说了许久的话，才问道："说来奇怪，很多人一见我就叫我'林春笛'，你们母亲也是如此。这个林春笛和我长得很像吗？"

已经相处了一下午，双生子在我面前没有一开始的拘谨，因此有些话也敢说了。

"不像，他怎么配和九皇子哥哥相提并论，母亲近来病了，眼花看错了。"

"对，一点儿都不像，相差甚远，云泥之别。"

我面不改色地问："是吗？那个林春笛是什么人？你们认识？"

"啊。"双生子有些慌张。弟弟云生反应较快，立即说道："他原先借住在我们家中，因无父无母，父亲母亲心慈，认下他做义子，但并未将他列进族谱。"

听到这里，我终是控制不住，将手握成拳："原来如此，听说他已经去世了？"

"嗯。"

"我能不能见见原先在他身边伺候的人，我还挺好奇林春笛这个人的？"我问。

在林府住了这么些时日，我始终没有看到良吉，我不由得想：他是不是因为我而被赶出了林府。如果是的话，我想以别人的名义私下给他送点儿银钱。

双生子对视一眼，才说："他身边原先有个伺候的书童，他走了之后，那个书童殉主了。"

听到这句话，我怔在原地。

殉主了？良吉怎么可能殉主？

良吉有个心上人。在去京城前，良吉拿着心上人给他绣的荷包哭了好几日。到了京城后，他问了我好几次，问我当官后，他可不可以把心上人接到京城。

不仅如此，良吉还时常问我："春少爷，我好想回去见柔柔，你说柔柔还在等我吗？"

那时候我回他:"肯定在等你,等我从太学毕业,就和你一起回姑苏,顺便把你的婚事办了。"

良吉听我这样说,高兴得眼睛都弯成一条线。

双生子离开后,我马上进书房写了一封信。我将信交给宋楠:"劳你想办法把这封信送给京城聂家的聂文乐。"

在林府住的三年里,尽管我鲜少出门,但有一次我和良吉在街上意外撞见了良吉的父母。良吉父母不知道我的身份,高兴地邀请我去他们家吃饭。

我凭着记忆找到良吉家,却发现这里已是人去楼空了。

"你找谁?"许是我在良吉家门口停留太久,自隔壁走出来一人,他问我。

我张了张嘴,迟疑地问:"之前住在这里的这户人家去哪儿了?"

那人回答:"搬走了,早就搬家走了,他们家的二儿子去世后,葬礼一办完就搬走了,你是他们的什么人?"

葬礼?良吉真的死了?

我一时说不出话来,只能胡乱地对他摆了摆手,转身匆匆离去。我是独自出来的,现下无处可去,只得漫无目的地在街上走着。

突然,我差点儿被疾行的马车撞上,有人从旁伸出的一只手救了我。

"没事吧?有受伤吗?"

听见那人问道,我却没办法回答。

那人定定地看了我一会儿,拉着我往另外一个方向走。我被带到了一座雅致的茶楼里,被摁坐在椅子上。忽然,我反应过来眼前的人是林重檀。他不知道什么时候跟着我的,这会儿他坐在一旁点茶。

林重檀精通六艺,点茶的手艺自然也不差,举手投足间,极具风雅。他总是这样,永远光彩照人。他就是玉珠,旁人被他一衬托就成了死鱼的眼珠子。

我不想与他再待在一处,站起来准备离开。

林重檀道:"喝口茶再走吧。"

我怕我会把热茶泼他的脸上。

我走了几步,又停下来看着他:"你想要的到底是什么?"

林重檀点茶的手一顿,半晌方答:"我非靖节先生。"

我听到这个名字,愣了一下。靖节先生的《感士不遇赋》是林重檀教我背的,那是一个雪夜,因为我怕冷,所以我的手抱着汤婆子缩在衣服里,不肯伸出来。

他垂着眼细细地讲解《感士不遇赋》，我还记得他念的那句"或击壤以自欢，或大济于苍生"。

靖节先生选的是击壤自欢。

我没有再说什么，转身离去。良吉的死透着诡异，就算他真的是殉主，良吉一家也没必要举家搬迁。他们在姑苏住了一辈子，家境并不富裕，何至于突然换个地方？要知道生存从来都不是一件容易的事。

因为良吉，我没有心情与他人虚与委蛇。双生子又来找我，我不想见，让宋楠将他们挡在院外。

院墙隔音不好，我听到他们在外面的交谈声。

"九皇子哥哥怎么不理我们？是我们哪里做错了吗？"

"应该只是九皇子哥哥今日很忙，我们不要打扰九皇子哥哥了，明日再过来。"

好体贴的两个小孩，只是故意提高了音量，好叫我听到。

转眼就在林府住了快十日，我不得不踏上返程之路。我花了一笔钱，暗中找了专门寻人的游侠帮我打听良吉一家的下落。

离开林府时，父亲、兄长和双生子都来送我。双生子见我即将登上马车，更是号啕大哭。

我停下脚步，想了想，扯下腰间的玉佩，送给双生子里的哥哥月镜："月镜要好好读书，我在京城等你。"

月镜瞬间止住哭泣，他看了玉佩一眼，又看了弟弟云生一眼，见我还望着他，连忙挤出一抹笑抱住我的腰身："九皇子哥哥，我一定会好好读书，不辜负你对我的期望。"

闻言，我笑得更柔和："那就好。"又对云生说，"云……云……弟弟也是，要跟月镜一起好好学习。"

说完，我转身登上马车。

返程是坐船，船行至第三日，林重檀就下了船。

他似乎还有别的任务在身，只是我暂时无心理会他，只想尽快回到京城，好弄清一些事情。

"九皇子，你来了？"聂文乐一看到我就站了起来，还笨拙地用自己的衣袖擦了擦身侧的椅子，"座位干净了，你坐。"

如果可以有别的选择，我是不想理聂文乐的，但我没别的选择，聂文乐的确能帮得上我。他曾与裴飞光一起，不知道在太学里欺负了多少学子，那些学子无一例外地没有对外声张，这就在一定程度上证明了聂文乐的手腕，而我需要一个人去做我不方便出面去做的事。

"我让你帮我查的事情,你查清楚了吗?"我问他。

聂文乐见我没落座,不由得面露遗憾之色,说道:"查清楚了,你要找的那个叫良吉的书童死在——"他顿了一下,"二月二十七日。"

我听到这个时间,不禁神魂恍惚。二月二十七日,这一日太子在荣府设私宴,广邀宾客;这一日,我被段心亭使人推入碧瑶湖。

不想,良吉竟然也死在了二月二十七日。

"我找到了给良吉验尸的仵作,那名仵作如今已经不在京城,我费了好些工夫才找到。好在他记得良吉,他说良吉是被人掐死,而后伪装成上吊自杀的。"聂文乐的声音越来越低,"良吉的指甲里有血,若是自杀,想必是临死前抓挠绳索所致,但他的脖子上没有伤口,会如此多半是挣扎时,抓到了害死他的人。"

聂文乐说完,见我迟迟不语,不由轻声唤道:"九皇子?"

我闭上眼:"我没事,你继续说,段心亭那边呢?"

"段心亭近日一直称病没来太学,但我买通了伺候他的小厮。小厮说段心亭夜里睡着后会突然惊醒,还说什么不要找我索命,你们做什么鬼,应该早日投胎去,诸如此类的话。段府以为段心亭中邪,还请了人做法事。"

我睁开眼,看向聂文乐:"法事不会只做一回,我想见见段心亭,你能办到吗?"

聂文乐连忙说:"下一场法事不在段府办,而是安排在千佛寺。如果你想见段心亭,我可以提前安排好。"

我面无表情地点点头,枯站了一会儿,发现聂文乐眼睛一眨不眨地盯着我看。我想了想,才说:"我允你叫我从羲。"

聂文乐明显变得高兴,看我的眼神更加恶心,他低声唤了一声"从羲"。我没有避开他的视线,还对他莞尔一笑。

聂文乐是一条好用的狗。

七日后,我一身素白地出现在千佛寺。

因要驱邪,段家这场法事办得极为低调,地址选在了千佛寺的后殿法台。这一天下雨,千佛寺不如往日热闹。法事流程烦琐,基本上要耗时一天。天色渐暗,我撑着伞踏入此时只有段心亭一人在的后殿。

段心亭跪在佛像前,果然是生病了,比原先消瘦许多。他低着头闭着眼,低声念着什么,连我已走到他跟前都没发现。

"段心亭。"我喊他。

他浑身一个激灵,一抬头,看清是我时,直接跌坐在地,不住地往后退,目光惊恐。

"鬼！鬼！你不要找我，不是我要杀你的！不是我……你别找我索命……"他颠三倒四地说着，面色惨白，好像真的把我当成了鬼。

我略一思索，往前一步，逼近他："不是你杀的我，还会是谁？"

段心亭哆嗦着，说出了一个名字："檀生哥哥……是檀生哥哥，是他让我杀了你。"

再听到这话，我还是控制不住心里的愤怒。

"良吉呢？也是他让你杀的？"

"我不想的，我不想杀他的，是他自己撞了上来……我还在想要不要追，但檀生哥哥出现了。他说必须杀了他，要不然我们的事就败露。"段心亭像是再也抑制不住恐惧，疯狂地抓着头发，开始说起了胡话，"不是我！别来找我！我怕！有鬼……鬼来找我了！"他爬起来往外跑。

殿门被打开后，风吹灭了数支蜡烛，低眉的菩萨被阴影罩住，似乎变成了怒目金刚，正森然地看着我。佛像巨大，而置身于大莲花藻井之下我既渺小又不堪。

我怔怔地站在原地，许久后放下了伞，对着佛像磕了三个头。

原来回不去姑苏的人是良吉。

是我心生贪嗔痴才惹来杀身之祸，此祸本不该牵连良吉。

林重檀说自己选大济苍生，不过是骗人的谎言。他真正要的是虚名，是荣华富贵，否则他为何非要这姑苏林家二少爷的身份，甚至不惜以亲情为诱饵，哄骗我一年有余。

他杀我在前，害良吉在后，罪不可赦。

良吉，我会帮你报仇的，我会让林重檀一无所有，受万人唾弃，你且在天上睁开眼看着，好好地看着。

我重重地磕在蒲团上，泪流满面。

请佛宽宥我终生无法戒定慧。

要惩治林重檀就绕不开太子。段心亭现在这个状态，就算我抓他去见官，段家人也可以用他生病胡言乱语当不得真来搪塞，更何况我根本不能出面。

至于段心亭本人，就算他恢复神志，想来他也不敢对人说我来找过他，除非他想把自己杀人的事情宣扬出去。

太子为什么那么重视林重檀？他们之间到底有什么交易？

我越想越入神，上着课都忍不住盯着太子看。因为过度入神，连他起身走了过来，我都没注意。

太子弯下腰，在我的案桌上敲了敲："再看，孤都要被你看成卫玠了。"

151

想什么呢?这么入神?"

我回过神,愣了一下,道:"你。"

他略微挑起眉毛:"哦?原来弟弟真的在想孤,想孤什么?"

我闭上嘴,不肯再说话,见小侯爷贼眉鼠眼地看了过来,便瞪了他一眼,而后起身往外走。

只是没想到,我刚走出课室,就迎面撞上了林重檀。

林重檀回到京城了。

他看到我,恭敬地拱手行礼:"见过九皇子。"

我将目光停在他的脸上,这么好看的皮囊下为什么会有一颗黑心?如果可以,我真想挖开他的胸膛,拿出他的心好好地看上一番。

"免礼。"我对林重檀说,"你……你这一路上可还好?"

林重檀闻言,近乎失态地当即抬起头看我。

我避开林重檀的视线,垂眼看向旁处,听到林重檀开口说了一个字,就迅速地绕开他快步往前走。

只是,在擦着他的肩膀越过他时,我的脚步顿了一下。

我没有继续上后面的课,找了个身体不舒服的借口,提前回了宫。

没想到十二公主也在。

她看到我,眼睛直接亮了,提起裙摆迎向我:"九皇兄,你终于回来了。"

坐在窗下的椅子上的庄贵妃见状,温婉一笑:"十二公主可是一直在念叨你怎么还不回来。"

自上次被绑架后,我对十二公主冷淡了些。我不知道我被绑架有没有她的一份力,再说她终究是太子的胞妹。

我对十二公主微微颔首,走到庄贵妃的身后。她近来因抄写佛经,脖颈儿时常酸疼。我先前在林家特意学了按跷之法,只是还没来得及实际操作。

庄贵妃发现我在给她按摩肩膀,回头对我笑了笑。十二公主看了看我,又看了看庄贵妃,也凑近了:"娘娘,我也想孝顺你。"

"这可不好,女儿家家的,还是不要做这些活计。"庄贵妃笑着对十二公主说。十二公主讪讪地点头,又瞅了瞅我,见我只专心给庄贵妃按摩肩颈,只好坐在一旁。

香炉上方烟气萦绕,我只认真地按摩,哪知道竟听到了一声小声的呜咽。庄贵妃搁下笔,拿手帕给十二公主擦眼泪:"小祖宗,怎么好端端地哭了呢?"

十二公主一边哭,一边看向我,并不言语。我皱眉,抿了抿唇,放下手:"母妃要抄佛经,或许是十二皇妹闷着了,我带她去喝果茶。"

"好,你们两个孩子去玩吧。"走前,庄贵妃拍了拍我的手,我知道她的意思,回以安抚的一笑。

我已非幼童,岂能事事让她护着,十二公主左右不过是个小姑娘。

我带着十二公主去了南阁,吩咐宫人送上果茶、点心。十二公主贪吃,纵使还挂着泪,也要先净手吃点心,吃一口看我一眼。吃完了,她委委屈屈地挨过来:"九皇兄,你为什么对我那么冷淡?"

我的不耐因她的贪吃散去不少,原来我也想过当一个好兄长:"没有,只是天热。"

十二公主松了一口气,马上亲亲热热地抱住我的手臂。

我不由得一僵:"十二皇妹,你……你如今也大了,不该……"

"哪有,我还小呢。"十二公主不高兴地鼓起脸颊,她在蜜罐里长大,一举一动皆透着一股天真,"再说了,就算我十八岁了,也可以这样抱着九皇兄。"

我被她的话噎住了,一时不知该说什么好。她一只手抱住我,一只手托着腮盯着我看。我忍了一会儿,实在没忍住:"我脸上可是有什么脏东西?"

十二公主摇头如摇拨浪鼓,只是摇完后她不说话,继续盯着我瞧。我无奈地问:"那你为何一直盯着我看?"

"我……"十二公主咬了咬嘴唇,"我实话实说的话,九皇兄可不要生气。"

"你说吧。"

"我觉得九皇兄与我远嫁蒙国的大皇姐长得有些像。"

十二公主说的是大公主,大公主出嫁蒙国已经六年,离宫时不过二十岁。

我不由愣了一下,而后想到九皇子的脸与我的一模一样,长公主作为皇帝的女儿,我与她长得有几分相似也正常。

十二公主说完,情绪低落了不少:"我有些想大皇姐了,父皇什么时候才能把大皇姐接回来呢?"

长公主远嫁蒙国,怕是难再回故土了。但我不想说这话让十二公主更伤心,便叫钮喜再去拿些点心过来。

"其实我和太子哥哥都很想大皇姐,太子哥哥跟我说他一定会把大皇姐接回来,到时候大皇姐哪儿都不用去,就留在宫里住一辈子。"

十二公主这番话从我左边耳朵进右边耳朵出,这时我听到她小声地嘀咕道:"太子哥哥肯定能说到做到的,他那么想大皇姐,还一直随身带着大皇姐的小像。"

我不由得怔住。

随身带着长姐的小像?若是年纪小,还可以说是思念长姐,不过太子早已及冠,哪怕兄弟姐妹关系再好,太子还这么做……

不知为何,我的心跳怦怦地快了一拍。我不由得观察着十二公主,想确认她是不是在撒谎。她并未看着我,垂头丧气得像只小狗,把下巴搁在桌子上。

我想起太子一见到我就表现出十分厌恶我,又想起他说的那句话——

"孤最讨厌东施效颦、鸠占鹊巢之辈。"

我一直认为他说的是我"效"的是林重檀,占的是林重檀的"巢",现在看来并非如此。我努力让自己看起来与先前无异,状似随口一问:"大皇姐与太子的关系很好吗?"

"很好,非常好。太子哥哥可是叫大皇姐阿姐的,大皇姐远嫁时,太子哥哥整整病了七日,整个太医院都束手无措,最后还是国师来了,才治好了太子哥哥。"十二公主还说道,"原先太子哥哥的脾气可没现在这么坏,现在坏死了,还会欺负我。"

我想了想,问:"宫中可存有大皇姐的画像?"

十二公主回答道:"我也有大皇姐的小像。"

第二日,她就带长公主的小像过来。我看着小像上的女子,发现十二公主并没有说谎,我的确与长公主有些许相似。

我试着遮住我的下半张脸,十二公主惊讶地"啊"了一声。

"像吗?"我问她。

她连忙点头。

我又看了一会儿,才将小像还给十二公主,斟酌道:"你把大皇姐的小像给我看的事情不要说出去了。太子如此敬重大皇姐,若是知道我们私下讨论大皇姐与我这个大男人像不像的,也许会怪罪于我们。"

十二公主思考了片刻,就赞同地点点头:"我不说。"她盯着我看了一会儿,又道,"九皇兄,那我们之间就有小秘密了,别人说有小秘密的两个人关系就很好,以后我再来找你,你不会不理我吧?"

"不会的。"我顿了一下,念出两个字,"颂颂。"

夜里,我躺在床上沉思。

太子这般针对我,有没有可能与林重檀无关,而是与大公主有关?他骂我,也许是因为他认为我破坏了大公主在他心中的形象——即使林春笛与大公主毫无关系，只是眉眼间有几分相似。

太子或许倾慕自己的姐姐……

因着这个猜测，我惊愕得半宿都未能睡着。

这种荒唐的、有违伦理的事，我只在良吉看的话本里看到过。

太子真的有这种不伦的念头吗？如果有，我想，我就知道该如何离间他和林重檀了。

我又翻了个身，看着自寝帐上方垂下来的荷花镂空扭枝香熏球，心里下了一个决定。

我要试一试太子。

为了向林重檀报仇，我愿意豁出去。几日后便有一个机会——九皇子的生辰。九皇子的生辰早我一个月。

几日前，庄贵妃就与我说她和皇上想在我生辰时大办一场，还问我在太学有没有结识友人，若是有玩得好的，可一并请到宫里。

我想了想，说："有几个。"

"分别都是哪家的儿郎？"庄贵妃问。

我报了家世、名字后，她又问我知不知道朋友的喜好，她好去安排。

"有一个我知道，他喜吃甜食，最爱吃芙蓉羹。"我对庄贵妃说。

自从那日撞上了回来的林重檀，我没有再去太学，整日闷在宫里看书。宫宴的请帖提前两日送出，而送往太学的请帖是由我亲笔所写的。

生辰当日，太子提前来贺："弟弟，生辰快乐。"说完，他拍了拍手。宫人立时抬了被红布罩着的东西进来。

"看看喜不喜欢孤送的礼物。"太子示意我亲手去扯下红布。

我看了他一眼，才缓步走到红布前，将其扯下。红布后的东西让我怔了下，这是一座龙二子睚眦的雕像。睚眦，豹首龙身，古书记载，其嗜血，生性刚烈好斗。

"喜欢吗？"太子又问。

我伸手轻触了睚眦的头一下，便收回手，道："不喜欢。"

太子似乎有些惊讶："弟弟居然不喜欢，孤一见这雕像，就想到了弟弟，特意买回来送给弟弟。"

我抬眼看他，他对我眨了眨眼，明晃晃地告诉我——他就是故意的。我沉默了一会儿，改口道："既是太子哥哥送的，我自然喜欢了。"我转头吩咐宫人，"你们把这个摆在我的寝殿。"

太子听到我叫他太子哥哥，神色有些不明，又听见我要将睚眦雕像放在寝殿里，看我的眼神颇有些深意。我只当没看见，而是走回原位拿起案桌上的书。

"我有一处不能理解,不知道太子哥哥能否为我解答一二。"

太子盯着我瞧了一会儿,才走了过来:"哪里?"

太子虽就读于太学,但他的文课是由太傅亲自教授,本人也有真才实学。我把不能理解的地方一一指出来问他,他讲得口干舌燥了,见我还有问题要问,有些无语地说:"孤在这里跟你讲了一早上的课,你连杯茶都不给孤喝?"

我亲手给他斟了杯茶。太子看了我一眼,伸手接过茶。我没让他歇息太久,又继续提问。

这一问一答的,时间就到了中午,我觉得疑惑都解得差不多了,便合上书:"我要去用午膳了,太子哥哥还请自便。"

太子冷笑了一声:"卸磨杀驴?"

"没有,只是我今日也没备下骨头。"说完我就走,不给太子回嘴的机会。

再回到偏殿时,太子果然已经走了。我假作无意打碎了太子用过的茶盏,伺候的宫人立刻上前收拾妥当。

生辰宴设在香蕖殿,香蕖殿以芙蕖得名。一池芙蕖,莲叶接天,香气盈盈,清辉倒映在水面上,波光粼粼。一入夜就点上的宫灯随风轻摇,如仙子耳饰。

今日本该是九皇子的及冠礼,只是国师说我体弱,需要晚一年办及冠礼,方能平安。

我第一次参加以我为主角的宴会,赴宴的文武百官不管之前认不认识我,心里在想什么,都要恭恭敬敬地给我敬酒,说些讨巧的场面话。

我酒杯里的是掺了不少水的果酒,饶是这样,不多时,我的脸就开始发烫了。

钮喜早就备好了解酒药,我借着衣袖的遮挡吃了半颗。这时,聂文乐端着酒杯过来了。

他今日似乎特意打扮过,绀青内裳外罩纱衣,面容俊朗,给我敬酒时,小声对我说:"别喝太多了,当心明日头疼。"

我对他笑了笑,端起面前的果酒略抿了一抿。

他的眼神变得更为炙热,又不得不离开。

我暗暗松了一口气,有些厌烦地咬了咬牙。

又过了两刻钟,我起身去找庄贵妃。庄贵妃也出席了,因是后妃,她的座位前放了一扇屏风。

"母妃，这里好闷。"我说。

庄贵妃失笑："你是不是想跟你的那几位小友去玩？"她看了皇上一眼，"去吧，你父皇那里母妃去替你说。"

我点点头，起身从香蕖殿的侧门出去，钮喜提着宫灯跟在我身侧。踱步到香蕖殿的某一处凉亭时，我对钮喜说了一句话，钮喜点头离去，我则拿着宫灯歪歪斜斜地靠坐在凉亭柱上。

没多久，我就听到有人唤我："九皇子。"

我微微侧头望向声音来处，今日的宴会我不仅邀请了聂文乐，还一并请了同班的所有学子，包括林重檀。

林重檀身着霜色云锦衣，及腰长发在长廊悬挂的宫灯映照下泛着微光。他生得好，饶是今日的场合，我都注意到他吸引了不少目光。

他未提宫灯，走到近前，从袖中拿出一个锦盒："今日是九皇子的生辰，我有一物相贺。九皇子，此物冬暖夏凉，可带在身上。"

锦盒里是一颗玉石。

我曾听说：世上最好的渔翁不是钓鱼技巧最好的人，而是最有耐心、耗得起时间的人。

我没有伸手，只是盯着玉石看。

林重檀见此，声音更低："我没有别的意思，只想你收下这个。"

他应是看出来我怕热了，即使现在，我也忍不住摇着扇子。我慢慢地挪开视线，扇风的动作渐缓，假装酒意上来了。

没多久，我感觉到一只带着丝帕的手抚上我的脸，那只手仔细地帮我擦去鬓间的细汗。我任他擦了两下，就抗拒地别过脸。

林重檀收回手，与我对坐不语。蝉鸣声不断，我握了握空着的那只手，半晌后，看向林重檀。

他一直盯着我看，见我望过来，眸色变深了些，随后慢慢地俯身。

林重檀身上的药香味笼罩住我，我猛地挣扎起来。因为饮了酒，本就体弱而无力的我，动作软而无力，宫灯和折扇都砸空了落在地上。

我装作已经醉了，语气害怕实则嫌恶地说："不……不要……太子哥哥……"

林重檀立即僵住了。

第十一章
施计诛心

宫灯落在地上，烛火便灭了，周围骤然暗了下来，仅有凉亭入口处的一盏小灯亮着。

温热的触感慢慢地从我脸上移开，林重檀眼神晦涩，定定地看着我，仿佛是想辨认方才所听之言的虚实。我露出惧怕的眼神，见他死死地盯着我不放，睫毛微颤，便卷起衣袖，声音含糊且结巴："我……我给你咬，你别……别欺负我了。"

林重檀循着我的目光看向小臂，在看到上面的牙印时，瞳孔缩紧，神色是前所未有的难看。片刻后，他伸手碰了碰小臂上的牙印，我吸了一口气，他收紧了手指，将嘴唇抿成了一条直线。

"谁咬的？"他声音极低。

我装作听不懂他说的话的样子。

这时，不远处传来脚步声，还有太子的声音："人在哪儿？"

林重檀听到了，却没有动，依旧死死地盯着我手臂上的牙印看。我看他迟迟不动，不由怀疑自己的这一步棋是不是走错了。这时，他冷着脸将我的衣袖放下，长腿一跨，自凉亭的另一边离开。

他刚离开，钮喜就引着太子走进了凉亭。

太子看了看歪坐在凉亭柱旁的我，又看了看掉在地上的宫灯和扇子，眼波流转："弟弟这是喝高了？"

我眯着眼看了他几眼后，朝他伸出手。太子没动，见我的指尖快要碰到他的衣袖，他才微微往后一退："钮喜，你家主子真的喝多了，带他回去吧。"

钮喜上前，屈膝蹲下："九皇子，你喝醉了，奴才带你回去。"

我手脚虚软地爬上钮喜的背，像是疲倦至极般，将大半张脸掩在宽大衣袖后,只露出眉眼。

临走前,我睁开眼看了太子一眼。

钮喜将我背出凉亭没多久,我就听见身后传来了脚步声。脚步声一直跟着我到了华阳宫,此时宴席未散,庄贵妃还未回来。

华阳宫的人见到太子,纷纷行礼。太子懒洋洋地叫他们平身,又让他们退下,连钮喜也被他打发出去。

殿里只剩下我与他两个人。

太子踱步到我躺着的美人榻旁,虽然喝了解酒药,但是我喝酒容易上脸,这副身体也是,此时脸上热度迟迟不退,十分方便装醉。

"你让钮喜叫孤来,说有重要的事说,现下只有我们了,你可以说了。"太子轻摇身前折扇。

我再次朝他伸出手,这一回他肯让我抓住他的衣袖了。他一定不会想到我抓住他后,第一件事就是撑起身体咬了他一口。

我咬得重,很可能把太子的手臂咬出了血印子。

在从十二公主嘴里听说了大公主的事后,我去问了庄贵妃,想知道长公主当初远嫁是否有什么内幕。

庄贵妃与长公主并不熟稔,知道的事情并不多。她跟我说,大公主为人大气,性格温和,待人礼貌,不管是父皇的嫔妃,还是宫人。

我想我与"大气"可谓是毫无关联。

太子送我的睚眦雕像,送得十分对,我就是睚眦必报。今夜,我不仅咬了太子,之前我还给林重檀的芙蓉羹里下药。

有一瞬间,我想毒死林重檀算了,但毒死他太容易将我暴露了,而且我不想林重檀还没有身败名裂就轻松地死去。

太子迅速地收回手,怒视着我,气得直接喊了我的名字:"姜从羲!"

我慢吞吞地说:"活该……谁……谁让你……拿我当诱饵!"

听到我这句话,太子先是皱眉,又嫌弃地看着我:"多久的老皇历,你还记得?你叫孤来,就为了这事?"

我爬坐起来,怒道:"你不是我,你当然……不会懂我的感受!那个……察泰要绑我去北国……"

太子说:"这不是没绑架成功吗?况且察泰他可是个大男人,你怕什么。"

我仰头看着他,浑身发抖:"我是邺朝的皇子,是天子的孩子,不是什么阿猫阿狗。那些番邦之国,岂能如此对待我。"

太子垂眼看着我,烛火的光映入他的眼中。他脸上嫌弃之情渐退,弯下腰,像是第一次认真地打量我。

"说得好。"他一字一句地说。

太子离开后,我拆散发髻,赤足走到铜镜前,拿起宫人先前放下的水盆里的脸帕,一点点地擦脸、擦嘴,擦到肌肤生疼才猛然将脸帕砸入水盆中。

还远远不够,我做得还远远不够。十二公主说太子随身带着大公主的小像,观他穿着,小像极有可能被装在他腰间挂着的那个很少更换的荷包里。

只是,纵然太子对大公主有不能言说的情感,仅凭我与大公主眉眼间的几分相似,也不足以让太子弃用林重檀。但是,太子重林重檀,有一个前提——林重檀的忠心。

不忠心的狗,就算再会叫,再会捕猎,主人心里想的也只会是——这条狗会不会有一日反咬自己。

翌日,我去了京城最大的酒楼,戴着帷帽看着下方的芸芸众生。不多时,包厢的门被推开。宋楠今日并未佩刀,也未着官服。他走了过来,单膝跪下:"主子。"

"钮喜,把窗户关上,带其他人先出去。"我说。

待钮喜出去了,宋楠才低声道:"属下已将段家庶长子段承运的事情查清楚,他没什么特殊嗜好,每日晨起上朝,下朝归家,每月去迎荷楼听几次戏,最爱听的是《望母台》。"

"《望母台》?"我低喃着出声。

《望母台》讲的是西汉景帝时期长沙王刘发与其生母的故事。刘发生母身份卑微,刘发年少时不愿认其母,长大后却无法认其母。两个人生不得相见,悲痛之下,刘发在长沙建立望母台,以表思念。

我正细想着其中关联,宋楠忽地问道:"主子,你手臂上的伤可好些了?"

我怔了一下,反应过来他说的是我小臂上的牙印:"没什么事了。"

宋楠略抬眼,从怀里拿出一盒药膏:"这是属下受伤后常用的药膏,主子若不嫌弃,可以涂在伤口上。"

"几个牙印,用不着擦药。"我并不把这件事放在心上。

宋楠却表现得有些激动:"若不妥善处理,恐会留疤。"

见我惊讶地看着他,他又放缓了声音:"属下没别的意思,属下咬了主子,冒犯了主子,所以想以此赔罪。"

"是我让你咬的,何来冒犯?"我想了想,拿过了他手中的药膏,"好了,我听你的便是。段家那边还望你继续帮我留意,还有,我想见一见段承运。"

宋楠走后，我坐上马车去太学。进了太学，我就听到有人在讨论今年的考试。

今年要下场应试的人不知凡几，其中便有林重檀。林重檀入太学后，一直稳居太学第一的宝座，大家都十分期待林重檀今年应试后的表现。

林重檀若能高中状元，便是真正的"天下知"了。

到了课室，我一眼就看到坐在靠窗的案桌前的林重檀。他提着笔，纸上却空白一片，也不知在想什么。我在自己的座位上坐下，因昨夜没睡好，上着课都忍不住地打哈欠。上舍的博士虽然严厉，但并不严苛，看到我哈欠连天，也只是委婉地拿手指敲敲案桌以作提醒。

下课后，我干脆逃了课，躲进了太学的听雨阁里补眠。不巧的是，我躲进听雨阁没多久，便骤降夏雨。我窝在听雨阁三楼的榻上，任雨丝飘进窗内，泅湿了衣摆。

雨声掩盖不住拾级而上的脚步声。

那脚步声先去了窗边，再移到我的身旁，最终停止。

我未睁眼，任由那人卷起我的衣袖，给我手臂上的牙印上药。察觉到那人准备离开，我猛地坐起："林重檀，你站住。"

背对着我的林重檀还拿着未来得及收起的药膏。

我盯着他，用手指紧抓着另一条有牙印的手臂："你怎么知道我手臂……有伤？你……你是不是知道了什么？"

林重檀静默片刻，侧头看向我。不知是不是我的错觉，他神情似有些疲倦，像是一夜未睡，但一双眼又格外清明。

昨日借着醉酒，我尚且能与他平和相处；今日看着他，我又想起了良吉。

杀人凶手。

为了不让他看出我眼中的恨，我不得不闭上眼，可身体忍不住地轻颤："你走吧。"

话音刚落，我就听到他踱步而来的声音，他拉开我抓着手臂的手："手上有伤，不要这样抓着。"

我依旧闭着眼，道："我不要你管。"

林重檀的语气软和了些："小……"他似乎准备喊我小笛，但刚说一个字，又止住，改口道，"那九皇子记得每日让宫人上药，不要随便沾水，我把药膏放在这里了。"

我听出他准备走了，便睁开眼，对上了他的视线。外面雨声淅沥，先前还大亮的天色因下雨和关窗而变得昏暗。

我咬了咬唇，眼泪垂落。他看到我哭了，神情一变，立刻拿出手帕要替我拭泪:"怎么哭了?疼?"

我咬牙不语,等他靠近,才松开牙关,呜咽地说:"我不想待在宫里,我真的待不下去了,你带我走好不好?我们走得远远的,去塞外。"

外面阑风伏雨,阁内只有我轻轻啜泣的声音。许久后,林重檀才用极低的声音开口,像是难以启齿般嗓音发紧:"我不能离开这里。"

我顿了一下,慢慢地伸手推开他,拿手背自己擦拭脸上的泪,低声道:"方才的话你当我从未说过吧,以后也不要再来找我。"

"小笛。"

听到林重檀喊出这个名字,我又咬牙了,看向他,道:"谁是小笛?林重檀,你不要总是叫错名字。你走,你若不走,那我走。"

林重檀皱紧眉头又缓缓松开,睫毛掩盖下的双眸里似有挣扎、痛苦。我不再看他,而是躺了回去,背对着他。

虚与委蛇的把戏我也会演,端看我和林重檀谁演得更逼真。林重檀最好再演得真些,我就不信了,他和太子会彼此信任到愿意把自己的后背交给对方。

"我还有必须做的事情,我向你保证,等完成了要做的事情,到时必然没人可以再欺负你。"

我并不理会林重檀。我知道有人在暗处守卫我,也不怕林重檀再对我起杀心,后来真的迷迷糊糊地睡着了。醒来时,雨早停了,林重檀也不在了。

我低头整理衣服,余光瞥到放在榻上的药膏,想了想,将药膏收进衣袖里。

又过了三日,我在迎荷楼见了段心亭的庶兄段承运。

段承运被请到这个包厢时,明显有些恐慌。他虽官职在身,但不过七品。京城里多的是有权有势之人,他一进包厢,便长揖问道:"不知屏风后是哪位贵人,卑下若有得罪之处,卑下向贵人赔礼道歉。"

我看了身侧的宋楠一眼,宋楠会意,故意粗着嗓子将声音压得极低,不叫人辨出原本的声音:"段大人无须惊慌,我家主子冒昧相请,乃是有事相求。"

段承运问:"卑下有哪里可以帮得上贵人的?"

"段大人的二弟。"

段承运的语气立刻生硬了些:"贵人为何提起我弟弟?"

"我家主子听说段二公子生病了,很是忧心,想问问段大人,段二公子的病可有起色了?"

宋楠的话音刚落地,段承运就不客气地说:"阁下这么担心我弟弟,不妨直接递帖子探病就是了，何苦把我带来这里，楼下的戏还唱着，我就不奉陪了。"

看来段承运与段心亭的关系是真的差。我不仅让宋楠去查了段承运，也让聂文乐去查了，两个人交的答卷差不多。

段承运是段夫人的陪嫁丫鬟生的，说来这还是一件丑事。

段心亭的母亲段夫人在生下段心亭前，因怀孕而将陪嫁丫鬟开了脸。没多久，陪嫁丫鬟也有了身孕。这本是双喜临门的好事，只是段夫人生下来一个死胎。

而段承运生下来才三日，其母就被赶去了段家老宅，至今仍只是一个丫鬟。

"段大人，别急，我家主子的话还未说完。实不相瞒，如今段二公子生病，我家主子愿意出资出人出别院，好让段二公子好生休养。"宋楠说话时，自然有人将段承运摁在原地，段承运不想听也要听。

段承运半晌没有开口，他绝非蠢人，自是听懂了宋楠的言下之意。

"段大人其实不必如此为难，段二公子迟迟不愈，想必阖府上下都为此忧心不已。我家主子愿意伸以援手，是好事，对段府好，对段二公子好，亦对段大人好。段二公子娇气，想来没少依赖兄长，将段二公子交由我家主子照顾，段大人就可以腾出精力去为国效力，自然也会官运亨通。"

段承运的呼吸变得急促，整个人都变得有些焦躁："你……你家主子到底是何人？竟说得这么荒唐……你们做什么？为什么要蒙住我的眼睛，放开……"

话未尽，他就闭上了嘴。

我从屏风后探出手，有人将段承运的手摁在我的衣袖上。段承运顿了一下，随后仔细地摸起我衣袖上的蟒纹。

宋楠问："段大人可摸清楚了？"

蟒纹是皇子独有的，他人若私自穿，会落得个砍头的后果。

段承运猛地松开手，接下来我听到膝盖磕在地上的声音，段承运的声音比之前的更加惶恐："微臣给皇子请安，不知是哪一个皇子？"

"这个你不需要知道了，我家主子真的很欣赏段二公子。"宋楠说。

段承运的呼吸声变大："可是……可是父亲他不会……"

"段大人，段二公子久病不愈，段老爷想必心急如焚，恰在这时，段大人知道了外地有神医能治好段二公子，段大人自然要为老父分忧，如此将段二公子送出京城。至于后续的事情，段大人自是无须多虑。"宋楠顿了一下，"段大人的母亲如今还在段家乡下老宅吧，你和母亲骨肉分离多年，不想念母亲吗？"

楼下戏台上，唱着的《望母台》咿咿呀呀地传入包厢。

段承运沉默了。

我知道他心动了，便示意宋楠送人出去。京城里耳目众多，可出了京城，遇见山匪、强盗，也是十分正常的。

段承运离开后，我将身上的蟒袍换成寻常的袍子，出了迎荷楼的后门上了马车。

我把宋楠也喊上来，他进了马车后，端坐在离我很远的位置。

"你是不是觉得我很坏？"我冷不丁地问他。

宋楠看向我："属下并没有……"

我打断了他的话："这里现在没有主子，也没有属下，你是宋楠，我是姜从羲，仅此而已。"

"属下不敢。"宋楠回道。

"你若真的不敢，就不会由将军一路被贬到我身边。日后太子登基，若我命好，可得一封地；命不好，可能被幽禁终生，也可能直接命丧黄泉。我现在给你两条路：一，将我的所作所为上报太子或父皇，给太子这份投名状，想来会得到太子的重用；二，忠于我，我现在给不了你荣华富贵、权倾天下，但我会百分百地信任你，未来我如何，你便如何。"

我垂下眼帘，自嘲地笑："我要是你，就选第一条，跟着一个无实权的皇子，能得什么好处。"

宋楠声音低沉地说道："我既然尊你为主，你就是我的主子。我宋楠没有认二主的习惯，现在没有，以后也不会有。"

几年前我知道宋楠带人去剿匪了，便依稀看出这人的秉性——嘴坏但人不坏。他被一贬再贬，想来也是因为这一张嘴。

攻善者心，坦诚之；攻恶者心，利诱之；攻权者心，示弱之。

我偏头对宋楠轻轻一笑："谢谢你。"

此时马车停了下来，我将车窗略微推开一些，发现已经到了我和聂文乐约见面的地方。

见了聂文乐后，我自袖中掏出林重檀赠我的药膏递给他："我想在这个里面添加使皮肤溃烂的药，你能不能办到？"

聂文乐脸色一变，急道："你加那东西做什么？"

"我自然有用，你无须问那么多。"

话音刚落，聂文乐语带着怒意说："不行，这个我必须问清楚！"

许是我脸上的惊讶过于明显，他很快收敛起怒容，讨好地哄我："从羲，其他事情只要你吩咐，我绝不多问，但你要加的东西很危险的，你想用它做什么？你……你该不会想自己用？"

我一瞬间觉得聂文乐脑子有问题，我为什么好端端地要给自己用这个药？

"不是我用，我就问你能加吗？"我问聂文乐。

聂文乐依旧不答我的问题，只一个劲儿地问我这东西准备给谁用，见我面露不快，他方讪讪地笑道："能加，能加。事情办好了，我再拿给你。"

他速度极快，第二日就将药膏送到我手里了。我打开药膏盒子，凑到鼻前仔细嗅了嗅，发现与先前的味道并无差别，便放下心来。

"这个药性不强吧？"我问。

聂文乐摇头："我按你说的，只添加了些许的药。涂上这个药膏半个时辰后，身体会发热，泡泡冷水澡就能解了药性。"他顿了一下，踟蹰地说，"从羲，你这个药到底给谁用？不会是那个宋楠吧？"

聂文乐真是越来越莫名其妙了，提及宋楠名字时，还咬牙切齿，仿佛宋楠在此，他就要与宋楠打上一架。

"聂文乐。"我声音一冷。

他立刻对我笑道："怎么了？"

"你不要再胡乱猜测，对了，房子找到了吗？"先前我让聂文乐帮我找一处幽静宅子，最好左邻右舍都无人住的那种。

聂文乐说："找好了，我办事，你放心。"

我思索了一番，将药膏收回袖中："那好，我先离开了。"

聂文乐一听我要走，便露出了奇怪的眼神。我只当没看见，转身离开。回宫后，我先去了东宫。

这还是我第一次来东宫。东宫不愧是历任储君的居所，占地极广，五殿三宫，宏图华构，鼎峙于南北。我坐了一段路的轿子，下轿后又走了许久，才走到太子所在的偏殿。

太子坐在案几前，美貌婢女在其身后摇扇，不远处摆了好几个冰坛。他知道我来了，眼神都未给一个，只问："弟弟怎么有空到孤这儿来了？"

我行到他身旁，才发现案几上摆的竟是奏折，他倒是不回避我，并没有合上奏折的意思。我看了左右的宫人一眼，将袖中的药膏轻轻放在案几上。

太子扫了药膏一眼，终于抬眼看我："这是做什么？"

"我……"我说了一个字又顿住，抿着唇不作声了。

太子见状挑了挑眉，懒洋洋地挥了挥手，殿内伺候的宫人鱼贯而出。

"这个可治伤口、消疤痕。"我低声说。

太子表情玩味地拿起药膏，他的手指修长，把药膏衬得都小了一圈："原来弟弟还会给我赔罪，只是赔罪，就干巴巴地说这些吗？"

我看着他把玩药膏，心跳不由得变快了，面上不敢露出半分异样。我仔细研究过林重檀留给我的药膏，这个药膏既名贵且稀少，连宫里都没有，不知是林重檀自哪里淘来的稀罕物。

越是稀罕，便越容易让人查出来处。

以太子的个性，他绝不会放心用我特意送来的药膏，说不定还会多疑地检查这个药膏的成分。只要他查了，便能牵扯出林重檀。

他也许会去问林重檀，即使林重檀解释清楚，只要他问了，便是他对林重檀起了疑心。

"抱歉，上次是我喝多了。"我说。

太子扯唇："你对那晚的事还记得多少？"

我撇开脸，当没有听见："药膏送到了，罪我也赔了，母妃还在等我，我走了。"

太子没有拦我，我出了东宫，上了软轿，提着的心才渐渐放回去。我已经将怀疑的种子种下去了，至于太子将会如何，我只能等待。

今夜皇上留宿了庄贵妃，因此我早早地沐浴上榻睡觉。不承想睡到一半，殿门突然被重重打开，将我惊醒。外面传来脚步声，有人正大步流星地往内殿来。

我听出不对，困意霎时去了大半，爬坐起掀开青纱帐，想看看外面情况。没想到一掀开青纱帐，我就对上了太子的脸。他白皙阴柔的脸上泛着红，一见我，竟一把掐住我的喉咙，将我摁回榻上。

我大惊失色，当即挣扎起来。可我的挣扎无异于蚍蜉撼树，半点儿用没有。他捏着我的脖颈儿，声音阴森："真是跟你娘一样，竟敢给孤下药，孤今日就替父皇教训你。"

太子的话让我大脑一瞬间空白，但很快反应过来，他发现了药膏不对劲儿了，再看他此时呼吸略显急促，面色奇怪，想来是已用了药膏。

他怎么会就用了药膏？

还不待我想清楚，他已取下了挂在床帐的短穗，将其对折成两段，捆在手心，高高举起手又落下。我躲闪不及，小腿猛然被狠狠抽了一下。

疯了！太子就是个疯子！

我一边拼命去拦他的手，一边大声喊人。可华阳宫里此刻一片寂静，仿佛整个华阳宫只有我和太子两个人。

挣扎间，他又抽了我两下，有一下甚至打在了我的后腰下方。

我既疼又惧："你疯了！父皇要是……要是知道你做的事，一定会责罚你！"

"正好就让父皇知道，知道他的宝贝小九给储君下药。"太子大手猛地掐住我的脸颊，眼神阴鸷，"我看父皇到时候夸我教育你教育得好，还是训斥我。"

我对上他的眼神，身体不由打战。在他的手再一次扬起时，我咬住牙，使出全身力气，狠狠将头撞向床栏。

撞得太猛，眼前一黑，我一时忘了自己身处何处。太子皱眉扯下床帐捂住我额头上的伤口，我才找回神志。

我拍开他的手，任血液流下，语气因气愤而发抖："你说我给你下药，我根本不懂你……什么意思。姜隽朝，我是……是你弟弟，你当我是什么疯子吗？你胡乱怀疑我，我还不如以死自证清白。"

太子皱眉看着我，眼神渐渐变了，声音压抑，似乎比先前还要生气："疯子……纲常伦理有何重要，孤若想，纲常伦理亦可被孤踩在脚下。"

我想我的试探终于有了答案。

虽然我知道太子跋扈恣睢，但我没想到他能随意说出这等惊世骇俗之言。

太子见我抿唇不语，伸手用指腹擦掉我流到鬓角的血，然后做了一件让我更惊愕的事情——

他直勾勾地望着我，慢慢把沾有血渍的手指送入口中。我恍惚间以为我面前的不是一国储君，而是一只食人精血的邪妖。

我大惊之下，猛地推开他。

"疯子。"我忍不住骂他。

太子哼笑一声，心情似乎变好了，慢条斯理地说道："弟弟喜欢疯子吗？"问完，又伸手过来摸我的面颊。

"不喜欢。"我再次拍开他的手，但他反手抓住了我的手，龙涎香的味道侵袭而来。

"真的不喜欢？孤倒是有些喜欢弟弟了，尤其是看到弟弟明明害怕，还要接近孤时，就觉得弟弟——"他凑到我的耳畔，温热的气息扑来，"真是可爱。"

那是太子这晚对我说的最后一句话。他离开后，往常伺候我的宫人才终于冲了进来。

原来太子的人把他们都拦在了殿外，如此他们自然听不到我的呼救声。

宫人看到我额头上的伤,全部慌了,立刻取了腰牌去请太医。

没多久,皇上也得到了我受伤的消息。

庄贵妃和皇上都匆匆赶了过来,庄贵妃看到我额头上的纱布,脸色发白。

"从羲,你疼不疼?"她在我身边坐下,心疼地伸手捧着我的脸颊,仔细地端详我的额头。其实已经看不出什么了,毕竟太医将伤口包得很是严实。

我摇摇头。

皇上皱着眉头,问太医院院首:"秦院首,从羲的伤如何?"

"九皇子受了些皮肉伤,没伤到内里,需仔细养上一段时间。微臣还会再安排些滋补盈血的药,好好补一补九皇子的身体。"

皇上闻言,目光沉沉地走了出去。很快,我听到他在外面训斥宫人的声音,之后他又让人把太子带过来。

不知是因为受了伤,还是因为平时这个时候都是我睡觉的时间,没多久我就困顿不堪。庄贵妃对我说:"困了就睡,这里有母妃,没人可以再伤害你,不要怕。"

她轻轻地握住我的手,又让宫人去剪灯芯。

"从羲怕黑,别让烛火太暗。"

我在庄贵妃哼唱的西北小调中沉沉睡去,睡醒了,才知道昨夜发生不少事。

太子被罚在正元门前跪了一整夜。皇后得知此事后,非但没有替太子求情,反而前往正元门,当着众人的面打了太子一巴掌,又跪在地上,恳切地告罪——自己教子无方,求陛下一并惩罚。

皇后跪了快一个时辰,御前才来人请皇后起身应召。紧接着,圣旨下来了。皇上却了太子一个月禁闭,不准他踏出东宫半步。

第二日不少人来探望我,不过都被庄贵妃委婉地打发了。

庄贵妃这一日的脸色都不好看,视线一触及我的额头,她的眼睛便开始泛红。我第一次听到庄贵妃骂人,她将太子骂了一遍又一遍。

"从羲,太子为什么昨夜会过来?他可有说什么?"庄贵妃问我。

"其实我也不是很清楚,我本来睡得好好的,突然他就来了,还掐住了我的脖子。我在挣扎的时候,不小心撞到了头。"

我不想将庄贵妃牵扯到我的复仇中,我已经得了她很多的宠爱,不想她再为了这种损阴德的事情劳心。

庄贵妃听我这样说,美眸里似是烧起了一团火,她怒不可遏地道:"他这是想杀人吗？"

她当即就想去找皇上讨一个公道，我连忙按住了她的手臂："母妃，父皇已经罚过太子了，母妃这时候不应再为我的事情出头。"

太子并没说他为什么要带人来华阳宫，也是因此，他被罚得很重。

太子可是一国储君，皇上不仅罚他跪在人来人往的正华门，还晾着皇后，让皇后也陪着跪了一个时辰。如今太子被罚禁足一个月，这惩罚并不轻。

因此，母妃不能在这个时候去找皇上诉苦。

庄贵妃聪慧，自然能想到我的顾虑，只是我受了伤，她作为母亲，怒气难消。我只好极力安抚她："母妃，其实并没有多疼，秦院首医术了得，我现在已经完全不疼了。"

"可是……"

"母妃，我真的没事，母妃只当这件事没有发生过，我……这次的伤肯定不会白受的。"

如此，庄贵妃勉强打消了去找皇上讨公道的念头，只是她听到我说要继续去太学上课，登时露出不赞同的神情。

许是怕我生气，她软着声音哄我："几日不读书也没什么事，你那些皇兄也不是日日都去，母妃真的不放心你出宫。你头上的伤还没好，要是有个万一，我怎么办？乖，听母妃的。"

我有些犹豫，太子被关禁闭的这段时间可是个落井下石的好时机，但看着庄贵妃担忧的目光，拒绝的话就说不出口了，只能点点头。

没想到，庄贵妃让皇上请了上官大儒进宫给我讲课。上官大儒是太学博士中的大家，年过古稀，弟子时刻随侍左右。

看到跟在上官大儒身后的林重檀，我的脸色不禁难看了几分。而林重檀看到我的瞬间，眉头一蹙，不知想了些什么，脸色难看地一直盯着我的额头。

"九皇子，未来一段时间就由微臣教授九皇子功课。"上官大儒转头吩咐林重檀，"檀生，将书本递给九皇子。"

林重檀应了一声，走近后将书本放在案桌上。

放下书后，他竟坐在了我的身旁。我正想训斥他，就听到上官大儒说道："今日我们来讲……"

我只能闭上嘴巴。上官大儒这等大家的话，我如何能随意打断。

随着上官大儒的授课，我渐渐明白了林重檀得以侍奉上官大儒的缘由。他速写极快，不仅能将上官大儒的教学内容全部速记下来，还能将上官大儒没提及的知识点，标注解释在侧。

半日下来，林重檀未见半点儿倦色，我倒是头昏脑涨的。

上官大儒结束了授课，被宫人扶着去休息了。

我也起身准备离开了，这时正在整理宣纸的林重檀喊了我一声："九皇子。"

我只顿了一下就走了。

一连几日，林重檀都跟着上官大儒进宫。

这日，阴雨绵绵，进宫的人只有林重檀，因为上官大儒老寒腿犯了，起不了身。

进入夏末，窗外枝叶繁花逐渐走向衰败，或许是知道自己即将衰败，开在枝头的花越发浓艳繁盛。雨水打在重重花瓣上，我瞧着水珠顺着花瓣落地，只听得林重檀的声音忽地提高了些。

"九皇子？"

我慢慢地转头看向林重檀："嗯？"

林重檀喜着素色，还喜高襟，非必须，一点儿肌肤都不会显露在外，今日他亦是如此。

他对我笑了笑："九皇子是喜欢外面的花吗？那……"

"没有，我只是——"我打断了林重檀的话，而后站起身，"觉得很无聊，如果不找点儿事情做就会睡着，今日的课就到这里吧。"

我准备离开南阁，在经过林重檀时，他居然抓住了我的手。

钮喜登时扣住了林重檀的手臂："林公子？"

我循着林重檀的手指看向他的脸："松手。"

林重檀低声对我说："九皇子，我能否与你私下谈谈。"语气间颇有些恳求之意。

"不行。"我没有任何停顿地拒绝了他。

他还想再说什么，但我抢先说道："林重檀，你不要自讨没趣，我说过了，你不要再来找我。"说完，我甩开他的手，一边快步离开南阁，一边让钮喜赶人。

我回了寝殿午睡，午睡醒来，外面的雨不仅没停，还变大了。

钮喜一边伺候我洗漱，一边说："主子，林公子还在外面。"

我有些不高兴："不是让你赶他走吗？"

"林公子说今日的课未讲完，不敢离去，愿等主子醒了继续讲课。"

这个林重檀，分明在拿上官大儒来压我。他如此执着，是为了太子吗？看来太子被责罚，这条忠心的狗便坐不住了。

"他在哪儿？"我问。

"还在南阁。"

我想了一下,道:"你跟他说,我头疼,起不了身,他非要给我讲课,就站在窗外面讲。"

窗外就是寝殿的天井,那里无遮无挡的。我是故意的,想逼走林重檀,可钮喜将我的话转告他后,他居然开始认真讲起课来。

雨下得很大,他干脆不拿书。只是短短一会儿时间,林重檀的全身都湿透了。

我坐在温暖干燥的美人榻上,看着他脸色越来越白,最终完全失去了血色,才松口让他进殿。

林重檀不急着去更衣,而是走到近前,轻轻吸了口气,问我:"伤口还疼吗?"

我看了钮喜一眼,钮喜立刻退下了。

我又看向林重檀:"你问这个有意义吗?如果我说疼,你能做什么?带我走?帮我报仇?还是假惺惺地问几句,送点儿药?"

忽地,外面响起惊雷,雨势骤然变大了。

我控制不住浑身发抖。

因为范五,我一直害怕雷声,惊雷声响,都能把我自睡梦中叫醒。在太学的时候,基本上我一醒,旁边的林重檀也醒了。

他带着睡意,迷迷糊糊地摸摸我的头,温柔地说:"别怕。"

我其实不想他安慰我,可他一安慰我,渐渐地我就觉得外面的雷也没那么可怕了。

次数多了,林重檀也知道我很怕雷声。有次白日打雷,他突然自书桌后起身,护住了坐在窗下的我。

我愣了一下,还没说话,就被他用双手捂住了耳朵。

他犹嫌捂住了我的耳朵还不够,让我闭上眼睛,不要看着窗外。

后来,我死在雷雨夜里。一听到雷声,我就会想起那晚的林重檀看着我的眼神,想起冰冷的湖水,想起段心亭跟我说的话。

我极力忍住恐惧,抬眼看向林重檀。他与原先并无太大区别,依然如芝兰玉树般。冰凉的水珠从他的身上滴落在我的脸上,我倦怠地眨了眨眼。

"你知道我额头上的伤怎么来的吗?那个人深夜来到我的宫中,掐住了我的脖子,挣扎中,我一头撞到了床栏上。林重檀,你好好去当狗吧,届时他杀我,也许你还要跪在一旁给他端水递帕子净手。"

第十二章
设计套话

言语如刀的滋味,我早尝过。

我清楚地感受到林重檀僵住了,他眼中翻涌着我看不明白的情绪,但我看懂了他动了怒,可他似乎并不想发出来,极力忍着。

我忽地觉得好笑,原来典则俊雅的林重檀也有这一天。

也有被我三言两语就气成这样的一天。

恐怕他气的是我说他是狗。

可他本来就是太子养的一条狗,怎的还怕人说?

此时的林重檀脸色白中泛青,眉眼因淋了雨而湿漉漉的。

"太子被罚,眼下朝廷形势波谲云诡,九皇子近日最好都待在宫中,不要出宫,也不要联系外臣。"

他顾左右而言他,让我越发恼他。他永远都是这样,顷刻就冷静了下来。

仔细想想,他这种表现才正常。林重檀是一个为了权势什么都可以做的人,杀人也好,受侮辱也罢,只要太子未来能够登顶,他就能成为权臣。

但我不会让林重檀如愿的,他妄图攀着太子这根高枝飞黄腾达,我偏要让太子亲自摧毁他的野心。

"林春笛死了多久了?"我突然问他。

林重檀的睫毛一颤。

在我以为他不会回答时,他轻声说道:"一百五十三日。"

原来已经过去一百五十三日了,在这一百五十三日里,林重檀可曾有一刻对林春笛愧疚?

他怎么有脸在我面前摆出这副模样的,是觉得我什么都不知道,就算已是九皇子了,他依旧可以将我拿捏在手心吗?

我曾听过一些忘恩负义的故事。故事的主人公有的为了荣华富贵抛妻弃子，有的为了荣华富贵甚至动手杀妻，等权势在手，又怀念起发妻的温柔小意。他们不觉得自己有错，只会在更深人静时，叹一句是命运捉弄人。

林重檀大概也是这样的人吧。

不对，林重檀这等狼子野心的人更狠，他很有可能又在骗我，想哄着我，好榨干我如今身份所带来的利益。

"原来死了那么久了，挖开坟墓去看的话，应该腐烂得只剩骨头了吧。"我淡淡地道。

外面的雨下得更大了，我不曾再看林重檀一眼，蜷缩起身体窝在榻上。林重檀枯站了许久才离开。翌日他没有进宫，我听上官大儒说林重檀生病了。

第三日、第四日、第五日……林重檀都没有进宫。

上官大儒提及林重檀时，脸上露出担忧之色："眼下他病得如此严重，若是误了今年的会试，就要再等三年。"

听到"会试"两个字，我落笔的手突然歪了一下。上官大儒并未发现，话锋一转，说起了自己高中状元后的旧事来。

"正所谓'马蹄一日遍长安，萤火鸡窗千载寒。从此锦衣归故里，文峰高并彩云端'。"上官大儒语带怀念道。

因额头上的伤好多了，当日下午，我在庄贵妃的百般叮嘱下出宫去往太学。这是我阔别几个月再次来到林重檀的斋舍。白螨和青虬在煎药，听到动静，忙从小厨房出来。

他们看到我，皆面露惊讶。白螨像是高兴得要哭出来："春少爷，你没死啊！太好了，少爷他……"

钮喜大声打断了他的话："休得无礼，这是九皇子。"

白螨愣住，青虬反应极快地拉着他跪下："给九皇子请安。"

白螨还想说什么，但青虬用力抓着他的手臂，他张了张嘴，最后恭顺地说："奴才给九皇子请安。"

"免礼，林重檀可在？"我问他们。

"少爷他在房里。"

我独自走向林重檀的房间，开门就闻到了一股浓重的药味。林重檀躺在床上，我看到他的第一眼，就愣住了。

我才明白上官大儒提及林重檀为何会如此忧心了，林重檀眼窝深陷，脸色惨白，唇色更是白得吓人，显然不太好。

如今离会试没有多少时日了。

他躺在那里，一动不动的。我一时恍惚，以为床上的人已经死了。

不对，这不是我记忆中的林重檀。我要报复的，也绝不是这样的林重檀。

我在床边坐下，伸手摸了摸林重檀的额头，触手滚烫。此时外面传来白螭小心翼翼的声音："九皇子，药煎好了，奴才可否端进来？"

"端进来吧。"我吩咐了一句。

白螭端着药进屋，将药碗放下后，扶着林重檀坐起，再喂药。林重檀紧咬着牙关，根本喂不进去药。白螭急出一头热汗，下意识地把目光转向了我。

白螭咽了咽口水："青虬去厨房领膳食了，不在此处，奴才想请九皇子帮个忙……"

我冷眼盯着林重檀看了片刻，把钮喜喊了进来。钮喜经验丰富，喂药这等事对他来说并不难。我退开站到一旁，看着钮喜捏住了林重檀的鼻子。没一会儿，林重檀就因呼吸不畅而松开牙关，白螭连忙喂药。只是那碗药喂下去没多久，林重檀就趴在床边将药尽数吐了出来。

吐的时候，林重檀醒了过来。他双眼通红，修长的手指用力地抓着身上的锦被。白螭声音里已带上了哭腔："少爷，你不能把药都吐了啊，吐了怎么能好呢？"他看到我，急道，"少爷，你看，九皇子来看你了。"

吐得奄奄一息的林重檀立刻抬起头，四下寻找，一看到我，就要起身下床。白螭见状，连忙扶住他："少爷，你别急啊，九皇子在这儿，没走。"

林重檀充耳不闻，只想往我这边来，我用眼神暗示钮喜不动。林重檀走到跟前，想拿手碰我，我才往后一退，以袖捂鼻。

林重檀怔了一下，低头看了看，哑着声音说："等我一会儿。"

他脚步虚浮地走进净室，白螭忙跟进去服侍。

不多时，林重檀换了身干净衣服，直直地向我走来。他似乎想碰我，但又不敢。我看了他几眼，让钮喜和白螭都出去。

那两个人前脚刚走，林重檀后脚就伸手探了过来，即将碰上的瞬间，他又顿住。我想了一下，主动抓住了他的手。

林重檀浑身僵住，不敢置信地看着我。

我低声说："生病了就不要一直站着，坐吧。"

他的眼睛里须臾间像是落进了星子，骤然亮了。他并不动，只紧紧地看着我。见状，我干脆拉着他在座位上坐下。

林重檀落座，依旧一直盯着我看。我顿了一下，才把来时就想好的话说出口："我可能太贱了，即使到了这个地步，我还担忧你，所以你快点儿把病养好。"说完，我松开他的手，转身往外走。

"小笛。"身后传来林重檀嘶哑的声音。

我停下脚步,没多久,林重檀就靠了过来。他的身体很烫,在我觉得不适想推开他时,听到他闷声说道:"那天晚上我让他们去找你,但是没有找到……对不起……"

我愣了好一会儿才发现林重檀哭了,原来他真的会哭。

如果可以,我真想笑出声来。

到现在他还在骗我,不惜眼泪。

我转过身看着林重檀,饶是我恨他,也不得不承认他生得极好,哭起来也是好看的,若我真的什么都不知道,一定会被他这副样子哄骗。

我强忍着厌恶说道:"我不会那么容易原谅你的,你最好先把身体养好,给我等着。"

林重檀愣了一下,而后将我紧紧抱住。我差点儿呼吸不上来,忍着恶心让他抱了一会儿就拍了拍他的手臂:"你想勒死我吗?"

他飞快地松开手,可松开没多久,又伸出手紧紧地抓住我的衣袖,眼睛一眨不眨地盯着我看。

我低头看了看他抓着我衣袖的手,又看了看他:"你不想我走?"

林重檀像是烧糊涂了,连连点头。

"好吧,我先不走,你把药喝了。"

我扬声让外面的人端药进来,我不信林重檀吐了药,他们不会重煎一副。这回端药进来的人是青虬。青虬比白螭稳重,眼观鼻鼻观心地把药搁在桌子上就出去了。

林重檀的视线停在我的脸上,看都不看药碗一眼。我想了想,端起药碗,用勺子舀了一勺药递到林重檀的唇边。

我以为他自己会吹凉一下,哪知道他张嘴就把药喝了。

林重檀脸色微变,可不知为何,竟将药吞了,还抿紧了唇。见状,我又舀了一勺药送过去。林重檀张嘴又喝了,才喝了几勺药,他的脸泛起古怪的潮红,唇色也变红了。

我只当没发现,将一碗药都喂进了林重檀的肚子里,看他控制不住地拧紧眉头的样子,一时没忍住笑。

听到我的笑声,他怔怔地看着我,慢慢抬起手。我注意到他的动作,撇开脸,道:"我还没有原谅你。"

"我……抱歉,是……我唐突了。"

林重檀第一次在我面前结巴。

我放下药碗:"我要回宫了。太学人多眼杂,我不想让他们都看到我头上有伤的样子,所以明日不会来。宫里也不方便,我不想让母妃发现我们单独相处。"我慢了一拍,才接着说道,"你有什么话想对我说,可以写信,你把写好的信给宋楠,他会给我。"

回宫的路上,我在马车上问宋楠:"你确定二皇子最近频繁联系驻扎在外营的马山秉?"

宋楠点头,回道:"我有一个旧属,如今他算得上马山秉的心腹。"他的声音极轻,"二皇子恐怕想逼宫。"

太子才被罚,有些人就坐不住了。

我垂眼思索了一阵,道:"如果太子在马山秉处发现林重檀的书信,会有什么反应呢?"

皇上虽然关了太子禁闭,但没说不许旁人去看他。

从太学回来后,我就去了东宫。太子单腿屈膝,懒洋洋地躺在地毯上,将手中羽箭投向前方的投壶。

明明天气开始转寒,他却大敞着衣领,见到我来了,长眉一挑:"弟弟来了啊,坐。"

他拍了拍他身旁的位置。

太子态度亲昵,一点儿都不像因我被罚在正华门跪了一整夜,还被禁足东宫的人。

我挑了张椅子坐下。他发出一声低笑,倒也不恼,继续投壶,既不问我为何来,也不赶我走。

我看着他玩了会儿投壶,才开口:"为什么你什么都不说?"

太子正好投了一支羽箭入壶中,发出清脆的一声。

"没什么可说的。"说完,他从长毛地毯上爬起,因为这个动作,他的领口敞得更开。

他走到我的面前,忽地弯腰,将双手搭在我所坐椅子的扶手处。我不自觉地挺直背,防备地看着他。

下一刻,太子偏头凑近,用鼻子嗅了嗅。

"弟弟好香啊。"太子意有所指地说。

我顿了一下,方伸手推开他:"我未熏香,哪儿来的香味?看来太子哥哥被禁足多日,都被关出毛病了。"

此时殿门口传来"哐当"一声。

我立刻推开太子站了起来,而太子神情骤变,转头冷冰冰地看着摔了茶盏的宫女。宫女脸色煞白,一下就跪在地上,求饶道:"殿下饶命,九皇子饶命,奴婢知错,再也不敢了。"

我刚想说收拾干净退下,就听到太子吩咐道:"拖下去,杖毙。"

方才还空无一人的殿外立刻走出两个人，他们捂住宫女的嘴巴，将她往外拖去。宫女还想求饶，挣扎着想扑向我们，可惜并未成功。其中一人很快就把她打昏过去。

我一时有些胆战心惊，太子却表现得饶有兴致。

我忍不住："她只是不慎摔了茶盏，既已经晕了，如此便罢了吧。"

太子听我这样说，慢悠悠地道："你们听到没？"

打人的太监立刻停下手，谄媚地笑道："奴才听到了，奴才这就带她下去。"

"脸都被打红了，记得给她好好治一治。"太子轻笑着说。

"是是是。"两个人拖着宫女下去。

因这一个插曲，我有些不舒服，顾不得太多，匆匆找了个借口就走了。东宫地广，来过两次后，我发现西南偏门离华阳宫更近，就准备从西南偏门离开。

行到一半，忽地看到两个人抱着一个麻袋。

我以为他们抱着的是粮食之类的物品，但钮喜突然挡在身前，我才发现不对——麻袋在渗血，血滴了一路。

那两个人没发现我，其中一个人开口抱怨道："死了都不消停，害得我们还要清洗地上的血。"

"快点儿走吧，别被九皇子看到了，要不然我们的头也保不住。"另一个人催促道。

两个人匆匆离开。

看着地上刺眼的血迹，反胃、害怕的同时，我意识到太子远不是我想象的那么简单，他暴戾无道，不把别人的命当命。

我不得不思考要不要暂停计划，再仔细谋划一番，再后动。毕竟与虎谋皮，并非易事。

第二日，宋楠送来了消息。

段承运劝动了段老爷，段老爷已经决定送段心亭去外地老宅养病，段心亭会在今天下午离京。

这是捉住段心亭的最佳时机，我不想错过，就吩咐宋楠，让他带人伪装成山匪，伺机而动。

宋楠对京城附近的地形极为熟悉，曾数次剿匪有功，极为熟悉山匪，这对他来说并不难。

三日后，宋楠传来好消息，人已经捉住了。他们只抓了段心亭和他的贴身小厮，让其余人回段府报信要赎金。

我和宋楠商议好，绑到人后，将小厮和段心亭分开关着，小厮关进外间，段心亭关进内间。在外间的小厮看不到内间的情况，只能靠耳朵听。宋楠将伪装成要钱不要命的绑匪，逼迫段心亭说出段府的钱银情况，再假装失手杀了段心亭。

如此，待小厮看到浑身是狗血的宋楠走出来，过度惊吓之下，想来会立刻猜到段心亭出事了，等他再看到内间已然面朝下、躺在血泊的段心亭，应该不会再怀疑此事的真假。

而后宋楠折返，把昏迷的段心亭拖出去，伪造抛尸的假象。

为了让段家人相信段心亭真的死了，宋楠还提前准备好了无人认领的死囚尸体，届时将其伪装成段心亭的尸体抛至溪水中。

如此这般，有段承运的暗中相助，有小厮的口供、指认，段家人必不会怀疑段心亭的去向。

计划无甚纰漏，但我依旧担心，在实施某个环节时出差错，导致前功尽弃。好在，没多久宋楠就让人传信说事成了。

我特意等了几日，才去了幽禁段心亭的宅子。

宅子是聂文乐帮我找的，附近没什么人家，宅子里特意打造了个密室，即使段心亭在密室大喊大叫，也不会有半点儿声音传到外面。

我一进密室，就听到段心亭的尖叫声。聂文乐面露厌恶地"啧"了一声："这家伙怎么疯成这样了？"

段心亭一副蓬头垢面、衣衫褴褛的样子，我一时都没能认出他来。他一看到我，尖叫声更大了，嘴里胡乱喊道："鬼……鬼又来了，救命！别杀我……有鬼！"

"这里有人照顾他吗？"我问聂文乐。

聂文乐说："有，我找了个信得过的聋哑老头照顾他，也留了几个人守着他，免得他跑了。"

我沉思片刻后，说："你吩咐那个老头，要好好照顾他，最好将他养得白里透红的。还有，找一个嘴严、信得过的大夫给他看病，最好把他的疯病治好了。"

聂文乐虽然不懂我为什么要好好养着段心亭，还要治疗他的疯病，但还是满口应了。

转眼就到了八月中旬，也到了林春笛和林重檀共同的生辰之日。

上官大儒说林重檀身体渐好，只是忙着及冠礼的事，这段时间不会随他进宫。

男子虚岁二十及冠，林重檀的及冠礼在三叔府上举办，给林重檀主持及冠礼的人大有来头——是教授过一朝三帝的先太傅,世称"苦素先生"的苦素大师。

十年前苦素大师就出家不问世事了,他居然愿意为了林重檀出世,为林重檀加冠。

我自聂文乐处得知林重檀的及冠礼极其盛大,父亲和大哥为了林重檀,提前赶到京城。太子本来也要出席,只是他如今还在禁足期,只派人送了礼去。不仅太子送了礼,许多勋爵人家子弟不仅送了礼,还盛装出席了。

除此之外,很多有名的大儒出席了林重檀的及冠礼。林重檀的恩师道清先生,更是舟车劳顿自姑苏赶来了。

无人记得林春笛的及冠礼和林重檀的是同一日,聂文乐也不知道。在林重檀于笙歌鼎沸、饕餮盛宴中度过生辰时,我独自点了一炷香。

这炷香即将燃尽时,宋楠出现了,他拿了一个锦盒:"主子,这是林重檀身边的小厮送来的。"

等宋楠退下了,我才打开锦盒,里面是一顶玉石冠帽和一套行冠礼的礼服。

我盯着看了许久,还是没忍住换上了。可换上后,我却不敢看向铜镜。虽然我活着,但再不是林春笛,穿上这身衣服又能做什么?

原来还有良吉陪着我,如今却已在九泉之下。

这一切都拜林重檀所赐。

我咬紧牙关,拿起花剪,愤怒地将身上的衣服剪碎了,又扯下冠帽狠狠丢掷在地上。或许是我的动静太大,惊动了庄贵妃。

庄贵妃一看到我此时的模样,立刻让身后的宫人退出去,关上殿门。

见庄贵妃来了,我下意识地将花剪藏在身后。她走了过来,温柔地对我伸出手:"从羲乖,把剪刀给母妃。"

我看到了她眼里的小心翼翼和害怕。

我不想吓到她,微微低下头交出剪刀。

她一拿过剪刀,便将它放得远远地,又拉过我的手:"原来今日是从羲的另外一个生辰,是母妃疏忽了。从羲先换身衣服,母妃给你去煮长寿面。"

庄贵妃的话让我怔住。

她的表情既温柔又自然,她抬手帮我理了理发:"果然还是小孩子,母妃一个疏忽,你就气成了小花猫。"

"母妃,你⋯⋯"我说了几个字又顿住。

"母妃很早就想跟你说了,只是母妃觉得你的身体还没养好,怕说出来吓坏你。你一直都是我的孩子,国师给你算过卦,你天生一魂双体,十八岁的时候魂魄才会真正归位,于是我就一直等。"庄贵妃说到此处红了眼眶,"还好,上天还是庇佑我的。"

她含着泪光,温柔地说道:"虽然今天不能给你办及冠礼,但母妃保证,明年定会给你补一个隆重的及冠礼。到时候我要让所有人都看到我儿长大了,成为翩翩郎君了。"

我从未听说过"一魂双体",但我觉得庄贵妃说的是真的,否则我怎么会在九皇子的身体里醒来,九皇子还同我长得一模一样?

原来庄贵妃真的是我的母亲。我心里的怨恨平息了不少。

吃完庄贵妃亲手给我煮的长寿面,我小声问她:"母妃,我可以趴在你的腿上吗?"

"当然可以。"

得了庄贵妃这句话,我自凳子上下来坐到了地上,小心翼翼地将脑袋靠在庄贵妃的腿上。

她取了护甲,带着香气的柔荑轻轻地抚摸我的头发。

不知不觉间,我闭上了眼,一瞬间想——这样过一辈子也好,忘了仇恨,忘了前尘往事,但我终究是恨难平。

在林重檀那场轰动京城的及冠礼翌日,他随上官大儒进宫。这次他没死盯着我看,举止言谈没有半分逾越。

只是在上官大儒背过身去喝茶时,他递给我一本书。我发现那本书鼓鼓的,翻开一看,里面夹着一串槐花。

我盯着槐花看了一会儿,在纸上写下一句话——待会儿留下来?

林重檀看到我写的话,并没有直接给出答案,似是在犹豫。见状,我将宣纸收回来,几下撕碎,不再理他。

他倏地伸手,借着袖子宽大,在案桌下轻轻握住我的手腕,似有哄我之意。我冷着脸将手抽出,怕他再有此行径,干脆两只手都放在了案桌上。

上官大儒授课完毕,我让钮喜送他们出宫。本该随上官大儒离开的林重檀中途折返,向我行礼道:"九皇子,我刚刚不慎遗失了长辈所赠的玉佩,可否允我在殿内找一找?"

我冷冷地看了他几眼,才说:"你找吧。"又对旁边伺候的宫人说,"你们先下去,我这里暂时不需要人伺候,想一个人背书。"

宫人应了声"是",便退下了。

我仍然坐在案桌前,没背几句,以找东西为借口折返的林重檀就坐在了我的旁边。

"小笛。"他低声唤我,"我不是不想留下来,是如今诸事繁忙。"

我扭头看着他:"忙的话就走啊,我又没绑住你的腿。"

我对林重檀发火,他不仅不生气,还扬起了嘴角:"是我的错,你别生气了。"林重檀哄着我,又问我方才上官大儒授课的内容我是否有不懂之处。

我沉默了一会儿,因为的确有些不懂的地方。我本在认真听他的讲课,忽地,他的手指碰了碰我。

我被打扰了,皱眉看向林重檀,却发现他的目光极其复杂,似有几分怀念,还有几分失而复得的惊喜。

他定定地看着我,见我望过来,语气越发柔和。我不由得怔了一下,但很快,我认为林重檀太会演戏了。

等他讲解完,我主动问道:"听说你昨日的及冠礼是由苦素大师主持的,你的字可也是他拟定的?"

林重檀听到我问这事,脸上并没有露出得意,只"嗯"了一声,过了一会儿才对我说:"昨日送来的礼服合身吗?"

脑海里浮现了被剪碎的礼服,被砸出痕迹的冠帽,我说:"合身。"

"合身就好,我是预估着你的尺码让人做的,有些怕你穿着不合身。"他的语气低沉了许多,"小笛,以后我会给你补一场及冠礼的。"

我听了这话,只觉得恶心、好笑,恶心林重檀这副模样,好笑他还以为我跟原先一样的好哄骗。

他想哄骗我,也好,我正好利用这一层缘由折辱他。

我撇开脸,做出极不高兴的样子。林重檀果然问我怎么了,又低声哄我。他哄了我许久,我才说:"昨日你那么风光,却没有人来贺我的生辰,补的及冠礼终究不是真正的及冠礼,父亲、母亲他们都以为我死了,甚至在姑苏,我只有一座孤坟。"

"小笛……"

我粗暴地打断了他的话:"我说过了,我不会那么容易就原谅你。林重檀,跪下。"

以前我利用九皇子的身份,让林重檀跪下,林重檀就必须跪下。可是我发现这种感觉并不畅快,因为林重檀不知他跪的其实是林春笛,是那个处处被他比下去、死时都带着污名的林春笛。

我就是要让林重檀知道是我,还不得不向我下跪。

林重檀顿了一下,才起身跪在地上。

我冷眼打量他:"跪坐好。"

他依言照办，我见他坐好了，就伸出脚。他的脸色顿时一变，抿了抿唇，唤我的声音隐有求饶之意："小笛。"

我并不理会。

过了许久，我说道："我累了，你走吧。对了，我的衣服不合你身，如果你要换衣服，只能换太监的衣服。"

林重檀低头审视了一番，低声说："无妨，我可以这样回去。"

没想到他竟然如此不要脸，我只能语塞地看他离开。

不过今日并非全然没有收获，我拿到了林重檀的私章，在他不防备的时候。

上次我想把林重檀的书信放到马山秉处，后面发现此计不可行。我可以移花接木地伪造林重檀的书信，却伪造不了他的私章。

毕竟我并未见过他的私章。

如今，书信上盖了私章，足可以假乱真。

中秋节这天，我无须上课。不过太子仍在禁足期，所以他并未出席中秋宴。

往年太子坐的位子上此刻坐的是二皇子。

不知是不是我的错觉，二皇子此刻给我的感觉与原先完全不同了。原来的他看上去有些怯弱，说话温声细语，还喜欢驼背，今日他明显意气风发许多。

我向他敬酒时，他没有喊我从羲，而是拍着我的肩膀说："小九，近日你跟着上官大儒读书，学业上可有长进？"

我答道："上官大儒学识渊博，我获益不少。"

二皇子笑着说："那就好，你有什么不懂的，也可以来问我。小九，你以后可要多来二皇兄宫里走动走动。"

我点点头，恰巧又有大臣前来向二皇子敬酒，我忙端着酒杯退开。我其实有些奇怪，二皇子表现得太明显了，皇上正值壮年，他怎么敢贸然联系武将，试图逼宫？若是失败，怕是连项上人头都保不住。

在我思考时，旁边走来一人。

"从羲。"

是四皇子。

他提着一个半人高的琉璃宫灯，宫灯分了两层，内层绘着一幅嫦娥奔月图，在灯光映照下缓缓旋转。

"从羲，你喜欢吗？"四皇子把宫灯递给我，"送给你。"

我愣了一下，然后摆摆手："这个太贵重了，我不能收。"

"不贵重，是我亲手做的。"

四皇子这话让我呆住了，这样烦琐精致的宫灯怕是只有浸淫手艺多年的老工匠才做得出，他一个养尊处优的皇子如何做得出？

四皇子发现我愣愣地看着他，抬手抓了抓肩膀，有些不好意思地说："我平时没事做，就喜欢做这些小东西。"他把宫灯塞给我，"从羲，你拿着。"说完，他就走了。

我连谢谢都来不及说。

回到华阳宫，我让宫人好好把这盏宫灯挂起，不要磕着碰着。正在悬挂宫灯时，庄贵妃和皇上相伴着来了。

"这灯不错。"皇上夸奖道，"内务府的手艺进步不少。"

我先给皇上行礼，才说："这不是内务府做的，是四皇兄做的。"

"哦？"皇上听说是四皇子做的，不由多看了两眼，但没说什么，领着庄贵妃踏入内殿。

庄贵妃招手让我一同进去："母妃做了月饼，你也来一起尝尝。"

我点头，跟着进入殿内。

皇上和庄贵妃聊着家常，我不想参与话题，只闷头吃月饼，突然，皇上问我："从羲头上的伤好全了吗？还疼吗？"

我摸了摸额头，伤口上的纱布早已拆了，只留下了淡淡的红痕。御医说再过一段日子，红痕也会消失。

"回父皇，儿臣已好全了。"我说。

皇上沉吟道："那就好，朕真怕你伤出个好歹了。"

我摇摇头，道："儿臣哪有那么娇贵。"顿了一下，"对了，父皇，既然我的伤已好了，不如早点儿解了太子哥哥的禁足吧？今日是中秋，是阖家团圆的日子，太子哥哥却一个人待在东宫……"

皇上听我提起太子，拧了一下眉毛，才说："多关他一阵子也好，让他好好养养性子。"

皇后倒是出席了中秋宴，不知道是不是因为太子被禁足，所以气色不大好。一整晚，皇上都没有主动与皇后交谈。我不禁想：皇上难不成真的因为我受伤而厌弃了太子？

事情应该没有那么简单。

庄贵妃眼波流转："阖家团圆的日子，太子一个人在东宫，难免落寞，皇上去看看太子吧。"

皇上的态度很是坚决："朕不去。"但他的目光蓦地落到了我身上，"要去，从羲去。"

我还没反应过来，就被迫提着一盒月饼坐上了去东宫的软轿。

今日的东宫看上去十分冷清，连灯笼都没亮几盏。太子不在寝殿，我找了一圈才找到坐在凉亭的他。

明明是中秋佳节，太子身边连个伺候的人都没有。他独坐凉亭，桌子上摆着几壶酒一只酒盏，月色被收拢进杯中，烛火落在他的脸上。

大概是我踩在石子路上的脚步声惊动了他，他看了过来。那双眼尾上挑的丹凤眼里似乎闪过了什么，不等我看清楚，他就收回视线，低下头喝了一口酒。

宫人将我引到凉亭，便低眉顺眼地退下了，似是不敢有片刻的停留。

我把月饼放在桌子上："父皇让我带给你的。"

一踏入凉亭，我就闻到了浓郁的酒味。桌子上、桌子下倒了好几个酒壶，他这是喝了多少？

太子扫了装着月饼的餐盒一眼，扬起嘴角轻笑一声："弟弟帮孤打开吧，孤这只手受伤了。"

他向我展示他的手，我才注意到他的左手裹着纱布，不知因何缘故。我其实想送了月饼就走，但我明白皇上让我过来送月饼，是希望我和太子能握手言和的。

皇上希望我们能兄友弟恭。

我抿了抿唇，打开食盒，把里面的月饼端出来，放在桌面上。紧接着，我听见他说："弟弟都看到孤受伤了，不打算喂孤吃月饼吗？"

"你另一只手不是没受伤吗？"我忍不住皱起眉。

太子闻言却露出无辜的表情："可是我这只手要喝酒，空不出手来拿月饼。"

"那你就别吃了。"我拂袖准备离开，刚走下凉亭，就听到身后的人哼笑了一声。

莫名地，我想起了上次不小心摔了茶盏的宫女。那个宫女的结局是被装进麻袋，血滴了一路，十分刺眼。

我不由得顿住脚步，紧接着才发现方才引我过来的宫人并未留在此处。我没提宫灯，若就此离开，只能摸黑穿过前面那一处极黑的地方了。

纠结一会儿，我回到凉亭。四下静悄悄的，凉亭里只有我和太子。

"你还要喝多久的酒？能否叫你宫里的宫人过来伺候？"

太子挑眉斜睨我一眼，言笑晏晏道："吃了月饼就走。"

我反应过来他这句话的意思，不想妥协，干脆一屁股坐在他的对面，看他能喝多久。哪知道他的肚子像个无底洞，一杯接一杯喝，神志还十分清明。

眼见着大半个时辰过去了,我试图喊人。

别说人影,连个鬼影都不见。今日是中秋佳节,我给钮喜放了假,他并没有跟着我过来。

坐在对面的太子哼笑了一声,仿佛在嘲笑我。

我咬了咬牙,不得不拿起盘子里的月饼,递给他。他眉眼带笑看着我,慢慢凑近,咬了一口月饼。

见他吃了我就准备放下手,他又道:"我还没吃完。"

太子笑了,轻轻拍了拍手。

提着宫灯的宫人立刻就出现了。

"不需要你引路,把宫灯给孤,收好桌上的月饼。"太子吩咐道。

宫人点头,恭顺地将宫灯递给太子。

太子拿过宫灯,率先走下凉亭。他走了两步,回身看着还在原地的我,问:"不走吗?"

我看了收拾桌上东西的宫人一眼,犹豫了一瞬间,还是跟上了太子的步伐。我故意落后他一步,不想与他并排。

走了一段路,太子冷不丁地开口:"听说太仆寺少卿段高寒的二儿子被山匪杀了。"

他说的是段心亭。

我的呼吸乱了一瞬,很快我就冷静下来:"是吗?真可怜。"

太子回头看我,似是随口一提:"说来挺巧,段高寒的二儿子跟弟弟还有点儿渊源,他就是弟弟让人丢进荷花池的那个人。没想到他就死了,弟弟高兴吗?"

他的面孔一半隐在黑暗中,一半被暖黄的烛火照亮,他生得阴鸷,此刻的模样十分骇人。

冰凉的秋风自远处吹来,我心底生出一股寒气,却故意皱起眉,不悦地道:"我有什么好高兴的?"

太子笑了笑,转过头去:"孤还以为弟弟会高兴的,毕竟讨厌的人死了。"

尽管他背对着我,但我不敢松懈分毫。

太仆寺少卿官职不过从四品,这样的官员死了一个儿子,太子理应不会注意到才对。他为什么会知道这件事,还拿这件事问我?

我左思右想,低声解释了一句:"我的确不喜欢他,因为他对着我喊另外一个人的名字,不过我没有想过要他的命。"

"这样啊,只能说他命不好了。"太子意有所指地说。

因为太子的这番话，回到华阳宫后我一整夜都没睡好，就怕太子知道了些什么。翌日，我止不住地犯困。但我不想让上官大儒觉得我朽木不可雕，一觉得困就偷偷掐自己，次数一多，就被林重檀发现了。

林重檀趁众人不注意，握住了我的手。他用眼神示意我不要再掐自己，然后松开我，举手说道："上官大儒，我们这堂课已经上了许久，何不休息片刻，我给上官大儒煮茶。"

上官大儒竟欣然应允了，还对林重檀说："正好，我看看你的茶艺有没有进步。"

林重檀笑了一下，让人端上茶具。林重檀坐在窗下，净手煮茶。我撑着头强打着精神，但不知不觉间就睡着了。

等我醒来，上官大儒已经不在，身上多了件披风，林重檀坐在我旁边写东西。

我坐起身，因身体酸疼，忍不住吸了一口气。

林重檀立即看向我，见我以手捶肩，他伸出手帮我："上官大儒已经离开了，你要是没睡饱，可以回寝殿继续睡。"

我不禁说："你怎么不叫我起来？我就这样睡着了，也太失礼了。"说完，我转头去寻钮喜，却发现钮喜不在。

林重檀无奈："叫了，但叫不醒，多叫了你几声，你就哼哼唧唧。"

这话让我身体一僵，隐隐觉得脸颊开始发烫，说话的声音都低了几分："那你也该把我叫醒。钮喜呢？怎么这里只有我们两个人？"

林重檀说："他去送上官大儒了，宫人都在殿外候着。"

我循着他的目光往门口看去，殿门果然是开着的，纵使他想对我做什么，也是不成。

也不知道我睡了多久，现下倒不怎么困了。我拿过林重檀正在写的那一张笔记，仔细阅读，读到一半，听见林重檀说："我昨日掉了一枚私章，不知道九皇子有没有见到？"

我猜到他会问，所以并不慌："没有。"

林重檀闻言顿了一下，声音比先前的低了许多："我想私下跟九皇子相处一会儿，不知行不行？"

他的意思是让我叫宫人关上殿门。

我有些迟疑。

见我不说话，林重檀将声音又压低了一些："我有一些之前的事想问九皇子。"

我转头看向他，发现林重檀目光清朗，不似有歹心，便扬声吩咐宫人关上殿门。

"你要问什么？"我问他。

林重檀眼神有些复杂："那夜你自荣府出去后，可遇到了什么人？"

我没想到他问的是这件事，随着他的话，我被拉回了那个雷雨夜。我没有目的地在街上走着，精心挑选的衣服脏了，也湿透了，雷声隆隆，我遇到了段心亭。

伞下的段心亭一口一个檀生哥哥。他说他是奉檀生哥哥的命令来灭我的口，然后，我被他的手下推入了碧瑶湖。

林重檀为什么要问这个？他想知道我知不知道杀人凶手是他吗？

我缓慢地摇了摇头："我不记得了。"

林重檀皱眉："不记得了？"

我垂下眼皮，小声说："我只记得我从荣府出来，那天的雨很大，我漫无目的地跑走了，然后……"我捂住脑袋，装作因想不起来而头痛的样子，"我不知道……我想不起来了……"

林重檀伸手抱住我，不断地安慰我。

"记不起来就算了，没事。"他用手顺着我的背，轻声说，"不记得也是好事。"

我不由得咬牙。

果然是林重檀，是他让段心亭杀了我，还杀了良吉，只有凶手才会觉得受害者什么都不记得是好事。

林重檀又对我说："你死而复生的异事，绝对不能向任何人提起，尤其是……"他突然顿住了，"什么人都不能说，哪怕是庄贵妃娘娘，你也不能告诉她你曾是林春笛。"

我的确不准备告诉庄贵妃，她要是知道我是怎么魂魄归位的，不止会难过，还会想方设法帮我报仇。最主要的是，前生卑劣的我，我不想让庄贵妃知道。

而林重檀之所以让我不要告诉庄贵妃，应该是怕庄贵妃知道后，寻他麻烦，甚至治他的罪。

我越想越气愤，又不敢太过露形，怕林重檀发现我已经知道了他是凶手。太子昨夜的话似乎在怀疑段心亭的"死"跟我有关，我不能让林重檀也对我起疑心。

现在我都不知道，我到底成功离间了太子和林重檀没有。

就在我努力缓和情绪之际，我听见林重檀说："再过几日我要下场应试了，不能再来宫里。"

再过几日,太子就结束禁足了。

听到"下场应试"四个字,我的脑海里就出现林重檀骑着大马,身着华服,头戴玉冠游遍繁华京城的画面。

他若高中状元,"林重檀"这三个字怕是要响彻天下了。

思及此,我轻轻地推开林重檀:"你一定要参加会试?"

林重檀怔了怔:"嗯?"

我扯了扯唇,嘲讽道:"你下场应试,到时候高中状元,世人都会知道你林重檀了。而林春笛呢,他就要一辈子被踩在泥里,一辈子都是个卑劣的剽窃贼,当初明明是你自己同意把诗句借给我的!"

林重檀僵住了。过了一会儿,他伸手想握住我的手腕,被我躲开了。

"别碰我!"我冷冷地看着他,"太子私宴那晚,你置身事外,没人知道你都对我做了什么。林重檀,凭什么好事都让你一个人占了。你真想我原谅你,就不许下场应试,三年时间应该足以令我消气了。"

会试三年一轮,错过这次,就只能再等三年。

林重檀紧抿着嘴唇,似是陷入了思考中。我并不着急,捺着性子等他答复。

"小笛,我必须要有功名,未来才能保护你,你想消气,可以让我做其他事情。"

我听了他的狡辩只想大笑。

保护我?到底是保护我,还是为了他自己?

"哪怕我一辈子不原谅你,你也一定要下场应试吗?"我语气森然地问林重檀。

林重檀面色凝重,片刻后,他点了点头。

他一点头,我便扇了一巴掌过去。我用了全力,他白皙的面孔上迅速浮现了巴掌印。

他闭了闭眼:"对不起,小笛。"

"你不要跟我说对不起,我知道你在想什么。你根本就不是为了保护我,你是为了你自己。林重檀,不对,林重檀这个名字也不是你的,是我的,你叫范春地,是赌鬼范五的儿子。

"你做了那么多事,都是因为你不甘心自己的出身。来到满地勋贵的京城,你自卑了,对不对?你怕自己的身世被人发现,于是拼了命地去讨好那些人,去做太子的狗。你下场应试,也是为了洗去出身带来的脏印记,你就是个出身卑微的贱狗。"

第十三章
遇袭落水

　　我一股脑地说出了心里话，眼见着林重檀就像被水泼了的水墨画一般失了颜色。

　　他慢慢将欲要握我的手收了回去，垂下眼皮，拢住眼底的情绪。我与他沉默地对坐，不知过了多久，他才开口。

　　说话时，他的声音略带沙哑："过段时间，我再来……"

　　话说到一半，他止住了话头。

　　他今日穿了件竹纹云雾绡的衣裳，秋日午时的日光透过菱花窗落在他宽大的衣摆上。我看着他，恍惚间竟有些想不起他原先的模样。

　　仔细想想，我与林重檀相识已有六年，原先我叫他二哥哥，后来我叫他檀生。

　　原来我识人不清，以后我不会了。

　　我站起身，抓起他写完的厚厚的一沓笔记砸在他的脸上。他被砸得闭了下眼。纸如雪花纷纷落下，飞散在地。

　　"不想说就不用说了，既然你选了下场应试，就捡了这些脏东西离开这里。"我对林重檀说。

　　林重檀的眉骨被纸的边沿划伤，一滴血渗出皮肤。他抬起手指轻轻拭去朱红血珠，沉默地弯下腰去捡地上的手稿。

　　他一张张地拾起，重新叠好放在案桌上，声音极轻："寻常人家亦有子弟为家产斗得你死我活的，皇家更甚，你不要参与朝堂的事，一点儿也不要沾。"

　　说完，林重檀转身离开了。

　　而我愣在原地，林重檀的话是什么意思？难道他也知道二皇子要逼宫？如果林重檀都知晓了，那太子应该也是知晓的。

我忍不住回想昨日二皇子在中秋宴的表现，太子虽被罚禁足，但不代表太子就没有消息来源了。我都能看出二皇子表现有异，其他人自然也能。

我低头看向挂在腰间的荷包，因为怕被人发现，我将林重檀的私章塞在荷包里，随身携带。

如果太子也知晓了二皇子的计划，我想用书信诬陷林重檀这事情就做不成。

只是林重檀为什么要告诉我这个？

没等我想清楚，外面传来通报声，说四皇子来了。

我整理了一下衣服，让人请四皇子进来。

四皇子昨夜送了宫灯，今日又带了礼物要送我。

他今天送我的是书，都是他原来读书时觉得好的书。

"我听说你近日跟着上官大儒学习，想着这些书也许对你有用。"四皇子说着，注意到了桌子上的笔记，"这是……"

"这是上官大儒的学生写的。"我没说林重檀的名字。

四皇子盯着笔记看了好一会儿才移开视线："写得真好，我原来也想求学于上官大儒，但那时候上官大儒身体不好。"

说着，四皇子的神情变得有些寂寥。

我反应过来。恐怕不是上官大儒身体不好，而是四皇子不受宠。

皇上膝下皇子不少，我算极幸运的，太子自然也是幸运的。皇上看似待他严苛，却最重视这个儿子。

虽然昨夜皇上没亲自看望太子，但让我去了，何尝不是爱惜太子的意思。

惨的是被皇上忽略的皇子，以四皇子为典型。他的母亲出身最差，在宫宴上毫无存在感。宫宴上多是捧高踩低之人，去给四皇子敬酒的人都极少。

我想了想，对四皇子说："若是不嫌弃，我还有上官大儒上课的课堂记录，可一并给你。"

四皇子立刻露出十分欢喜的表情，紧接着，他连连摆手："不行，这些都是你的，我不能随便拿。"

"没关系，你昨夜送我宫灯，我都未曾回礼。"我让宫人把我存放林重檀速记的课堂记录的箱子抬进来，拿出后连同桌上的那一份一并递给四皇子。

四皇子显然十分开心，如饥似渴地阅读着，读到一半才猛然醒神。

"从羲，谢谢你，我抄写完就将这些还给你。"他对我腼腆一笑。

送走四皇子后,我盯着案桌发呆,忽地看到林重檀用过的毛笔,脑海里闪过一个念头。

如果太子已知二皇子计划逼宫,那么二皇子的谋划必然不会成功。太子现在隐而不发,也许就是在等二皇子动手,好一举拿下二皇子一党。

二皇子若是知道太子已经洞悉了他的谋划,定会警惕而谋后动。而太子始终等不到二皇子行动,定会心生怀疑。

当天下午,我宣了宋楠进宫。此外,我思索着如何才能把林重檀的私章放进二皇子的书房里。

此后数日,我果然没有再看到林重檀。那厢太子的禁足解除了。没过几日,豫南的戏班子被请进宫。

戏班子被安排在湖心殿演出,想要听戏,必须乘坐小船穿过黛湖。

自那夜以后,我就开始怕水。这一次在湖心殿演出的戏班子不一般,据说是太后生前最喜欢的戏班子。

太后在时,时常摆驾湖心殿听戏。故而皇上每年都会召戏班子进宫,大摆宴席地赏戏。

庄贵妃格外重视今夜的宴会,很早就开始打扮了。不过她今日的打扮与往日不同,她穿着素雅,还故意用脂粉遮掩了一番容色。

见此,我只能勉力克服心中恐惧,与庄贵妃同乘一艘小船前往湖心殿。庄贵妃看出我在害怕,握住我的手,问:"怎么了?"

我对她摇摇头:"没事。"

我逼自己不去想自己身在何处,但摇晃的船、划动船桨而响起的水声还是让我白了脸。

庄贵妃担忧地说道:"是不是不舒服?不舒服的话,我们就不去看戏了。"说完,她欲让划船的太监返程。

我连忙拦住她:"没关系,母妃,我只是有点儿晕,等船靠岸就好了。今日特殊,我们可不能缺席。"

庄贵妃依旧不放心,伸手轻抚我的额头,又摸了摸我的后颈:"还是有点儿凉……要是真的不舒服,一定要跟母妃说,知道吗?"

"嗯。"我点头。

湖心殿依水而建,复型红漆长廊引入殿内。前殿建了个龙吐水,远远瞧着,十分威严壮哉,殿中则布置了一个极大的戏台子。

皇上和皇后已经在了,我随庄贵妃上前行礼。

我平日觐见皇后的次数不多,她仅年长皇上几岁,不知是何缘由,看上去却比皇上大了十岁有余,鬓角竟有些发白了。

"免礼，贵妃，你坐朕身旁。"皇上说。

庄贵妃喏了一声，落座前，视线往我身上转了一圈。我用眼神示意我没事，便去找位子坐。

今日嫔妃都来了，除了嫔妃，还有皇子、公主。

自上次太子因我而被罚，十二公主就不来找我了，她这会儿跟八公主坐在一块。她看了我一眼，就气呼呼地移开了视线。

我寻了一圈，没看到四皇子，想着他可能还没到，便随便捡了个空位坐下。好戏开场了，这豫南的戏班子，唱腔响，功底扎实，文戏、武戏都挑不出一点儿毛病，但爱看戏的我却因为不远处就是湖，一直心神不宁，老觉得自己听到了水声。不仅如此，这水声还近，近在耳畔。

过了小半个时辰，庄贵妃身边伺候的嬷嬷凑了过来："九皇子，贵妃娘娘已经跟陛下禀明您身体不舒服，让您先回去歇息。"

我闻言看向庄贵妃，庄贵妃一脸担忧地看着我。

我不想让她看个戏都不安心，而且我的确不舒服，便不再强撑，准备先回华阳宫。

就在我胆战心惊地踏上小船时，有人抢在钮喜的前面跟着我上了船。

"太子殿下，当心。"

我下意识地回过头，太子就站在我身后。尽管钮喜的武艺不错，但他不敢贸然对太子动手。

太子是在我之后到的湖心殿，我远远地瞧见他向皇上、皇后行礼了，没想到他这会儿就要离开了。

"弟弟这是要提前回去？那便一起吧。"太子率先坐下了。

若是平时我应该会跟太子争执一番，让他不要跟我挤一艘船，现在我实在没有心情。

光是忽略四周的湖水，已耗尽了我全部的心神，而且我还不敢让太子发现我怕水，只能装作不在意的样子坐在杌子上。

开船后没多久，太子向我搭话："弟弟怎么不听完戏就走了？"

将袖中的手握紧成拳，我极力忍着惧怕，道："有些不舒服，想先回去。"

"哦。"太子忽地伸手探向我的额头，"哪里不舒服？"

我立即避开，这一动就听到四周的水声变大了，脸色便是一白。我掐着手指保持平静，努力稳住声音说："头有点儿晕，没什么大事，多谢太子哥哥关心。"

太子盯着我看了一会儿，收回手，吩咐划船的太监："还不划快些。"又对我说，"那弟弟待会儿记得让太医来看看。"

划船的速度变快，周围的水声也变大了，不知是不是我的错觉，我感觉船身更加摇晃了，不禁偷偷地抓住身下的杌子。忽地，我听到了奇怪的破水声，自水中钻出来几道黑影。

下一刻，我就被人一把扯过。听到刀剑刺入身体的声音和太监的惨叫声，我控制不住地一抖。将我扯过去的人似乎有所察觉，干脆将我的头脸揾进他的怀中，我闻到了浓郁的龙涎香。

我们乘坐的这艘船并不大，因太子与我同乘，我就只带了钮喜和另外一个宫人，太子也只带了两个随从。

一时之间，刀剑相碰之声不断。此外，我还听到了落水声。我们置身的小船因打斗越发地晃动，小船已经行至湖中央了，即便岸上巡逻的御林军发现了湖中的这一幕，也没有那么快赶到。

形势越来越危险，太子松开我，将我推到身后，迎向两名刺客。他没有武器，但赤手空拳也能对付一二。钮喜独自应付余下的两名黑衣刺客，分身乏术。

这时，与太子打斗的两名刺客察觉到我不会武艺，对视一眼，其中一个刺客将刺向太子的匕首猛地转向，朝我刺来。我连忙往后退，太子踢飞了另一个刺客手中的长剑，将手臂挡在我的身前。

刺客一击得手，再次出手，将匕首捅进了太子的腹部。太子捂住伤口踉跄了几步，被踢飞武器的刺客抓住机会一脚将太子踢进了水里。

眼看太子落水，我本能地伸手抓住了他。

"九皇子，小心！"

身后传来钮喜的大喊。

我惊恐地回头，对上匕首反射的刺眼的光芒。慌乱间我摸到了被太子踢飞的长剑，下意识地拿起来一挡，然而我这一剑居然正好刺中那个刺客的胸口。

血溅了我一脸。

我怔怔地看着那个目露凶光的刺客仰面倒下。钮喜在提醒我小心后，拼命往我这边赶，他受了不少伤，见我的危机解除，缠斗间他抓住了几个刺客，带着他们一起摔进水里。

"钮喜！"我大声喊道，看到钮喜从水面钻出来，提起的心才稍微放下。钮喜与刺客还在水中缠斗，船上只剩我与尸体。

我咬住牙，逼自己冷静下来，回过头看向湖面，想把太子拉上来。太子一只手被我拉着，另一只手抓着船身边沿，因为受了伤，脸色惨白。

"你抓紧……我的手，我拉你上来。"我控制不住声音里的颤抖，看

193

到湖面，我就想起我惨死在湖里的那一夜。

呼吸越来越快，胸口越来越闷。

太子发现了我不对劲儿，他皱着眉说："算了，你自己好好活着。"说完，他就要松手。

我不由得摇头，用两只手死死地抓着他的手："不……行，我可以把你拉上来的。"

我使出全身的力气，依旧无济于事，眼看着太子脸色越来越白，也听不到钮喜那边的动静了，我忍不住含着眼泪无助地大声喊道："有没有人，来人，救人啊！"

余光瞥到苦苦支撑的太子似乎变了眼神，也有可能是我看错了，因为待我想细看时，他就支持不住似的往下一滑。情急之下，我扑出去想拉住他的另一只手，不想因为重心不稳摔进了湖里。

我仿佛重新回到那场无望的噩梦里，没人救我，我也救不了我自己。

就在我的身体不断往下沉时，一只手忽地搂住我的腰，带着我往湖面游去。

破水而出的瞬间，我看清了救我的人的脸。那张素来噙着笑的脸，此时没了笑，神情严肃。

太子并没有看我，他带着我往岸边游去。船已经翻了。短时间的愣怔过后，我默默地抱住了太子。

秋日寒冷，水中更甚。我被冻得牙齿打战，止不住地吸气。许是我的动静太大，惹他不快，他皱眉看了我一眼，才继续往前游。

御林军终于发现了我们，纷纷跳入水中。等他们靠近，我就松开了太子，以减轻他的负担。

我被御林军接住时，太子拉住了我的手臂。

他擒住了我的手臂却什么都不说，见我看他，便表情漠然地松开手，仿佛什么都没发生。

我没有余力去管太子在想什么，我让御林军赶紧搜救去，钮喜他们还不知道是生是死。

得知我和太子遇刺，皇上大为震怒。

守卫森严的皇宫，居然让刺客混了进来。御林军统领不仅被革了职，还挨了五十板子。此外，当日当差的御林军都被罚了。

那些刺客的尸首、衣服上都没有任何标记，一时间查不出来历。

据说太子的情况不大好，而我被救起后就病了，醒了睡，睡了醒。等我彻底清醒，已过去了三天。

庄贵妃衣不解带地照顾我照顾了三日，都瘦了一圈，见我醒来，她一时喜极而泣："宝宝，从羲，你终于醒了。"她大声喊道，"太医，麻烦你看看从羲。"

"庄贵妃娘娘勿急，微臣这就为九皇子诊脉。"

见太医伸出三根手指搭在我的手腕上，我恍惚了一下，慢慢地想起了之前发生的事。

"母妃，钮喜他们……"我无力地问道。

庄贵妃对我挤出一抹笑："钮喜没事，只是伤得有些重，母妃请太医给他诊治过了，你别担心。"

庄贵妃只提了钮喜一个人，我就知道其他宫人怕是凶多吉少了。

太医说我醒了就无大碍了，我的病主要是因为邪风入体，且惊吓过度，他一会儿给我开一些宁神静心的药。最近这段时间仍需要静养，不要动怒，不要操心。

庄贵妃闻言松了一口气，太医告退后，我才问起第二件事。

"太子还好吗？"我记得我和太子被御林军救上来后，没多久他就晕了过去，手臂和腰腹处的伤口被水泡得发白，看着十分骇人。

"太子早就醒了，只是腰腹部的伤较重，现在还下不了床。"庄贵妃不想我操心这些事，便劝我专心养好身体。

我闷闷地点头，可一闭上眼，脑海里就浮现出黑衣刺客倒下去的一幕，他的血滚烫，飞溅到我的脸上。

我控制不住地发抖，又怕庄贵妃看见了担忧，连忙侧过身，却闻到了一股很淡的却很熟悉的药味。

我一愣，将床上的布娃娃扯过来仔细闻了一闻。确实是林重檀身上的药香味。他来过了？他怎么能随意出入我的寝殿？他……是在我身旁躺了许久吗？不然布娃娃身上怎么会有他的药香味？

我忍不住爬起来，问庄贵妃："母妃，这几日有谁来过吗？"

庄贵妃见我坐起身，吓得脸都白了："你这孩子动作那么急干吗？快……快躺下……有谁来过？这几日除了你父皇、你那些皇兄，就只有平日伺候的宫人和太医来过。怎么了？"

我皱眉，总觉得哪里不对，我又抓过布娃娃仔细闻了闻。庄贵妃见状，也凑近闻了闻，然后说："你这几日生病喝了许多的药，它身上竟也带上味道了。好了，别那么宝贝这娃娃了，拿去洗洗就没味道了。"

也许是我闻错了，误把自己身上的药味当成林重檀的了。

但我心里硌硬，让宫人现在就帮我把布娃娃洗干净。

又养了几日，精神了些，我就去探望钮喜。钮喜身中数刀，因为身强体健才捡回一条命。

钮喜看到我来，就想从床上爬起来，给我行礼。我连忙扶住他："不必多礼，你且好好养着，有什么需要都跟木通说。"

木通和钮喜一样是伺候我的宫人，因他手脚麻利，做事细致，我特意让他过来照顾钮喜。

钮喜向来面无表情，听我这样说，一时有些拘谨："谢谢九皇子。"

"不是你谢我，应该是我谢你，要不是你，我怕是活不了了。你好好养伤。"我陪了钮喜一会儿，看他面露疲惫，便留下木通，又叮嘱木通好好照顾他。

而后，我让人带着礼品，跟着我去东宫。

到了东宫，我才发现皇后也在。

皇后身边伺候的嬷嬷眼尖，一看到我就大呼奴婢见过九皇子。我本想避开皇后的，这下不成了，只得硬着头皮进去给皇后请安。

皇后坐在太子的床榻旁，听到我进来的动静，视线慢慢地转到我身上，她长久不语，我只能一直维持行礼的姿势。

"母后。"床帐里传来太子虚弱的声音。

皇后才出声道："平身吧，九皇子怎么来了？不是也病着吗？"

我低头回话："我的身体好了些，便想着来看看太子哥哥。皇后娘娘一片慈爱之心，日月可昭，天公在上，太子哥哥定会无碍。我就先告退了，免得打扰了太子哥哥。"

"你留下吧。"皇后道，"这些时日，朝儿怕是被本宫念叨得耳朵都生茧了，他不爱听，本宫也不想再多说，见天的不爱惜自己。哎，你们兄弟说话吧，本宫要去恩华寺抄佛经了。"

我听出皇后的言外之意，她不满太子救了我。当日看到太子带着我游向岸边的御林军不少，我毫发无损，太子两处伤口，这一看就知道发生了什么。

我无从辩解，只能恭送皇后离去。

半晌，床帐后传来咳嗽声。

我看了过去，想了想，靠近了一些。太子靠坐在床上，头发散着，他本就男生女相，此时状貌如妇人好女。

我还以为他会是奄奄一息的模样，实际上并不是。他看到我，还冲我眨了眨眼。

我不由得顿住脚步，问道："你身上的伤可好些了？"

他便将手臂处的伤口给我看,然而上面包着纱布,我什么都没有看出来。

"疼吗?"我又问。

太子闻言扬了扬嘴角,露出可怜的表情:"疼死了,不过有弟弟关心,好像也没那么疼了。弟弟,孤腰腹部还有一处伤口,你帮孤看看,伤口是不是有些裂开了。"

看过太子的伤口,我坐上软轿离开东宫,又从软垫下抽出一本医书打开,仔细将书上的人体解剖图与先前看到的伤口进行对比。

果然,伤口恰好避开了要害处……我没有猜错,这场遇刺跟太子脱不了干系。

身体好些后,我反复回想看戏当日遇刺的事,总觉得哪里不对劲儿。刺客之前十分凶悍,但我胡乱刺出一剑,他就死了,还有太子……

我用双手都没能将他拉上船,他脱力后,我也因重心不稳跌入湖中。按理说,太子是没有力气去救我的,他却将我从水中捞起,还带着我游了那么长一段距离,根本不像是力气耗尽之人。

钮喜习武,说不定会被他看出问题,所以太子一直等到钮喜入水后,才假装脱力跌入湖中。至于毫发无损的我被太子留在了船上,是不是说明这场行刺不是冲着我来的,我只是一个见证者——证明太子无辜。

我落入湖中,明显在太子的意料之外,他不想让我死,不得不在我面前露出马脚。御林军救我时,他抓住了我的手臂,那瞬间他是后悔了,想杀人灭口?

太子刚刚突然抓住我的手,应该也是怕我发现什么。

为什么太子要演这一出?这对他有什么好处?

外面忽地传来行礼声,我听着外面不甚整齐的"见过九皇子",有些疑惑地问:"何人?"

软轿旁的太监回话:"回九皇子,行礼的是今年榜上有名的进士,这会子正要去参加殿试。"

我怔了一下,这就要殿试了。我伸手掀开轿帘,果然在行礼的二十几人当中看到了林重檀。

峨冠博带,濯濯如春月柳,这样的林重檀在一众年龄较长的进士里极为显眼,连身边随行的小宫女都偷偷地瞅向他。

"快快请起。"我缓和了语气道,"诸位都是我朝不可多得的人才,从羲在这里先祝诸位金殿封官,蟾宫折桂。"

"多谢九皇子。"众人又行礼道。

我放下轿帘,让宫人起轿回宫。

若我没料错,林重檀十之八九能高中状元。本就重视他的太子自然也会越发地器重他。一边是能用的有才之臣,一边是同父异母的皇弟,太子会选择谁,不言而喻。

我必须早日破局,不然太子登基后,我再想毁了林重檀,只会难上加难。

回到华阳宫,我一边更加认真地思考太子安排这场行刺的目的,一边宣了宋楠进宫。思索良久,我突然想到了被革职的前御林军统领:"宋楠,新上任的御林军统领你可认识?"

宋楠目光闪烁,道:"新上任的御林军统领是永卞伯爵府的嫡子鲁义阳,他的夫人是二皇子母家的蓉三姑娘。"

原来如此。

太子果然知道二皇子在谋划逼宫,他不仅知道,还想让二皇子早日付诸行动。

我听宋楠说这些时日二皇子安分不少,没再联系马山秉,所以太子很有可能坐不住了,才演了这么一场戏,就是为了让二皇子在御林军中安插上自己的人。

只是他不怕二皇子觉得奇怪,更加不敢妄动吗?

太子走这一步棋,难道是为了敲山震虎?不对,若只是敲山震虎,没必要把御林军统领换成二皇子的人。

当时在船上,太子跟我说,要我好好活着。这话听起来太像临终赠言,有没有可能太子当时是想假死?但这样一来,本想逼宫的二皇子也会投鼠忌器,除非太子已经找好了替死鬼,替死鬼最好还是个皇子。

如此,二皇子一下子少了两个对手,并且一跃变成了"长子",他当上太子的可能性就变得极高了。

这时,若有人抢在二皇子前面被封为太子,他定会怒而逼宫。

太子留我一命,莫非是认为我备受皇上宠爱,极有可能在他"死"后被封为太子?

现在太子的计划出了纰漏,他没能"假死",为了推动二皇子尽早逼宫,肯定还有后招。

不出我所料,第二日行刺的幕后主使就被缉拿归案了,是四皇子。

我只看到披头散发、脸颊红肿的四皇子被五花大绑捆着拖了出来。他看到我,先是冲我笑了笑,随后低下头。

那瞬间我看清了他的眼神,他愤怒于不公,此外还有无奈、灰心。

无奈？灰心？我不由得看向高高的殿门，一个可怕的猜想浮现在我的心头。

进殿后，我发现皇子都在，包括太子。我随着他们一起跪在地上："儿臣拜见父皇，父皇万岁万岁万万岁。"

坐在上首的皇上抬手揉了揉眉心，像是十分疲倦不堪，许久才开口道："朕知道你们兄弟年纪渐长，有了自己的心思，但有些东西朕没有给，你们就不能伸手来拿，今日能做出行刺兄长之事，他日岂不是要弑君杀父？"

"儿臣不敢。"

众皇子都连忙叩首，我也跟着喊了一声。

皇上再度沉默，过于安静的大殿，空气都变得焦灼，大家的呼吸都变轻了，我也不例外。

忽地，我听到在皇上身边伺候的大太监高声疾呼："陛下！陛下！"

似有什么摔了，我登时抬头，就看到皇上捂着胸口倒在龙椅上。

太子最先跑过去，他先是呼喊"父皇"，又冲着宫人喊道："快宣太医！"

皇上被气病了，太医全都守在皇上寝殿一夜未出，御前传来的消息不甚乐观——皇上昏迷不醒。太子摄政，以皇上需要静养为名，将人拦在殿门外。庄贵妃请求侍疾，却被劝退。

两日都没有皇上醒来的消息，庄贵妃越发不安，不住地在殿内走来走去。停下来后，她拉着我的手："从羲，这宫里的天怕是要变了，母妃应该早早地为你请封，让你早早离京的。"

我神色一凛，软言安抚了庄贵妃几句后，就宣了宋楠进宫。

"我让你偷偷放到二皇子府上的信，你放在何处了？"宋楠一到，我就问道。

宋楠说："属下将信放在二皇子的书房抽屉里了。"

"宋楠，你有办法把那封信偷回来吗？"

宋楠想了一下，才说："属下尽力一试，主子，可是出了什么事？"

"我之前想错了，不仅太子知道二皇兄要谋反，父皇也知道。"我皱着眉，低声说道。

四皇子被拖走那日的眼神实在太奇怪，如果只是被冤枉，他如何会觉得灰心，之所以灰心，说明他是不得不"自愿"担下了凶手的罪名。

能做到这一点的人恐怕只有皇上。

皇上本就不重视这个儿子，明知道他被冤枉，却还是让他认下了罪名，所以四皇子才会灰心。

我继续说:"父皇病得古怪,太子拦下了所有人,不允许他们觐见父皇。就二皇兄的心性,忍得了才怪。他怕太子就此控制朝纲,肯定想动手。只是我给二皇兄送了匿名信,只要他看到了,他就未必真的反了,父皇等不到二皇子动手,绝对会暗查此事,说不定会查到我身上。"

我不怕太子知道是我提醒的二皇子,只要他没证据,就拿我没办法。若是皇上知道了,就怕皇上没拿到证据,也认定我是二皇子的同党,万一因此怪罪庄贵妃……

我越想越坐立难安,自己先前实在过于冒进了:"算了,你不要去拿那封信了。"

现在再去拿走信也无济于事了,还有可能彻底暴露。

我得想办法见皇上一面。

当日,我再次前往皇上寝宫,跟之前一样在大门口就被拦下了。拦我的宫人赔笑道:"九皇子,陛下正病着,太子殿下命令我等务必不能让人惊扰陛下,请九皇子回吧。"

我咬了咬牙,猛地跪下了。

宫人吓了一跳,连忙来扶我。我推开他,扬声喊道:"太子哥哥,求你让我见父皇一面,太子哥哥!"

"哎哟,小祖宗,可不敢在这里大声喊。"宫人被吓坏了,又想捂住我的嘴。

我怒目而视:"你敢碰我!"

他讪讪停手,为难地说道:"九皇子,您还是请回吧,等皇上病好些了,肯定会召见您的。"

我笔直地跪着,闷声闷气地道:"我就在这儿跪着,要么你放我进去,要么你让太子哥哥出来见我。"

我在殿门外跪了许久,殿门都没有开。宫人不停地劝我起来,请我回去,我没有理会。天色渐渐昏沉,冷不丁地下起了秋雨。

秋雨一落,就更冷了,寒气顺着膝盖往上爬。我苦苦地支撑,终于听到了殿门打开的声音。

太子自殿内走出,身着朝服,居高临下地行到近前。我不得不抬头看着他,见他垂眼看着我并不作声,咬咬牙,膝行两步,两只手一起抓住他的蟒袍袖子。

"太子哥哥,我真的很担心父皇,你让我见父皇一面。"他还是不说话,我从抓他的袖子改为抓他的手,"就见一面,太子哥哥。"

太子盯着我看了片刻,缓慢地摇了摇头,呵斥宫人道:"你们都是死的吗?还不赶紧送九皇子回去,若是九皇子有半点儿闪失,仔细你们的脑袋。"

说罢,他将手从我的手中抽出。我想拦他,可我跪了太久,勉强站起来又往下摔。

"九皇子!"

"九皇子,小心!"

宫人连忙扶住我,我见太子停下了脚步,又喊了他一声:"太子哥哥,你让我见见父皇。"我并不是故意表现得委屈可怜的,是膝盖太痛了,说话时才带着哭腔。

太子背对着我,置若罔闻地抬脚往前走。很快,他的身影消失在合上的、朱红的、威严的殿门后。

"从羲。"身后忽地传来庄贵妃的声音。

我转过头,就看到庄贵妃冒雨疾步赶来。她走得极快,撑伞的宫女都有些跟不上她了。

"你这傻孩子。"庄贵妃将我仔细检查了一遍,看了紧闭的殿门一眼,"你父皇还没醒,我们今天多半是见不着了,先跟母妃回去。"

我仍有些犹豫,可庄贵妃第一次对我沉下脸:"从羲!"

我只得老老实实地跟着庄贵妃回了华阳宫。太医已经在华阳宫候着了,我的膝盖青紫一片。太医说我若再多跪一会儿,恐怕就要留下病根。

庄贵妃气得拿手打了我两下。我自知理亏,只能讨好地对她笑。

太医将药揉搓开时,我疼得眼泪都冒出来了。庄贵妃发现后,一边让太医放轻动作,一边心疼地说:"母妃知道你心系你父皇,但现在你父皇需要静养,谁都不许探视,你久跪又有什么用。"

我忍住眼泪,看了太医一眼,道:"母妃,我真的很怕。"

"你父皇是真龙天子,为天庇佑,我儿莫怕。"庄贵妃看向太医,"蒋太医,你也在御前伺候,皇上可好些了?"

蒋太医滴水不漏,我有些失望。

确认药膏都推开后,我被摁在床上休息。听着帐外传来庄贵妃与太医轻声交谈的声音,望着上方垂下来的香熏球,我不由得想:接下来我该怎么办?

既见不到皇上,又随时可能暴露,事情一旦败露,就算皇上素来宠爱庄贵妃,疼爱我,与关乎江山社稷的事比,我们母子又算得了什么。

我倒罢了,我不想连累庄贵妃。

困意上涌,我迷迷糊糊地睡着了。睡着后我做了一个梦,我竟然梦到了林重檀。

在梦里,我们遇到了山匪,他背着我逃跑,后来我的脚受伤了,他将我的脚放在他的腿上帮我上药。他低头上药的样子,既认真又仔细。

醒来后,我愣了好一会儿,不知道为什么会梦到林重檀,后半段的梦还这么不真实。

第二日,我的膝盖就肿了起来,整个人都难以动弹。皇后带着众嫔妃去恩华寺给皇上祈福,庄贵妃走前反复叮嘱,不许我出去乱跑,先把伤养好。

我现在这种情况如何能乱跑,不是坐在床上,就是坐在榻上。

如今已步入深秋,梧桐叶落了一地。庄贵妃喜欢落叶,所以宫人并未扫走落叶。我将下巴搁在窗棂上,望着地上枯黄的梧桐叶,想着事情。

宋楠来了。

他行礼后,压低声音道:"主子,林重檀想见你一面。"

我听到"林重檀"三个字就皱起眉头,转念一想,林重檀是太子的人,他上次提醒我不要插手朝廷之事,肯定是知道其中隐秘的。

不知道他为什么要在这个时候见我,还是他想利用我……若是如此,我为何不能反过来利用他?

"自行刺后,上官大儒便不再进宫授课,他要见我,打算怎么进宫?"我问宋楠。毕竟我现在的情况,出宫是不可能的。

殿试是结束了,只是还没放榜。

宋楠沉思片刻道:"如果主子予属下腰牌,属下可将他带进宫来。"

下午,我就看到穿着御林军服饰的林重檀——

黑轻甲,赤红摆,头上还戴着御林军的红缨盔帽。乍一眼,我都没认出来是他,还以为他是我手底下的哪个兵。

宋楠将林重檀带进来后,就退到殿外守着了。

第十四章
状元及第

唯恐旁人看到我与林重檀密谈,我提前关上了窗。我靠坐在美人榻上,看了林重檀一眼,就低下头盯着盖在腿上的薄被上的绣花。

脚步声从远及近,我余光看到赤红色下摆。紧接着,他坐在美人榻旁,不等我开口,就先掀开了我腿上的锦被。

我忍住没发火,看着他将裤腿卷上去。

林重檀目光触及膝盖上的青紫肿块时,手指颤了一下,随后他抬眼看向我:"太医说了一日要涂几次药吗?"

不知是不是我的错觉,他的态度不像上次那么软和,似有薄怒。

我顿了一下才说:"三次。"

"今日涂了几次了?"

"一次。"

话音刚落,林重檀就问我药放在哪里了。我瞬间反应过来他想做什么,立时想躲开他的手:"我不用你帮我,我有宫人伺候。"

林重檀摁住我:"别乱动,药在哪儿?"

我犹豫了一会儿,还是指了指放在拔步床内侧的匣子。林重檀起身将药膏自匣中取出。

他闻了闻药膏,又沾了点儿药膏涂在手背上。仔细观察后,他放下药膏,从怀里拿出另一盒药膏。

"太医开的药膏药性偏凉了,你本就虚寒,并不适合。"

林重檀说着,就要给我上药。我躲了一下,才老老实实地不动了。我看着他低头给我上药,一时恍惚了,此时此景,像极了我昨夜的梦。

不过我也就恍惚了一会儿。昨日太医将药膏揉搓开时,我就疼得不行,今日疼痛更甚。林重檀搓热了掌心,慢慢地将药膏敷在我的膝盖处,我疼得直吸气。林重檀的动作轻了些，但还是疼，疼得我揪紧了锦被。

林重檀忽然问："这么怕疼，为何还要跪在御前这么久？"

闻言我咬住牙，不肯再漏一点儿声音。

林重檀似乎叹了口气，上完药后，他去净了手，又坐回榻旁。他将我紧攥的手打开，手心已处处是指甲印。

他是知道什么了？

莫非他知道我给二皇子投信了，也知道信的内容了？

眼睫颤了颤，我咬住唇。

林重檀看了我片刻，态度终是缓和了些许，拿出手帕帮我擦脸："怎么还跟从前一样，我才说你一句，就哭成这样了。"

我由着他帮我擦去泪水。

片刻后，我被药香味裹住。

我装出害怕的样子，声音颤抖着说："檀生，我好怕。父皇病得那么重，他会不会再也醒不过来了？"

林重檀听我唤他檀生，将我推开了一些。他紧盯着我看，似在端详我的神情。我不敢露出一丝恨意，只做出一副害怕、依赖他的模样。

少顷，他安慰道："皇上是天子，有神明护佑，不会有事的。"

我不禁抓紧他的衣服："真的吗？"

"嗯。"

"那就好！父皇没事就好。"我顿了一下，才继续说，"最近宫里不太平，先是刺客，父皇还病了。你知道吗？刺客竟然是四皇兄派来的，我与他还算亲近，从来没想过他会做出这等事来。"

林重檀轻轻地顺着我的背，只说："四皇子他……你不必亲近他。"

"我觉得他不像会做出这种事的人。"我说完，脑袋就被揉了两下。

林重檀表现得什么都没做一样，语气平淡地道："他像不像，并不重要。我说过了，这些事你不必参与其中，以前是，以后也是。"

我认识林重檀这么多年，多少知道这人说话不喜欢说明白的毛病，但是他这样说，至少证明我猜对了。

四皇子是替死鬼。

突然，外面传来宋楠的声音："微臣给太子殿下请安，太子千岁。"

我不由得松开了林重檀。林重檀显然也没料到太子会来，神色微变。

我看着他如此反应，一时有些犹豫——是让太子发现林重檀好，还是让林重檀躲起来不被发现好。

等等，我不能让太子发现林重檀在我这儿。

如果太子没有跟林重檀串通好，他发现林重檀在我这儿，定会怀疑林重檀，这样一来，我私自召新科进士进宫的事情也会暴露。

如今皇上昏迷不醒，朝廷形势波谲云诡，我已经自己给自己埋了一个祸根，再被发现林重檀在我这儿与我私会，怕是皇上会越发认定我有不臣之心。

想到这儿，我连忙推了推坐着不动的林重檀，压低声音催促道："你快躲起来。"

说话的工夫，太子的声音传了进来："平身，宋楠，你怎么守在这里？九皇子在里面吗？"

眼看太子就要进来，我迅速环顾四周，只发现身下的美人榻勉强能藏人，便又推了林重檀两下："藏榻下去。"

林重檀看着我的眼神都变了，我没心情顾及他在想什么，连推带打让他藏进去。林重檀这才不情愿地冷着脸躲进美人榻下。

我刚整理好垂落地面的薄被，好让它掩住藏在底下的林重檀，太子就进来了。

太子看到坐在榻上的我，抬手让跟进来伺候的宫人退下。

"孤听说弟弟的膝盖伤着了，特意过来看看。伤得可厉害？"

他昨日那般冷漠，今日又换回原来的笑面。而我没像往日那般不恭敬，努力撑起身体作势要下榻给他行礼。

太子摁住我的肩膀："腿都伤了，就不用行礼了。孤看看你腿上的伤。"

"是，太子哥哥。"

我从未干过藏人的事，害怕太子发现端倪，心跳得有些快，将裤腿卷起来时手还抖了一下。

太子看到我腿上的伤，嘴角的笑意收了几分。

他低头瞧着我的膝盖："啧啧，怎么伤得这么重，可怜死了。弟弟，你涂药了吗？"

我刚想回话，他就发现了榻上的药——被林重檀扔在上面的，太医开的那盒药膏。

"孤帮你。"太子打开盒盖，竟真的打算帮我上药。

且不说我才涂完药，单想到涂药后必须把药膏推开时的那股疼痛，我立即拒绝道："不用了，我涂过药了。"

"涂过了？什么时候的事？"他问我。

我斟酌着回答："中午那会儿。"

"这都已经过去好几个时辰了，再上一次。"

我怕太子真的给我再涂一次药，伸手抓住他探向药膏的手："我忘了，我刚刚也涂了一次药，我自己涂的。先前涂了药，我才把药膏搁在榻上了。"

太子眉毛一挑，蓦地反手抓住我的手凑到鼻尖嗅了一嗅。而后，他似笑非笑地看着我："弟弟才涂了药，怎么手上没有一点儿药味？别说是宫人帮你涂的药，方才你底下的人可是说了——你在殿里休息，想一个人清静清静，他才守在殿门外的。"

我没了其他借口，又不能供出林重檀，只能说："是，我没涂药，我现在不想涂药。"

"这怎么行，不涂药伤怎么会好？"太子说着，手指沾了药膏要往我的膝盖上涂。

我再次拦住他："不用了，我怎么敢劳烦太子哥哥，太子哥哥还是早点儿回吧，父皇更需要太子哥哥。"

太子的表情冷了下来，像是在怪我不识抬举，不过没多久他就摇头笑了笑，极无奈的样子："脾气还挺大，昨日你跪在那儿，孤不让你进去，是因为不能开这个口子。你跪了，孤就允你觐见父皇，他日别人也跪在那里，孤是允还是不允？若允了，万一惊扰了父皇……若不允，他们岂不得说我格外偏袒你？"

听他这样说，我不由得问道："我可以夜里偷偷地去看父皇吗？"

太子没说好，也没说不好，只是把玩着手里的药膏。我懂了，挣扎一番，豁出去了："劳烦太子哥哥帮我涂药。"

"既然你情真意切地拜托孤帮你涂药，孤就帮你一回。"太子重新用手指沾了药膏，就要涂到我的膝盖上时，忽地低下头嗅了嗅。

我心中警铃大作，下意识地屏住呼吸。林重檀给我涂的药膏与太医开的药膏不同，味道也有差别，太子不会闻出来了吧？

说完，他开始帮我涂药。我才经历一场涂药的痛苦，现在又来一次，坐都坐不住，只能躺在榻上，额头上冒出层层细汗。

我也不敢去抓薄被，怕不小心扯开了被子露出下方的林重檀。

太子完全不会照顾人，涂药也不好好涂。林重檀是用掌心去揉开药膏，而他是指尖涂药，东点一下，西点一下，力道一会儿轻，一会儿重。实在有些难熬。

好不容易结束了，我躺在榻上平复呼吸。这时，太子俯下身凑近。他眼珠子颜色偏向茶色，背着光，现在看上去乌沉沉的。

我看着他逼近，觉得有些不妙，故作镇定地问他："我什么时候可以去见父皇？"

太子笑了一下，居然捏了捏我的脸颊："弟弟觉得这样就可以去见父皇了吗？刚刚明明是孤伺候你，你想求孤，不该是你想办法来讨好孤吗——什么声音？"

在太子说到"讨好"二字时，榻下传出了细微的声音。

眼见太子的视线一转，就要看向美人榻下，我连忙抓住他的手臂："太子哥哥……"他的视线回到我身上，我向他展示了一下手腕上的玉镯，"太子哥哥刚刚可能听到是手镯撞到床榻的声音，这是母妃给我的，好看吗？"

太子的眼神瞬间变得有些莫测，他斜睨我，许久不曾言语。

就在我以为蹩脚的谎言被发现时，他蓦地一笑："弟弟生得白，戴什么都好看。"

他摸着我手上的玉镯，不适感在我心中升起，我想把手收回来，又怕太子又将注意力放回美人榻下。

纠结半天，我转移话题道："你还没说什么时候带我去见父皇。"

太子捉着我的手腕，说道："孤刚刚不是说了吗？弟弟需要先讨好孤才行。"

我抿了抿唇，犹豫要不要问他想我怎么讨好他。他也不催促我，气定神闲地坐在一旁。

片刻后，我还是问出口："你想要什么讨好？"

太子闻言笑出了声："如要孤想，还是什么讨好？"

我没有回答这个问题，在心里飞快地盘算起来。太子为一国储君，要什么没有，我送什么礼恐怕都难以正中他怀。

若问太子喜欢什么，我对他不怎么了解，这段时间相处下来，只觉得他性子暴戾，且城府极深。他看起来恣睢无忌，走的每一步却都别有深意。

我甚至怀疑那天深夜他让人围住华阳宫，对我发难，也是他一早谋算好的。

他需要二皇子蠢蠢欲动。

"还没想好吗？"太子问我。

我抬起眼，摇摇头。

太子笑意收敛了些："那就算了吧，父皇需要静养。"说着，就起身要离开。我坐起身想拦住他，心里想着抓住他的手臂，因他起身得太快，最终我抓住了他的手。

意识到这一点后，我愣了一下就想松开，却发现他停住不动了。

既然林重檀在，我就不应该表现得与太子过分熟稔，可现在我更需要太子松口让我去见父皇。

今日这种情况下我都没能让太子松口，日后只会更难。

"太子哥哥。"我将声音放轻柔，"你能不能明示我？我真的想不到怎么去讨好你，你什么都不缺。"

太子低下头看着我，因为垂着眼，睫毛看上去十分浓密且长，眸如玉石缀于其中。

"谁说孤什么都不缺的，孤缺一只小狸奴。"他别有深意地说。

登时，我有些不安，但还是说："太子哥哥想要一只猫？我待会儿就让人选一只听话的猫送去东宫。"

太子又说："孤想要的是不掉毛的小狸奴。"

我不由得松开了他的手，我想我没有误会他的意思。

太子扯唇轻轻一笑："弟弟考虑好了再来找孤吧。"

他拢了一下袖口，就准备离开。

"等等。"我咬了咬牙才把后面的话说出，"狸奴绝对不行。"

太子回头看着我，我觉得羞耻，忍不住低下头。我最讨厌别人把我比作这些狸猫、狸奴，这会让我想到原来的事情，可现在我却不得不默认自己是太子说的狸奴。

"狸奴不行？"太子重新坐回了榻旁，凑近我的耳朵，但声音不低，"那我偏要呢？"

我没有开口。

太子捏着我的下巴，轻佻地说："小狸奴，喵一声给孤听听。"

我登时气得脸颊通红，恨不得一巴掌扇在太子的脸上，理智终是战胜了冲动，我不能发作，我还要见皇上。

我深吸了两口气，忍着羞耻极小声地"喵"了一声。完事后，我根本就不敢去看太子，只想把自己埋起来。

太子终于满意了，哈哈大笑起来，我忍不住将袖中的手紧握成拳。

"乖，过两日等你养好了些，孤就带你去见父皇。"

太子说完这句话，终于离开了。我坐在榻上用力擦着被他手指碰过的下巴时，林重檀自榻下出来。

来时，林重檀只是似有薄怒，现在他眼里的怒火可谓即将喷涌而出，我本来觉得耻辱，见他这副表情倒一时有些好笑。

林重檀为何要表现得比我还生气？真是失态。

我心里笑话他，面上不显，只做出委屈的样子。

林重檀声音寒冷如冰："你为何一定要求他带你去见皇上？"

我顿了一下，慢慢抬起眼："因为我要护住母妃和我自己，身为皇子，我一点儿实权都没有。你让我怎么办？跟太子硬碰硬吗？"

林重檀别过脸去，以我的角度，只能看到他紧绷的下巴和微颤的睫毛。

半晌，他才转过头来："你可以什么都不做，不管是前廷还是后宫，都不会影响到你，只要你什么都不做，乖乖地当你的九皇子。"

我不可能什么都不做，我要你死，我要替良吉报仇。

我放下手，道："你这话说得轻巧，你方才也听到了，太子就没有将我当成他的弟弟。他日登基，我……"

"他不可能登基。"

林重檀的话让我怔住。

"什么？"我惊疑不定地看着他。

林重檀察觉自己失言，紧紧抿着唇，不再开口。我当即追问道："你为什么说他不可能登基？"

过了好一会儿，林重檀终于开口："君王少壮，自然还没到太子继位的时候。"

林重檀明显是在敷衍我。

他为什么说太子不会登基？

还有他刚刚提及太子时，言语并没有一丝对太子的尊敬，甚至眼中有憎恶——还有仇恨。

他为什么会恨太子？太子明明是他的伯乐。难道林重檀跟太子的关系根本就不是那般和睦？

这时，门外的宋楠提醒道："主子，时候不早了。"

这话不仅我听到了，林重檀也听到了。他皱了皱眉，继而把先前给我涂的药膏塞到我的手里，转身离开，但没走几步，又停下来，转过身来对我道："到了御前，只要说些尽孝的话即可，旁的不要多说。"

两日后的深夜，我被太子带进了皇上寝殿。寝殿里弥漫着极浓的药味，皇上脸色枯黄地躺在龙床上，双眼紧闭，像是还在昏迷中。

因为我要来，殿内的太医和宫人皆被清退了。我慢慢地走到龙榻旁，坐在榻前的踏板上，抓着皇上的手就狠狠哭了一场。哭得双眼都有些疼了，我才转头低声对太子说："太子哥哥能不能先出去一会儿？我有些话想跟父皇说。"

"什么话是孤不能听的？"太子问我。

我眼里尚有泪水："太子哥哥在这里，我不好意思说。"

太子沉默地看了我一会儿，还是转身离开了。

我不确定是否隔墙有耳，本来就是来演戏的，也不敢露一点儿端倪，又抓着皇上的手哭了好一会儿，才说："父皇，儿臣和母妃都好想你，母妃这段时间茶不思，饭不想，哭得眼睛都肿了，儿臣日夜抄写佛经，祈求父皇早日康复……"

说到这里，我应该顺势说我知晓二皇子有不臣之心，盼着对方能迷途知返，所以不曾禀报。

但开口之前，我想起了那天林重檀走前跟我说的话。

按理说，我不该采纳林重檀向我提的任何一个建议才对，不知为何，我觉得他的提议才是对的。

于是我从怀里拿出庄贵妃在恩华寺求的福袋，小心翼翼地放进皇上的手里，再轻轻地握着皇上的手，又小声地唤了几声父皇，哭累了便趴在床边。

离开时，我问太子："父皇什么时候能醒？"

太子没有回答，只让宫人送我回去。我敏锐地察觉太子对我的态度与带我来时的不同，好像变冷淡了，也有可能是我哭累了产生的错觉。

回到华阳宫，尽管身体疲乏，但我怎么都睡不着，干脆起身坐在中庭。半夜下起了秋雨，我抱膝坐在金砖地板上，看着斜飞而下的雨丝。

在太学时，我曾和林重檀一起看了一夜的雨。窗外更深露重，雨声潇潇。

林重檀洞悉我的害怕，温柔地安慰道："没事，白螭和青虬都歇下了，想不想去外面赏雨？"

有雨无雷，我早就闻到空气中桂花的香味，思索片刻，小声地"嗯"了一声。

廊下果然凉爽，林重檀只留了一盏灯。我坐在他的身侧，赏着秋雨，赏着赏着，忍不住伸手去接雨水。

接到雨水后，我起了坏心思，要林重檀把手伸出来。他的手在烛光下好似泛着如玉脂般的光，我把雨水倒进他的手心。

林重檀好脾气地接了。

我闻着他身上的药香味，还有清风送来的桂花香味，不知不觉间醺醺然。

我伸出手去接雨水，雨水渐渐地在手心里积成一小摊，又从指缝间漏下去。现下没有桂花，只有梧桐，也无林重檀，只有我。

看了一夜秋雨，结局是我又病倒了。一个月病倒三回，庄贵妃忧心极了，都瘦了一圈。

我还在病中，皇上醒了，只是皇上仍病着无法主持朝政，依旧由太子监国。

庄贵妃带着我面圣，我很怕皇上已经知道了我曾用匿名信提醒二皇子的事，但皇上面见我时，只是极为关切地问起了我的病，还伸手摸了摸我的头。

"从羲，你还病着，别把病气传给你父皇。"庄贵妃在榻旁坐下，温柔小意地给皇上按摩腿。

皇上闻言笑了笑:"朕与从羲都病着,何来过病气之说?"

我们留在御前用了膳。原先我也曾与皇上一起用膳,但从未留在皇帝寝殿里用膳,连庄贵妃都意识到不对,回去后问我是不是有什么事情瞒着她。

我把我曾偷偷探望父皇的事,一五一十地说了。庄贵妃没说什么,只是摸了摸我的头。

从他们的反应来看,我那一步棋应该是走对了,但我不敢完全确定,接下来我一直小心谨慎,只去御前侍疾,连聂文乐都没有再联系。

二皇子那边一点儿动静都没有,也不知道是不是因为看了我的信。

越是平静,我越觉得这只是暴风雨前的宁静。

其实,我还有些事想不通。皇上是没有发现我给二皇子送了匿名信的事吗?还有,林重檀为什么要提点我?他让我只说些尽孝的话,就像在提醒我——他知道了我做的那些事。

我想到这个可能,不由得咬牙。

是啊,林重檀那么聪明,他很有可能知道他的私章是被我拿去了。太子极有可能早就把二皇子那边的情况摸透了,林重檀自然也极有可能早就知道我伪造的那封信。

他知道我送了信,也知道我拿了他的私章,绝对也猜到了我想陷害他,却还来提点我。为什么?难不成我死后,他真的后悔了?

如果林重檀真的后悔了……我控制不住地笑出声,那就是他自己把刀递给了我。

我想我知道该怎么做了。

皇上病情有所好转时,朝廷公布了本次科举的名次。

我并无官职,不能参加朝会,便央求皇上允我去观看传胪典礼。皇上被我磨了一阵,同意了,但要求我换上太监的衣服,躲在珠帘后观礼,更不许随意走动。

金銮殿上,我躲在珠帘后等着。文武百官依次入殿,行三跪九叩大礼。林重檀与其他新科的进士皆身着公服,站在百官队伍末尾。

鸿胪寺官从队伍中走出,从御前太监手里接过明黄卷轴,按例宣读后,终于开始唱名。

听到他说第一甲第一名是林重檀时,我丝毫不觉得意外。林重檀在鸿胪寺的官员引导下自队伍中走出,跪在御前。他穿着青色公服,低垂着头。

唱名结束后,坐在龙椅上的皇上轻咳了两声:"诸位都是我朝的未来栋梁,朕的股肱之臣,朕希望诸位能做一个大公无私,清正廉洁,为国为民,忠于职守之人，不浪费才学，更不枉此生。"

"臣等必定鞠躬尽瘁，不负圣意。"众人答道。

今日的事，并没有就此结束。

皇上点了林重檀这个状元郎白马游街，白马是番邦进贡的汗血宝马。林重檀换上状元红袍，手持圣诏，行礼后退出金銮殿。我虽看不到林重檀游街的场景，但能想象得出那将是何等的风光。

林重檀乡试第一、会试第一、殿试也是第一，三元及第。纵观我朝，只有两个人做到了连中三元。一人是林重檀，另一人则是学识惊天下的灵安先生。但灵安先生连中三元时已经年过四十，林重檀今年虚岁二十，刚刚及冠。

金榜既出，接下来，吏部会加快时间修撰印刷名单册，自京城送往各州县，不出半个月，林重檀的名字将为天下人所知。

皇上还未痊愈，下朝后他咳得厉害，见状我偷偷上前去扶他，他发现是我，温柔地拍拍我的手，低声说："还想去宫外看状元游街吗？应该很热闹。"

我摇摇头，道："我陪父皇回宫。"顿了一下，"状元游街有什么好看的，难道还能比父皇御驾出行更热闹？等父皇身体好了，父皇带我去秋猎可好？我还没去过。"

"好，等父皇身体好了，就带你去。"皇上的话音刚落，太子的声音就自后方传来。

今日太子也参加了朝会，他身着朱红色朝服，这颜色衬得面孔白皙如玉。他言笑晏晏地走上前行礼道："恭喜父皇，贺喜父皇，又得可用之才。"

"起来吧，晚上的宫宴准备好了吗？"

皇上说的是进士宴。

太子说："都准备好了，请父皇放心。"

皇上点点头。他像是累了，吩咐太子主持今晚的宫宴，便要摆驾回宫。太子应是，和我一起随御驾而行。

到了皇帝寝殿，见太子和皇上似乎还有话要说的样子，我便提出告退，去西阁换下了身上的太监服饰。

华阳宫里，庄贵妃在窗下做衣服，见我回来，便招手让我过去。她拿着衣裳在我身上比画，随侍的安嬷嬷笑着说："娘娘手艺真好，正好合身呢。"

"合身吗？本宫瞧着小了些。"庄贵妃对比我的手臂和衣服袖子的长度，"从羲好像长高了一点儿。"

安嬷嬷说："九皇子才十九岁，自然还有得长。娘娘个子高，九皇子随娘娘，可不是矮不了。"

庄贵妃忍不住笑了，压低声音说："当初怀从羲的时候，本宫特别怕从羲随了陛下的相貌。这宫里的皇子们，二皇子就长得跟陛下一个模子刻出来似的，另外几个皇子也随了陛下的长相，唯独太子长得不像陛下，而是像极了皇后。"

安嬷嬷连忙说道："我的好娘娘，这话可别说了，陛下听了会不高兴的。"

"这有什么不能说，陛下本就相貌平平。"庄贵妃说完，就没再继续这个话题了，而是转回到衣服上。

眼看着要入冬了，庄贵妃准备为我缝制几件贴身穿的小衣，我怕她累着了，说这些衣服让内务府准备就行。

可庄贵妃说："内务府准备的怎么会有母亲缝制的舒服？你且乖乖去玩，不必操心这等琐事。"

聊着聊着，她们提到了今晚的进士宴，庄贵妃还知道林重檀："从羲，那个林家儿郎这次考了第几？"

"第一。"我低头拿点心吃。

"竟然是第一，看来此子前途不可限量，听说他长得极好，又有风骨，要是母妃有个小公主就好了，刚好可以把女儿嫁给他。"

庄贵妃的话音刚落，我就抬起头，她看出我的表情不对："怎么了？从羲。"

我把点心咽了下去："没什么，点心有些干，想喝水。"

安嬷嬷连忙给我倒了杯水。闻言，庄贵妃脸上的忧色渐渐退去："你方才的表情差点儿吓坏母妃了。"

"母妃，我没事。"我对庄贵妃笑了笑，才拿过杯子低头喝水，也借此掩去脸上大半的表情。

我朝没有尚了公主就不能在朝中任职的规定，林重檀如今高中状元，庄贵妃没有公主，都想让林重檀尚公主，那有公主的嫔妃们呢？她们不想从今年新科进士中择一位佳婿吗？

我一想到林重檀可能会尚公主，就恶心得想吐。

林重檀这等人，怎配尚公主？

登科宴设在观海殿，殿名为观海，其实观的是殿前的锦鲤池。锦鲤池里除了锦鲤，还有数盏河灯。灯火如海珠，与天上月遥遥相对。

我怕深水，为了绕开锦鲤池，特意自另外的长廊走过来。钮喜恢复得良好，已回来伺候了。

才到观海殿，就听到十二公主的声音，她问道："太子哥哥，今日会燃放烟花吗？"

她一边说，一边挽着太子的手臂撒娇。太子拿十二公主没办法，无奈地摇头："有。"他说着，又取了自己的折扇递给十二公主，让她挡住脸，"待会儿给你放，你去屏风后坐着。"

十二公主一把打掉了折扇："不，今日我想跟太子哥哥坐在一块儿。"

"胡闹，你姐姐妹妹可都在屏风后。"太子说。

十二公主瞅了屏风一眼，视线又回到太子身上："如果太子哥哥不让我跟你坐在一块，我就去找其他皇兄，跟他们坐在一块儿。"

她突然看到了我。

她应该还在为太子受罚的事生我的气，立刻气鼓鼓地"哼"了一声。

太子被十二公主缠得没办法，竟然同意了十二公主跟他坐在一块儿，只额外让宫人给十二公主加了一面纱制的小屏风。

现场气氛不同寻常，公主竟全都来了，不仅如此，公主的母妃也全部到了。

我垂下眼，找到自己的座位入座。

已是深秋时候，殿里烧着地龙，暖意融融。这一个多月我生了好几场病，今夜庄贵妃特意盯着我多穿了几件衣服才肯放我出门。许是病多了体虚，这会儿我也不觉得热。

随侍登科宴的宫人大多是貌美的宫女，烛火映照下，她们如灵鱼，井然有序地在金粉饰墙的大殿内穿行，走动间衣袂翩翩，香气四溢。

跪在殿内一角的乐坊宫人，声动梁尘。

有些进士大抵是没见过这种温香软玉的阵仗，都看痴了。好在大部分进士品行端正，目不妄视。

若我猜得没错，登科宴就是变相的公主相婿宴。这些貌美宫女出现在这儿是为了考验进士们的，在宴会上左顾右盼者，自然是入不了嫔妃和公主们的眼。

林重檀应是今夜的重点被考察对象，我瞧着环绕着他的宫女是最多的，也是相貌最佳的。

不过，今日最吸引我注意的并非林重檀，而是二皇子。这次的宴会，他明显低调许多。

皇上来得较晚，与他同行的不是皇后，而是庄贵妃。傍晚时分，皇上身边的太监来传话说皇后身体不适，请庄贵妃娘娘伴驾。

因此，庄贵妃急忙梳洗打扮，赶去御前，并未与我同行。

宴会正式开始。

酒过三巡后，太子向皇上建议玩游戏。

皇上欣然同意："朕便看看你们这些年轻人玩游戏。"

太子吩咐宫人将投壶用的铜壶拿上来,这个铜壶跟普通投壶不同,瓶口极窄,怕是很难投中。

太子说:"今日我们不比谁投壶投中得多,而是比谁是最后一个投中的,挑战次数以现场所作诗句为限。"

太子的意思是要想投壶,必须先作诗,诗作好了,才能挑战投壶。现场作诗,对进士来说并不难,难的是如何才能将箭矢投入小小的壶中。

我对游戏毫无兴趣,只低头喝奶茶。御膳房呈上的奶茶温热滋补,入口醇香,我一连喝了两碗。

忽地听到惊呼声,我抬眼一看,原是有人投中了,但那人不是我想象中的林重檀,而是今年的探花郎。

探花向来是相貌优秀者,今年的探花也不例外。他是新科进士里除林重檀之外,长得最俊秀的,年纪也不大,才二十五岁。

探花郎是个投壶好手,一连中了三箭,从我的角度看过去,纱屏后的十二公主眼睛发亮地盯着探花郎看。

我又看向林重檀,发现他面颊泛红,不知是不是醉了才没有上场。他虽如老僧坐定,一动不动,但架不住众人起哄。

"我们的新科状元怎么不上去露两手?"

皇上也笑着说:"朕还记得林爱卿在赛场上逼退北国人的风姿,林爱卿,何不下场玩两把。"

既被圣上钦点,林重檀只能起身,拱手告罪道:"陛下,臣饮酒过多,怕是待会儿要丢人了。"

"无妨,你且试试。"皇上道。

林重檀点头应是。他看上去像是真的醉了,脚步都有些虚浮。

他行至探花郎身侧。

方才还看着仪表非凡的探花郎被林重檀这么一对比,一下子成了鱼目混珠里的鱼目。

我看到十二公主的视线迅速地从探花郎身上移到了林重檀身上。

林重檀作了一首诗,这才从宫人那里拿来箭矢,仔细瞄准,但投了个空,弓箭擦着壶口而过。

他继而挑战了第二次、第三次……第六次,无一例外,全都失败了。

最后,林重檀不得不向皇上告罪:"臣无用,还望陛下恕罪。"

"游戏而已,爱卿不必多礼。"皇上好脾气地说。但其他人的表情都有了变化,最喜形于色的莫过于探花郎,他欣喜于夺回了众人目光。十二公主恨恨地捏紧了团扇,不过没一会儿,她就目光灼灼地盯着探花郎看了。

投壶游戏已过半,礼部安排的烟火开始升向半空。

观海殿有个极为独特的设计,它的一面墙做成了窗户,将内层窗户朝内打开,便可以看到外层那一整面的西洋玻璃。我头回看到的时候,咋舌许久。

隔着西洋玻璃,殿内的人可以看到外面的锦鲤池,也可以看到半空中绽放的烟花。

烟花如星点亮夜空,又如雨水飞溅而下。

正在众人一边观看进士投壶,一边欣赏烟火时,纷乱的脚步声自殿外传来。

我循声望去,一个浑身带血的御林军冲进殿内。他扑通一声跪下,语气慌乱:"陛下,有乱军闯宫,已经到奉天门了!御林军统领鲁义阳他……他反了。"

此言一出,殿内众人不少都慌了,还有人吓得尖叫出声。

我立刻去找二皇子的身影,发现对方已不知去向。皇上抬手捂住了胸口,面色发白。庄贵妃连忙扶住皇上,既担忧又害怕:"陛下!"

皇上长出一口气后,坐稳身体,安抚地拍了拍庄贵妃的手:"朕没事。"随后他点了几个武官的名字,着他们立即出发镇压乱军,但武官还没走出观海殿,厮杀声却已经近了。

御林军分成了两派,一派应是鲁义阳的人,他们手臂绑着红巾,来势汹汹。

在场的众人大多未曾见过血腥,一时腿都软了。此时,二皇子终于出现,他头戴红巾,身穿盔甲,从厮杀的士兵身后走出,高声喊道:"父皇,儿臣前来护驾。"

他这番架势,只要眼睛不瞎,就能看出其中猫腻。

皇上眼睛微眯,龙颜大怒:"老二,你这是在做什么?"

"儿臣来护驾。"二皇子震声道,"父皇之所以缠绵病榻,是太子给父皇下了毒。太子心思歹毒,不孝、不忠、不悌、不仁、不义,儿臣此番只为清君侧。"

"朕看你是狼子野心。"皇上怒道。

"父皇,儿臣绝无谋逆之心,是太子,对父皇,他不孝、不忠;对臣民,他暴戾成性,民间怨声载道。儿臣现在是顺应人心,这就替父皇除了这个逆子。"二皇子句句指向太子。

皇上似乎被二皇子的话气得不轻,半晌没说话。

这时,远处的天际被火光映红,宫人惊慌失措地大喊:"走水了!走水了!"

二皇子趾高气扬地抬手示意。殿内竟也有一些宫人叛了,他们抽出藏在大腿内侧的武器。一时间，二皇子的人与天子禁卫缠斗在一块。我被钮喜护在身后，下意识地去寻庄贵妃的身影，见她被数个宫人围在中间，提起的心才略微放下了。

下一瞬，我的心又提了起来。

因为整个大殿突然晃动了起来，这是……难道是地动了？

我在书上看过关于地动的描述，故有此猜测。殿内的人因此更加慌乱，我迅速地跑向庄贵妃。她是我的母妃，我得护着她。

跑到一半，地动得越来越厉害，一个一人高的花瓶猛地朝我倾来。

同一时间，一人一脚踢开了花瓶，另一个人将我扯离原地。

我猝不及防地摔入一个怀抱中。闻到药香味，我才意识到这人是林重檀。林重檀见我无事，迅速撒开手，而踢开花瓶的钮喜也回到我身边。

我看了林重檀一眼，继续跑向庄贵妃。庄贵妃注意到我的动静，急得都哭了："从羲，你不要乱跑。"

我飞快地挤过去，抱住她："母妃，我没事。"

这一番变故让二皇子大惊失色，不过这场地动没有持续多久，就平复下来。

这时叛军已落下风，二皇子本就不太好看的脸色越发难看起来，他变得焦躁不安，频繁回头。

我猜到了他在等什么——他在等打到奉天门的叛军来接应他。

但我觉得恐怕根本就没有叛军，二皇子被骗了。

果不其然，这场愚蠢的逼宫以一种极其荒诞的结局落下了帷幕，二皇子的亲卫死光了，只剩他一人。

看着突然不用人搀扶就挺直了身体寒着脸看着他的皇上，他幡然醒悟，目眦尽裂地拿着刀指着太子："你设计诈我，诈我！你故意让我听你和你的人对话，让我相信了你给父皇下了毒。"

说完，他扔下刀，跪在地上，向皇上祈求怜悯："父皇，儿臣真的没有一点儿不臣之心，儿臣一心只想救父皇。"

"你到底是想救朕，还是想逼宫，你自己一清二楚。身为长子，你不想着以身作则，为国尽忠，心里只有皇位，为了皇位，不惜对骨肉血亲下手，你才是不忠不孝不仁不义之辈。朕没有你这个儿子！"

二皇子面如死灰，捡起地上的刀，长笑一声道："是儿臣不忠不孝不仁不义，还是父皇你偏心？儿臣才是长子，可父皇永远只在乎老三，最疼爱小九，儿臣不服！"他将刀横在脖子上，"儿臣没有别的话可说了，儿臣的母妃一无所知，还望父皇不要迁怒儿臣的母妃。"

二皇子自刎了。

我下意识地捂住了庄贵妃的眼睛,不让她看到这血腥的一幕。

这时,信号弹在空中炸开,太子立刻跪下了:"父皇,儿臣幸不辱命,已将乱党全部清剿。"

皇上沉默了一会儿才说:"好,做得好。"

二皇子已死,但皇上疑心宫中还有二皇子的同党余孽,下令彻查,新科进士也被羁留在宫里。

确定庄贵妃已宿下了,我带着钮喜偷偷去了恩籍殿。恩籍殿原先用作藏书,现在被收拾出来,以羁留新科进士。

钮喜打点好守在殿外的士兵,我才进了林重檀休息的房间。因是暂时收拾出来的,室内连床榻都没有,棉被就铺在叠好的书本上。

林重檀躺在棉被上面,听到我进来的动静,立刻问了句:"谁?"

我没有答话,只是反手将门关上。林重檀已经发现来人是我,从床上坐起身,拧着眉头下床看了外面一眼,才踱步过来:"你怎么这个时候过来了?"

我看着他,自袖中把印章拿出来。

林重檀看到印章,并不惊讶,只是说:"原来这个在小笛这里。"

他伸手准备来拿印章,我先一步把印章攥在手心里。

"你早就知道我拿了你的私章,也知道我给二皇子递了信对不对?"我问他。

林重檀眸光一动,慢慢地点了点头。

我咬了咬牙:"你明知道我想害死你,为什么还要帮我?"

我没有林重檀聪明,他总能猜透我在想什么,所以我总是输,可这一次他输定了。

人在遇到危险时,会本能地护住自己最在意的人。

林重檀身体僵了一下,并不回答。我固执地问:"为什么要帮我?要救我?"

他不说话,我就直勾勾地看着他。

有些事情、有些话林重檀从不直接告诉我,今夜不知道是不是因为饮酒了,或是其他的缘由,他直白地说:"你想杀我,我却也在意你,舍不得,因为你是我的弟弟。"

他自嘲地笑了笑,拿下腰间的香囊包。香囊包里面有个小小夹层,我看到他把夹层里装着白色粉末的小鼻烟壶拿出来时,一时有些迷茫。

他说:"我的每个香囊包、药包里都有你的骨灰。你不在的时候,都是它们陪着我,就好像你还在我身边。"

"小笛,别恨我了。"林重檀哀求道。

第十五章
暗流涌动

毛骨悚然和恶心同时爬上心头，我盯着他手里的精巧鼻烟壶看，只想将其夺过来。

人讲究死后入土为安，若死后得不到安宁，灵魂只能在世上无助漂泊。那是我的骨灰，他怎么可以这样对我？杀了我还不让我入土为安？若我没有死后复生，岂不是生生世世都得被困在他身边？

林重檀怎么能用这种口吻说出这么恶毒的话？

他让我不恨，可我怎么能不恨？我和他之间隔着两条人命，我的命，良吉的命。

大抵是我沉默地盯着他手里的鼻烟壶看了太久，他察觉到异样，才低声唤我的名字："小笛。"

我抬眼看他，缓缓摇了摇头："我还做不到。"

林重檀生了一双极好看的眼睛，瞳如山涧水，睫像林中草。他长睫一抖，山涧水随之晃荡。

我把剩下的话补充完："我只能说我可以试试，但是林重檀，如果你再欺我、瞒我、辱我一次，我发誓一定会杀了你，不顾一切地杀了你。"

山水草木刹那间如获新生，他的声音有些哑："好。"

就像我原来做的那样，装成原谅他的样子，装作被他感动的样子，装作我和他之间什么都没有发生过的样子，就好像我还是林春笛，他还是那个对我好的林重檀一样。

过了一会儿，我听到钮喜提醒地敲响了门，便推了推林重檀。他也听到了敲门声，替我系紧了披风系带："回去路上小心些，别受寒了。"

"嗯。"我转身欲走，可才走两步，就被林重檀拉住了。我不由得转头看向他，烛火照耀着他的面容，让他莫名其妙地透着些许脆弱。

也许是我看错了。

林重檀见我回头，慢慢地松开手。

二皇子的事连查了七日，宫里死了许多人，宫外也是。二皇子虽然求皇上不要迁怒他一无所知的母妃，但二皇子的生母还是被褫夺了封号，被终身幽禁。至于二皇子的母家，男被斩头，女贬为奴，年长、年幼者皆被流放，绝无翻身可能。

我和庄贵妃也被查了，自然是没有查出什么来，第八日皇上摆驾华阳宫，还用了膳。

用膳时，他提起了还被关在大理寺的四皇子。

"你去接你四皇兄出来吧。"皇上说这话时，语气平静，跟交代我要多吃点儿差不多，但我注意到他的鬓角多了一缕白发。

想来二皇子的死，还是影响到了皇上。

但我始终不懂，既然知道二皇子有异心，为何不直接点明，幽禁也好，赶去外地也好，为何非要闹到父子相残的地步？

四皇子原本身形高大，体格强壮，如今瘦了许多，形容枯槁，但他看到我的第一反应还是冲我笑："从羲。"

我连忙下了马车，拿起臂弯间的披风给他披上："四皇兄，我们回去。"

四皇子笑着点点头："好。"

我怕他饿，来时在马车上备了吃食，四皇子看到餐盒里还冒着热气的食物，顿了一下。我把筷子递给他，又将吃食一样样地摆在旁边的小几上："四皇兄，先拿这些垫垫肚子，回到宫里再吃些好的。"

他重重点头，端起碗就狼吞虎咽地吃了起来。我不知道他在大理寺里遭遇了什么，想来是过得不好的。就算下面的人不曾苛待他，但他被自己的父亲这般冤枉，心里必不会好受的。

吃着吃着，四皇子抬手擦了下眼泪，闷闷地道："这是这么多天我第一次吃热饭，小时候我也经常吃冷饭，但那时候我太小了，都不怎么记得了。从羲，谢谢你。"

"是父皇让我来接你的。"我不敢居功。

四皇子说："我知道，但你愿意来接我，不嫌弃我身上的异味，还事事做得那么妥帖，我很感谢你。"

"我们是兄弟，便不必言谢，若要说谢谢，四哥送我亲手做的灯笼，我都没好好谢过四哥。"

四皇子抿着唇笑了笑，他的相貌肖似皇上，不笑时便显得有些凶。

"那就是个小玩意，你若喜欢，四哥还给你做。"

"嗯。"我也笑了笑,"四哥先用膳。"

回宫后,我先送了四皇子回了他的住处,再回的华阳宫。刚坐下,御前的一个小太监就过来传旨,说皇上有意在几日后举办蹴鞠比赛,令皇子们都参加。

此外,一同参赛的选手还有年纪未满二十五岁的新科进士,和一些从侯门勋贵中挑选出来的年轻人。

比赛当日,队伍要分成两队。太子自然是队长,而另外一队的队长往年都是由太子的表哥、现太常寺少卿荣琛担任,只是非常不巧的是,荣琛前日摔了一跤,摔骨折了,别说参与蹴鞠比赛了,连早朝都请假了。

众人你看看我,我看看你,最后把林重檀推了出来。

"不如就檀生担任队长吧。"

"我并不精通蹴鞠,还是换个精通的人来当队长较好。"林重檀婉拒道。

先前一直没说话的太子扬起嘴角道:"孤也觉得檀生不错。檀生,你别推辞了,就你了。剩下的人开始分队吧,公平起见,抓阄好了。"

说实话,我不擅长大部分的体力游戏,只想浑水摸鱼,于是我是最后一个去抓阄的。不想出了点儿意外,我和前面的那个人都拿到了空白的字条,想必是宫人疏忽了,误把空白字条放进去了。

我让宫人重新做字条放进去,太子却说:"不必那么麻烦,弟弟,你先选,选红队,还是绿队。"

红队的队长是太子,绿队的队长是林重檀。

这话一出,好些人的目光都落在我的身上。

今日聂文乐也来了,正在绿队。

我犹豫了一会儿,最后慢吞吞地站到太子身边:"我选红队。"

太子一把抱住我的肩膀:"这就对了,待会儿弟弟就等着孤带着你一起把对面的绿队打得屁滚尿流。"

前半场确实如太子所说,红队一路高歌猛进,可到了后半场,绿队却在林重檀的带领下连连进球。并且,我隐约感觉到林重檀和太子之间的气氛有些奇怪。太子嘴角的笑意少了些,而林重檀自比赛开始就没再笑过。

也许只是我的错觉,我现在脑子里只有一个想法——我想碰到球。比赛进行了这么久,我也生出了好胜心。

计时用的香只剩一小截时,两队打平了。

现在是绿队的聂文乐掌控着球,他看到我过来,眨了眨眼,然后我就轻而易举地抢走了球。绿队的人见状来拦我,聂文乐不知怎的,竟摔了一跤,正好挡住了来拦我的人的路。

"聂文乐,你搞什么鬼!"我听到那人在骂聂文乐。

我没有回头,一路踢着球往风流眼去。而林重檀正拦在我的前方。我看到他,心里十分害怕脚下的球被他抢走。这一场比赛下来,我算是见识了他的抢球技术,可谓一抢一个准。

果然,他过来了,我连忙避开。可林重檀实在难缠,我被他缠得无法脱身,不过他也没有成功抢走我的球。

眼看香就要燃尽了,我一急,用只有我和林重檀两个人能听到的声音说:"不许动!"

林重檀顿了一下,而我乘机一脚将球传给了位于左前方我早看好的人:"太子哥哥,接住。"

太子立刻接住球,飞起一脚,球进了。

太监敲响锣鼓:"比赛时间到!"

我看到进球,高兴得眼睛发亮。下一瞬我注意到,林重檀似乎不是很高兴的样子。

太子进了球,噙着笑向我走来。我以为他是过来跟我击掌,他们配合着进球后都是这样庆祝的。可太子过来后,却一把将我抱举起:"多亏弟弟传的那一球,我们红队才能赢。"

我猛然悬空,慌张之下伸手想抱住什么稳住自己。抱的位置不太好,是太子的头。

那瞬间我似乎听到了太子的闷笑声,更加觉得窘迫,伸手去推他:"放我下去。"

太子抬起头,他的脸颊因剧烈运动泛着薄红,额头眼尾皆有细汗。我看到他看向我,心中感觉不妙,怕他说出什么过分的话来。

这时,同在一队的小侯爷挤了过来:"羲堂弟真是我们的功臣。"他作势也要抱我,只是还没碰到我的衣服,太子就转了个圈,将我放下来,又一脚将小侯爷踢开了:"回去抱你自己的弟弟去。"

小侯爷"哎哟"一声,捂着被踢到的地方,声音委屈:"堂弟也是弟弟,太子哥哥也太小气了。"

他从不喊太子为"太子哥哥",怪腔怪调的后半句明显是在模仿我。我忍了忍,还是没忍住,捏着拳头气势汹汹地走向小侯爷。

小侯爷见此,转身撒腿就跑。可能是刚才运动过度,又被太子踹了一脚,他没跑出多远就被我追上,扑倒在地。我压在小侯爷身上狠狠捶了他两下,他趴在地上直喘气:"弟弟饶命!"

他居然还学太子说话,我还想再打他两下时,太子过来了。他把我拉起来，抓起球对着小侯爷的屁股猛地一砸。

小侯爷"嗷"地惨叫出声："三堂哥，你下手也太黑了，你想废了我啊！"

太子哼笑一声，道："废的就是你，赶紧给孤起来。"

小侯爷不敢再闹，老老实实地爬了起来。

比赛决出了输赢，输的那方需要接受惩罚。惩罚一早就商定好了，赢了的人可以在输的人脸上抹面粉。

太子突然改了说法，说大男人给另外一个大男人脸上抹面粉有什么意思，他喊了一队宫女过来，让宫女代为惩罚。

我认出那些宫女并不是普通的宫女，全是各个公主身边伺候的，不由得环顾四周。

难道今天这一场比赛也是为了给公主们相婿？公主们正在某个地方观看？

在场的男子大多未婚，骤然得知年轻貌美的宫女要给自己抹面粉，好些人脸霎时红。最夸张的是聂文乐，他看到宫女接近自己，居然一头扎进了面粉桶，滚了一脸的面粉。

林重檀则完全相反，他淡笑着接受了宫女伸出柔荑往自己脸上抹面粉的举动，末了，还将自己的手帕递给宫女，示意对方擦手。

那个宫女羞红了脸，没敢接手帕，迅速地转身离开。

惩罚既已结束，我们去了最近的洗泉殿沐浴更衣。殿内用竹子和屏风分隔成一个个单独的浴池。

我看着帮我脱厚重的蹴鞠装的钮喜，道："钮喜，你去御膳房问问上次登科宴上的奶茶还有没有，我想喝。"

钮喜应声，替我更衣完，才离开了。我打散了长发，小心翼翼地踏进浴池里。自从那个雨夜过后，我不仅怕湖，甚至还怕浴池。

这时屏风外忽然传来动静，抬头望去，就看到了林重檀。

林重檀已经洗去了脸上的面粉，但未擦干水珠，像是急着过来。他问："怎么没人在旁边伺候？"

"钮喜去御膳房了。"

"你为什么要给那个宫女手帕？"我问他。

林重檀听到我的问题，嘴角有了点儿笑意。

"宫里的好几位公主都到了婚配的年纪，我不得不伪装一二？赠手帕是想让公主认为我是好色之徒，不可托付终身。"林重檀解释道。

我有些惊讶，林重檀这种贪慕权势的人居然不想尚公主。

"你不想当驸马？要是当了驸马，你的前程肯定会更好。"我说。

林重檀问道:"小笛想让我当驸马吗?"

我哼了一声:"不想,我才不要你当我的妹夫。"

林重檀一笑,伸手要摸我的头,被我伸手挡开了:"够了,钮喜应该要回来了,你回去吧。"

林重檀被我拒绝,眼里闪过一丝失落,但还是说:"好。"

我看着他离开的背影,突然觉得林重檀也不过尔尔。我忍不住笑了一声,拿起放在玉盘上的新澡豆,就在这时,外面传来了女子的尖叫声。

声音有些耳熟,我不禁抓起衣袍从浴池里出来。我走到外面时,只看到一个身着宫女衣裙的少女捂住脸匆匆跑开,她虽然跑得很快,但我还是认出了她。

是十二公主。

十二公主跑着跑着,被迫停了下来,因为太子也出来了。太子显然也认出了自己的胞妹,脸色瞬间变得铁青,但什么都没说,看着十二公主像只小老鼠似的从他身边溜过去。

下一瞬,他看到了站在走廊上的我。

我对上太子的目光,顿觉不好,登时往回退。不想太子居然跟了过来。这里没有能锁的门,想进就进,我挡都挡不住。

"弟弟方才可瞧清了那个宫女的样子?"太子自屏风外绕路进来,声音低沉地问。

我心想认出了也要当没认出,这可是有损十二公主名誉的事。只是那丫头的胆子未免也太大了,竟然敢混进这里来。

"没有,我刚刚听到尖叫声,所以出去看看发生了什么事,并没有看清那人是谁。"我说。

太子"哦"了一声,然后说:"是颂颂。"

我不由得一顿:"太子哥哥是不是看错了?颂颂怎么会来这里?"

太子表情很冷:"谁知道,那丫头片子自幼被惯得天不怕地不怕的,刚刚她不知是看到了谁,竟然叫成这样。弟弟真的没看清她是从哪个浴池出来的吗?"

我想了想,还是摇摇头。我的确没看到,出来时只看到十二公主步履匆匆地自我面前跑过去。

太子沉默片刻,视线忽地落到我身上。他自上而下打量我,我忍不住低头审视自己,发现因为刚才出来得急,没把身上的水擦干就套上外袍,形容很是狼狈。

我伸手将湿了的长发从外袍里拿出来。

这时，外面传来小侯爷的声音。

"刚刚是谁在外面叫？"

"你们刚刚有听到奇怪的声音吗？"小侯爷又问。

太子反问："什么奇怪的声音？"

小侯爷抱怨道："女人的尖叫声啊，哪个宫女这么冒冒失失的，吓得我刚刚把一整瓶的疏松筋骨的药粉全倒进池子里了，味道冲死个人。"

说话间，钮喜回来了。

钮喜怕一碗奶茶不够我喝，特意带了两碗。

太子看到钮喜带来的奶茶，不知他想到了什么，轻轻一笑，随后竟把我的两碗奶茶都抢走了。我泡澡泡得口干舌燥，现在只能眼巴巴地看着太子喝了一碗又一碗。太子似乎不大喜欢奶茶的味道，一边喝一边皱眉，但他还是把两碗奶茶都喝光了。

之后，他看了我一眼，又笑了一声："喝了你两碗奶茶而已，至于这么不高兴吗？这个送你当赔礼。"他褪下手腕上的佛珠丢给我。

我本能接住丢过来的佛珠，入手后才发现这串佛珠眼熟得很。在我第一次见他时，被众人簇拥坐在上位的他，手里把玩的正是这串玛瑙红佛珠。

我正想问太子为什么要将它赔给我，毕竟奶茶又不是什么稀罕物，太子却已经转身往外走了。

继续沐浴的时候，我一直盯着手里的佛珠看。钮喜注意到了，问我要不要拿个盒子把它收起来。

我想了想，道："不用。"

我将太子赔的玛瑙红佛珠戴在了手腕上。

那日不少人听到了十二公主的尖叫声，结局是一个宫女顶了黑锅，说宫女见到四脚蛇，所以才尖叫出声。后来我发现，十二公主身边伺候的宫女相继被换掉，连教习嬷嬷都被换了。

随后，我过了最相安无事的一个月。这一个月里，我除了待在华阳宫，就是去太学读书。

林重檀考中状元，便从太学毕业了。至于太子，他被赐婚了，明年入夏前就要完婚，忙得没有时间来太学。

太子被赐婚的对象是大行台尚书令的女儿，但这位身份尊贵的千金小姐不过是太子侧妃。据说太子正妃人选，朝中争执许久却没能定下来，太子只能先迎娶侧妃。

圣旨下来后，皇后时常宣召大行台尚书令的女儿进宫。我曾远远地见了对方一次，虽然不曾看清，但这位准太子侧妃应是一位风姿绰约的美人。

天气渐冷,我上了马车就窝在车里一动不动。这日,宋楠自窗外递进来一张字条。

我将字条展开,看到了林重檀的笔迹。他约我明日在太学他原先的住处见面,说有东西给我。

我略加思索,打开车窗对宋楠说:"太学人多眼杂,你去回他,明日这个时辰我会将马车停在太学后门,他来便是。但我只等一刻钟,误了时辰,就别来了。"

宋楠点头。

翌日林重檀果然准时赴约,这一个月我和他偶尔见面,也是在人多口杂的场合。他这个新科状元忙得很,更是我朝目前最炙手可热之人。我偶尔坐车出行,都能听到商贩吆喝的声音:"新科状元郎檀生昨日买过的笔墨纸砚,只剩最后十套了,还有人要吗?"

话音刚落,就有丫鬟答道:"我家小姐说全部包了。"

"你近日这么忙,怎么有时间来见我?"见林重檀上了车,我不由问道。

他今日穿了身紫檀色的宽袖裘衣,外罩素色披风,进来时,还带进来一阵冷风。我畏寒,不由得蹙眉。林重檀有所察觉,他先坐在离我很远的地方,用车上的汤婆子暖了会儿手,又将沾了寒气的披风脱下,这才换坐到我身边来。

"近日是有些忙,我侥幸得中状元,应酬之事难免变多。"林重檀说着,从袖中取出一个精巧的锦盒,"这是我托人从海外带回来的,你将这串手链戴在身上,既可宁神,又可暖身驱寒。"

锦盒里的手链是由一颗颗我没见过的材质的珠子串成的,珠子大小相同,通身雪白,一看就不是凡物。

海外带回来的?

我还是林春笛的时候,母亲的来信里有提到过——大哥跟着商队出海了,此去大半年不会归家。

"是大哥送来的吗?"我直接问。

我骤然提起姑苏林家的人,林重檀神色有了些许变化。须臾后,他摇头:"不是。"

我继续追问道:"你什么时候结识了能出游海外的人?"

林重檀这回沉默了许久,才跟我说:"还在姑苏时,我经手过父亲的账本,耳濡目染地跟父亲学了些东西。在离开姑苏前,我就自己组了一个商队。这些年,生意总算做大了些。"

听了林重檀的话,我庆幸自己追根究底了,要不然还发现不了林重檀竟然有这样的一招后手。

他真的有够忙的，既要巴结太子等人，又要读书温习、教我读书，还要经营自己的生意，真是精力十足。

"你……你在京城开了铺子？"我问他。

我做好了他开口就会惊到我的准备，自认不会露出惊讶的表情，也不会因此取悦到林重檀。但他说出店铺名字时，我还是没忍住瞠目结舌。

"万物铺是我开的。"

万物铺是这几年才在京城崛起的铺子，我还是林春笛的时候，带着良吉去逛过几次。每次去，万物铺里的客人都很多。

万物铺里有的货物都是其他铺子里没有的，而且数量有限，卖光就是卖光了，若想再买，等上一年半载都等不到，所以每次万物铺上新货，去抢购的人都很多。

短短几年时间，万物铺在京城开了五家分店。出面打理万物铺的一直是一个中年男子，没想到真正的幕后老板居然是林重檀。

因为我一直沉默，林重檀似乎觉得我生气了，又把话题转到手链上。他准备给我戴上手链，一掀开我的衣袖，就看到了太子赔给我的佛珠。

林重檀的手指顿在空中，他显然认出了这串佛珠原先的主人。

我低头看了看手腕上的佛珠："太子给的，我不能不戴。你这串手链若是戴在我的右手上，平日里练字、做事多有不便，而且容易被有心人看在眼里。"我脱了靴，将脚踩在他的膝盖上，"要不戴在脚上？"

我既要给林重檀我会跟他和好如初的希望，又要一点点地告诉他，无论他在外人眼里多了不起，在我面前都是卑贱的，他送我的礼物就跟他本人一样见不得光。

我如今对他做的一切，皆是效仿他当年的所作所为。

我是见不得光的林家真正的二少爷，他这个假少爷不仅顶了我的名字，还享受了父母的宠爱。世人皆赞林重檀谢庭兰玉，但只要我在一日，他就只能是赌鬼范五的儿子。

谁让林重檀聪明一世，偏要惹我这个一无是处的人。他活该。他杀了我，事后若不曾后悔，全心追寻他的富贵荣华，我反而会高看他一眼。

现在，林重檀什么都想要，我就让他什么都落空。

但我低估了林重檀，他将手链放回锦盒里："等改大一些，我再拿过来。"

"你还有事吗？若没事，我要回宫了，母妃还在等我。"我问道。

林重檀提起准太子侧妃。

"你提这个做什么？"我有些不解。

林重檀神色自若："我在想，明年太子大婚，该送什么礼，小笛要送什么？"
　　"还有半年，再说吧，你怎么还不走？待会儿不要被人看到了。"我赶林重檀走。林重檀应声，又在临走前摸了摸我的头。
　　他的动作极为自然，我都来不及反应，眼睁睁地看着他跳下马车。
　　无耻！
　　回宫后，我发现庄贵妃不在华阳宫，一问才知道皇后今日又请了大行台尚书令的女儿入宫，还叫了嫔妃陪同。庄贵妃就是被皇后请去了。
　　天色越来越暗，庄贵妃迟迟不归，我有些不放心，便让宫人去打听情况。
　　宫人应喏出发后，天空就下起了雨。我想起庄贵妃近日有些咳嗽，犹豫再三，还是拿着披风前去接庄贵妃，没想到竟意外地撞上了太子和那位未来的太子侧妃。
　　雨势不小，太子与准太子侧妃挤在同一把伞下，身体挨得有些近。我遥遥地看着他们，觉得两个人如金童玉女，十分登对。
　　"我们换条路，别打扰了太子和准太子侧妃。"我跟钮喜说。
　　不知太子怎地看到了我，不顾身旁的大行台尚书令的女儿，举着伞就往我这边走来。
　　准太子侧妃显然愣住了，拿手遮雨，停在原地喊道："太子殿下。"
　　太子回头，懒洋洋地说："孤累了，你自己回去吧。"
　　"臣女……"准太子侧妃话说到一半，就停住，明显委屈了。他们身后连个伺候的宫人都没有。太子一走，她碍于身份，不敢随便跑，就只能站在雨中淋雨了。
　　我亦没想到太子没风度到这种地步，连忙叫了个宫人送把伞去给准太子侧妃。我刚吩咐下去，一道身影就钻进我的软轿里。
　　软轿不大，太子一挤进来，顿时有些逼仄。
　　太子鸠占鹊巢地将我挤在角落里，长吐一口气靠在车壁上，反客为主地问："怎么还不走？"
　　我发现带给庄贵妃的披风被太子弄湿了，又见他反客为主，指挥我的宫人，顿时冒了火："不许走。"
　　太子长眉一挑，转头看向我。
　　我继续说："太子哥哥，你太失礼了，你怎么能丢下大行台尚书令家的千金一个人？这轿子你不要坐，下去。"
　　我一边说，一边小心翼翼地拢起披风。
　　太子盯着我看了一会儿，不怒反笑地问："弟弟怎么这么别扭？生气了？"

他在说什么？

"放心，纵使孤成婚了，孤最疼的还是弟弟，没有人能跟弟弟比。"

太子的话让我皱起眉，我不禁思考起为什么每次太子见我时他的态度都如此这般，本性使然？还是他是在借着我思念自己的长姐？

我想了想，只说："太子哥哥不要打趣我了。"

太子只笑不语，他今日丢下准太子侧妃在雨中，很快就挨了批。这次批评他的不是皇上，而是皇后。据说皇后发了好大的火，事后还找了个礼仪训练的由头请准太子侧妃进宫小住。

这时，我意外在宫里见到了林重檀。原来皇上虽然未给他封官，但已经给他派了任务。

不仅仅是他，新科进士里名次靠前的人也接到了这个任务——修复宫里藏书阁的古籍。

林重檀领了这个任务后，我在宫里见到他的次数变多了。他宫里宫外两头跑，有时候还会跑到太学的书阁。

我常常去藏书阁，除遇见林重檀外，偶尔还会遇见准太子侧妃，我不知道她的闺名，只知道她姓陈。

陈姑娘是个爱书之人，时常来藏书阁。

这日，庄贵妃亲手炖了滋补身体的浓汤，每个宫里的主子都送了，自然也安排了宫人送补汤去东宫。

恰好我有事想找太子，便将这活揽了下来。

然后我到东宫的时机很不好，居然正好撞见不该看见的一幕。

第十六章
误撞不堪

我一时不知道该怎么准确去形容眼前的这一幕。

今日一进东宫,我就发现平时多如牛毛的宫人只余了数人,太子没在寝殿,也不在书房。东宫又大,招来宫人询问。他们一问三不知,只道太子并未出东宫。

补汤凉了就浪费庄贵妃一番心意了,我只好吩咐钮喜带着东宫的宫人分头去找太子,找到了,就请太子去书房等我。我坐了会儿,也起身去寻太子,这才意外撞见了发生在梅园的这一幕。

梅园里种植了红梅、白梅,欺霜傲雪,娇而不艳,梅林深处有一个八面亭,七面都垂着厚厚的棉帘子,以遮挡风寒,唯独入口处的棉帘子被卷起。我一眼就看到——亭子里铺着纯白地毯,太子坐在凉亭的躺椅上,一边饮着热酒,一边欣赏着对面的人。

我看不清那人的相貌,只看到那个人上半身穿着太监的衣服,他跪在地上,不知在做些什么。

我愣在原地,太子转头看向我,才后知后觉地抬脚想要离开。

已经晚了。

我没走出多远,就被太子追上了。他的脸色不太好看:"你看到了什么?"

"我……我什么都没看到。"我连直视太子的脸都不敢,只想绕开他离开。他居然伸手过来,似是想抓住我的手臂。我连连后退,下意识地喊道:"你别碰我!"

太子伸出的手停在半空。

我意识到自己失言了,我没有别的意思,只是觉得有点儿恶心,他明明都快跟陈姑娘大婚了。

太子的脸色完全黑了。

我闻到自他身上传来的浓烈酒味，不禁生出一丝害怕来。万一他控制不住脾气要杀我灭口，我该怎么办？毕竟在他的设计下，二皇子自戕的事还历历在目。

我很想先离开，好等太子酒醒了再说，才迈出一步，他就上前一步将我扛在肩膀上。我猛地被迫悬空，又发现太子正扛着我往亭子而去，忍不住拼命挣扎："你放开我！"

任我怎么挣扎，都像蚍蜉撼树。我被带到亭子里，亭子里烧着炉子，亭内很暖和。方才的那个人还没走，他缩成一团躲在角落里。我挣扎间与他对上眼，发现他的年纪与我差不多大。

太子像是忘了还有人在这儿，把我摁在躺椅上。他将我摁住后，转身似要拿东西，我趁机自太子的手臂下钻了出去，这次堪堪逃出了几步距离，就被太子抓住了，他又把我摁回躺椅上。

我拼死反抗，他用力镇压我的反抗。就在此时，亭子外传来"哐当"一声。不知是什么落了地。

我循声望去，就看到了陈姑娘。她面色惨白、张口结舌地望着我和太子。我愣了一下，才低头看了看自己和太子此时的模样。

实在是不能见人的狼狈样子。

我还未行及冠礼，只用簪子半束着头发，与太子搏斗的这会儿工夫，头发已散得不成样，衣服也变得皱巴巴，至于脸颊，也因剧烈运动而发烫、发红。

而太子，他今日穿得本就宽松，此时外袍滑下大半。

我想向陈姑娘解释一番，却只见她匆匆离去的背影。

太子还没松手，我气他行荒唐事，最后却牵连我。

愤怒之下，我忘了太子的可怕，手脚并用地将他踹开。

太子因为陈姑娘的到来，一时松懈了，被我打了个措手不及，摔在地毯上。同时，我听见角落里响起吸气声。

我懒得管角落里的那个人，匆匆自躺椅上爬起，扭头往外走。

这回太子没再追上来，我走得太急，没注意落下了束发的簪子。等走远了些，我躲在角落里低头整理衣服时，才意识到簪子落在亭子里了。我不想再回头找，随手拿了手帕将头发束起。

那盅补汤我没留给太子，而是让钮喜倒了。

这件事过后，我不再主动找太子，太子倒是叫宫人给我送了几次东西。与林重檀送的礼物不同，他送的尽是些幼童玩的玩具。我确定只是寻常玩具，没有什么机关后，就让人将东西收进了库房。

把东西退回去，就是在打太子的脸，可我短时间内不想再看到他，尤其是我意外地见到了那个太监之后。

当时我正要去藏书阁，迎面看到他走来。他看到我，慌慌张张地行礼："奴才给九皇子请安。"

我思索片刻，把他叫到僻静处。

他跟我单独相处，紧张得不行，身体都在发颤。见状，我只能先安抚他几句："你不用怕，我只是想问你一些事，不是要罚你。"

太监抖着身体点头，一副随时都要哭的样子。

"这事有多久了？"

他听到我的问题，又是一抖，结结巴巴地回："一个……两个多月，奴才记不清了。"

"你们……经常吗？"

他猛地摇头，没多久又点头，过了一会儿又摇头。我不明白他的意思，正要问他到底怎么回事，他小声地说了一些话，话里话外的意思是——太子不常找他。

我又问了些旁的问题，最后想起还不知道他的名字。

"你叫什么名字？"

他怯生生地看着我，像只受惊的兔子："小溪。"

"什么？"我怔了一下，"你叫什么名字？"

"小溪，溪水的溪，是殿下给奴才改的名字，奴才原是宫外戏班子里唱戏的，贱名冬梅儿，后来有幸进宫唱戏，被太子殿下选中。"他答着话，又跪到地上，哭着求我，"奴才什么都招了，求九皇子不要责罚奴才，奴才不想死。"

民间很多父母会给家中男孩取女气一点儿的名字，说这样才好养活。

我注意到他说了"进宫唱戏"四个字，最近一次宫里宣召戏班子进宫，就是我和太子同时遇刺的那天。

我心情复杂，只能挥挥手："你退下吧。"

小溪又是磕头又是谢恩，我强调好几遍不用行礼了，他才如获新生地从地上爬起来，抖着身体自我面前离开。

小溪离开后，我莫名觉得恶心想吐，也不想去藏书阁了。今日林重檀约我私下见面，我放了他鸽子，改道回了华阳宫。

翌日，我去了一趟京郊，去看望段心亭。

我让聂文乐好好养着段心亭，他果然没有食言，段心亭比原先还圆润了些，只是他疯疯癫癫的样子，看起来比原来病得还严重，他见到我，居然主动靠过来："檀生哥哥，你终于来看我了。"

我皱着眉头，看向聂文乐："他之前也这样吗？"

聂文乐嫌弃地说道："上次我来，他也叫我檀生哥哥，他的疯病怕是治不好了。"说完，他猛地伸出手掐住段心亭的脖子，"你要做什么？"

段心亭被掐住了脖子，才收回向我伸来的手，他口齿不清地喊着："抱……抱……"

"死疯子。"聂文乐咒骂了一句，嫌恶地松开他，拿出手帕仔细地将手擦了好几遍。

而我认真地盯着段心亭看，想知道他是真疯还是假疯。

这时，负责照顾段心亭的大伯端着饭菜过来。段心亭一看到热腾腾的饭菜，像是百八十年没吃过饭一样，欢呼迎上前去，连筷子都没拿，用手抓着饭菜就往嘴里塞。

热饭烫手，他被烫得哇哇大叫，眼泪鼻涕乱流，完全不见原来趾高气扬的模样。

聂文乐挡住我的视线："别看了，脏眼。"

我慢慢垂下眼，转身往外走去。聂文乐很快跟了上来，他随我一同坐上马车，温声细语地说："他左右是个疯子，你不必把他放在心上。"

我脑海里闪过太子与小溪在八面亭里的那一幕，心想：太子为何要给那个太监取这个名字？

"溪"与"羲"同音，是我多想了吗？

天气越来越冷，今年的雪也下得特别早。马车入城前，我将聂文乐赶了下去。他自知理亏，也不曾争辩就下了马车，只是用很奇怪的眼神望着我。

我只让他多盯着郊外那宅子，不要出什么岔子。

进城没多久，天空就开始下雪。回宫后，我先去了一趟藏书阁。

雪渐渐下大了，地上很快就铺上了一层浅浅的积雪。我下轿后，走进藏书阁，这短短的一段，就让我的肩头上积了不少雪。

我解下狐裘，将它递给钮喜，免得雪化成水后，弄湿了里面的书籍。

这里的藏书大多是孤本，经不起半点儿损失。

藏书阁一共七层高。

越往上，所藏的书籍就越珍稀，林重檀常常待在第七层修复古籍。藏书阁里都是古籍，万一起火，火势将难以控制，故而藏书阁里不设炭炉，阁内颇为阴冷。

我走到第七层，在角落处找到了林重檀。他坐在临时的案桌后，面前摆着许多书，那些堆叠起来的书，几乎要将他掩住。

他没注意到我的到来，在低头写些什么。

我没让钮喜跟上来，怕别人知道我在这儿，还让钮喜把伺候的宫人一起带走，半个时辰后再过来接我。

林重檀顺着我的衣摆往上看，对上了我的视线。他先皱了皱眉，随后伸手拉过我的手："怎么没穿狐裘，不冷吗？"

"不冷。"我把袖中的金丝雕花汤婆子给林重檀看，而且我穿得挺厚的，脱了狐裘也不觉得冷。

但林重檀嫌我的手冷，强行将我摁坐在他坐着的榻上，又用裘衣将我裹住。

做完这一切，林重檀拿起笔继续之前在做的事。

我被包裹得很暖和，明明我过来是想问他一些事情的，什么都没问还不知不觉间睡着了。只是我这个觉睡得很不安稳，我梦见鱼在咬我。

我醒来时，是平躺在榻上的。他拿被子将我裹得严实，自己坐在地上，还在工作。

林重檀发现我醒了，他搁下笔，转过身看着我。他背着光，长睫下的眼眸黑漆漆的。

我被他紧紧盯着看，刚想问他看什么，他先一步握住了我的手，我一时忘了问了。被子里暖烘烘的，隐隐能闻到被褥上属于林重檀的气味，淡雅且清幽。

他极为温和地问："最近睡得不好吗？"

近来我睡得的确不怎么样，心头总是缠绕着很多事。

我不想承认，转移话题道："现在什么时辰了？"一边说，一边暗暗努力地想将手抽回。

"你睡了一个时辰，钮喜来过了，因你没醒，我叫他先回去，过些时候再过来接你。"林重檀用力地握了握我的手，才慢慢地松开。他见我要起来，拿过放在榻尾的衣服准备帮我穿上。

我才发现外衣都被脱了，仅剩下单衣。我竟然睡得这么熟吗？连什么被脱下了外衣都不知道。

林重檀帮我穿好外衣，又蹲下身替我套上袜子，穿上靴子。我低头看着他的动作，忽地想起被关在城郊的段心亭。

段心亭的死讯传出来有一阵子了，但林重檀从来没有提起过他，仿佛根本不认识他。

"你也曾这样帮段心亭穿衣服吗？"我冷不丁地问他。

林重檀动作一顿，抬眼望过来时，眼里有着我看不懂的情绪。

"小笛，我只这样照顾过你。"他轻声说。

我并不相信林重檀的话，他没再说什么，帮我穿戴好后，拿了个刚灌了热水的汤婆子给我。我接过来，又看了看他伏案工作的案几。书籍上的古文晦涩难懂，我仔细辨认，也不过认出几个字。

林重檀注意到我的视线，问我是不是想学。我摇摇头，提起另外一件事："我想问问你记账的事情，我也想学着开商铺。"

闻言，他带我去了藏书阁的第四层。藏书阁每一层都满是层层叠叠的书架，乍一眼看过去根本不知道里面到底藏了多少书。他走到最西角的书架，自书架上拿了几本书。

"这几本算是入门的书，你拿回去先学习看看。有不懂的，再来问我。"林重檀说。

我的目的其实不是学记账、开商铺，而是想拿到万物铺的账册，不过在此之前，我需要一个由头。

我想知道万物铺一年的收益能有多少，此外，太子知道万物铺背后的主人是林重檀吗？林重檀瞒着众人置下万物铺的产业，暴露了他的野心——他的所求定不简单。

我想击垮林重檀，不仅要阻断他的仕途之路，而且我不会让他继续开着万物铺。

过了几日，我拿着看完的书去找林重檀。这次我没有提前跟他约好，天公也不作美，既下雪又落雨的。我出门时，庄贵妃很不放心地说："非要今天去藏书阁吗？万一受寒了怎么办？你的身体向来不好。"

"母妃，我没事的，这本书里的内容我有些不懂，想尽快弄懂。"我说。

庄贵妃才勉强同意我出门，又令我加了一件衣裳。我觉得自己都快被衣服裹成圆球了。藏书阁里静悄悄的，这种恶劣天气，没多少人愿意来很正常。

守门的宫人受不住这种冷，也躲进了耳房里偷懒。

我没惊扰宫人，径自进入藏书阁，但到了第七层，却没有看到林重檀。我又往下走去寻林重檀，寻到第五楼时，忽地听到南角传来了古怪的嘎吱摇晃声。

我以为是老鼠，怕老鼠咬坏书籍，连忙快步走去，不想却撞见面色绯红的陈姑娘自最里面的书架后走出。她对上我的目光，眼里闪过惊恐、害怕、羞耻，她什么都没说，匆匆离去。

陈姑娘走得太急，掉了一样东西在地上。我看到了，出声喊了她一声，可她听到我的声音反而越走越快。

我怔了下,走过去捡起地上的东西,发现那是一块腰牌。每个被选入藏书阁修复古籍的新科进士都有一块腰牌,只是腰牌上没有对应进士的名字。

方才陈姑娘是跟哪个进士躲在这后面吗?

我往最里面的书架走去,那里空无一人。想来在陈姑娘吸引了我的注意力时,那个人从另外一个方向溜了。

那个人是谁?胆子竟如此之大,敢跟准太子侧妃在藏书阁幽会。

我在第五层找了一圈,都没有看到其他人,便将腰牌收到袖中,从楼梯下去。我下到第二层时,看到从第一层上来的林重檀。

他拿着两本书,看到我时,神色有些惊讶,随后向我行礼。

公共场合,林重檀都会向我行礼,尊我为九皇子,举止表现也是"我是皇子,他为臣子,我们并不熟稔"。

只有四下无人的时候,他才叫我小笛。

我看着林重檀,开口道:"林大人,我上次看的书有些地方不明白,不知道你有没有时间替我讲解一下?"

"微臣愿意为九皇子分忧解惑。"林重檀随我上到第七层,确定四下无人时,他才用亲近的语气对我说,"今日这么冷,怎么还过来了?"

他伸手过来,似乎要摸我头脸。

我想到先前撞到的陈姑娘,下意识地避开了林重檀的手,同时视线扫向他的腰间。

上面没有挂着腰牌。

没有腰牌,他是如何进宫的?

林重檀因我的躲避,手顿在空中。他慢慢地收回手,神色恢复如常,问:"小笛是哪里不懂?"

我把带来的书放在案桌上摊开,指了几处。他拿过纸笔一一讲解完,又从案桌的抽屉里拿出一把极小的算盘。

"这个算盘比较轻,平时可以拿来练手。"他将算盘递给我。

我思考了一下,收下了算盘,装作若无其事的样子,继续问他问题。天色越来越暗,再不出宫,宫门就要落锁了。

林重檀仿佛根本没有打算离开,他替我解惑完后,便继续修复古籍。

我旁观了许久,低声问他:"你还不走吗?待会儿夜路怕是难行。"

林重檀摇了摇头:"今日我不走,得将这本古籍修复好。我想尽量在开春之前把这些古籍全部修复好。"

开春后,他们这些进士也该走马上任了。

我看了他几眼,道:"我回去了。"

闻言,林重檀搁下笔,送我到第七层的楼梯口。楼道窄小,我与他靠得极近,我想躲,随后想到腰牌的事,便忍住没躲。

我偷偷摸摸地在林重檀身上探查了一遍,并没有发现腰牌。

翌日,我让钮喜去打听腰牌的事,没有进士表示自己掉了腰牌。而林重檀也在第二日的傍晚出了宫。

我盯着手里的腰牌看,这个腰牌是工部做的,工部尚书是林春笛的三叔。

如果林重檀去求三叔,未必不能得到一块新的腰牌。

与陈姑娘私会的人是林重檀吗?陈姑娘家世好,又是准太子侧妃,难保林重檀不会对陈姑娘动了心思。

想到这儿,我瞬间有些反胃。我丢下腰牌,匆匆进了浴殿。

就在我沐浴的时候,钮喜过来了。

"九皇子,太子殿下过来了。"

我刚想让钮喜向太子告罪说我不舒服,不便面见太子,话还未出口,我就想到了丢在桌子上的腰牌。

"你把太子请到我寝殿,说我在沐浴,晚点儿过去。"我对钮喜说。

钮喜点头。

浴殿里又只剩下我一人。

我盯着水中的人影,以手拂动水面,人影须臾间变成了残影。有些事情即使恶心,我也不得不做了,我不能看着林重檀步步高升。

我穿好衣服回到寝殿,果然看到太子把玩着我放在桌子上的腰牌。他听到动静,将腰牌放回桌子上:"弟弟怎么白日沐浴?"

"有些不舒服,所以就去沐浴了。"我语气淡淡地说。

太子盯着我看了一会儿,又拿起腰牌:"孤记得这个腰牌是父皇赐给入宫修复古籍的新科进士的,弟弟宫里为什么会有?"

我看了他手里的腰牌一眼,又挪开视线,故意装出不在意的样子:"在藏书阁里捡到的。"

"捡到的?孤未听说谁丢了腰牌。"太子说。

我抬手用脸帕擦拭还未干透的头发,转身往内殿去:"这我怎么知道?反正是我捡到的。"

我这么做是故意制造机会好让太子拿走腰牌的,没想到的是,他居然跟着我进了内殿。

今日庄贵妃在御前侍奉，并不在华阳宫。

太子进了内殿，如进了自己的寝殿一般，怡然自得。我不由得停下脚步看着他，他对上我的视线，眉毛轻轻一挑，随后向我走来。

我刚要开口，他先一步拿走了擦头发的脸帕："还真爱撒娇，擦个头发也要孤帮你。"

什么？我什么时候让他帮我擦头发了？

我想抢回脸帕，太子不但不肯撒手，还举高了手。我不及他高，便踮起脚去抢。他便是一躲，我抢了个空。几番下来，我动了气，还没发出来，就被他抓住了手腕。

原来是我举手时，衣袖滑落，露出了手腕上戴着的玛瑙红佛珠。

太子扣住我的手腕，眼神变得深幽。

我拧起眉，用力地想将手抽回："你松手！"

"没大没小。"太子瞥我一眼，不痛不痒地训我，"连太子哥哥都不喊了。"

"什么哥哥，上次你……"我顿住，移开视线，"那事我还没有跟你计较。"

"原来弟弟还在为那件事生气。"太子低声笑了，"那事是孤错了，弟弟看在孤又是送礼，又是亲自过来赔罪的份儿上，原谅了孤这一回。"

我没再接话，抢过太子脸帕给自己擦头发，只是没擦几下，他又把脸帕抢了过去："弟弟别动，今日孤真是过来赔罪的。"

他就不会伺候人，上次上药我就瞧出来了，但这一次他的动作轻了许多。接下来的计划需要用到太子，所以我不再赶人。他喜欢伺候我，我就让他伺候着。

宫人进来奉茶，看到这一幕眼睛都瞪圆了些，奉茶时还偷偷觑了太子几次。太子的视线落到奉茶的宫人身上，我察觉他想说什么，立刻训斥宫人："没规矩的家伙，上茶都做不好，滚出去，这里不需要你伺候。"

宫人连忙应声退下。

太子道："弟弟可真够心善的。"

我听出他在讽刺我，上次在东宫，一个宫女不慎打翻了茶盏，就被他罚没了性命。我做不到，也看不得他在我面前随意杀人。

"这里是华阳宫，他是伺候我的宫人。"我强调道。

"好，你的宫人你来管。"太子放低了声音，"御下不严，对孤倒是凶巴巴的，孤原来怎么就没瞧出你还是个小爆竹。"

我偏头看向他，辩解道："我不是小爆竹。"

"哦?不是吗?"太子说着,我刚想发火,又想起自己才说的话,只能生生忍着。他似乎觉得我的反应有趣,凑近看着我。

"小爆竹,小狸奴,气得脸都鼓起来了,怎么,想咬孤?"太子故意将手指在我面前晃,逗我去咬他的手指。

我又不是真的猫,别人拿手指逗我,我怎么可能会去咬他,但我厌恶太子对我的态度。

原来我是林春笛时,他看我如尘泥,现在我成了姜从羲,他戏谑轻浮,也没有把我当作弟弟。

他为什么要把那个小太监的名字改成小溪?他不是没有其他弟弟,可我从未看到他用这样的态度对待其他皇子。明明六皇子、七皇子与我年龄相差不远。

我想试一试他。

如此想着,我对着太子的手指咬了下去。

他眸色微动,却没有把手指抽出,而是垂眸看着我。我抬起眼看着他,想知道他在想什么。

可是太子一直没说话,我渐渐觉得没意思,慢慢松开牙齿,催促他:"我的头发还没干,你怎么不继续了?"

太子看了手指上被我咬出的牙印一眼,什么都没说,只继续帮我擦头发。

头发干得差不多后,我就赶人离开。太子一反常态地走了,只是走前,他不仅带走了腰牌,还拿走了床上的布娃娃。

他拿走腰牌我没意见,循着这块腰牌,能查到林重檀身上最好,可他为什么还拿走了我的布娃娃?

他怎么就发现了枕头旁放着的布娃娃的?

"这个不行。"我想把布娃娃拿回来。

太子把布娃娃藏去身后:"孤一见这个娃娃就喜欢得紧,弟弟就把这个给孤,孤明日让人给你送其他的好东西。"

"那也不行,你……你可以拿其他的,不能拿这个。"这个布娃娃是我亲手做的,而且我也离不开布娃娃。

太子露出沉思的表情,仿佛在犹豫。见状,我又说:"你拿其他的都行,就这个不行。"

"这样啊。"太子沉吟道,忽地单手将我抱起,"那孤退一步,勉为其难把这个带回东宫好了。"

我愣了一下,反应过来他说的东西是我。愣神间,他就扛着我走到外殿了，我连忙挣扎，手脚并用地想下去。

这时，冷不丁地听到了庄贵妃的声音："这是……"

太子终于将我放下，收起脸上玩味的笑，对庄贵妃说："庄贵妃娘娘，孤在跟弟弟闹着玩呢，现在时候不早了，孤该回东宫了。"

他仗着腿长，走得飞快，我也没能抢回我的布娃娃。

庄贵妃盯着太子离开的方向看了一会儿，才快步走了过来，仔细地打量我，想看我有没有受伤。

发现并无伤口，她松了一口气，嗔怪道："太子刚刚是在做什么，有他这样跟弟弟闹着玩的吗？"

我摇摇头，说道："他有病，谁知道他为什么要这样。"

庄贵妃赞同地点点头："还好过段日子他就会忙得没时间来打扰你了。你父皇差不多要选定十二公主的夫婿人选了，太子作为十二公主嫡亲兄长，自然要好好地考验一下未来妹夫，再说他自己的婚事也近了。"

"选的是谁？"我不由问。

"你父皇还在犹豫，他既中意状元郎，又中意探花郎。"庄贵妃说。

太子拿走腰牌后，却没了动静。陈姑娘自被我撞见她与人私会后，也不再去藏书阁了。林重檀依旧整日泡在藏书阁里，在我又一次跟他提出要学记账后，他终于把万物铺的账本拿来给我看了，虽然只是一个季度的账本。

林重檀会被选中吗？

皇上还在他和探花郎之间犹豫。我见过探花郎几次，在正式场合上见过两回：一回是在登科宴里，他投壶水平不错；一回是在蹴鞠赛上，他蹴鞠水平一般。

后来，偶尔在藏书阁见过他。

探花郎也被选中入宫修复古籍，我有一次看到他，他爬在梯子上。我从旁经过，他喊住我："劳烦帮我接下书。"

声音很是低沉。

我停下脚步，接过了探花郎递来的书。他回头发现是我，表情有些惊吓，不过很快就恢复如常，从梯子上下来，恭敬温顺地向我行礼："九皇子安。"

"免礼。"我把书还给他。

平心而论，林重檀比探花郎优秀许多，无论是外貌，还是学识。探花郎能被点为第一甲第三名，主要托了他是在同批进士里除林重檀外相貌最优秀者的福。

探花郎生了一双桃花眼，桃花多情，看谁都像是含情脉脉，不像林重檀林重檀冷着脸时，看着极难接近。

想到这儿，我主动坐到林重檀的身侧："我听母妃说你有可能是十二公主的未来夫婿。"

林重檀神色不变，执笔继续在纸上写着字，语气也是淡淡的："不会是我。"

"为什么不会是你？"我觉得林重檀笃定的态度有些奇怪，他怎么就能肯定不会是他？

林重檀总算放下笔，转头看着我："前两日陛下召见了我，我禀告陛下——我已在姑苏老家定了亲。"

定亲？他什么时候定的亲？他从未跟我提过。

林重檀见我如此表情，轻声问："怎么是这个反应？"

"你跟谁定亲了？"我追问道。

他不说话，只是盯着我看。我登时反应过来他说的人是谁，也知道他说这话根本就是在逗我玩。我生气地起身要走，他却将我拉住。

"如果……"林重檀说完"如果"二字，声音就变得很轻，我只能听到个大概，"那微臣是愿意尚公主的。"

说完不知为何，他的心情又好了起来，嘴角隐有笑意。

我愣了一下，方反应过来。

第十七章
虚与委蛇

无耻！

我恨不得打林重檀一巴掌，但我从他的话里听出另一层意思。十八岁生辰那夜，太子曾对林重檀说，说他对秦楼楚馆的女子冷淡。

此时林重檀的话，正好验证了我的猜测。

他这种卑鄙的伪君子，恐怕很喜欢看着高门贵女为他倾倒的模样。

我想到林重檀可能是那日躲在书架后面与陈姑娘私会的人，就觉得恶心。他也曾那般对待过陈姑娘吗？

林重檀认真地说起了十二公主的事："那日蹴鞠比赛完，我从你的浴池里出去，无意间看到了十二公主自蒲若南的浴池里出来。"

蒲若南是探花郎的名字。

我不由得停下了挣扎。

林重檀继续说："当时蒲若南表现得并无异常，想来他肯定是认出了十二公主。发生了这样的事，蒲若南却还能被选进宫，进藏书阁修复古籍，由此可知，十二公主早就对蒲若南动了心，就算身边的宫人嬷嬷被全部换掉了，也不肯说出蒲若南的名字。十二公主是最尊贵的帝女，如果未来驸马人选不合她的意，她恐怕把天捅破都不会答应，我并不担心十二公主会嫁给我。"

我觉得林重檀不齿探花郎，言语间似有轻蔑之意。

"你不喜欢蒲若南？"我问林重檀。

林重檀没承认，也没否认，只说："道不同不相为谋。"

我想过十二公主到底是因为什么而尖叫出声，她进了别人的浴池，怕是见到了某人的身体，才会尖叫出声。如今真相揭开，十二公主进的是探花郎的浴池，探花郎对此缄口不言，如果不是为了十二公主的名声着想，就是另有所图。

我想起探花郎那双多情的桃花眼，心里觉得不太妙。

十二公主是太子的胞妹，也是我的妹妹，我不想她选一个品行可能有问题的人。

"你肯定清楚蒲若南的为人，他是不是私德有损？"我连忙问。

林重檀不肯回答我的问题，只说让我不要离蒲若南太近。

我自是不罢休，追问几次，他无奈地笑了："十二公主选了蒲若南有什么不好的，难不成你想让十二公主选我？"

"天下好男儿那么多，不选他，也不一定要选你，你也不是好人。"

林重檀被我骂了，神色黯然："我的确不是好人……"

他的话没说完，我就用力推开他。临走前，我还踢了他一脚。等我怒气冲冲地回到华阳宫，才发现自己被林重檀糊弄了。他明显是不想跟我再聊探花郎的事情，才故意说那种话好将我气走。

他越是这样，我越觉得探花郎有问题。

林重檀不说，不代表我不能查。我刚吩咐宋楠帮我去查一查探花郎，太子又来了。

他带了一堆礼物过来。

我不是很在意他带来的礼物，只想让他把我的布娃娃还回来。太子让宫人将礼物一样一样地摆在我面前，第一件礼物，就吸引了我的注意。

那是一个西洋望远镜。

太子曾赏赐了林重檀一个西洋望远镜，我赌气要林重檀把它给我，他不肯。如今太子也送了我一个西洋望远镜。

两个望远镜有细微的差别，太子送我的这个望远镜更小，可以挂在腰间。

太子注意到我的视线，拿起望远镜，说道："这个是望远镜，通过这个东西可以看到很远的地方。弟弟，你要不要试试？"

我装作不认识此物的样子，从太子手中接过它，他亲自教我如何使用，又站在身后，指导我将望远镜对准外面的窗户。

我已见识过望远镜的神奇，现下再次体验望远镜的神奇，依然觉得此物实在厉害。只需要放在眼前，窗外树干上的纹理我都能看得一清二楚，更别提路过的宫人，我甚至能看清他们每个人脸上细微的表情。

"喜欢吗？"太子的声音在耳畔响起，我有些不适地转开脸。

"还行。"我低声说。

"看来弟弟不是很喜欢这个望远镜，那再来看看这个。"太子走到体积最大的礼物前,伸手扯下覆盖其上的红布。我看清红布下的物品时,登时怔在原地。

这是一面镜子。

镜子不稀奇,但我从未见过照人这么清楚的镜子。

太子轻笑道:"西洋镜,无论是白日还是黑夜,都可以将人照得极其清楚。弟弟长得这么好看,孤想这件礼物最合适弟弟不过。"

我认为他故意戏弄我,面色不由一沉,却忍不住频频去看那面镜子。

这面镜子将人照得也太清楚了。

这两件礼物只是开胃菜,太子接下来给我展示了余下的礼物,全是来自西洋的稀罕货。有奇形怪状的雕像,有不用沾墨就能写的笔,还有西洋的香脂盒……

香脂盒里的脂膏颜色娇艳,香味黏腻。我拿起来仔细端详,心想:若这东西没毒,可以送给庄贵妃。

太子冷不丁伸出尾指刮了一下脂膏,将其点在我的眉心。我愣了一下,皱着眉头,伸手就要擦掉它。

他抓住了我的手,似笑非笑地盯着我的眉心:"弟弟别急着擦,让孤好好看看。"

我蹙紧眉头,见他目光灼灼,越发恼怒。用力地挣开他的手后,我对着镜子,用手指想要擦掉这眉心的一点,不想我擦了半天,只是将它擦得更匀称了些,一点变成了一条浅红色的痕迹。

太子知道我生气了,低声下气地哄我:"这玩意要用沾水才能擦干净,孤来帮你,好不?"

"不用。"我避开他递过来的丝帕,"我自己可以。"

我吩咐钮喜去给我打水,钮喜去了。这时,太子从带过来的礼物里拿出一个奇奇怪怪的瓶子。

等他把瓶子打开,我才发现里面装的竟然是酒。

太子倒了两杯,将其中一杯放到我面前。我本不想喝,但这酒闻起来很香。

喝一杯应该不会醉的,就算我醉了,这里是华阳宫,又是白日,我也不怕太子会做什么。

这样想着,我端起酒杯抿了一口。这酒喝起来有点儿像果子酒,又与果子酒有细微的差别。为了品出具体有什么差别,我又抿了一口。

不知不觉间,我喝光了一杯酒,站在我面前的太子也从一个变成了三个。

我想让他别一直在我面前晃,可我抓不住他。

"弟弟醉了?"有人问。

我努力睁大眼睛,却发现在我面前的不再是太子,而是一只黑色大狗。好大的狗狗!我还没见过这么大的狗,忍不住伸出手想要摸一摸狗狗,但狗狗在躲我,我只好站起来,想追过去,结果没走两步,差点儿摔坐在地。

是狗狗接住了我。

"酒量怎么这么差?"又有人说话。

我不想听人说话,只想听狗狗叫。我往狗狗身上爬,狗狗的身体跟我想的不一样,并不软绵,反而硬邦邦的,爬起来并不舒服。狗狗似乎不想让我爬到它的身上,几次想将我扯下来。

我真是醉糊涂了,爬不上去,我就要狗狗坐下。我含混不清地喊:"狗狗……让我抱……抱一会儿,你不要站那么高。"

好像有人来拉我:"九皇子,我们先把醒酒汤喝了。"

我不要喝醒酒汤,我要跟狗狗玩,可狗狗不让我抱,还想逃走。我只能使出我的看家本领,像螃蟹一样、手脚并用地缠住狗狗。

最后,我总算骑到狗狗了,狗狗被我压在身下,表情似乎很无奈。我伸出手揉搓着狗狗的脸,想让它开心点儿。渐渐地,我觉得累了,便趴在了狗狗身上。

有人想把我抱下来,但我不肯。

狗狗似乎已经放弃了:"算了,随他吧,等他睡着了就好了。你们再把醒酒汤热热,看待会儿能不能让他喝了。"

我醉得稀里糊涂的,睡到了第二天清晨。垂下的纱帐挡不住熏香,点的是安神香,褥子暖和得很,我习惯性地伸手去拿布娃娃,抱了个空才意识到布娃娃已被太子拿走了。

守在外面的人注意到我的动静,他掀开纱帐,见到我醒来了,便端过热水递给我。

我坐起喝水,才发现头疼。那酒的后劲竟如此之强,我不过才喝了一杯。

"现在什么时辰了?"我问钮喜。

"卯正二刻,贵妃娘娘已经跟太学的教授打过招呼,九皇子今日不用去上课了。"

冬日天亮得晚,我喝完一杯水重新躺了回去,昨日酒醉后的记忆渐渐回笼。

我居然在喝醉后,把太子看成了狗。

不仅如此,我昨日先是非要抱着太子,而后又把人压在地上坐着,谁哄我,我都不肯下来。我还觉得太子束发的玉冠好看,伸手就去扯,太子被我不知轻重的动作弄得脸色微变,不过他竟把玉冠给我了。

我拿了玉冠,却没喜欢多久,转眼就盯上了太子腰间挂的玉佩、香囊等物。我把那些玩意儿一一扯了下来，一个个看，一个个玩，玩到后面我累了，迷迷糊糊地靠着太子就是不肯起来。

庄贵妃得知这边发生的事赶了过来，她将我哄起来，喂我喝了醒酒汤，这才勉强结束这一场闹剧。

我低头看了看身上已经换掉的衣裳，有些无语地抚额。看来酒不是个好东西，以后可不能喝了。

想着不如再睡一觉，我忽地发现脚踝上少了东西。

"钮喜，我脚踝上的那串珠链去哪儿了？"我掀开纱帐。

钮喜正在更换熏香，闻言搁下手里的东西，从另一处拿了个小匣子过来。小匣子里装的正是林重檀送我的珠链。

"昨夜伺候您沐浴的时候，奴才发现这条链子把您的脚踝磨出了红痕，想着戴着这个睡觉会不舒服，就取了下来。现在要帮您戴上吗？"

我看了看小匣子里的红绳金扣珠链，又看了看右足。正如钮喜所说，脚踝后跟处有一道浅色的红痕。

现在的林重檀就和他的礼物一样，不适合我。

"不用，先收着吧。"我低声道，"太子有看到这串珠链吗？"

"应该没有。"

我躺了回去，在安神香的帮助下又睡了一觉。这一觉就睡到了午时。我醒了，但躺在床上不愿意动，这时，宫人进来传话说四皇子来了。

四皇子早上也来过一次，听说我没醒，就回去了。

让四皇子等着不太好，我一边让钮喜请他进来，一边爬起来洗漱。

四皇子提着食盒走进内殿，一眼就看到了内殿里的西洋落地镜，不知是不是之前没见过西洋镜，才盯着镜子看了许久。不过他很快猜出这面镜子的来历："这是太子送的吗？"

"嗯。"我洗干净脸，含了一片香片，咬了几下吐掉了。

四皇子收回了视线："从羲，我听说你昨日喝高了，特意下厨熬了解腻的小米粥。"话音刚落，宫人就进来通报说太子来了。

我听到太子又来了，心里有些烦。庄贵妃明明说他最近会很忙，怎么老往我这里跑。

我想了想才说："请太子去南殿，上茶上点心伺候着。"

不想没多久，太子就径直走了进来。他也斜着四皇子，语气有些奇怪："老四在啊。"

四皇子低头给太子行礼。

太子随意摆摆手，径自向我走来。因为昨日发了酒疯，我现在不好计较太子闯进来的事情。但他一直盯着我看，让我有些不自在。四皇子不知道是不是被太子的行为感染，过了一会儿，他悄声地走到我的身边站定了。

两个人如两尊大佛一样守在我的两侧，我终是没忍住，道："你们去外面喝茶，杵在这里做什么？"

宫人给我束发，他们就盯着那个宫人，害得那个宫人不停地发抖。

"茶有什么好喝的。"太子懒洋洋地说道，他瞥了四皇子一眼，"老四不出去喝茶？这里的茶可是你那没有的。"

四皇子拘谨地说："我暂时不想喝茶，我想看看从羲这里有什么我能帮上忙的。"

"你能帮什么忙？"太子问。

四皇子说："总有我能帮得上忙的地方。"

我见他们就要对峙上了，连忙出声打断道："四哥，我想喝你刚刚说的小米粥了，你让宫人去摆桌，我待会儿出来就喝。"

"好。"四皇子高兴地走了。

留下来的太子，表情不怎么好看："你叫他什么？四哥？你怎么不叫孤三哥？"

太子这话问得真是奇怪。

头发已经束好，只差穿上外袍了。我站起身，展开双臂，宫人连忙帮我披上外袍，我的视线与太子的对上："我不是叫你太子哥哥吗？你若更喜欢我叫你三哥，我以后就叫你三哥。"

太子蹙紧的眉头渐渐松开，他拿过红漆盘上的腰带："孤也不是那么喜欢三哥这个称呼。"

说完，他帮我系上腰带。

太子的动作并不熟练，还差点儿扣错扣子。最后在宫人小心翼翼的指导下，他总算帮我把腰带系好了。我低头看着他的动作，没有开口。

这时，庄贵妃那边的安嬷嬷过来了，说皇上和庄贵妃回宫了，听说我醒了，叫我过去用膳。听说太子和四皇子都在，便一起请了。

皇上已经知道我昨日发酒疯的事，在饭桌上笑话我："这点儿酒量以后怎么办？你那些哥哥可个个都是海量。"

庄贵妃替我说话："从羲的身体一向不好，原先也没喝过酒。"

"是儿臣不好，儿臣不该随便拿西洋酒给弟弟喝。"太子主动揽下了过错。

皇上微微颔首："你这个哥哥的确没当好，下次弟弟要喝酒，你要多考虑他的酒量，可不能再让从羲醉成那样。听说昨日从羲闹得厉害，小猴子似的非得挂人身上。"

后半句是对我说的，脸颊不由得开始发烫，我也不敢说话，只含糊地"嗯"了一声，低头喝汤。

突然，皇上像随口一提般说起了十二公主的婚事。他问太子心中可有中意的人选。

"儿臣觉得林重檀不错。"太子答道。

我喝汤的动作不禁顿了一下。

皇上又问四皇子："老四，你觉得呢？"

四皇子鲜少跟皇上同桌用餐，一直没怎么说话，忽然被点名，声音里都透着紧张："如果单从今年的进士来看，林重檀的确不失为好人选。儿臣见过林重檀几次，他的学识颇高，写得一手好文章，也未听说有何不妥之处，长得又很是俊美，颂颂应该会喜欢。"

就在这时，皇上点了我的名字："从羲，你觉得谁好？"

我抬起头，桌上众人的目光都落在我身上。

我不明白太子为何要推荐林重檀，他明明知道林重檀的私事。也许太子这种人，根本就不介意林重檀的过去。

太子还是那么信任林重檀，那林重檀呢？他跟我说过他不会娶十二公主。

我抿了抿唇，谨慎地说："儿臣不敢妄言，不过儿臣觉得颂颂还小，也许可以再相看相看。择婿未必要相貌佳、文采好的，人品才是重中之重。朝堂韦阴公主的驸马是当朝大司马之子，学识相貌皆是一等一的，可驸马性子高傲，尚了公主，却不将公主视作妻子。不仅如此，惠帝病重，他便在外宿柳眠花，以此折辱韦阴公主。韦阴公主不满三十岁就香消玉殒，这个驸马居首功。"

在我看来，林重檀这等卑劣之人是万万不配尚公主，他不仅不配尚公主，更不配去祸害世上的其他人。

皇上听了我的话，却是辗然而笑："看看，从羲都会说这种话了，看来还真是长大了，有做哥哥的样子了。"

皇上分明是没有将我的话听进去，我还想再争辩两句，好打消父皇将十二公主嫁给林重檀的念头。当然，父皇若是想将十二公主嫁给探花郎，我也会据理力争的，毕竟探花郎也不是个好人。

可庄贵妃用眼神制止了我，笑着说："从羲懂什么，还是个小孩子呢，颂颂是嫡公主，婚事自然要看皇后娘娘的安排。"

庄贵妃一句话就将事情叉到了皇后那里，皇上便没有再提此事。

午膳后，宋楠进了宫。我昨日让他去查一查探花郎，他虽未调查出什么，但向我禀告了他发现的另一件不同寻常的事。

"你说有人在跟踪你？可看清了对方的面容？"我有些紧张。

宋楠是武将出身，能跟踪他的人想来不是寻常之辈。

宋楠点点头："微臣看清了其中一个，不过那人相貌普通，衣服上也无明显标志，分辨不出是谁派来的。但主子让我调查探花郎蒲若南一事，恐怕已被第三人知晓。"

是林重檀吗？

"主子，还查吗？"宋楠低声问我。

我捏紧了手里的宣纸，片刻后，说道："跟踪你的人知道自己暴露了吗？"

宋楠摇头："应该没有。"

我想了想，说："先暂停调查蒲若南吧。"

我觉得派人跟踪宋楠的主使者应该不是林重檀，林重檀手底下应该没有厉害到能跟踪宋楠的人。

这个人是谁？他为什么要派人跟踪宋楠？

我想到了另一个人，但不敢确定是不是他。我不让宋楠继续查下去，一是怕打草惊蛇；二是派人跟踪宋楠的人躲在暗处，不知对方来意，小心谨慎为上。

这厢，我刚吩咐宋楠暂停调查探花郎一事。那厢，十二公主出事了。

不知她从哪里得知皇上有意将她许配给林重檀，居然闹起了绝食。

这事本是被皇后压着，没有透一点儿风声，但四皇子找到了我。

他一脸为难："从羲，父皇交给了我一个任务，这个任务，我完成不了。"

皇上知道十二公主闹绝食后，不仅没打算哄一哄十二公主，而是吩咐太子和四皇子一起好好劝一劝十二公主。

太子领了这份差事，却不打算去规劝十二公主，反而笑吟吟地作壁上观，气得十二公主哭得更伤心了。四皇子长相凶恶，十二公主打小就不喜欢这个哥哥，他一开口，就会被十二公主更为响亮的哭声打断。

走投无路之下，四皇子想到了我。他想到原来十二公主十分亲近我，想着我也许能劝上一劝。

眼下只有我和四皇子，我说话便没了顾忌："父皇是想让你和太子劝说颂颂下嫁林重檀吗？"

四皇子放下茶盏："父皇并没有这样说，只说颂颂闹得难看，让我们好好劝一劝，毕竟是当哥哥的。颂颂的婚事尚是个未知数。"

我思索许久，同意了和四皇子一起前往颂颂的灈夜殿。我们刚到灈夜殿的主殿门口,就迎面飞来一个花瓶。

四皇子连忙将我护在身后。

花瓶破开殿门遮风的棉帘,砸在殿外的石砖上,碎片四溅。紧接着响起十二公主的尖叫声:"我就不嫁,我不要嫁人!父皇和母后是养不起我了吗?为什么要把我嫁人,还要把我嫁给一个我不喜欢的人!"

不久前,十二公主还对着林重檀脸红,现如今林重檀就成了她不喜欢的人,闹绝食也不肯下嫁。

侍奉的宫人出来收拾,看到门口的我和四皇子,面色大变,连忙跪下来:"给四皇子、九皇子请安,奴才们不知道两位皇子到来,还望两位皇子恕罪。"

四皇子仔细地检查了一遍,见我没有被花瓶碎片伤到,才对宫人说:"平身。"他又瞧了殿内一眼,有些犹豫要不要进去。我没有多想,拉着他走了进去。

十二公主仍在哭,也不知道她哭了多久,眼睛都哭肿了。她看到我和四皇子,似乎想说点儿什么但最终什么都没说,只是别过脸去继续哭,边哭边埋怨皇上和皇后,说他们不疼她。

抱怨了皇上和皇后一通后,又抱怨起她的皇兄们。

"皇兄个个都是黑心肠,别人都说哥哥多,日子也过得舒心,我的哥哥们都只知道欺负我!"

四皇子手足无措地上前,想说点儿什么,但张嘴只说了一个字,十二公主就把脸扭向另一边。几次下来,四皇子围着十二公主团团打转,但一句话都没能说出口。

我看着这一幕,令人搬来椅子,坐下后我问濯夜殿的宫人:"我有些饿了,有什么吃的吗?我想吃点儿热食,开胃的最好。"

"不许把吃食端上来!"宫人还没回答,十二公主倒是凶巴巴地开口道。

我看了她一眼,又看看面前的宫人,道:"去把吃食端上来。"

宫人连忙应声退下去,没多久就送上来几道精致膳食。今日也下了雪,雪深寒重,我招呼四皇子一起吃。

四皇子猜到了我想做什么,便坐了过来。十二公主仍在哭,但随着我和四皇子开始用膳,哭声渐渐小了。

没多久,我旁边多了一道身影。

十二公主眼泪汪汪地看着我面前的翠玉豆糕,小声问我:"这个好吃吗?"

"还可以。"我咬了一口翠玉豆糕,又吃了一口牛乳豆腐脑。牛乳豆腐脑吃起来爽滑酥嫩，与今日的大雪十分相称。

十二公主舔了舔嘴唇，很快又摆出宁死不屈的刚烈表情："我才不吃，我知道你们想做什么，不过是哄我吃东西，我一定不会吃的。"

我没有再说话，只默默进食。四皇子也同我一般，他吃东西的速度极快，如风卷残云，不多时就消灭了桌上大半的吃食。十二公主嘴上说着不吃，却不愿意从桌子旁边挪开，眼看着四皇子就要夹走最后一块翠玉豆糕，她的眼睛都瞪圆了。

四皇子对上十二公主的视线，默默地放下筷子。见状，我直接把盛翠玉豆糕的盘子端到了自己面前。

那一瞬间，十二公主望过来的视线越发炽热了，她盯着我似乎想看我会不会吃掉最后一块翠玉豆糕。我换了一双公筷，夹起翠玉豆糕递到十二公主唇边。

她仍有些犹豫，又忍不住咽口水。我早就知道十二公主贪吃，今日见了她，明明她在闹绝食，但一点儿都没瘦，难怪太子没把十二公主闹绝食当一回事。

十二公主直愣愣地看着翠玉豆糕，最终没忍住咬了一口。我轻声问她："好吃吗？"

她点点头，道："好吃。"

片刻后，她瞪着我，"哇"的一声又哭了起来。

见状，我又递了递翠玉豆糕："吃完再哭吧。"

十二公主哭声骤停，沉默地接受了我的建议。她既然肯吃东西了，我便吩咐宫人再上些吃食。宫人机灵，猜出了我的目的，早就备好了吃食，我一下令，新的食物就被端了上来。

十二公主也不急着哭了，坐下来老老实实地吃东西。

四皇子趁机劝说道："吃饭才好，不吃饭身体就会垮。一来，父皇并没有选好驸马人选；再者，就算挑好了人选，还得行六礼，不会让你马上就出嫁。父皇宠爱你，留你到十八岁再出嫁，也是有可能的。而且你就算出嫁了，也还住在京城，想念父皇、皇后娘娘，还有家中兄弟姊妹的时候，随时可以进宫。"

这话让十二公主又伤心了。她扔下筷子，不知从哪里翻出一条白绫，二话不说就往梁上扔。我和四皇子都吓了一跳，赶紧拉住她。

正在这时，太子来了。

太子应该是刚从宫外回来，进来后就取了大氅丢给一旁的宫人，直接坐下喝茶。

面对胞妹试图自尽的一幕,他果然如四皇子所说,表现得极为淡定。慢悠悠地喝了半盏茶,他才不疾不徐地开口:"何苦劝她,由着她去,到时候成了个长舌鬼,不是挺有意思吗?"

十二公主的哭声一下子大了起来,我感觉出十二公主怕是雷声大雨点小,便准备松手。可我刚松手,十二公主就奋力挣脱四皇子踩上了凳子。四皇子想把她抱下来,又碍于男女之别,只敢抓住十二公主的手臂。

十二公主奋力地想挣开四皇子,不慎从凳子上摔了下来,摔到四皇子身上。四皇子被她一撞,身体失重地往后退,踩中了我的脚。

无妄之灾,大概指的就是我今天的遭遇。

十二公主摔下来,因摔到四皇子身上,并没有受伤。而我被四皇子踩了一脚,脚背迅速变红,并肿了起来。

不过伤得不重,太医问诊结束,建议我少用受伤的脚走动,按时上药,几日就能好。

因这出意外,十二公主没再闹腾了,惴惴不安地看着我,不好意思向我道歉,只敢靠在太子身边,小声说:"太子哥哥,我不是故意的。"

太子的脸色有些难看,他白了十二公主一眼,又看向四皇子。四皇子听了太医的建议,马上表示这些时日他可以背我去太学上课。

"都受伤了,还去什么太学?老四,时候不早了,你该出宫了。"太子直接出声赶人。

四皇子面露犹豫,我因为他才受伤的,他心有愧疚。见状,我对他笑了笑,道:"我没事,四哥,你回去吧,确实也不早了。"

四皇子这才磨磨蹭蹭地起身,离开前,他说明日一早过来看我。四皇子离开后,我也准备回华阳宫了。我想让钮喜背着我上轿子,哪知道太子突然蹲在我面前。

"孤背你,上来。"太子说。

十二公主直接愣住了,语气酸溜溜的:"太子哥哥,你都没背过我。"

我瞬间反应过来太子的目的——太子一向宠爱十二公主,此番行为不过是借着背我来惩罚十二公主的任性。我也别有目的,便默默地爬上了太子的背。

出了主殿,风雪猛然袭来,我不由得将脸往太子的背后藏了藏,他身上的龙涎香随风送入鼻间。

太子脚步顿了一下:"钮喜。"

钮喜应声。

"帮九皇子戴上帷帽。"太子吩咐道。

钮喜打算照办,但我拒绝了。我今天穿的这件狐裘是赤狐的毛做成的,狐裘上还有个极大的帽子。我让钮喜帮我把狐裘的帽子戴上，钮喜应了，下一刻，我的脸就被毛茸茸的狐毛遮住了半张。

轿子停在濯夜殿外，临上轿前，我喊住太子："我暂时不想坐轿子，太子哥哥，我想散散步。"

太子听到我的话，偏头看向我。我心里挺忐忑的，但我想知道他现在能纵容我到什么地步。

上次我咬了太子，太子没有发火，后来我又发了酒疯，大闹了一通，他亦没有生气。

他看了我一会儿，弯起眼睛："好啊，孤今日就跟弟弟赏赏雪。"

太子竟然真的没有把我送上轿子，而是背着我自红漆长廊下往外走。廊外是一片茫茫的白雪地，一眼仿佛望不到尽头。走出长廊后，他带着我踏入雪地。他在雪地踩出深深浅浅的脚印，宫人为我们撑开了七十二伞骨的赤金色油纸伞。

尽管如此，雪粒子依旧飘进了伞下。

我一时觉得有趣，忘了一开始让太子背我的目的。我从暖手袖套里探出手，去接雪，不一会儿，手心里就积了一小把雪，雪粒子冰冰凉凉的，我的视线渐渐转向太子。

他背着我走了这么久，一点儿都不见吃力，呼吸依旧如常。望着太子露在衣服外的那一截脖颈儿，我悄悄地攥紧手里的雪粒子，一把塞了进去。

太子顿时停下脚步，咬牙切齿地说："姜从羲！"

我没说话，只是把我塞进去的雪粒子一点点地掏了出来。我也不知道我掏干净没有，反正没掏干净也只能这样了，就让太子用他的体温融化掉剩下的雪吧。

雪花纷纷扬扬，我张开手指，又去接雪，雪粒子自指缝间漏下。忽地，我注意到附近有一处砖红色的宫殿，宫殿金瓦已经被雪覆盖，而殿前的石狮子身上干干净净的。

我盯着石狮子看，意外看到石狮子附近的廊下立着的一道身影。

那人身着藏蓝华服，自伞下望着我。

是林重檀。

他不知道在那里站了多久，应该不是我的错觉，他的脸色可以用"难看"二字形容。眉眼间仿佛覆上了一层冰雪，寒意十足。

隔着风雪，他直视着我，完全不顾及自己大胆的行为会不会被人发现。没多久，林重檀撑着伞慢慢地走来。

太子也看到了林重檀，停下脚步，问："你今天不在藏书阁，怎么跑这儿来了?"

他向太子行礼,道:"藏书阁的工作已进入尾声,微臣奉陛下之命,前去御前听差。"

这里的确是藏书阁去御前的必经之地。

林重檀被召去御前,莫非是为了十二公主?

他们谈话时,我把帽子往后推了推,为了将林重檀脸上的表情看得更清楚我还努力地往上爬了一下。

太子察觉了我的动作,头也不回,直接将我往上颠了一颠。我的下巴随之落在太子的肩头上。

林重檀快速地扫来了一眼,若不是我一直紧盯着他看,恐怕会错过他这一眼。他走出廊下时,面色已经恢复正常,但他看向我时,下颌有一瞬间绷紧,唇也是抿着的。

"父皇召你前去所为何事?"太子的话音刚落地,自远处跑来一个公公。

他一边朝我们跑来,一边大声呼道:"太子殿下!太子殿下,陛下有请,太子殿下往这边请。"

太子立在原地不动,等公公走近,才问道:"可有说什么事?"

公公跑得上气不接下气,他呼吸急促,呼出的白汽飘散在空中,太子很嫌弃地带着我往后退了几步。

"奴才不知,太子殿下还是快些去,陛下急着见您。"公公回话。

太子偏头看向我:"弟弟,孤没法陪你继续雪里散步了,你待会儿就坐上软轿回华阳宫去吧,脚还伤着,可不要到处乱跑。"

我"哦"了一声。

软轿一直跟在身后,太子将我放入软轿中,但没急着离开,他想报方才我往他脖子里塞雪的仇,取了手套拿手背要来冰我的脸。见状,我连忙躲闪。

只是我才伤了脚,软轿又小,只躲了一下,就被太子逮住了。太子摁着我,哼笑一声:"现在知道怕了?方才你的胆子可是大得很。"

我只能认:"我错了,太子哥哥,我下次不敢了。"

太子弯下腰:"嗯?不敢了?"

"不敢了。"我的后背贴着轿壁,身前就是太子。看着他抬起一只手向我的脸靠近,就感觉到冷意袭来,忍不住闭上眼。

但想象中的一切并未发生,太子在即将碰到我的脸时,换了方向拽住了我身上赤狐裘的狐毛,他捏了两把狐毛,松手起身。

太子离开时,林重檀就站在软轿外。我才注意到软轿的窗户并未关紧,留了一丝缝隙,可以自内窥到外面的光景。

我与林重檀隔着这一条缝隙相望，他天生弱症，本就离不得丹药，此时寒风侵肌，脸色苍白，毫无血色。他的肩头上沾满风雪，眼睛一眨不眨地紧盯着我看，片刻后他才低头行礼。

我缓缓将窗户关紧："钮喜，回华阳宫。"

"起轿。"

我窝在软轿里，将手指贴在喜鹊绕梅紫铜手炉上取暖。我没想让林重檀撞见这一幕的，既然撞见了，那就撞见了吧。

只是皇上召见林重檀是为了十二公主的婚事吗？

以林重檀的性格，定不会违抗圣旨。十二公主备受宠爱，同时也只是个稚嫩的小姑娘，她抗拒皇上赐婚的手段就只有绝食、自尽，而她也没有真的绝食、自尽，她的所作所为更像是小孩子闹脾气。

如果皇上有心要将十二公主嫁给林重檀，自然会让这场婚事顺利地进行。

不行，我决不允许！

要是林重檀成了十二公主的驸马，我还能报复他吗？若我执意报复他，十二公主会不会因此受到影响？

我不想祸及无辜。

我受伤一事，很快被庄贵妃知晓了。因此，她不许我在脚伤好之前出华阳宫，更不许我在雪停之前离开皇宫半步。

"从羲，你看看你这几个月生了多少场病了？宝宝，你本就体弱，就不要再亲自去藏书阁了，有什么想看的书，吩咐宫人送过来不行吗？太学也别去了，天寒地冻的，学习也不急在这一时，咱们等开春了再说，行吗？你啊，真是要让母妃有担不完的心。"

庄贵妃嘴上训斥我，眼里却藏不住心疼。我只能卖乖地笑着："母妃，别生气了，我这次真的会好好养病，哪儿都不去的。"

我这话只是哄哄庄贵妃罢了，眼下第一要紧事，就是不能让十二公主下嫁给林重檀。只是，只要我的脚伤没好，庄贵妃就会紧紧地看着我。

我还在为此发愁的时候，林重檀接到了诏令。出乎所有人的意料之外，皇上没有把林重檀留在京城，而是令他去岭南接任岭南知州一职。

岭南穷苦，远胜其他地方。那里气候酷热，百姓大多未开民智。我自书中得知，那里的人只有极有钱的才会读书，大部分的人都认为读书无用。

岭南知州只是从五品的小官，状元郎外放任职，并非先例，只是先前外放任职的状元郎任职之地，不是金陵姑苏，就是离京不远的地方。林重檀这个状元郎被外放到岭南任职，还是第一例。

得知此事后，我猜测林重檀被任命为岭南知州应该跟他那次面圣有关。我叫人打听到了那日在御前伺候的宫人，召他前来问了几句。

宫人只说当时只有林重檀和皇上在殿内，他们都退下了。没人知道这对君臣谈了什么，只知道林重檀离开后，皇上颇为不快，派人去宣了太子。

没几日，林重檀就接到了诏令。

林重檀外放到岭南，自然不会被点为十二公主的驸马，皇上不会让自己的女儿去那么穷苦的地方。

诏令一出，十二公主便不再闹着要绝食、要自尽了。林重檀接到诏令的第二天，榜眼、探花郎等人也陆陆续续地接到诏令。

第一甲二、三名，第二甲前十八名，总计二十名新科进士都被留在了京城，只有林重檀这个连中三元的状元郎被外放。

探花郎蒲若南授职翰林院修撰，相较榜眼，前途更好。

林重檀接到诏令后不久，我收到了宋楠转交给我的信，上面说他开春前就会离京，也无法在京过年，到岭南后，至少要在岭南待上三五年。

他约我见面。

我看着信上林重檀鸾翔凤翥的字，默然片刻便将其丢进火盆。我不能让林重檀就这样离开京城。说是要待上三五年，谁知道他会在岭南待多久。一切皆看圣意，那便一切都是变数。

我也等不起三五年，我心里的恨磨不平、退不去。三五年，足以让林重檀在岭南成亲生子，届时我再报复他，他的妻儿何其无辜？

与其以后对不起更多人，不如现在就将林重檀解决掉。林重檀被外放岭南，告诉我一个极重要的信息——太子对林重檀没有那么信任了，毕竟太子在十二公主的驸马人选上举荐了林重檀，而现在林重檀被外放岭南。

太子举荐林重檀，无外乎两个目的：一是更好地拉拢林重檀；二是想试探林重檀是否忠心依旧。

林重檀面圣后就被外放岭南，显然是拒绝了与十二公主的婚事。

太子默许林重檀被外放，也可以说明他在逐渐放弃林重檀。一条狗不忠心，留在身边反而会因此担惊受怕，自然要送走。

如果太子真的准备放弃林重檀，那么我还需要做一件事。

太子对我的纵容已让我咋舌，我想看看他能为我做到何种地步。

脚背的伤好了后，我带着书卷去了东宫。

太子身为储君，诸事繁多，不仅要帮皇上批改奏折，处理朝政，还要忙自己的婚事，十二公主的婚事，如今的他更是忙上加忙。

我拿着书卷，在批改奏折的太子的身侧落座。他抬起头看了我一眼，又低下头继续批阅奏折。

东宫的宫人殷勤奉茶,我喝了一口,发现竟然是我喜欢的御膳房做的那种奶茶。之前我来东宫,奉上的还是茶,现在居然变成了我喜欢的奶茶。

没一会儿,我就把奶茶喝完了,搁下瓷碗,再次看向太子。他仍在批改奏折,我等了一会儿,开口问他:"你还要多久?"

"怎么了?"太子说。

"我念书,遇到了不懂之处,母妃不准我去太学,所以我来问太子哥哥。"我顿了一下,继续道,"不过太子哥哥好像很忙,要不我还是去问问四哥,请四哥帮我解惑。"

太子嗤笑一声:"他懂什么?他在太学读书的时候,成绩排在末尾。"

太子撒谎,四皇子的成绩,虽不能说位列前茅,但也是排名中等。

不过我没拆穿他,只是翻开书本:"我不知道什么时候才能等到你忙完,你要忙到天黑吗?"

太子批了手上的奏折后,就停了笔,将我的书拿了过去,问我:"哪里不懂?"

我压下心里升起的那一丝惊愕,把不懂的地方指给他看。太子略看了几眼,便开始为我解疑。太子作为一国储君,学识自是不差,只是太子讲课的水平不如林重檀,我听了,但没听懂。

他发现我呆愣愣地看着他,抬手在我脑门上敲了一下:"怎么这么蠢,孤再跟你说一遍。"

这一次,太子讲得更慢,也更详细。我听明白了,没等他歇口气,立刻又指向了第二处。

太子虽然嘴上说我笨,但一直耐着性子跟我讲题,只是可怜我的脑门被他敲了好几下,后来见他抬头,我就立刻捂住脑门。

见此,他就叩起手指弹了一下我的脸颊。这一下竟比被敲脑门还疼,我吃痛地看向太子,却发现他正惊讶地看着自己的手。

随后他看向我,伸手想扯开我捂脸的手。我不肯,怕他再弹我的脸颊。太子抿抿唇,神情尴尬:"孤不弹你的脸,把手放下来,孤看看,脸红了没有?"

我犹豫片刻,慢慢放下手。

他的眼神忽然认真许多,又抬起手。我不由得躲了一下,不过很快就稳住不动了,看着他的指尖靠近。

我有些不自在,不由自主地将放在桌上的手指蜷缩起。

"红了。"太子低声说,他扬声喊道,"来人,拿外涂的药膏过来。"

257

我愣了一下,忙道:"这个不用擦药膏的,过一会儿就没事了。"

太子表情认真:"现在是冬日,现在看着只是有点儿红,待会儿出去吹风,说不定会因此长冻疮。弟弟可是想脸上长冻疮?一旦生了冻疮,以后每年冬天都会复发,严重的话皮肤会溃烂……"他发现我的表情越来越不对劲儿,话语一收,"所以上不上药?"

我抬手摸了摸自己的脸,心里觉得太子所言浮夸,但我怕他说的是真的。我不想脸上长冻疮。

药膏很快送上来,我想自己上药,可太子抢先拿走了药膏。他先净了手,再用指腹沾了药膏,涂在我的脸颊上。

我稳住心神,把案桌上的书卷拿过来:"药上完了,这处疑问你还没讲完。"

太子望了一眼外面的天色:"晚些再讲,你先去偏殿吃点儿东西。"

我知道他要继续批改奏折了,便没拒绝,跟着宫人离开了。用完膳,困意上涌,想着太子肯定还要忙一阵子,我便干脆歇在了偏殿。

这一觉睡到雪停,我听着窗外的动静,慢吞吞地翻了个身,却冷不丁地对上一张脸。

太子竟然坐在我睡觉的榻旁,也不知道坐了多久,见我吃惊地看着他,他语气平静地对我说:"醒了,就起来吧。"

我刚想点头,却瞥到了太子腰间挂的香囊。我喝西洋酒醉了的那次,曾取下太子的香囊把玩,但我醉得太厉害了,根本记不起有没有在香囊里看到长公主的小像。

正想着,我对太子的香囊伸出了手。

还没碰到香囊,我的手就被扣住。

太子表情如常:"做什么?"

"我想要你的香囊。"我说着,爬坐起来,将放在榻旁的外袍拿过来,把挂在腰带上的香囊递给太子,"我们交换。"

太子抓着我的手,久久不说话,只是看着我。

被他这样注视着,我的背后控制不住地冒虚汗,但我还是固执地把我的香囊递到他面前。

不知过了多久,太子终于松开我的手,将腰间的香囊扯下递给我,拿走了我的香囊,挂在腰间。

我拿到太子的香囊,当着他的面打开。

这时,太子有些冷的声音响起。

"你在找什么?"

第十八章
情天恨海

我没有急着回话,而是仔细地检查了一遍香囊。香囊里除了香料,还有一物。

我抬起眼看向太子,他面无表情,茶色的眼珠子动也不动地注视着我。我深吸一口气,才将后面的话说出:"有人跟我说你随身带着一个人的小像。"

太子的眼神骤然变得凌厉,他扯了扯唇,语气倒还是不急不缓的:"你想说什么?"

"你……你对我好,是因为我长得像……像大皇姐吗?"我故意结巴着说道。

我承认我在赌,赌他对我的好有几分真心,不全是因为大公主。林重檀马上就要去岭南,我没多少时间了。

我故意当着太子的面打开香囊,如果他能容忍我这种行为,容忍我提及大公主,甚至不改对我的态度,那么我就可以把太子当成我报复林重檀的刀。

没有太子撑腰,林重檀绝对会风光不再。

当我还是林春笛的时候,我是太子口中鸠占鹊巢之辈,而林重檀是太子座上客。

太子送过我一座睚眦的雕像,暗讽我睚眦必报。我的确睚眦必报,我就是想看他们斗起来。

如果有一日,林重檀发现太子也可以为了我毁了他,那场景不知会多有趣。

当然,这场赌博很有可能输。万一我输了,我就只能把利用对象从太子换成皇上,但那是下下之策,如今我已经顾不得那么多了。

太子伸手将香囊里的香料之外的物品拿出来。我定睛一看，那果然是大公主的小像。他用指尖轻抚着看上去已有些年头的小像，眼里似有怀念。

不知过了多久，太子低声开口，语气是前所未有的认真："你与她并不像，长姐性子柔和，秉性坚韧，虽是女子，气概却不输男子。"

我能自太子的这番话中听出他对大公主的倾慕，太子继续说道："孤七岁那年，去峦白猎场打猎，因贪玩天黑了还不想回营地，不想我们遇到了刚生了孩子的黑熊。所有侍卫都死了，只剩孤和长姐。长姐将我藏在山洞里，孤身引走了黑熊。如果不是御林军及时赶到，长姐就……尽管如此，她的后背被黑熊伤到，伤口深可见骨，伤口愈合后留的疤更是要陪她一辈子。"

听了太子的叙述，我渐渐地敬佩起这位素未谋面的长公主。太子七岁的时候，她也不过是个十几岁的少女。

没过几年，她又为两国邦交远赴异国，嫁给一个素未谋面的男人。

我不由得沉默了。我是不是不该利用太子对长公主的感情？

太子将长公主的小像放回香囊，递给我。

我愣了一下，把香囊还回去："我不换了，这个意义重大，你自己留着吧。"

说完，我想下床准备穿衣告辞，可脚还未沾地就被摁回了榻上。太子的手扣住我的肩膀，掌心滚烫。我感觉那一块的肌肤似要被灼伤了。

"既然给你了，这个就是你的。"太子说。

我还想拒绝，但太子捏住了我的下巴："就你这性子，哪里跟长姐像了？孤从未见过你这样的，娇气多事，又胆小……"他还说了几个字，但那几个字说得模糊不清，我没能听清楚，只知道他在贬低我。

搁平时听到这些话，我定要对他发火，但这会儿我正因长公主而自惭形秽——如果我是大公主，我不认为我能有她表现的一半好。

宫里的人提起大公主都是夸奖。

我咬了咬唇，默认了太子的话。捏住我下巴的手指忽地摩挲几下，太子的声音也随之响起。

"不过说你两句，又这副模样了，娇气。"

我忍不住抬眼望向太子："我……我没有……"

太子松开了我的下巴，站起身，对我说："天黑了，再不回去，你母妃怕是要寻过来了。"

冬日天黑得早，我回到华阳宫，果然见到等了我很久的庄贵妃。见我回来，她打量了我一番，见我无恙，才露出放心的表情。

陪庄贵妃用过晚膳后，我才把香囊拿了出来。香囊里的香料是龙涎香，仅供皇上和储君使用。

我故意在太子面前打开香囊，还提起大公主，他不仅没有发火，还将香囊送给我了。这是不是意味着我可以实施我的报复计划了？

接下来的十几日，我每日都会去东宫。庄贵妃见我自东宫回来后，精神不错，没生病，就随我去了。

这一日，我到东宫的时机不巧，太子还在午休。我阻止了通报的宫人，独自走进太子寝殿。

太子睡着的样子比醒时看上去容易亲近许多，眉眼间没了戾气，便只剩下漂亮。

我盯着他看了一会儿，转身离开，却被他抓住了手腕。

太子不知道什么时候醒了，睁开眼看着我："什么时候来的？"

他的声音里还带有睡意。

"刚来。"我想把手抽出来，"你继续睡吧，我不吵你，我出去。"

"去"这个字刚落，我就被太子拖上了床榻。

太子一边脱去我的鞋，一边将我往被子里塞："陪孤睡一会儿。"

我觉得奇怪，忍不住摁住他的手道："我不困。"

"可是孤困，孤日日给你上课，你陪孤睡个午觉，不行吗？"他斜我一眼。

我抿抿唇，最后妥协，道："那……那我自己来。"

殿里烧着地龙，松软被子里还放了几个汤婆子，没多久我就热得出了一身汗，鬓角都有些湿。

躺下后，我一点儿睡意都没有，忍不住翻来覆去。

渐渐地，太子似乎睡熟了，呼吸变得平稳。明明到了午休的时辰，我却比刚躺下时更加清醒，时间变得格外漫长，我觉得无比难受。

不知过了多久，太子终于睡醒。

外面的宫人听到太子起床的动静，连忙进来伺候。我也连忙爬起来，宫人伺候我穿衣的时候，太子问："孤给你的香囊怎么没戴着？"

"你那是龙涎香，我不能随便戴。"我说这话时，瞥了太子的腰间一眼，他戴的是我的香囊。

太子哼了一声："一个香囊而已，谁敢说你，让他来见孤。"

我想了下，选了个折中的办法。我把太子香囊里的香料换成我平日里用的，而后用匣子收好了大公主的小像。

这些天，林重檀的来信越来越频繁，逐渐变成一日一封。

眼看离林重檀出发去岭南的日子越来越近，我终于去见了他。见他的那日，我没去东宫。

近一个月，我都没有来藏书阁，接近年底，没有炭炉的藏书阁越发寒冷。我让钮喜在藏书阁的耳房候着，孤身拾级而上。一到七楼，我就见到了林重檀。

他今日穿了件深青色鹤氅，青色的面料上绣的红顶白鹤展翅欲飞。看到我时，他的眉眼间起了微澜，随后他往我身后看了一圈，见无人，便拉住我："小笛，我们去里面说话。"

林重檀要带我去七层的小憩阁。因为林重檀总是宿在藏书阁，才临时有了这么一处小憩阁。

我被林重檀拉着往前走了几步，就忍不住想把手抽出来，可我一动作，林重檀就加大力气。

"林重檀！"我吃痛地喊。

他顿了一下，松了力气。我连忙将手抽回，下一瞬他居然就强行带着我往小憩阁里走。

一进小憩阁，林重檀便关上了小门。我被抱到美人榻上放下，紧接着，他从榻旁的案桌夹层里拿出一本册子。

我有些不明所以地看着林重檀。

"这是我总结的有关岭南的一切，外面都传言岭南穷苦，事实上世人都低估了岭南。假以时日，那里的人过得未必会比金陵、姑苏等地的百姓差。"林重檀一边打开册子，一边说。

他跟我说了许多岭南的好，又拿出舆图，指着岭南旁边的地方——余陵。

我意兴阑珊地听着，见他不说话了，便没耐心地问："你跟我说这个做什么？"

林重檀目光定定地看我："小笛，你跟我去岭南吧。"

闻言，我立刻伸手打掉了他手里的册子："我才不要跟你去岭南，而且……而且我现在是皇子，我不可能跟你去岭南。"

"可以的，小笛，你已经到了请皇上赐下封地的年龄。当然，我不是要你请封岭南，我刚刚指的余陵，是个不错的封地。"林重檀顿了一下，"我实在不放心留你在京城，小笛，你跟我走吧。"

"有什么不放心的，我在京城有母妃、有父皇，我是九皇子。"我低下头，"太子现在也对我很好，你去岭南也只是去三五年，三五年后你再回来就是。"

林重檀的语气猛地变得森然："你以为太子是什么好人，他……"

他话说到一半忽地止住，伸手探向我的腰间。他认出腰间那个香囊是太子的，我看着林重檀的手指微微一颤。

"他怎么了？"我问。

林重檀却没有再继续刚才的话，那瞬间我似乎听到了他咬牙的声音。

"檀生。"我又喊了他一声。

这一声唤回了林重檀的心神，他捡起地上的册子，继续劝我跟他去岭南。

"小笛，我保证你跟我去岭南，日子不会比京城的差，那里有吃不完的水果，有我们从未见过的动物。你从小就怕冷，岭南不冷，反而四季温暖。我们可以住在吊脚楼里，闲时，可以去看海，甚至我们可以出海。"

林重檀又取了几卷画，将画卷一一展开。这些画应是他本人所作，画工极佳，画面栩栩如生。

第一幅是春景图，灿黄的黄花风铃木，浅紫的紫荆、湘妃粉般的碧桃汇成了一幅璀璨的山景图，一条在日光下波光粼粼的溪水自上而下。画上有个小人，小人的脸没被画出来。他调皮地将脚泡在水里，任丝履被水冲走。

第二幅是夏夜图，画上建筑大抵是林重檀说的吊脚楼。数根高柱将绕着石阶砌成的黛瓦木楼撑起，大红灯笼随夜风轻晃，画上依旧有看不清面容的小人。他像只猫，慵懒地躺在地板上，卷起宽袖露出皓白的手臂，手臂侧前方是满盆的瓜果。

第三幅是秋日图，红枫、银杏装饰绿水，白鹭如星点缀苍穹，远处是炊烟袅袅，近处是阶柳庭花。后院里除了闲庭信步的孔雀，还有一种我从未见过的动物。它们生了一双蒲扇般的大耳朵，长得出奇的鼻子，如獠牙般往外生长的白色牙齿，它们欢快地踩着泥巴。小人躲在不远处的树后偷看，他的肩膀上还坐着一只黑毛白面的小猴。

最后一幅是暖冬图，小人趴在窗户往外看。窗外没有雪，青山依旧，只有蜷缩身体在主人衣服上睡觉的小白猫昭示出这画的是冬天。

每一幅画都能看出林重檀的用心，他极力想描绘出一个美好的岭南。我也为画上的景色动容，但很快就敛容，移开视线。

林重檀看到我的反应，沉默半晌，突然主动说了一件我不该知道的事："我去岭南并非被贬，而是奉命去岭南历练。过几年，我会回到京城。只要我在京城真正站稳脚跟，小笛也就可以回来了。"

有封地的王爷自古无诏不得入京，擅自入京便会以造反的罪名下狱，林重檀出于什么才敢说出这种话？

"既然你几年后会回来，那我为什么还要跟你去岭南？京城挺好的，你不用不放心我，现在没人敢欺负我，我已经不是林春笛了。"

林重檀的睫毛颤了一下，我看着他眼中流露出痛苦、烦躁以及焦急，却无动于衷。他抿着唇，不自觉地捏紧了画卷。我从未见过这个样子的林重檀。他在我面前，从来都是算无遗策的。

看来，他真的很想带我离开京城，这种急迫让他失态了。

我欣赏了好一会儿失态的林重檀，才轻轻地拉了一下他的衣袖，说道："不过，我最近身体有点儿奇怪，我不敢找太医，檀生，你帮我看看好不好？"

后面一句话，我是凑在他耳边讲的。

藏书阁的七层只有我和林重檀两个人，小憩阁空间不大，紧闭的窗户隔断了寒风。我说完那一句话，就迅速直起身，闭上嘴，装作方才说出那般话的人不是我。

我来之前吃了药，不仅今日吃了，前些日子我一直在吃，为的就是今日。药是拜托聂文乐找的。我这段日子被庄贵妃勒令不许出宫，他见不到我，只能把药和信一起转交给宋楠。

信上，聂文乐写了许多废话，左问我为什么要拿这种药，右说不许自己用。

我从聂文乐那里拿来的药是高门深宅用来教训人的药，此药的药性不烈，服用者只会有轻微反应，但这药的真正作用是让服药的人身体出现异样。

我想让林重檀身败名裂，我想让他被太子从云端踩进泥里，就像当初的我一样。为此，我可以付出一切代价。

为了今日的计划一定能完成，我让钮喜注意东宫的动静，若太子到天黑都没有来藏书阁寻我，那他就去请皇上过来。

林重檀明显愣了一下，但目光立刻落在我身上。我被他紧盯着看，强迫自己不能后退。他并没有露出我想象中的表情，而是拧眉问我："什么时候开始的？"

"有七八日了，我……"我咬了咬牙，"我不敢跟别人说。"

林重檀神色越发凝重，欺身坐在我旁边，声音放得很轻："小笛，我帮你看看。"

我重重地抿抿唇，"嗯"了一声。

"小笛。"林重檀的声音不知何时变得低哑，他凑近我的脸，"你最近吃了什么吗？"

我听见他的声音，慢慢睁开眼："没有吃什么，往日吃什么，平时就吃什么。"

林重檀继续问:"有在东宫吃东西吗?"

我点了点头。

林重檀的眸色登时变暗:"以后不要再去东宫了,我会尽快去找个嘴严的大夫,为你治好身体。"

"为什么不能去东宫?"我故意沉下脸,"你这话说得好像是我在东宫吃东西吃成这样的。"

"也许。"林重檀吐出两个字。

而我听到这话,登时将一条腿曲起,俨然要与他不欢而散。但他拉住了我,他的手因为常年书写,除了药香味,还沾上了墨香味。

"小笛,原来你就跟我说过太子对你的心思,以后还是不要去东宫了。"林重檀柔声哄我,只是他哄到一半就被我打断了。

我没好气地说:"那是原来,现在太子哥哥非常尊重我,近来我多次去东宫,他也没做什么,想是我以前误解了他。我跟你说这个,不是让你随便怀疑人的。你要是不想帮我治病,我……我就去找太子哥哥,他肯定愿意帮我的,他是太子,肯定比你厉害,能找到……"

林重檀蓦地打断我的话。

我先是一愣,待回过神,便立即挣扎起来,一边推他一边拿脚踢他:"我说得哪里有错,太子哥哥本来就比你待我好。"

这话一出,林重檀的眼神变得极其恐怖,那瞬间我感觉自己似乎被野兽盯上了,不由得僵住了。他缓和了表情,温声说:"现在还不清楚你的身体为什么会变成这样,我不让你去东宫是稳妥起见。小笛,你是皇子,皇子便有争皇位的可能,你信太子,太子却未必放心你,你听话,不要跟他走得太近,好不好?"

他可能以为我还是林春笛,太子不可信,他难道就可信吗?

我没有回答他的话,因为药效开始发作了。林重檀离得很近,没多久就发现我身体的异样,他摸了摸我的脸:"小笛?"

我低声道:"帮我……"

时间一点一滴地过去,林重檀中途解开了我的手,但因为我很快故态复萌,又咬手,他只好又重新将我手腕绑上。

"小笛,跟我去岭南好吗?"林重檀低声问我。

我摇了摇头。

林重檀近乎恳求地唤我:"小笛。"

我努力平缓了一下呼吸,可张嘴还是不成话:"呜……不去……我……"

我不去岭南，那里太苦了……这里有母妃，我想……呜……留在这里……"

林重檀没有再开口，直到药效结束，才状似妥协地说道："小笛，答应我不要跟太子走得太近，庄贵妃母家式微，她能照顾你，但护不住你。人在世上，必须要有两样东西傍身：一是权，二是钱，二者缺一不可。我把万物铺的私章给你，有了它，你可以随意取用万物铺的银钱。"

说完，他将放在先前脱下的外袍里的荷包拿过来，里面有一枚精巧玄色私章。

他向我演示如何使用这枚私章："从中间转开，然后再转上方，左转两下，右转四下。"演示完，他便将它给了我，"私章只有一枚，万物铺的人认章不认人，小笛，以后万物铺的主人就是你了。万物铺的生意已步入正轨，货源方面我会提前安排好，也会时常给你写信，你照着信便能打理好万物铺了。"

我怔了一下，很快意识到这不过是林重檀的怀柔手段，他假模假样地将万物铺赠予我，不过是想要我被感动从而随他去岭南。

"嗯。"我只应了一声，虽然面上不显，但我很是焦急，为什么还没有人来？

正当我烦躁不已时，小憩阁外面终于有了动静。

下一秒，小憩阁的门被打开，光线涌入的同时，我看到了太子。

一向脸上挂着笑容的他此时阴沉着脸，整个人迸发出强烈的杀气。

"太子哥哥！"

据说天子一怒，伏尸百万，现在这个未来的天子怒了，能不能杀一个林重檀？

我回首指控林重檀时，眼里第一次光明正大地露出恨意。我早就决定了，我要林重檀死，更要他生不如死。他想扬"清名"于天下，我偏要他扬"狗彘不若"的名于天下。

我的仇，良吉的命，我会一笔一笔地自林重檀身上索取回来。

林重檀立在原地，私章掉在脚旁。他没有看太子，只是直直地盯着我看，像是希望我能给他一个解释，但我没有对他说半个字。

最后他低下头，极轻地笑了一声。

林重檀拱手向太子请安，语气淡淡："微臣林重檀给太子请安。"

太子的声音在我头顶上方响起："把林重檀捆了。"

我听到其他人走了过来。

等眼前重现光明时，林重檀已经不在小憩阁内。

"弟弟能自己穿衣服吗？"他问我。

我知道现在该极力去控诉林重檀，但我以这种姿态独自面对太子时，一时装不出委屈的模样了，只闷闷地含泪点头。

只是太子起身要走时，我忍不住地伸手拽住他的衣袖，可一早想好的话却卡在喉咙里。

太子停下脚步，低下头看了我一会儿，语气森然："放心，孤会帮你处理好林重檀的。"

说完，他便走了出去。

我整理衣装时，楼下传来一声惨叫。我的手蓦地抖了一下，再仔细一听，我发现这惨叫声不像是林重檀的。

我穿好衣服后，匆匆离开了小憩阁。

七层和六层都没有人，我下到第五层时，隐约听到了些动静。我不由得看了声音传出来的地方一眼，却只看到高高的书架。

我思忖片刻，还是选择先离开。

离开藏书阁前，我随意地从第一层拿了几本书，再坐上候在后门的软轿。一坐上软轿，我就忍不住蜷缩起身体。我不敢发出声音，只茫然地盯着拿进来的那几本书看。

回到华阳宫，我没有急着沐浴，而是枯坐在寝殿等消息。如果太子将这件事隐瞒下来，我就去求见皇上。

听到传来的消息，我惊得把青玉石砚台打碎了。

先前我因心神不宁，便想靠磨墨来逼自己冷静。看着地上打翻的砚台，我拿过丝帕一边擦手，一边问："你把刚刚说的话再说一遍。"

钮喜便重复了一遍："林知州林重檀在藏书阁醉酒，欺辱了在藏书阁看书的未来太子侧妃，这一幕被翰林院修撰蒲若南蒲大人撞见。林重檀为掩盖事实，动手杀害了蒲大人。"

我闭了闭眼，好半天才说："我知道了，钮喜你先出去。待会儿我沐浴的时候，不需要任何人伺候。"

"是。"

钮喜离开后，我将自己沉入浴池。我依旧怕水，但这一刻，除了害怕，我还松了口气。

我成功了。

林重檀所犯之事如惊雷一般在宫里炸开了，不仅仅是宫里，宫外的人也知晓了。一夜之间，京城的人都知道如仙露明珠的年轻状元郎杀人了，还奸淫了未来太子侧妃。

翌日清晨，我才得知昨儿半夜陈姑娘上吊自尽，幸好被伺候的宫女救了。

庄贵妃也知晓了此事，早上用膳时，她问我："你昨儿也去了藏书阁，没碰上那些事吧？"

我摇摇头："我昨天只在第一层短暂地待了一会儿，拿了几本书就出来了。"

"那就好，不要牵扯进这件事里去。"说着庄贵妃厌恶地皱眉，"林重檀竟然做出了这等事，真是一点儿都看不出来。"

我没有接话，只低头喝着虾仁红豆粥。

庄贵妃忽地伸手摸了摸我的额头："是不是昨天出去又受寒了？额头有点儿烫，用完早膳，哪儿都不许去，母妃宣太医过来帮你看看。"

我连忙说："不用叫太医，我只是有一点点不舒服。母妃，现在外面风风雨雨的，我们还是低调一些比较好。"

庄贵妃不知想到什么，叹了一口气，点点头，道："好，你要是一直觉得不舒服，一定要跟母妃说。"

早膳后，我自宋楠处得知，林重檀如今被关在天牢，等候处置。皇上已将此事全权交给了太子。

挥退宋楠后，我把聂文乐给我的药全部毁掉，连装药的药匣子也一并烧了。除了这些，林重檀寄的信、送的礼物，我也一一丢进了火盆。

林重檀送的那串脚链烧了许久，串珠的红绳被烧没了，珠子依旧雪白。见状，我只好等火灭了，又将那些珠子捡了出来。

而后，我找了块空地将其埋了。

看着被泥土盖住的雪珠，我真正意识到自己的卑劣。其实，我大概猜到了太子会怎么做。

当然，最重要的是，我想让太子亲手毁了林重檀。只是我没想到这件事会把陈姑娘牵扯进来，不，也不能说完全没想到，我只是没想到，这事还能牵扯到我在藏书阁捡到的，那块进士出入藏书阁用的入宫腰牌。太子拿走它之后，想必没多久就查到陈姑娘背叛他了，所以他才会把这件事扣在陈姑娘头上。陈姑娘心中有愧，自是不敢承认自己没有被林重檀欺辱。

为什么太子还要杀了探花郎蒲若南？是不想他娶十二公主吗？

林重檀都知道十二公主和探花郎蒲若南有私，太子肯定也知道了。他知道蒲若南私底下引诱了十二公主，只是怒而不发，如今便乘机一并解决了蒲若南？

我昨日到藏书阁时，并没有看到蒲若南，他是后面才到藏书阁的吗？

此外我在小憩阁曾听到一声惨叫，这惨叫声很有可能来自蒲若南。

不过这些终究只是我的猜测。

十几日后，东宫的宫人送来点心，说是东宫的小厨房做的，太子特意让他送过来给我尝尝鲜。

我觉得他话中有话，便打开食盒，果然在食盒底部发现了一张小字条。太子问我想不想去天牢，若是想去，明日找个借口出宫，他带我进天牢。

我将字条藏在手心，对前来送点心的人说："麻烦你帮我转告太子，我会用心品尝的。"

第二日，庄贵妃御前陪驾，我偷偷出了宫。我的马车刚出长乐门，就被拦了下来。

拦车的是昨日给我送点心的那个宫人。

他向我行礼，小声道："九皇子，殿下已经等了您有一会儿了。"

他的眼神移向街角，我循着他的目光看过去，看到了一辆马车。

我吩咐驾车的宫人调转马车，停在那辆马车旁边。我从马车上下来，上了那辆马车。太子今日穿了件玄色的长袍，目光在我身上打了转，说："弟弟来了啊，坐到孤身边来。"

我沉默着照办，车辆开始往前驶动。过了会儿，我轻声开口："太子哥哥，陈姑娘她……"

我的话没说完，就被太子打断："她还是孤的太子侧妃，弟弟不用担心她。"应该不是我的错觉，太子说这话时透着几分冷意。

天牢里不甚明亮，夹道两侧是一间间用铁栏围起来的小房间，有的有一扇孩童也无法穿过的小窗户，但大多数房间连这一扇小窗都没有。脚下的地砖不知为何踩上去有一种黏腻感，呼吸间能闻得到一股奇怪的味道。那味道极其难闻，我忍不住皱眉，太子像是早已经习惯了，面不改色。

我微微转动眼珠子，看向那一间间逼仄的房间。房间里有人，那些人蓬头垢面，大部分人缩在角落里，也有人在听到动静后，冲过来抓住铁栏，刚张嘴，就被狱卒粗暴地打了一棍。

我们一直走到天牢深处，方停了下来。

我第一时间就发现了林重檀，差点儿没能认出他。我从未见过这么狼狈的林重檀，他身上的素衣满是血污，双手被枷锁铐住吊起，衣服下摆滴着血。地砖湿漉漉的，积了一摊血水。

滴答。

滴答。

滴答。

血水自牢房里流到外面。

林重檀缓缓地抬起头，看到我的时候，他的眼珠子很慢地转了一下。

第十九章
天牢受刑

我隔着铁栏,与林重檀对望,这时我的手腕被拉住,太子的声音响起:"小心脚下,可别被脏血弄脏了鞋子。"

我低低地"嗯"了一声。

狱卒上前将牢门打开,林重檀的牢房比这一路走过来看到的牢房都大。引路的狱卒有八人,其中四人踏入牢房,点亮了牢房墙上的火把。

室内一下子明亮了起来,牢房里的种种刑具也无所遁形了。大部分刑具都是我叫不上名字的,其中一条铁板凳上有残余的深红色团块。

狱卒在墙上一处机关上摁了两下,铐住林重檀的枷锁链绳立即变长。林重檀不再被高高吊起,趔趄了几步,才稳住身体,冷静地看着我们,确切地说是看着太子。

"恕臣衣冠不整,臣林重檀给太子殿下请安。"

虽说着请安,但他并没有行礼。

太子发出一声极轻的笑:"不愧是檀生。"他的视线落到牢房里的狱卒身上,"平日你们是怎么招呼状元郎的?孤现在想好好看看。"

"是。"

狱卒领旨,他们将林重檀摁在铁十字架上,取了墙上的鞭子,先将鞭子浸入水桶中。

站在我们身后的狱卒解说道:"水桶里的是盐水,沾水的鞭子抽人最痛。"

话音刚落,牢房里的狱卒高高举起鞭子,重重抽向林重檀。鞭子呼啸着破空而去,鞭尾扫到地上的时候,我以为地砖会因此裂开。

数不清狱卒到底抽过去多少鞭,我只知道他挥动鞭子的速度极快,只看到林重檀身上的血越来越多,但他一直没有开口求饶,连哼都没哼一声。

若不是林重檀的身体在战栗，我都要以为他不痛。

"就这吗？我们的状元郎可是一声都没出。"太子语气冰冷地说道。

在场的狱卒皆露出恐慌的表情，他们连忙向太子告罪，恳求太子宽恕。太子冷漠地摸着手指上的玉扳指："若要得到孤的宽恕，你们就得拿出自己的看家本领来。"

狱卒领命，其中一个狱卒提起那桶盐水的水桶对着林重檀的后背泼去。林重檀立刻战栗起来，被枷锁锁住的手猛然攥紧，过了一会儿，他的手又松开了。

一位狱卒仔细地看了看林重檀的脸色，转身走到牢房角落。我注意到角落里丢着一件外袍，那件外袍正是我在藏书阁见他时，他身上穿的那件深青色的鹤氅，只是上面的"白鹤"已经变成了"红鹤"。

狱卒开始翻那件鹤氅，看到他翻出一样东西，我才知道他要找的是林重檀装药的药包。狱卒伸手要从药包里拿药出来，太子却问："那是什么？"

"回太子殿下，是罪人林重檀平日里需服用的药，他身患弱症，怕他挺不过去，所以奴才会给他喂药，然后继续给他上刑。"狱卒答道。

太子不知想到什么，对着狱卒伸出手："拿给孤看看。"

这时，一直沉默不语的林重檀蓦地转过头。他紧盯着太子，面色越发惨白。

太子像是猜到什么，一边哈哈大笑，一边催促狱卒："还不给孤？"

狱卒立刻把药包送到太子手中。太子打开药包，他取出一颗药丸，放在鼻子嗅了嗅后，就不感兴趣地用手指碾碎。我就站在太子旁边，一眼看到药包里被药丸压着的鼻烟壶的一角。

太子也注意到了，他取出鼻烟壶，打开。林重檀那边传来锁链的声响。太子旋即抬眼，盯着林重檀看了一会儿，把鼻烟壶自铁栏丢到牢房的地上。

"把那东西砸了。"太子吩咐狱卒。

话音刚落，林重檀居然挣扎着朝鼻烟壶扑过去。衣摆因此被掀起一角，我看到了他膝盖上的伤口。

伤口血肉模糊，难怪他会步履踉跄。

狱卒想拦下林重檀，被太子制止了："不用拦。"

而林重檀没能扑出多远，就单膝跪在地上。他站不起来，就咬着牙往前爬，伸手去够地上的鼻烟壶。太子命令狱卒："继续给孤砸。"

闻言，我不由得看向太子。狱卒们也面面相觑，不过他们很快就执行了太子的命令，举起用来砸鼻烟壶的锤子，而后高高落下。

在锤子砸到鼻烟壶前，一只手抢先一步攥住了鼻烟壶。

高高落下的锤子并没有停住，而是直接落在了林重檀那只执笔写出惊世诗文的右手上。我看到林重檀的右手剧烈一颤，手指出现不正常的痉挛。

第二锤紧接着落下，可林重檀还是不松手。他死死地握着鼻烟壶，双眼赤红，被砸了数次后，喉咙里溢出一声悲泣。

狱卒闻声住手，蹲下身摊开林重檀的手。鼻烟壶在林重檀的手心里碎了，碎片陷进手心里，血肉模糊的掌心中隐约可见灰白色的粉末。

"殿下，罪人林重檀的右手手骨已碎，是否还要继续？"一位狱卒禀告道。

林重檀的手以一种扭曲的姿态摊开在原地，要是遮住林重檀的脸，我会认不出那是他的手。

林重檀的手生得极漂亮，骨节分明，修长有力。虽然常年握笔，手上却无厚茧，我一度很嫉妒他拥有这样的一双手，尤其是他的右手，那只手不仅能写出好文章，还能弹琴、点茶、射箭。

可现在那只手血肉模糊，不成形状，像一团恶心的肉。

太子说："既然鼻烟壶已经碎了，就不用再砸了。怎么是这副表情？害怕？"

他的后半句是在问我。

我慢慢摇头，道："不怕，我只恨他。太子哥哥，我能单独跟他待会儿吗？我心里有怨，但不想被你看到我一脸怨气，难看的样子。"

太子对我温柔一笑："当然可以，孤在外面等你，你好了叫人就是。"

太子带着狱卒退了出去，我避开地上的血污，踱步走到林重檀跟前。他仿佛注意不到其他了，只怔怔地盯着手心看。

"林重檀。"我唤他的名字。

他终于抬眼看我，面色如纸，唇色发青。

"事到如今，我想问你几件事。"我深吸了一口气，"是你让段心亭把我推入湖中的，是不是？"

林重檀听到我的话，却看向了牢房外。我想循着他的目光看过去，想知道他在看什么，就听到他嘶哑难听的声音："对。"

我猛然看向他，牙齿不自觉地打战。虽然我早知道是他让段心亭杀了我，但听到他亲口承认，我依旧控制不好自己的情绪。

"也是你杀了良吉？"我一字一句地问。

林重檀盯着我看，唇边浮出一抹笑："是。"

"为什么？为什么你要这样做？林家二少爷的身份就那么重要吗？"我好像哭了。

他却低笑出声,道:"重要啊,你这样的人凭什么拥有好的出身?只要有你在,我永远都是林家的假少爷。说实话,从你来到林家的第一天起,我就在想该如何神不知鬼不觉地杀了你。我本来想借太子之手杀你的,可他居然只是把你关在箱子里,我没办法了,只好找了别人。但段心亭是个不堪用的,在你死前还跟你废话那么多。

"说实话,你死后我才觉得可惜,毕竟像你这么好骗的人不多。谁知道你居然还能变成九皇子,我只好再接近你一次。哄你、骗你,让你主动相信我,这样你就不会向我报仇,说不定我还能得到更多。只是没想到,你现在变聪明了。"

我死死咬住牙,好半天才说:"既然如此,你何必宁可废了手也要护着鼻烟壶?"

林重檀脸上的笑渐渐消失,我擦掉脸上的泪水,替他回答了这个问题:"因为今时之你,正如当日之林春笛。"

他的神色剧变,我看懂他眼神里的难以置信。

我一字一句地说:"林春笛以为真心换真心,他被淹死前还想抓住你送的印章,可你杀了他。即使你不帮他写诗文,即使你占了他的林家二少爷身份,他也是真心的。你说,世上怎么会有这么蠢的人?不过还好,世上再无林春笛。"

林重檀的嘴唇发抖,他被砸碎手骨的右手很轻微地动了一下,但只能轻微一动,他喃喃道:"不……不是……"

我平复好心情后,扬声喊人。太子带着狱卒走了进来,我看着狱卒,道:"不是说还有其他刑罚吗?一并上了吧。"

太子听到我的话,眸光一闪,随后走到我身边,轻轻揽住我的肩膀:"看来,弟弟心里还有恶气。"他对狱卒说,"上烙刑。"

烙刑,是指用烧红的铁具将字印在犯人身上。

狱卒将铁具烧好,又拖起地上的林重檀,绑回铁架上。他们扯开林重檀的衣襟,正要将铁具烙上去,我突然开口。

"等等。"我说,"我想自己来。"

太子拿手拍了拍我的肩膀,温和地说:"何必自己来,小心烫伤手。"

我扭头看向太子:"我不自己来,心里的恨抒发不出。"

"那弟弟小心手。"太子要狱卒好好地指导我。

我抓牢铁具,铁具的另外一头被烧得通红。被绑在铁架上的林重檀看上去随时都会晕过去,他只是盯着我看。

我迎着他的目光,将铁具往他的胸膛上按下去。

皮肤被烫伤的滋滋声响起，林重檀不发一言，嘴角却渗出了血。他死死地望着我，我忍住颤抖，在心里默数，等到铁具上的红色渐退，才松开手。

林重檀的胸膛上出现一个焦黑色的"奴"字。

我退后一步，铁具随之砸在了地上。林重檀微微张嘴，像是想说什么，下一瞬，他就吐出一口血。

不对，不是吐了一口血，他吐了好多血。

远处传来其他犯人受刑的哀声，许多的哀声交织出人间炼狱。

世上再没有芝兰玉树的林重檀。

林重檀，三岁识千字，五岁能作诗，十三岁不到就考取了秀才。他师从当代大儒道清先生，以姑苏之骄的身份入太学，一曲《文王颂》名动天下，三支羽翎箭胜北国使臣。教授过一朝三帝的苦素大师为他主持及冠礼，虚岁二十连中三元，奉旨打马游街，一朝成为京城无数少女的春闺梦中人。

可实际算来，他今年不过十九岁。

太子不知道何时走到身后，伸手揽住我的肩膀，低头柔声说："是不是害怕了？怕的话我们先离开吧。"

我的眼前一直浮现林重檀吐血的那一幕。他吐了好多血，是要死了吗？我不想他这么容易就死了，他还没有真正的身败名裂，也没有因此被万人唾弃。

我听不进太子说的话，直到他伸手捂住我的眼睛："好了，好了，别看了，我们今日先回去了，下次再来便是。"太子一边说，一边箍住我的肩膀，带着我往外走。

我顺着他的步伐走了几步，因被蒙住眼睛看不见路，下意识地伸手抓开他的手。这时，我听到了锁链晃动的声音。

"我不怕，若他没死，太子哥哥就叫个大夫来，我不想让他这么轻易就死了。"我偏头看向太子。

太子反问道："若死了呢？"

"便让他家人来领尸。"说完，我就往前走。

我先回到马车里，太子落后了一步，接下来，我们不约而同地沉默了。马车缓缓前行，行到闹市街道时，我听到车窗外传来幼童的声音。

"爹爹，我要买这个！"

一个男子含笑地说："好，要过年了，依着你。"

要过年了吗？时间竟然过得如此快。

我轻轻地将车窗推开一条缝，快到年关，街上热闹非凡，到处都是采购年货的人。

这是我在京城过的第三个年了，之前的两个年都是跟三叔一家一起度过的。饭桌上虽热闹，但热闹的是林重檀那边，至于我，一顿年夜饭的时间都插不上几句话。不过守岁过后，林重檀会偷偷溜进我的院子。

他溜进来后，我才知道，原来林重檀也会翻墙。

天历二十二年的那个春节，守完岁，我闷在房里数着红包。其实我早就数过了，也没什么好数的，因为一共就两个红包，一个来自三叔，一个来自三婶。

但我想要父亲和母亲的红包。

又数了一次红包，我依旧没有睡意，在外间的良吉已经困得打起了呼噜，这几日他都在打扫院子，累坏了。

我干脆拿出书本，准备背完一篇文章再睡，正背着，就听到窗户被什么东西砸了一下。

我顿住：难道鬼还会在过年的时候出现吗？

这时，窗户又被砸了一下。我忽然想到什么，鼓起勇气将窗户打开。

就着桌上的烛火，我瞧清了站在窗外的人，是林重檀。

他还穿着守岁时穿的衣服，一身红彤彤的，连发带都是红的。我们林家过年，只要男未及冠，女未及笄，守岁时都要穿一身红。

见我打开窗户，林重檀丢掉了手里的小石头，踩着窗下的台阶准备翻窗进来。我被吓到，想问他为何放着正门不走，非要爬窗，就见他单手一撑，从窗外跳进来了，而后他拿手捂住了我的嘴。

冬夜寒冷，林重檀的手指凉丝丝的。

"嘘，别被良吉听到了。"他今日喝了酒，说的话都仿佛泡在酒里。

说完，他转身去关窗。

我瞪着他："这么晚了你过来做什么？还拿石头砸我的窗户，万一砸了个洞出来怎么办？"

林重檀回头看着我，他的心情似乎很不错，被我呛了，眼里还带着笑意："我怕我突然站到窗户那里，会吓到你。"

"拿石头砸就不会吓到我吗？我刚刚还以为有鬼。对了，你还没说这么晚过来干吗？"我不肯放过他。

林重檀微微一笑，向我赔罪："是我的错，我下次呢，一定先跟小笛说，再来砸窗。"

油嘴滑舌，真是喝多了。

我不想跟醉鬼说话，抓起桌上的书想换个地方继续看，但没走两步，就被他拉住了手臂。

"小笛，这个给你。"林重檀自怀中拿出一物。

我定睛一看，发现是个红包，不由得怔了一下，道："我已经有三叔、三婶给的了。"

"那是他们给你的，这是我给你的，红包不嫌多。"林重檀说。

我看了他一会儿，一边伸手去接，一边同他说："我可没有给你准备红包。"

我抓起他送我的红包，红包沉甸甸的，看来放了不少银钱。

后来，我们又说了些话。说着说着，良吉的呼噜声忽然停了，吓得我立刻住嘴。

过了一会儿，良吉的声音响起："春少爷，你还没有睡啊？"

他应是瞧见了我房里的灯光。

我心里一慌，就将烛火吹灭了："就睡了。"

房里一暗，林重檀就只剩下了个轮廓。我想让他走，他却拉着我往床边走，我哪里愿意，被良吉发现倒罢了，说几句也能糊弄过去。这里是三叔府邸，在我院子伺候的并非只有良吉，还有其他人。

可林重檀不肯走，我被他缠得没办法，而且也困了，只好随他去了。

翌日，天蒙蒙亮，我就被吵醒了。

我困倦地睁开眼，林重檀正背着我在穿鞋子。我看了外面的天色一眼，又看了他一眼，昨晚睡得太晚，现在的我还不太清醒。

林重檀站起身，发现我醒了，给我掖紧了被子："时辰还早，继续睡吧。"

一听他这么说，我就闭上了眼，都没有回他。等我睡饱醒来，林重檀早就不在了。

良吉伺候我起床的时候，突然问了一句："春少爷，你昨晚偷偷喝酒了吗？"

我心跳快了一瞬："怎么这样问？"

"你衣服上有酒味。"良吉说。

我抬起袖子闻了闻，发现良吉没骗我，的确有股子酒味。我嫌弃地皱眉，对良吉说我要沐浴。良吉被我这么一差使，也忘了刚刚问我的话。

不过，后来良吉发现了枕头旁的红包，他以为是三叔送我的，就准备把里面的银钱拿出来收进钱匣子。打开红包看了一眼，他愣在了原地。

"春少爷。"良吉吃惊地说，"三老爷今年怎么那么大方，送的全是金珠子？"

三叔清廉，红包里的银钱一向不多，不过是讨个彩头。

我看到良吉手里的红包，意识到这个红包的主人是谁。我想了一下，还是说了实话:"这是檀……二哥哥送的。"

"原来是二少爷,难怪。春少爷,二少爷对你真好。"

我没有接良吉的话。事后,我控诉了林重檀一番,指责他不该满身酒气地来找我,又问他那天早上是怎么回去的。

林重檀正在作画,听我问他,很淡定地说:"翻墙回去的。"

"弟弟?"

一声呼唤将我从回忆里拉回来,我转过头,太子正看着我。他也听到外面人的对话:"弟弟也想买东西吗?我们下车走走?"

"不用,回宫吧。"说完,我觉得自己的语气太冷淡,又对他笑了一下。太子盯着我的笑容看了一会儿,没有说话。

这一趟出行让我精疲力竭,不知道该如何应付太子,就没再开口。回到华阳宫后,我撞上了等候已久的庄贵妃。庄贵妃显然知道我偷偷出宫了,沉着脸,一副等我好算账的架势,但一看到我,就主动向我走来。

"从羲,怎么了?"

我摇头,强挤出一抹笑说道:"没什么,母妃,我今日出宫了,你别生气。"

庄贵妃仔细地盯着我看了一会儿,她素来体贴,没有再继续问我,而是轻轻拉过我的手:"母妃不生气,去把手洗了,再喝碗白玉羊肉汤暖暖身体。"

此后几日,我都没有出华阳宫,不是跟庄贵妃待在一块,就是独自坐在房里看书。

这日,皇后邀请后宫嫔妃一起享用素斋,庄贵妃就把炖好的滋补汤交给我,让我送到御前。

皇上正在批改奏折。我本以为送了汤就能告退,谁承想皇上忽地考校起我来。他先是问这些时日学得怎么样,又出了考题。

他出的题目我并不能全部答上来,至于听都没听过的题目,我就老实说我自己不知道。

皇上没生气,反而伸手揉了揉我的脑袋。他下手重,我被揉了个趔趄,好容易才稳住身体。御前伺候的大太监从外悄声走进来:"陛下,工部尚书林大人递了折子,求见陛下。"

是三叔。

"又是为了林重檀的事?"皇上脸上的笑慢慢地消失。

大太监答道:"林大人说江阴侯负荆来京了。"

"江阴侯?林重檀的父亲?"皇上问。

"是。"

"他倒是来得快，怕是这一路都在日夜兼程。不见，打发了。"皇上语带厌恶地说。

大太监应声退出宫殿，我收回眼神，拿起墨锭为皇上磨墨："父皇，儿臣给你磨墨。"

皇上"嗯"了一声。

转眼，就到了除夕夜。

宫里的除夕宴办得极热闹，只是热闹是热闹，宴会上有个人明显不快活。这个人就是十二公主。

十二公主一副愁云惨淡的样子，许是没能从探花郎蒲若南的死讯中走出来。往日她最活泼，今夜一直闷不吭声的，旁人想逗她笑，她一副笑不出的样子。

"从羲。"四皇子喊我。

我循声看向他，下一刻，手里就被塞了一个红包。不单单是民间，宫廷里也时兴在除夕夜送红包。当然，皇家的红包更奢靡，包红包的布上的福字是用金线绣的，里面装的都是金珠。

今日我已经收了许多个红包，皇上和太子都是一早就让人送来了红包，紧接着是各宫嫔妃。我也准备了几个红包，准备送给妹妹们。

"谢谢四哥。"我对四皇子笑。

四皇子也对我笑："不用跟四哥客气。"

他还想说什么，我突然被另外一个方向的动静吸引过去了。那边走出来一个小太监。小太监凑在太子身边说了几句，太子抬眼环顾四周，随后起身对皇上行礼："父皇，儿臣有点儿事要离开一下。"

"何事？待会儿要点灯了。"皇上问。

点灯是宫里的习惯，在亥时末由太子点亮正午门的宫灯。这盏宫灯主要用于祈福，宫人会守着这盏灯一整夜，保证它能亮着到天亮。

太子沉默了一会儿，才说："陈氏又闹自戕，儿臣需要去照看一二。"

这话一出，满堂一静。

林重檀欺辱未来太子侧妃、杀探花郎的事曝出来后，陈姑娘不仅没有离宫，反而提前住进了东宫。太子对外宣布，他依然会迎娶陈姑娘为侧妃。

搁在之前，陈姑娘提前住进东宫，是于理不合的。毕竟太子和陈姑娘还未成婚，但陈姑娘出事后，再住进东宫，世人不仅无异议，还纷纷夸赞太子的仁善。

我曾撞见太子送陈姑娘之父大行台尚书令离宫的一幕。

那时大行台尚书令双眼泛红,发鬓霜白,比上次见到的他,看上去起码老了十岁以上。他连声阻止太子,让他不要再送,最后,还跪在地上给太子行了个大礼。

如今,陈姑娘住在东宫,但我并没有见过她。据说她始终没法从那件事中走出来,闭门不出,也不肯出席今日的除夕宴。

皇上叹了一口气,摆摆手:"你去吧,早些回来。"

但太子却迟迟未回。

眼看亥时末就要到了,皇上皱着眉头,开口喊人,让他去催一催太子,但话说到一半,又改口道:"老四,今年你来点灯。"

四皇子猝不及防被点名,整个人都愣住了。一直都是太子去点灯的,二皇子在的时候,也轮不到他点灯。

"儿臣……儿臣……"四皇子结结巴巴道,"儿臣从未点过灯,还是等太子回来吧。"

话音刚落,殿外就响起宫人通报的声音:"太子殿下到。"

见此,皇上便没有再说要四皇子点灯了。

四皇子也像什么事都没发生一样坐下了。

散宴后,庄贵妃鲜少地不用陪驾,今夜皇上宿在皇后那里。庄贵妃说有些闷,让我陪她散着步回华阳宫。

宫人提灯开道,我陪着庄贵妃慢慢地走着。除夕夜,寒气已经没有前些日子重。风送来梅花香,夜色如水,恬静幽雅。

庄贵妃问我:"刚刚吃饱了吗?若没吃饱,母妃先前包了些饺子,回去煮给你吃?"

我想了想,道:"是有点儿饿。"

庄贵妃笑着看了我一眼:"母妃也是,待会儿我们母子俩一起吃。"

庄贵妃不让其他人帮忙,亲自去小厨房煮了两碗饺子。今夜御膳房也做了饺子,不知为何,就是没有庄贵妃做得好吃。

原先在姑苏林家,过年也会吃饺子,但不是母亲亲手包的。那时候众人围坐一桌,林重檀永远是最受瞩目的那个。

现在林重檀被关在寒冷刺骨的天牢里。

我没有再去天牢,但也知道林重檀没死。他要是死了,就算死讯不公布,太子也会告诉我。

年后,我也变得忙碌起来。自从上次皇上考校了我的功课后,现在每日都要宣召我去御前,有时是要我背书,有时是拿着朝廷上的事考我。

时间长了,我也知道些朝堂上的事。

三叔年后连续递了二十几封折子，终于被皇上召见了，一同被召见的还有父亲。

半年多未见，他似乎一下子变矮了许多。

我愣了一下，意识到这是因为他一直弯着腰。

我本不应该在这里，碰巧我被召见，被考校到一半，父亲和三叔就来了，皇上也没让我走。

他们弯着腰，小心翼翼地从外面进来。

"罪臣林昆颉叩见陛下，陛下万岁。"父亲跪下，头伏在地砖上，三叔也跪了下来。

"罪臣？"皇上才说了两个字，父亲的身体就剧烈一抖，整个人都跪伏下去。

"好一个罪臣，你说说你的罪在何处？"

父亲又是一抖，殿里过分的安静让他在寒冬腊月里却汗如雨下，他不敢擦汗，卑微地道："陛下，罪臣自知罪无可赦，但有一事必须禀明陛下。"

"说。"

"罪人林重檀并非罪臣亲子，当年贱内去寺庙祈福，路遇山贼，意外逃到一农妇家中。农妇与贱内同日生产，不想农妇动了邪念，将臣子与其子互换。一换便是十三载。

"此子便是林重檀。这十三年来，罪臣对农妇之子林重檀悉心照拂，可怜我儿在农妇家里日夜受苦。农妇病重后到林府上说出真相，罪臣心想，错是其母犯的，但农妇命不久矣，其父嗜赌成性，早些年便已离世，其并不知情其母的错，便依旧将林重檀养在府中。

"而罪臣将臣子自农妇家中接回后，依然待林重檀如亲子。谁承想，长大后的他竟成了如此狼心狗肺之徒，做出了此等不忠不孝不仁不义之事。可怜我儿，没在罪臣膝下承欢几年就离世了。

"陛下，罪臣已将家族族谱一同带来，并已将林重檀逐出族谱，他已不再是林氏族人！"

父亲，不，我现在应该称呼他为林昆颉，他每说一句话，我脑海里就闪过他夸奖林重檀的画面，也闪过了林夫人抱着林重檀唤着"我的心肝肉"的画面，最后在我面前出现的画面是——在天牢里的林重檀。

原来人拥有的一切那么容易失去，他可有想到他的今时今日？

第二十章
红尘客梦

大殿内静悄悄的，仿佛银针落地也能听得清楚。皇上久久不语，跪伏在地上的林昆颉与林鸿朗皆不敢抬头。

林昆颉高举族谱，因举着的时间过长，手臂不由得发酸发抖，但他极力想控制住。从我的角度看过去，他的脸都涨红了。

"林爱卿，你也知道这件事吗？"皇上终于开口，问的是林春笛的三叔。

林鸿朗跪得越发标准："回陛下，家兄曾给臣来过家书，让微臣以对待自家子侄般对待林重檀。微臣受天恩教诲，怜爱世人，不以血缘论亲近，臣也不知林重檀竟会做出这等蝇营狗苟的事。"

皇上尾音上扬地"哦"了一声："两位爱卿认为朕应该如何处理此事？"

"臣等不敢妄言。"

"既然不想说，就退下吧。"

林鸿朗扫了林昆颉一眼，跪着往前爬行了两步："陛下，罪人林重檀罪责难逃，处以极刑也不为过。"

皇上将视线停在林昆颉的身上："江阴侯，你的意见呢？"

"臣无异议，臣也愿辞去爵位。"林昆颉恭敬地答道。

"看来两位爱卿都认为林重檀非死不可。"皇上话锋一转，"'天下熙熙，皆为利来；天下攘攘，皆为利往'，朕以为你们来是为林重檀求情的，动物尚且怜子，你们二人倒是通透，当断则断，荣时绝口不提林重檀的出身，辱时恨不得早除痈疽。单是你们欺君这一条，朕就可以治你们死罪。"

"陛下饶命！"林昆颉和林鸿朗异口同声地急呼。

春寒料峭，二个人背后的衣服却湿透了。

林鸿朗言辞恳切："陛下，我们兄弟二人绝无欺君之心。当年家兄被林重檀父母蒙骗，误把林重檀视为亲子，这些年家兄对林重檀视如己出，

281

但林重檀有负圣恩,家兄与微臣虽心痛,却万万不敢袒护林重檀。"

"既然悲痛,为何说极刑也不为过?朕看你们,不仅心狠,还胆大包天,竟敢将赌鬼之子充作林家子弟,进京应试。朕若不严惩,日后人人效仿,自白丁之家选取天资聪慧者,好为自己的家族谋取荣华?"皇上像是真的怒了,抓起面前的茶盏狠狠一砸。

虽然茶盏砸不到林昆颉和林鸿朗,但他们的面色都变得惨白,林昆颉高举的手更是立刻瘫软下去。

一瞬间我好似自皇上眼中看到了杀意。

皇上砸了茶盏,消了些气,没再多看林家兄弟一眼,视线转到我身上:"从羲,你说说该怎么罚?"

我望了下方还跪着的林昆颉一眼,心想:原来有一日我也可以对林春笛生父的死活指手画脚,真是滑稽荒唐。

"儿臣不知,但儿臣最近读书,读到一句话,'不教而诛,则刑繁而邪不胜;教而不诛,则奸民不惩'。"我低声说。

皇上沉默一会儿,颁布了旨意。

林鸿朗被撤了工部尚书的官职,罚俸禄三年,外放地方。对林昆颉的刑罚则重得多,褫夺爵位,林家直系上下流放安化,五年期满才可返回姑苏。林家子弟百年内不得参加科考。

林昆颉被暂时扣押,其妻和子女将在半个月内被押解到京,游街示众后,立即前往流放之地。

与此同时,林重檀的真实身份也被公之于众。

圣旨下来的第七日,我把段心亭带去了天牢。太子上次带我来天牢时,给了我一块腰牌,有那块腰牌,我可以随意出入天牢。

被我带上马车的段心亭一副很不安的样子,在马车上缩成一团,还叫我檀生哥哥:"檀生哥哥,我们去哪里?"

我盯着他看,答:"去见真的檀生哥哥,你高兴吗?"

段心亭像是听不懂我的话,眼睛瞪得圆圆的,摇头晃脑了一会儿,又说:"檀生哥哥,我怕……有鬼……"

我再没理他,等马车停下来,就拉着他下了马车。宋楠怕段心亭乱说话,段心亭一下车,就点了段心亭的哑穴。

稳妥起见,宋楠还给段心亭乔装打扮了一番,保证他的父亲到场都未必能认出他。天牢里光线昏暗,想来狱卒应该难以看清段心亭的脸。

宋楠和段心亭作为我的随侍同我一起进入天牢。再来天牢,我还是不习惯里面的气味,更不习惯里面压抑的气氛。

距离上次来看林重檀已快过去半个月，他也在天牢里待了一个月。

看到林重檀时，我不由得怔住。上次我是几乎辨认不出林重檀，这次如果不是狱卒跟我说牢房里的人是林重檀，我根本不会信。

林重檀形销骨立，似乎全靠墙上锁铐支撑身体。衣服换成了囚服，囚服上面尽是血痕鞭痕，两膝各有一块暗红血印，而他的右手被纱布包着，不知伤势如何。

上次我刚到牢房门口，林重檀就因动静抬头，这一次狱卒都在哐当开锁了，他却毫无反应。

狱卒一边开锁，一边低眉顺眼地说："贵人小心脚下。"

今日给我引路的狱卒不知我的身份，只知道我是宫里来的。

说完，他便大步走进牢房，提起角落里的一桶水泼向林重檀。

那桶水应该跟之前的一样，也是盐水。林重檀总算有了反应，先是浑身剧颤，他的头以一种很迟缓的速度动了动，再慢慢抬起。

我看到他额头上有伤。应该是新伤，没有处理。

他看到我，头侧了一下，仿佛在辨认我是谁。少顷，他面色发白，抿紧唇重新低下头。

见林重檀低头，狱卒直接抬腿狠狠踹向林重檀，口里还说着："没规矩的东西，贵人来见你，你竟是这种态度。"

"够了。"我喊住狱卒，"你先退下。"

我也许不该挑天牢狱卒换班的时辰来，这个狱卒完全不如上次狱卒。

狱卒赔笑地说道："贵人别生气，奴才……奴才这就退下。"

狱卒离开后，我微微侧头问宋楠："周围有人吗？"

宋楠凝神了片刻，对我摇头。我深吸一口气，抓过从进入天牢就在发抖的段心亭，走到林重檀跟前。

林重檀还低着头。

我盯着林重檀看了一会儿，把目光放到段心亭身上："这就是你的檀生哥哥，段心亭，你不是想见他吗？我带你见他，你想必很开心吧？你们终于团聚了。"

段心亭说不出话，只白着脸摇头。他特别抗拒靠近林重檀，我刚刚费了不少力气才把他抓过来。

"你不是一直想跟他在一起吗？现在林重檀就在你面前了，你可是为他杀了人的。"

说到杀人，我的恨就涌了上来。

林重檀是受苦了，段心亭也被我关押，可良吉没有命了，我做得再多，都不能让良吉活过来。

我努力平稳住呼吸，看着林重檀："林重檀，抬头看着我。"

林重檀身上锁链极轻地响了两声，不知过了多久，他终于缓缓抬头。

离得近，他额头上的伤便看得更清楚，曾被我用林中草形容的长睫被血糊住。盐水自他的发丝滴落，没入褴褛的衣襟。

"你还认识他吗？他是段心亭，你放心，我把他养得很好，只是做了些伪装，他不说话是被点了哑穴。"我顿了一下，"对了，还有件事，我想告诉你——你父亲林昆颉已经将你逐出族谱了，你不再是林家人了。"

我和他争来争去，最后谁都不是林家二少爷，我此生上不了林家族谱，他如今被林家除名逐出。

不过，我已经不在意林家族谱有没有林春笛的名字了。

在我说话的时候，段心亭忽然挣脱了我的手，冲向牢房外，但他没跑出两步，就被宋楠堵住去路。他惊恐地来回看着我们，最后竟躲在我身后。

段心亭说不出话，只"啊啊"地叫，还坐在地上，抱住我的腿，害怕地哭了起来，又对着林重檀无声喊着什么。

我先是皱眉，随后让宋楠给他解开哑穴。

我想知道段心亭在说什么。

段心亭的哑穴被解开后，我才知道他说的是："不要！我不要他！我不要跟他在一起！我不要！"

他像是极怕我把他留在这里，不仅抱着我的腿，还用哭得通红的脸蹭着我的腿，以示讨好。

我拧起眉，想扯开段心亭，可他死死地抱着我不松手。见状，我干脆低下头揪住他的衣服："你怕什么，你不是一直想见你的檀生哥哥，如今我让你见他了，怎么？莫非你又不愿意了？"

我记得段心亭对我做的事，第一次他带人欺辱我，一口一个"贱奴"。后来，他命人将我推下水，说要为了林重檀解决我。

段心亭似乎听不懂我的话，只一味地尖叫、大喊。我怕他引来狱卒，正准备让宋楠重新点了他的哑穴，突然余光瞥到林重檀。

林重檀正盯着段心亭看，视线都快粘在他身上了。我不由得开口："看来，见到故人你很高兴，要不要我把他留在这里陪你？"

段心亭登时疯狂摇头，声音比先前的还要大，我只能示意宋楠赶紧点了他的哑穴。

林重檀自我进来到现在，一直没有说话。我盯着他看了一会儿，他也没有一点儿开口的意思，只是将视线自段心亭的身上移到了我的身上。

他看向我时应是比较费力，毕竟朝向我的眼睛都被血糊住了。我沉默了一会儿，从袖中拿出丝帕，一点点帮他把眼睫上的血痂擦掉。

　　林重檀另外一只眼的眼睫抖了几下。他目不转睛地盯着我看，微微分开嘴唇，像是要说些什么。我正好擦到他额头处的伤口，猛地用手指重重地抠了一下，已经凝固的伤口瞬间流出鲜血，血液顺着我的手指往下滴落。

　　林重檀定是疼了，一下子抿紧了唇。我冷眼看着他，慢条斯理地把手指上的血擦到他的脸上。

　　"给个甜枣再给一棒，你原来就是这样对我的，我学得好吗？"我轻声对林重檀说。

　　林重檀张嘴："好，学得很好。"

　　他的声音比上次还要嘶哑，说完了，还咳了两声。方才那个狱卒当着我的面都敢折辱林重檀，想来这一个月，林重檀的日子并不好过。

　　昔日风光，今日落魄。

　　我伸手挑开林重檀的衣襟，他胸膛上的"奴"字已变成青色。这个"奴"是我印下的，到死，林重檀都会带着这枚印记。

　　如今的林重檀，不仅被众人欺辱，还被亲近之人背叛，一如当时的林春笛。我就是要如此，就是要让林重檀经历林春笛死前经历的一切。

　　曾经的我咎由自取，今日的林重檀是遭了报应。

　　"林重檀，今日应是我最后一次来看你，以后我不会再来了。不日我就要离宫开府，我也会向父皇求一门婚事。"我顿了一下，"我准备放过你也放过我自己，我不会一直活在对你的仇恨中，所以，林重檀，愿我们此生不复相见。"

　　说完，我转身准备离开，意料之中听到了林重檀的声音，但他所说的内容却让我有些诧异。

　　"杀了我……"他的声音像是从喉咙里挤出来的，又轻飘飘的，稍不注意，就会错过。

　　大抵是被关在天牢，久不见天日，林重檀的肤色比之前更白，白得几近透明。红血雪肤，青唇乌眸，谁看到现在的他，恐怕都难以认出这是一个月前还风光无限的状元郎林重檀。

　　仙露明珠，毁于一旦。

　　他看到我回头，胸腔剧烈地起伏："杀了我吧，你不是恨我吗——九皇子。"

　　后面三个字他说得很轻很轻。

　　"不，我不会杀了你，我嫌脏。"我一字一句地说。说完，我迈步往前走，身后又传来了林重檀的声音,但这次我没有去听他说了什么,只是抓过了段心亭。

"我不管你是真疯还是假疯,我都会留着你的命,你和林重檀都给我好好地活着,活着度过接下来的每一天。"我附在段心亭的耳畔说道。

方才我对林重檀说的话,大半都是骗他的。

我不会向皇上求一门婚事,像我这样的人,不配跟其他人在一起,我也不想耽误任何一个女儿家。

将段心亭送回京郊的房子后,宋楠驾车送我回宫。马车经过正午门时,一道鼓声引起了我的注意。我打开车窗,发现竟然有人在击登闻鼓。

登闻鼓,凡是大冤无处申诉的,才会来击登闻鼓鸣冤,而正午门的这面鼓不能随意击响,如果证实并不存在冤情,那么击鼓之人将会被立即斩首。

击鼓之人需跪在登闻鼓前击鼓鸣冤至少两个时辰,才有可能被陛下召见。

我看清击鼓之人的相貌后,当即喊住外面驾车的宋楠:"停一下。"

击登闻鼓鸣冤的人居然是林重檀的老师道清先生,我在姑苏林家见过他一面。道清先生虽是林重檀的老师,但与林家的关系并不密切,甚至可以说是生疏。

林昆颉一直想宴请道清先生,但没有一次成功。我之所以见到了道清先生,是因为林重檀病重,一连好几天缺席了。道清先生放心不下,才来了林府一趟。

道清先生身为前太傅,学识渊博,傲骨铮铮,跟人说话时态度都很冷淡。唯独对上林重檀,脸上才会有些笑意。

此时年过花甲、双鬓发白的道清先生,跪在正午门的登闻鼓前,他是来给林重檀鸣冤的。

道清先生所言字字泣血,言辞恳切,望皇上重审林重檀之案。

因有人击响登闻鼓,围观的人越来越多。他们交头接耳,议论纷纷。道清先生像是没注意到,一遍又一遍地重复恳求。

"林重檀自幼受吾教诲,吾不敢夸其聪,但言其行正,万不会做出丧德辱人之事。陛下清明圣德,请陛下重审此案,世无冤案,方能国祚绵长,海晏河清。"

初春的京城春寒料峭,真要长跪两个时辰,以道清先生的高龄,怕是……

我看着道清先生,不禁握紧了放在腿上的手。如果当初也有人替我说上一句话，有人真心爱护我，该多好。

林重檀若是死了，道清先生一定会很伤心吧？

心里想着，鼻尖开始泛酸，我擦了擦眼角的泪，关上了车窗："宋楠，走吧。"

马车悠悠地向前行，道清先生的声音远远地自外面飘进来。

我刚到华阳宫，钮喜就告诉我太子来了。

"他来了多久了？"我脱披风的动作一顿。

"有小半个时辰了，太子殿下问您去哪儿了，奴才只说您出宫了。"钮喜说。

我"嗯"了一声，将披风递给钮喜。走入南殿前，我吩咐他去端点心，要太子喜欢的。

去了东宫那么多回，我对太子的喜好也有了些了解。

"对了，吩咐御膳房送奶茶过来。"我又补了一句。

"是。"

我独自进了南殿，一眼就看到懒散地坐在椅子上的太子。他许是等了我许久，一副情绪不高的样子。

"太子哥哥。"我向他走过去。

太子抬起眼皮看向我，将我上下打量了一遍，语气不悦地问："从哪儿回来了？"

我走到他跟前才停下脚步："天牢。"

太子微微眯起眼睛："去见林重檀？"

"嗯。"我知道我去天牢的事情瞒不过太子，所以一开始就不准备撒谎。

这时钮喜送点心上来，我被宫人伺候着洗净双手后，主动用公筷夹起一块太子平日最爱的点心："太子哥哥，你尝尝这个。"

太子瞥我一眼，问："讨好孤？"

我抿唇。

太子没有再说什么，把我夹起给他的点心吃了，不过其余点心碰都没碰。见此，我干脆自己吃了起来。

吃着吃着，太子伸手扣住我的手腕，说道："够了，你是要撑死你自己吗？"

我咽下嘴里的点心，慢慢地说："撑不死。太子哥哥，我今日看到有人敲登闻鼓了，好像是林重檀的老师。"

"不用管那老不死，想翻案，想得美。"太子提起道清先生，话里尽是轻蔑。

我看着太子:"父皇会召见道清先生吗?"

太子说:"如果见了,正好送他们师生一起上路。"

我沉默一会儿,说:"我不想牵连无辜人。"

这时,御膳房的奶茶送到了。太子吩咐宫人把奶茶放到我面前,他不爱吃甜食,东宫的奶茶也只有我喝。

他等我喝了一口奶茶,才意有所指地说:"弟弟,你最大的毛病就是心软,生在帝王家,怎么能心软?心慈者,成不了大事。"

"我也没想成大事,此生当个闲散王爷,辅佐父皇和太子哥哥便够了。"我低声说。

这时,我的下巴忽地被太子捏住了。我愣了一下,看着他,刚想问他这是要做什么,就看到他用另一只手拿起手帕,像照顾孩童般给我擦了擦嘴,道:"怎么吃东西跟猫似的,还沾脸上了。父皇准备让你离宫开府了?"

不愧是太子,我只说了这么一句话,他就猜到了。

"嗯。"说完,我发现太子还没松手,便问,"还没擦干净吗?"

我并非孩童,太子的照顾让我不舒服。

太子缓缓收回手:"开府也好,那父皇有没有说到你的婚事?"

"还没有。"

太子露出一个极真诚的笑,说的话也像兄长对弟弟说的话:"婚事的话要慢慢来,太着急可不行。"

我并不着急,对婚姻也毫无憧憬。不过这些话,我不准备跟太子说。

皇上并没有召见道清先生,而道清先生坚持每日敲登闻鼓。第三日,道清先生昏了过去。

宫里终于来人,但不是召道清先生进宫,而是奉皇上的口谕请道清先生离开。其中还有一位御医,他负责诊治道清先生。

皇上不想见道清先生。

发现林重檀杀害探花郎、奸淫太子妃的人是太子,如果这个案子是冤假错案,就意味着太子撒谎了。

道清先生曾是太子太傅,也就是皇上的先生。皇上不见道清先生,为的就是成全他们的师生之情,但皇上没想到道清先生竟然如此固执。

道清先生病倒后,只歇了几日就又撑着病体去敲登闻鼓。当日,皇上召见太子,太子面圣后,令人请我去东宫。

我一看到太子的表情,便猜到发生了什么。

"父皇是不是不准备杀林重檀了?"我的话音刚落,太子就把手里的东西砸了。那是番邦新献的贡品,被他就这么砸毁了。

其实看到道清先生后，我就猜到会是这个结果。在皇上眼里，死的人是探花郎，被辱的是未来的太子侧妃，所以事情有转圜余地。

"父皇既然召了太子哥哥商量，想来也是为难，毕竟那可是道清先生，此事到底事关太子哥哥……流放吧，让林重檀跟林家人一起流放，我要他终生都待在流放之地。"我对太子说。

在某些时候，死是一种解脱。人一旦死了，用不了多久，就会被遗忘，一同被忘记的还有这个人生前的事。林重檀活着，世人才会记得他做的事，他才会一直被世人戳脊梁骨。

姑苏林家因林重檀被封爵，也因林重檀被流放。林家人恐怕要恨死林重檀了，而林重檀被逐出林家族谱，又岂会好好与林家人相处。

听完我的话，太子脸上的戾气并未消散。我的意见应该是最好的处理方式了。皇上召见太子去，便是希望太子能退一步。林重檀能死里逃生，却只会生不如死。

我朝除了死刑，最严苛的刑罚便是流放。流放的地方不是瘴气重的极南之地，便是天寒地冻的塞北一带，这两处皆是未开化之地。我要林重檀跟很多被贬流放的官员一样，去了就不能活着回来。

"太子哥哥。"我喊了太子一声。

太子闭上眼，面色不豫地单手撑着头。许久后他长吐一口气，明显压着怒气说："就这样办吧，但弟弟你放心，孤不会让他好好活着的。"

我"嗯"了一声，又补充道："谢谢太子哥哥。"

第二日，处理林重檀的旨意下来了，他需与林家人在同一日一起游街示众，再被流放到安化，此生不许离开安化一步。若有违抗，人人皆可提着他的人头去官府领赏。

林重檀被押解游街那日，早上就开始下雪，直到中午才渐小、渐停。

虽然下了雪，但还未到正午，京城最热闹的马行街就围满了人。街道两侧被十六卫士兵把守，他们负责管理秩序，亦要防止犯人逃跑。

姑苏林家的人昨日已经全部被押到了京城，他们比林重檀更早一步出现在马行街。

林春笛的生父、生母、有血缘关系的兄长和双胞胎弟弟，都衣衫褴褛地被铁链锁着。林昆颉是最早知道旨意的，到底是一家之主，只是面色有些难看。

林夫人一直在哭，养尊处优几十年，想来是万万不能接受被流放了。

我那个素来严厉的兄长林宗庭，以前无论人前人后，都是一副威严的大哥哥模样，此刻被人像看猴似的看着，唾骂着，再不见半点儿威严。

双生子哭得厉害，林宗庭抬手就是一巴掌，将双生子里的弟弟云生打倒在地。

"不许哭。"林宗庭咬牙道，"丢人现眼的东西。"

云生并没有收敛哭声，相反他哭得更大声。倒是月镜默默地止住了哭。林夫人见不得幼子哭泣，上前安抚，却被云生狠狠推开："我不要待在这里！我要回家！大哥浑蛋，居然打我！父亲、母亲都没有打过我，你凭什么打我！"

还没进入变声期的云生又哭又叫，声音十分尖锐。

林宗庭额头的青筋突起，若不是林夫人拦住他，他大有再打云生一巴掌的意思。

"宗庭，你弟弟还小，他没吃过这种苦，你别怪他。"林夫人泣道。

闻言，林宗庭却指责道："若不是母亲娇惯，他们怎么会被养成这种性格？春笛都比他们好，起码春笛听话！"

"够了！"一直沉默的林昆颉寒着脸打断林宗庭的话，"你们还想让多少人看我们笑话？"

林夫人听到林宗庭的指责，摇摇欲坠的身体仿佛随时都会倒下。她不再开口，也不再管还在地上撒泼的云生。

街道两侧的十六卫士兵早就接到命令——只要林家不准备逃跑，就由他们闹，闹得越丢人越好。

方才发生的一切，都被众人看在眼里，并因此议论纷纷。

这对林昆颉来说，比死了还要难受。我在某种程度上很了解林昆颉，就算五年后，他自安化返回姑苏，继续做他的姑苏首富，但今时今日的遭遇他不仅会记一辈子，更会因此郁结于心。

"主子，您手里的手炉怕是已经凉了，奴才给你换一个。"身后宫人的声音打断了我的思绪。

我回过头，自宫人手里接过新的手炉。今日我出了宫，混在人群中，而钮喜、宋楠和几个宫人一起小心翼翼地将我围在中间，以防我被百姓冲撞到。

其实宋楠早就订下酒楼，在酒楼上也可以看到这一切，但我想就近看着。

我刚将手炉收入袖中，一道身影忽地向我扑来。若不是十六卫的士兵，那个人就扑到我怀里了。

我定睛一看，发现是刚才还在地上哭的云生。不知他是怎么看到我的，此刻被士兵扣着肩膀，却还想往我这边跑。

"九皇子哥哥,你还记得我吗?你原来夸奖过我的,还让我好好读书,入京来找你。"云生不知是不是怕他哭得难看,会让我认不出他来,一边说,一边用袖子擦掉眼泪,对我露出讨好的笑容。

因为他的这一声"九皇子哥哥",十六卫的士兵也认出我来,他向我行礼后,有些犹豫地看着被他抓住的云生。

"放开他吧。"

话音刚落地,月镜也冲了过来。自衣服里扯出一样东西,是我当初离开姑苏时随手赠给他的玉佩,他居然还戴着。

"九皇子哥哥,这是你送我的玉佩,我是月镜,你当初夸奖的人是我,不是他!"月镜张嘴,却是在反驳云生。

云生目露凶光地盯着月镜,连粗话都冒了出来:"你放屁!不是对你说的,是对我说的,我……我才是月镜,是你抢走了我的玉佩。"

双生子从出生起就一直待在一起,住也住在一起,他们不愿意分开。两个人像一株双生花,性情相同,趣味相投,因为相貌几乎一样,时常有人弄混、认错。他们最厌恶被人认错,若是被比他们身份低的人弄错了,他们会想出很多办法收拾对方。

我也弄错过,在我喊错名字的瞬间,双生子中的一人端起砚台,将墨汁泼到了我的脸上,另一人则是端起茶水泼向我。

之后,他们又凑在一块,笑嘻嘻地说道:"看,真丑啊。"

"丑人非要待在我们府里,真是烦死了。"

"对了,你别想着去向父母告状,父亲母亲都很疼我们,才不会疼你这个丑八怪。"

"你也别想去向兄长告状,只会自取其辱。我真不懂父亲为什么要把你接回来,你都当了十三年的赌鬼儿子,为什么不继续当下去?最近总有人问我你是我什么人,我都不知道该怎么回答。"

"就说是下人好了,他这样的人跟下人有什么区别,受气包一个,只知道哭,嘻嘻。"

双生子争执不下,当街扭打到一块。林昆颉和林宗庭看不过眼,上前将两个人扯开。两个人分开后,月镜还对着云生的脸用力抓了一把:"要你冒充我,不要脸!"

"啊——我的脸!"云生吃痛地号啕大哭起来,白皙可爱的脸上显出五条血印子。

真是一场闹剧。

在我看闹剧的时候,林夫人的目光却放在我身上。她盯着我的时间太久，我由此察觉到了。

见我看过来，她居然步履踉跄地朝我走来，嘴里说起了胡话："春笛，是母亲啊，春笛，母亲对不起你，母亲错了，母亲不该对那个外姓人那么好的……"

我退了一步。

她不是我的母亲，我的母亲是庄贵妃。

周围越来越多人把目光放在我身上，我明白这里是待不下去了，便在随侍的护卫下离开。离开时，我还听到双生子哭喊的声音。

"九皇子哥哥，救救我！你不是说你最喜欢我的吗？"

"九皇子哥哥，求求你了，别走！"

随着声音的远去，姑苏也离我远去了。就好似一场梦，梦的开始是浮华的，而我与这场浮华的梦格格不入。如人间仙阁般的林家，气宇轩昂的父亲，美丽温柔的母亲，严肃端正的长兄以及貌似金童的双生子。

我无数次向上天祈祷，如果我是林重檀该多好。如果我是林重檀，浮华的梦将不再是梦，而是我唾手可得的东西。

现在，这场浮华的梦被彻底揭开了表象。

浮华之下是深宅大院里不可言说的龌龊，是凌驾于骨肉血亲之上的利益，是一颗颗令人作呕的人心。

我才到酒楼，就见林重檀被士兵押着过来了。他的模样比林家诸人狼狈许多，一瘸一拐走得不利索。不仅如此，林重檀是重刑犯，此刻他戴着木枷锁，身着囚服，囚服外面罩着一件脏兮兮的棉服。

我需要用到太子赠我的望远镜才能看清他的脸，他头上的伤无人帮他处理，被锁住的右手被白布包着，也不知伤势如何了。

林重檀一出现，百姓就把目光投向了他。百姓的议论声比先前的还大，他也吸引了刚刚才平复下来的双生子的视线。

一向二哥哥长、二哥哥短的双生子此时又默契起来，他们冲向林重檀，拳打脚踢。

酒楼离得近，这两个人的嗓音尖锐，他们喊了什么我能听得八九不离十。

"都是你！都是你害我们……你这个扫把星！"

"我父亲、母亲养你这么多年，你不想着回报我们，反过来连累我们……当初死的怎么不是你？"

表情麻木、任双生子捶打的林重檀不知道被哪句话戳中了，眼神骤然变得凌厉。就在这时，有人将烂菜叶子砸向林重檀。

"杀人凶手！"

一人出声，众人附和。

"杀人凶手，去死！"

"对，去死！"

"赶紧去死！"

"砸他！"

双生子尖叫着退开，留下林重檀成为众矢之的。满腔激愤的百姓纷纷捡起东西砸向林重檀，更有甚者，砸的是石头。若不是有十六卫的士兵拦着，林重檀可能会被当场打死。

这时，不知从哪里冒出一个人，他钻过十六卫士兵的人墙，扬起手中的盆对着林重檀泼过去。

是狗血。

"下地府吧，畜生！"骂完，他还朝林重檀吐了一口浓痰。不过那浓痰并没有落到林重檀身上，因为他吐的时候，就已经被十六卫士兵架着往旁边拖去。

被淋了一身狗血的林重檀站在原地，顾长的身形竟变得有些委顿。黏糊的血水顺着他的头发往下滴，那狗血味道怕是极臭，连看押林重檀的士兵都捂着鼻子退后了几步。

林重檀游过街，那时他是状元郎，骑着汗血宝马，身着红袍，在金吾卫的护卫下，一日游遍京城。

那时的他春风得意，帝王恩宠，才名远扬，又生得一副好模样。无数人争相效仿他，学着他穿素裳，买他用过的东西，人人都会吟上一两句他的诗。

一朝恣意风流，一日众叛亲离。

面色衰败的道清先生被下人搀扶着来到此处。

"檀生。"他唤林重檀。

林重檀变得更加僵硬，他没有回头，而是直直地往前走。道清先生见喊不住林重檀，就去阻拦他人："不要砸了！你们不要砸了！我这个老头子求你们了，不要打他，他没有做那些事！"

道清先生一身傲骨，一辈子清高，为了这个学生不仅去敲了登闻鼓，此刻还求着他人不要伤害他。可百姓并不知道他是谁，也不把他的话放在眼里。

"宋楠。"我想让宋楠去劝道清先生离开，围观的百姓太多了，万一出什么岔子……

但话还没有说完,我就看到道清先生捂着胸口倒了下去。

"死人了,死人了!"

一下子,人们就炸开了锅。

"这里有人死了!"

"道清先生!"道清先生的下人哭出声。

林重檀也听到了,他猛然回过头,目光怔然。片刻后,他不顾身上的伤,一瘸一拐地向道清先生跑去,可没跑两步,就被看押他的士兵抓住。他奋力挣扎,反被摁在地上。

雪已经被人踩脏了,林重檀的脸被埋进脏兮兮的雪水里,但他还在挣扎。

"大胆罪犯林重檀,你若再动,休怪我等不留情面!"士兵训斥道。

林重檀置若罔闻,一双眼黑黢黢的,盯着前方看。他想爬起来,可士兵死死地摁着他,还用刀柄砸向他。挣扎间,他右手的纱布显出新的血色。

他什么都顾不得了,又像是认清了现实,从喉咙里发出一声悲鸣:"老师!"

士兵并没有松开他。

林重檀举目望向四周,仿佛在寻人。他寻着寻着,竟笑了起来。先是低低地笑,随后大笑出声。

虽是笑着,可眼里竟然有泪。

"哐当。"我手里的望远镜砸落在地。

钮喜和宋楠立刻上前。

"主子,没伤着吧?"钮喜问我。

宋楠弯腰捡起望远镜,用手帕仔细擦干净,再递给我。我没有接,而是转身往外走。

我没有再看下去,提前坐上了回宫的马车。

道清先生不是我害的,我只是想报复当初伤害我的人,替良吉报仇。林重檀落得这般田地,是他活该,我问心无愧。

我抬手捂住自己的头,一遍又一遍地跟自己说:是林重檀活该,是他害我、杀良吉在先,是他……

"从羲,从羲……"

谁在喊我?

"从羲,你别吓母妃,你怎么了?从羲,你看看母妃。"

我努力地睁大眼睛分辨,终于认出面前的人是我的母妃庄贵妃,可她为什么既担心又害怕地看着我?我怎么了?

我想着，一股腥味自喉间涌了上来。我愣了一下，呕出一口血，与此同时，眼前彻底黑下去。

"二哥哥，你……不能丢下我，父亲知道会责怪你的！"

"布娃娃？他会喜欢吗？"

"檀生，帮帮我。"

"檀生，我怕。"

"檀生。"

"檀生。"

……

"林重檀。"

图书在版编目（CIP）数据

檀笛 / 东施娘著. -- 武汉：长江出版社，2024.12. -- ISBN 978-7-5492-9861-7

Ⅰ．I247.5

中国国家版本馆CIP数据核字第2024C2R036号

檀笛 / 东施娘 著
TAN DI

出　　版	长江出版社	
	（武汉市解放大道1863号）	
出版统筹	曾英姿	
特约编辑	刘思月　罗李璇	
市场发行	长江出版社发行部	
网　　址	http://www.cjpress.cn	
责任编辑	钟一丹	
印　　刷	湖南天闻新华印务有限公司	
版　　次	2024年12月第1版	
印　　次	2024年12月第1次印刷	
开　　本	880mm×1230mm　1/32	
印　　张	9.5	
字　　数	260千字	
书　　号	ISBN 978-7-5492-9861-7	
定　　价	48.60元	

版权所有，侵权必究。如有质量问题，请与本社联系退换。
电话：027-82926557（总编室）027-82926806（市场营销部）